ullstein

Die junge Norwegerin Finja lebt auf den wunderschönen Lofoten. Seit ihre Mutter die Familie verlassen hat, kümmert Finja sich um ihren kranken Vater. Als der gutaussehende Tischler Kristian auf die Insel kommt, entstehen zwischen den beiden bald mehr als freundschaftliche Gefühle. Doch Kristians Leben spielt in Oslo und noch dazu ist er vergeben. Finja würde niemals einer anderen den Mann ausspannen und versucht, ihr Herz um jeden Preis zu schützen. Doch in den magischen Tagen, an denen die Sonne niemals untergeht, wendet sich das Schicksal auf vollkommen unerwartete Weise ...

MELANIE HORNGACHER wurde 1982 geboren und lebt mit ihrem Mann und ihren zwei Töchtern in St. Jakob in Haus in Tirol. Sie ist gelernte Köchin und Konditorin und arbeitet als solche in der Kreativabteilung einer Schokoladenmanufaktur. So geduldig wie das Papier ist auch die Schokolade, und daher liebt sie das Handwerk mit der süßen Köstlichkeit gleichermaßen wie das Jonglieren mit Worten. Auch die Musik hat in ihrem Leben einen hohen Stellenwert. Lesen, Schreiben, Musizieren und Genießen gehören zu ihren liebsten Hobbys.

Melanie Horngacher

Wohin der Fjordwind uns trägt

Roman

Ullstein

Besuchen Sie uns im Internet:
www.ullstein.de

Wir verpflichten uns zu Nachhaltigkeit
- Klimaneutrales Produkt
- Papiere aus nachhaltiger Waldwirtschaft
- ullstein.de/nachhaltigkeit

MIX
Papier
FSC FSC® C083411

Originalausgabe im Ullstein Taschenbuch
1. Auflage Mai 2021

Umschlaggestaltung: zero-media.net, München
Titelabbildung: © FinePic®, München
Gesetzt aus der Quadraat Pro powered by pepyrus.com
Druck- und Bindearbeiten: CPI books GmbH, Leck
ISBN 978-3-548-06438-3

Für alle Herzensmenschen, die geben,
ohne etwas zu erwarten.
Ihr helft uns dabei, aus Wunden
Wunder zu machen.
Und für alle, die ihre Schwächen
in Stärken verwandeln.
Möge euer Mut euch beflügeln.

Du, meine Liebe, streichelst mein Herz,
umarmst meine Seele.
Und nun bist du fort.
Und wenn ich dir irgendwann so sehr fehle,
an diesem mir unbekannten Ort,
dass du nichts anderes mehr brauchst für dein Glück,
bringt der Fjordwind dich mir wieder zurück.

Prolog

Finja

Sie ist fort. Mein Herz liegt schwer in meiner Brust, weil es schon begriffen hat, was mein Geist erst realisieren muss: Sie ist fort und kommt auch nicht wieder. Wir haben in den letzten Tagen nicht mehr besonders viel miteinander gesprochen, weil sie immer schweigsamer wurde, je mehr ihre Kräfte schwanden. Und trotzdem vermisse ich ihre klugen Worte und ihre Anwesenheit, ihre ruhige und besonnene Art. Stine war für mich ein Herzensmensch, auch wenn wir nicht blutsverwandt waren. Sie hat jeden einzelnen Tag ihres dreiundachtzigjährigen Daseins auf den Lofoten verbracht. Sie kannte jeden Winkel unseres kleinen Fischerdorfes, jeden Einwohner, jede Geschichte. Sie war gebildet und warf doch nicht mit ungebetenen Ratschlägen um sich. Wenn ich Hilfe brauchte, dann fragte ich Stine. Und dann schaffte sie es mit wenigen Sätzen, dass ich am Ende selbst wusste, was zu tun war. Als mit zwölf mein Herz in tausend Einzelteile zerbrach, war sie da, während andere mich verließen. Sie brachte mir alles bei, was ich wissen musste, und versuchte gleichzeitig, mein Innerstes so gut es ging zusammenzuflicken. Wir hatten sie nicht darum gebeten zu kommen. Sie tat es einfach. Vielleicht hielt sie es in ihrem eigenen leeren Zuhause nicht aus, vielleicht war es aber auch ihre Art zu sagen, dass wir uns nicht unterkriegen lassen. Weder sie noch mein Vater und ich.

Obwohl Stine nicht weniger einsam war als mein Vater, sprachen die beiden kaum ein Wort miteinander. Doch bestimmt vermisst er sie jetzt genauso wie ich. Genauso, wie alle Dorfbewohner sie vermissen. Weil es einfach viel zu wenige Herzensmenschen auf der Welt gibt.

Kapitel 1

Kristian

Nicht mehr ganz so wütend wie vor wenigen Minuten, aber immer noch aufgewühlt, knalle ich die Tür meines Pick-ups zu und kann mich gerade noch beherrschen, nicht danach zu treten. Der Wagen ist zwar nicht mehr neu, trotzdem würde ich es hinterher bereuen. Mein Vater hat es wieder einmal geschafft, mich wie den letzten Trottel dastehen zu lassen. Ich habe ihm meine neuesten Entwürfe für eine moderne Möbelkollektion vorgelegt, doch er hat sie nur belächelt. Ich solle das Entwerfen den Profis überlassen, meinte er.

Seit etwa sieben Jahren arbeite ich nun für meinen Vater in dessen Tischlerei, deren Name seit dem Eintreten meines Bruders zu *Haugen & Sønner* ergänzt wurde. Letzteres, also *Söhne*, hätte genauso gut nur *Sohn* heißen können, denn im Gegensatz zu meinem Bruder Arne habe ich in der Firma so gut wie nichts zu melden.

Arne ist seit seinem BWL-Studium für den Vertrieb zuständig, und obwohl ich gelernter Tischler und somit vom Fach bin wie mein Vater selbst, gilt dessen ganzer Stolz ihm, dem *Intelligenzbolzen* in der Familie. Ich bin kein studierter Möbeldesigner oder Innenarchitekt, in diesem Punkt gebe ich meinem Vater recht. Trotzdem bin ich überzeugt, dass ich Talent habe und man bestimmt einige meiner Ideen umsetzen könnte. Bei Arne wäre das wahrscheinlich überhaupt kein Grund zur Debatte. Er würde in den Himmel gelobt und sein Erfolg gefeiert, während ich ewig der kleine Handwerker bleiben werde.

Vielleicht sollte ich von hier weggehen und irgendwo ganz neu anfangen. Mit einer eigenen kleinen Tischlerei mein Glück versuchen.

Ich atme mehrere Male tief durch und mache mich auf den Weg ins fünfte Stockwerk des Apartmenthauses vor mir. Zu Fuß, um mich abzureagieren, bevor ich meiner Freundin unter die Augen trete. Sie bewohnt eines der schicksten Penthouses der Stadt, mit direktem Blick auf den Oslofjord. Doch für die Aussicht habe ich jetzt nichts übrig. Wenigstens weicht mein Ärger langsam der Vorfreude auf Solveig. Wir haben uns seit zwei Wochen nicht gesehen, denn als Model ist sie wahnsinnig viel unterwegs.

Zum ersten Mal begegneten wir uns im Fotostudio eines renommierten norwegischen Fotografen. Solveig war dort für ein Shooting, ich wegen der Einrichtung. Ich hatte schon Feierabend und war hundemüde auf dem Weg in mein winziges Loft, das sich fast gegenüber unserer Firma befindet, als mein Vater mich anrief und darauf bestand, dass ich einen ausgesprochen wichtigen Kunden beliefern sollte. Sofort. Natürlich war ich nicht begeistert und an dem Abend auch noch mit einem Kumpel verabredet. Doch wie immer knickte ich nach einer kurzen Diskussion ein, sagte dem Freund ab und machte kehrt, um das Möbelstück abzuholen. Es handelte sich um eine Auftragsarbeit, eine Art großen Hocker aus Nussholz, den man sowohl stehend als auch liegend verwenden konnte. Und obwohl ich das aus zwei Teilen bestehende Ding selbst gebaut hatte, konnte ich es nicht wirklich seiner Berufung zuordnen. Für einen gewöhnlichen Stuhl war es zu hoch, als Liegefläche zu ungemütlich, als Regal etwas unförmig. Es war außerdem schwer und äußerst unpraktisch zu tragen.

Ich fuhr zu der Adresse und schleppte das Möbelstück in den vierten Stock hinauf, weil es für den Aufzug zu sperrig war.

Ich hatte weder eine Ahnung noch Interesse daran, um welchen Kunden es ging, ich wollte lediglich den letzten Auftrag für diesen Tag so schnell wie möglich erledigen. Als ich klingelte und jemand mir »Es ist offen!« zurief, platzte ich mitten in ein Fotoshooting, woraufhin mir fast die Gesichtszüge entgleisten, als ich erkannte, *wer* hier gerade geshootet wurde. Solveig Jakobsen war nicht nur irgendein Model, sondern ein sehr angesagtes. So angesagt, dass sogar ich sie kannte. Und was für mich noch deutlich relevanter war: Sie war wirklich schön. Nicht spindeldürr und doch kein Gramm zu viel, und auf den ersten Blick wirkte sie ganz anders, als sie in den Magazinen rüberkam.

Solveig hielt in ihrer Pose inne und musterte mich ebenso unverfroren wie ich sie. Schließlich wurde auch der Fotograf auf mich aufmerksam und drehte sich, die Kamera in der Hand, zu mir um. Ich war verschwitzt von dem weiten Treppenaufstieg, meine obersten Hemdknöpfe standen offen, und vor mir hatte ich dieses große hölzerne Hocker-Regal-Dingsbums stehen. Solveig fand als Erste ihre Sprache wieder und sagte: »Sieht nicht nach dem bestellten Sushi aus!« Ihre Mundwinkel zuckten, doch ich wusste nicht, wie ich diese Aussage deuten sollte.

»Außer, das soll eine Abkürzung sein für ... su ... danesisches Schi ... Schiebemöbel?« Innerlich verdrehte ich die Augen über mich selbst. Das war absolut das Dümmste, was ich je von mir gegeben hatte, und als mich nun außer dem Model und dem Fotografen auch noch die beiden Assistenten verständnislos anstarrten, wollte ich schon mit kleinen Rückwärtsschritten Richtung Tür verschwinden. Doch plötzlich begannen sie zu lachen. Erst Solveig, und dann stimmten die anderen mit ein. Und der Fotograf begann zu knipsen. Im Nachhinein stellte sich heraus, dass das die schönsten Fotos von Solveig waren, die an diesem Tag entstanden, und als ich das Studio wieder verließ, hatte ich die Telefonnummer eines Topmodels in der Tasche und ein Date für den nächsten Abend.

Das war vor ungefähr einem halben Jahr. Inzwischen habe ich tatsächlich mit ihr Sushi gegessen, bin in den Genuss von Austern und Kaviar gekommen, habe in luxuriösen Restaurants mit ihr Champagner geschlürft und war mehr als einmal Grund für Spekulationen in der Klatschpresse. Dieser ganze Jetset ist eigentlich überhaupt nicht mein Ding. Aber Solveig steht drauf, und weil wir uns ohnehin viel zu selten sehen, tue ich ihr den Gefallen und begleite sie in diese schicken Nobelschuppen. Anfangs fürchtete ich, sie könnte sich für mich, den kleinen einfachen Handwerker, schämen. Doch das Gegenteil ist der Fall. Es scheint, als fände sie gerade das anziehend, als wäre ich irgendwie exotisch. Sie wird auch nicht müde, den Leuten zu erklären, wie wir uns kennengelernt haben. Für mich ist das manchmal fast unwirklich und ein völliger Kontrast zu meinem »normalen« Leben. Aber wahrscheinlich geht es ihr genauso.

Gerade war sie ein paar Tage in Mailand, und ich bin gespannt, was sie zu erzählen hat. Sie brennt für ihren Job, und auch wenn mich diese Modewelt nicht besonders interessiert, fasziniert mich doch Solveigs Leidenschaft dafür. Wie ihre Augen leuchten, wenn sie darüber ins Schwärmen gerät, wie unglaublich es ist, die Laufstege zu erobern oder bei besonderen Shootings zu posieren.

Ich weiß nicht, was sie heute für uns geplant hat. Wahrscheinlich hat sie in einem teuren Klub reserviert, den ich mir nur schwer leisten kann. Doch ich werde trotzdem mitgehen, denn mir ist es einerlei, was wir machen, solange wir zusammen sind.

Und weil ich mich vor allem darauf freue, sie endlich wiederzusehen.

Als ich bei ihr klingle, dauert es einen Moment, bis sie öffnet. Ihr Anblick überrascht mich. Zum ersten Mal, seit ich sie kenne, trägt sie nur schlichte Leggins und ein weites T-Shirt darüber, das die linke Schulter entblößt. Sie ist barfuß, und ich glaube, ich habe sie nie schöner gesehen. Das Make-up sitzt natürlich trotzdem perfekt, und ihr rotgoldenes Haar fällt ihr in leichten Wellen über den Rücken, deshalb gehe ich davon aus, dass sie einfach noch nicht umgezogen ist.

»Hei«, begrüßt sie mich mit einem Lächeln und hält mir die Tür auf.

»Hallo«, erwidere ich und beuge mich etwas nach vorne, um sie zu küssen. Sie dreht den Kopf zur Seite, und ich erwische ihre Wange, was mich etwas irritiert. Aber ich weiß, dass Solveig anfangs immer etwas braucht, um aufzutauen, und deshalb sage ich nichts.

»Mir ist heute gar nicht nach Ausgehen«, beginnt sie zaghaft, »hast du etwas dagegen, wenn wir einfach hierbleiben?«

Mein Herz macht einen kleinen Satz, denn genau das ist es, was ich mir insgeheim wünsche. Nach dem heutigen Tag war mir eh nicht nach einem lauten Klub oder Restaurant.

»Überhaupt nicht«, antworte ich deshalb fast schon zu schnell, bevor sie es sich wieder anders überlegt. »Das ist perfekt!«

»Wir können uns was zu essen bestellen. Worauf hast du Lust? Thailändisch? Indisch? Italienisch?«

Ich zucke leicht mit den Schultern. »Wenn du nach Mailand Italienisch noch nicht überhast? Wie war es denn?« Auf ihrem breiten Sofa habe ich so gut wie noch nie gesessen, wir haben nur einmal wild darauf geknutscht, bevor ich sie in ihr Schlafzimmer trug. Ich stelle mir vor, wie wir gemütlich darauf herumgammeln, Solveig in meinem Arm, und uns einen Film ansehen. Einfach einmal was ganz Normales machen.

»Mailand war fantastisch … oh … da fällt mir ein, dass Jacques uns zu einer Party eingeladen hat!« Sie fasst sich mit der flachen Hand vor die Stirn und zerschlägt mit diesem Satz die Hoffnung auf einen ganz normalen Abend.

»Schade. Musst du da hin?«, frage ich vorsichtig. Ich weiß, dass Jacques ein Fotograf ist, und auch, dass ihr das Nachtleben mit diesen Leuten viel bedeutet. Sie kaut nachdenklich auf ihrer Unterlippe und scheint abzuwägen.

»Nein. Eigentlich nicht«, verkündet sie, und ich bin mehr als überrascht. So eine Einladung hat sie noch nie sausen lassen. »Jacques wird es überleben.«

Ich schnappe sie sanft am Handgelenk und ziehe sie mit einem leichten Ruck zu mir. Ich kann jetzt nicht anders, als sie zu küssen, und als unsere Lippen sich treffen, wird sie ganz weich in meinen Armen. Schließlich löst sie sich wieder von mir und lächelt mich an, bevor sie nach ihrem Handy greift.

Solveig bestellt Thailändisch, und wir bleiben sogar zum Essen auf dem gemütlichen Sofa sitzen. Sie erzählt von den Shootings in Mailand, von den Cocktailpartys und all ihren anderen Terminen. Und irgendwann, ganz beiläufig und als wäre es überhaupt nichts Besonderes, sagt sie: »Meine Großmutter ist gestorben!«

Ich halte mitten im Kauen inne und starre sie einen Moment lang an. »Das tut mir sehr leid, Solveig.«

Sie blinzelt ein paarmal und senkt die Augenlider, stochert ein wenig in ihrem Essen herum.

Ich weiß nicht viel über ihre Familie, außer dass ihr Vater ein erfolgreicher Immobilienmakler ist. Wir sind uns einmal begegnet, aber da hat Solveig mich nicht als ihren Freund vorgestellt. Ich wusste auch nicht, dass es da noch eine Großmutter gab, und gerade bedaure ich es sehr, sie nie danach gefragt zu haben.

»Woran ist sie gestorben?«

Solveig zuckt ein wenig mit den Schultern. »Sie war ... einfach eine alte Frau.«

Ich versuche, aus ihrem Gesicht abzulesen, was in ihr vorgeht. Doch ihr Ausdruck ist verschlossen. Dafür kenne ich jetzt den Grund, warum sie heute nicht ausgehen wollte.

»Standest du ihr nahe?«, frage ich weiter.

»Nein.« Die Antwort kommt schnell und klingt etwas verbittert. Das scheint auch sie zu merken, weshalb sie erklärend hinzufügt: »Sie war die Mutter meiner Mom. Wir hatten schon lange keinen Kontakt mehr.«

»Wann ist die Beerdigung?«

»In zwei Tagen.«

Ich weiß nicht, ob ihr meine Fragen unangenehm sind, aber Solveig macht keine Anstalten, etwas von sich aus zu erzählen. Sie blockt auch nicht direkt ab, deshalb frage ich weiter.

»Wirst du hingehen?«

»Würdest du mich begleiten?«, erwidert sie, und ich bin sehr erstaunt. Das ist ein Vertrauensbeweis, mit dem ich nie im Leben gerechnet hätte.

»Ja, natürlich.« Ich brauche nicht lange zu überlegen. Wenn ich auch hin und wieder manches in unserer Beziehung infrage stelle, so ist es doch für mich selbstverständlich, dass ich ihr in schwierigen Situationen beistehen will.

»Meine Mutter hat mich angerufen. Sie fühlt sich nicht wohl und wird nicht hinfahren. Mein Vater sowieso nicht. Er und Stine, also meine Großmutter, konnten sich noch nie gut leiden.«

»Wenn du das möchtest, begleite ich dich gerne. Sag mir nur, wann und wo, und ich werde da sein.«

»Übermorgen Nachmittag in Skjærvik auf den Lofoten.«

Kapitel 2

Kristian

Als Solveig mir sagte, dass ihre Großmutter Stine auf den Lofoten gelebt hat, war ich anfangs etwas perplex. Ich weiß nicht, warum ich automatisch angenommen hatte, dass sie aus Oslo oder der näheren Umgebung stammte, denn wir haben nie darüber gesprochen.

Es dauerte ein wenig, bis ich meinem Vater beigebracht hatte, dass ich ein paar Tage Urlaub nehmen will. Aber erstens hatte ich schon seit einer ganzen Weile keinen freien Tag mehr und außerdem unzählige Überstunden, die ich abfeiern kann, und zweitens kommt mir die Chance auf ein bisschen Abstand ganz gelegen. Unsere Differenzen gehen mir auf die Nerven und sind – verglichen mit dem Grund für unsere Reise – einfach nur unnötig. Der Todesfall in Solveigs Familie war letztlich auch das einzige Argument, das meinen Vater weich werden ließ.

Und dann brauchte es noch ein bisschen Überredungskunst, Solveig zu überzeugen, nach der Beerdigung ein paar Tage Urlaub dranzuhängen. Ein bisschen auszuspannen und Zeit zu zweit zu verbringen wird uns guttun. Selbst ihre Managerin war meiner Meinung, und schließlich ließ Solveig sich breitschlagen, das nächste Shooting zu verschieben und das kleine Ferienhäuschen in Skjærvik für mehrere Tage zu buchen.

Und so sitzen Solveig und ich nun im Flieger nach Leknes.

Ihr Kopf lehnt am Fenster, und ihre Augen sind geschlossen. Ich hoffe, sie kann ein bisschen schlafen, denn ich habe den Eindruck, dass der Tod ihrer Großmutter sie doch mehr mitnimmt, als sie zugeben will. Noch habe ich nicht viel über Solveigs Familiengeschichte herausgefunden, außer dass sie früher mehr Kontakt zu Stine hatten. Inzwischen ist ihr Vater Einar beruflich einfach zu sehr eingespannt, und ihre Mutter Ida hat ebenfalls zu viele andere Interessen und Verpflichtungen, um sich auch noch um die Großmutter zu kümmern. Dazu kommt die große Entfernung zwischen dem kleinen Fischerdorf auf den Lofoten und Norwegens Hauptstadt. Alle diese Gründe klingen jedoch nur nach Vorwänden. Was auch immer dahinterstecken mag, jetzt ist es zu spät. Während Solveig erzählte, kam es mir so vor, als würde ich aus ihrem scheinbar gleichgültigen Tonfall auch einen kleinen Funken Verbitterung heraushören. Vielleicht täusche ich mich aber auch.

Ich finde es schade, dass die Verbindung abgebrochen ist, und denke darüber nach, wie es wohl wäre, wenn ich selbst noch Großeltern hätte. Würde ich mich um sie kümmern? Und was wäre, wenn ich weit von Oslo entfernt leben würde? Hätte ich dann engen Kontakt zu meinen Eltern, obwohl das Verhältnis zu meinem Vater schwierig ist?

Solveig regt sich neben mir, und ich widerstehe dem Impuls, ihr eine Haarsträhne hinters Ohr zu streichen, um sie nicht zu erschrecken. Sie soll sich ausruhen, denn nach unserer Landung müssen wir noch eine knappe Stunde mit dem Mietwagen zurücklegen, bis wir in Skjærvik ankommen. Wenn es nicht so einen traurigen Grund gäbe, würde ich mich auf diese wunderschönen Inseln freuen, die ich bisher nur von Bildern oder aus dem Fernsehen kenne.

Beim Landeanflug kann ich endlich einen Blick auf die atemberaubende Natur werfen, die sich unter mir ausbreitet, als wir durch die Wolkendecke tauchen. Berge und Meer treffen direkt aufeinander, eine unglaubliche Konstellation, die ich so noch nie gesehen habe. Steil ragen die Gipfel an der Küste hoch, dazwischen fügen sich die einzelnen kleinen Orte mit ihren roten Häusern ein. Fischerboote liegen in den Häfen, und das satte Grün der Landschaft strahlt mir entgegen.

Als wir den Flieger verlassen, merken wir sofort, dass es um einige Grade kühler ist als bei uns in Oslo. Es nieselt ein wenig, und ich stelle kurz darauf im Leihwagen die Heizung an, obwohl wir schon Juni haben.

»Erzähl mir ein bisschen von deiner Großmutter«, ermuntere ich Solveig, während wir der E10 folgen und mehrere Fischerdörfer passieren, in denen sich jetzt im Sommer besonders viele Touristen tummeln. Am Straßenrand kommen uns einige Kühe entgegen, die sich in ihrer Mahlzeit nicht stören lassen und friedlich vor sich hin grasen.

»Was soll ich da erzählen?«

»Alles, was dir dazu einfällt. Wie ist sie gewesen? Was habt ihr gemacht, wenn du bei ihr warst?«

Solveig überlegt ein wenig. »Sie war ... streng, aber mit mir weniger als mit allen anderen.« Ein kleines Lächeln huscht über ihr Gesicht. »Sie hat mir oft Geschichten erzählt über Trolle oder die alten Wikinger. Und sie roch nach Zitrone.«

»Was ist mit deinem Großvater?«

»Er starb, als ich ein kleines Mädchen war. Bei einem Bootsunglück am Moskenstraumen.«

»Das tut mir leid«, erwidere ich und greife nach ihrer Hand. »Das muss schlimm gewesen sein.«

»Er hat mich hin und wieder mitgenommen, wenn er zum Fischen rausfuhr ... auf ruhigere Gewässer. Ich habe mich immer sicher bei ihm gefühlt. Er war sehr erfahren, aber der Moskenstraumen ist ziemlich gefährlich.«

»Und Stine? Sie hat bestimmt sehr darunter gelitten.«

Solveigs Blick wandert zum Seitenfenster hinaus, und ich spüre sofort, wie sie wieder dichtmacht. Auch die Antwort bleibt sie mir schuldig.

»Hat sie allein gelebt?«, versuche ich es nach einer Weile erneut.

»Ja.«

»Wer kümmert sich um alles nach ihrem Tod? Um die Beerdigung und um ihr Haus?«

»Ich nehme an, ihre Cousine Hedda und deren Mann Thore.«

Nicht zum ersten Mal frage ich mich, was in dieser Familie vorgefallen ist, dass nicht einmal Stines eigene Tochter zur Beerdigung kommt. Solveig meinte, ihrer Mutter ginge es nicht gut, aber das klingt wieder nach einer fadenscheinigen Ausrede. Ich bin überzeugt, dass mich nichts in der Welt davon abhalten könnte, zu meinen Eltern zu fahren, wenn sie mich brauchten. Vielleicht kommt es aber auch auf die Schwere des Problems an.

Ich halte auf dem Rastplatz Torvdalshalsen, von wo aus wir einen wunderschönen Blick auf die Insel Vestvågøy haben. Solveig macht keine Anstalten auszusteigen, doch ich kann nicht anders, strecke mich und fülle meine Lungen mit der frischen, salzigen Meeresluft. Tief liegende Nebelbänder geben die schroffen dunkelgrauen Felsen, die aus dem Polarmeer ragen, nur zur Hälfte frei, und doch bin ich überwältigt von der Aussicht und brenne darauf, die Inseln besser kennenzulernen.

»Ich möchte, dass du mir alles zeigst«, sage ich, als Solveig endlich doch erscheint und mich von hinten umarmt. »Alle Plätze, mit denen du schöne Erinnerungen verbindest!«

Lächelnd drehe ich mich zu ihr um und küsse sie.

»Alle?«, schmunzelt sie. »Da verlangst du ziemlich viel.«

»Ich weiß«, gebe ich zu. »Aber ich will wissen, was dich als Kind glücklich gemacht hat.«

»Wir sollten los«, ermahnt sie mich, und sie hat recht. Wenn wir unser Häuschen noch vor der Beerdigung beziehen und uns frisch machen wollen, müssen wir uns wirklich sputen.

Kapitel 3

Finja

Es regnet, als wir den Friedhof verlassen. Die Trauerrede des Pfarrers war sehr feierlich, und es sind viele Menschen gekommen, um von Stine Abschied zu nehmen. Ich schiebe meinen Vater im Rollstuhl vor mir her, während meine Tante Marit mit einem großen Regenschirm in der Hand neben uns herläuft. Nachdem er vor wenigen Monaten seinen zweiten Herzinfarkt innerhalb der letzten sieben Jahre hatte, ist er immer noch etwas schwach. Deswegen nimmt er für Anlässe wie diesen den Rollstuhl, um sich nicht zu überanstrengen. Es ist nicht weit bis zu Anderssons Pub, in dem eine kleine Zusammenkunft stattfindet, um der Verstorbenen zu gedenken. Ich habe mich angeboten, Björn, dem Besitzer, ein bisschen bei der Bewirtung heute zu helfen, aber er hat nur dankend abgewunken und gemeint, ich solle mich lieber unter die Gäste mischen. Er weiß nicht, wie schwer es mir fällt, untätig herumzusitzen. Meine Hände brauchen Beschäftigung und mein Kopf ebenso. Schlimm genug, dass Stine nicht mehr da ist, bei der ich einen Teil meiner Freizeit verbrachte, um ihr Essen zu bringen – wenn Hedda verhindert war –, mit ihr spazieren zu gehen oder ihr einfach so Gesellschaft zu leisten, wie sie es früher für mich getan hat. Ablenkung. Eine ausgezeichnete Methode, meine Gedanken etwas zu besänftigen. Und vielleicht auch Stines, wenn sie es brauchte.

Also muss ich zusehen, wie ich die Zeit im Pub anderweitig fülle. Vielleicht kann ich, wenn der Andrang besonders groß ist, bei Lotta, Björns Frau und meiner besten Freundin, ja noch einmal meine Hilfe anbieten. Oder ich könnte eine Weile auf das Baby von Inga Omdahl aufpassen, um die junge Mutter etwas zu entlasten.

»Warum Ida wohl nicht gekommen ist«, reißt Marit mich aus meinen Überlegungen, und ich schaue auf.

Auch mich wundert es, dass Ida, Stines Tochter, nicht hier ist. Ich frage mich oft, was in anderen Menschen vorgeht, dass sie ganz plötzlich alle Brücken hinter sich abbrechen und nie mehr einen Blick zurückwerfen. Das hat Solveig nicht anders gemacht. Bis jetzt. Solveig Jakobsen, Idas Tochter und Stines Enkelin, habe ich schon vor Beginn der Zeremonie inmitten der Trauergemeinde entdeckt. Es freut mich, dass wenigstens sie es geschafft hat herzukommen. Nun stöckelt sie Arm in Arm mit ihrem Begleiter wenige Meter vor uns in Richtung Pub. Mit ihrem großen schwarzen Hut könnte sie kaum auffälliger aus der Masse hervorstechen. Dazu trägt sie einen ebenfalls schwarzen Kurzmantel, unter dem ein knielanges Kleid hervorlugt. Es ist nicht zu übersehen, wie sehr sie friert. Anscheinend sind dreizehn Jahre genug, um sie die Temperaturen hier im Norden vergessen zu lassen. Und so manch anderes.

Als ich ihr vorhin am Grab mein Beileid zum Tod ihrer Großmutter ausdrückte, schien es, als würde sie selbst mich nicht mehr erkennen. Ihr Blick war ausdruckslos und starr, ging fast durch mich hindurch. Aber wahrscheinlich war es nur die Trauer, die sie so sehr gefangen nahm, oder der Schock über den plötzlichen Verlust saß noch zu tief.

»Jetzt kann Stine auch nichts mehr mit Idas Anwesenheit anfangen«, bemerkt mein Vater bitter. »Zu spät ist zu spät.«

»Ja, du hast schon recht, Magnus«, erwidert Marit. »Aber trotzdem. Zur Beerdigung der eigenen Mutter nicht zu erscheinen nenne ich schon ein starkes Stück!«

»Vielleicht hat sie Angst, sie würde damit alte Wunden aufreißen«, bedenke ich, doch mein Vater gibt nur ein missbilligendes Schnauben von sich.

»Was manchmal nicht das Schlechteste wäre, um sie endlich sauber heilen zu lassen«, entgegnet Marit und wirft meinem Vater einen Seitenblick zu.

»Weißt du, ob Ida und Stine noch Kontakt hatten?«, frage ich sie, doch sie hebt nur die Schultern.

»Müsstest du das nicht besser wissen? Du warst doch viel öfter bei Stine als ich.«

»Schon, aber wir haben nie darüber geredet. Und irgendwie hatte ich nicht den Eindruck, als würden sie regelmäßig miteinander sprechen«, grüble ich. Hätte Stine mir nicht vielleicht erzählt, wenn es hin und wieder Neuigkeiten von ihrer Familie gegeben hätte? Ich erinnere mich, dass ich sie als Kind öfter gefragt hatte, wie es Solveig ging. Aber ich bekam nie eine zufriedenstellende Antwort, und so ließ ich die Fragerei irgendwann bleiben.

Marit sieht mich an und drückt tröstend meine Schulter. Sie kennt mich gut genug, um zu wissen, dass ich in Momenten wie diesen an meine Mutter denke. Daran, wie schmerzhaft es war, meine Jugend ohne sie verbringen zu müssen, nachdem sie uns verlassen hat, als ich zwölf war. Und auch, wenn man älter wird, ist es einfach traurig, wenn es zwischen Familienangehörigen gar keinen Kontakt gibt.

Ich nehme mir vor, Solveig im Pub anständig zu begrüßen. Früher waren wir Freundinnen, vielleicht können wir wieder daran anknüpfen. Aus unserer Schulzeit sind nicht mehr viele geblieben. Die meisten sind wie sie weggezogen und kommen nur mehr hin und wieder zu besonderen Anlässen zurück auf die Inseln.

Björn hat das Pub heute nur für die Trauergemeinde geöffnet. Daher hängt – für alle gut sichtbar – ein großes Schild vor der Tür, auf dem auf Norwegisch und Englisch steht: *Geschlossene Gesellschaft*. Das macht er immer so. Er findet, bei solchen Anlässen haben Touristen nichts verloren, und scheut sich auch nicht, diejenigen, die sich dem widersetzen, aus dem Pub zu werfen.

Lotta winkt mir kurz mit einem Lächeln von der Bar aus zu, als wir eintreten, und verschwindet dann wieder in der Küche.

Wir trinken Kaffee und essen Zimtschnecken und Marzipantorte, von Lotta selbst gebacken. Ich bin sicher, diese gemütliche Runde hätte Stine gefallen. Solveig und ihr Begleiter sitzen am anderen Ende des Schankraumes, und ich hatte noch keine Gelegenheit, auf sie zuzugehen. Vielleicht fehlt mir aber auch schlicht der Mut. Als sie sich jedoch beide erheben und der Mann Solveig den Mantel über die Schultern legt, entschuldige ich mich bei meinem Vater, Marit und meinem Onkel Sten und gehe zaghaft zu ihr. Ihr Freund oder Mann, was auch immer er ist, scheint auf die Toilette verschwunden zu sein.

»Hallo, Solveig«, sage ich freundlich lächelnd.

Solveig mustert mich von oben bis unten, und ihr Blick ist so durchdringend und kühl, dass mein Lächeln erstirbt.

»Es ist schön, dich zu sehen«, füge ich trotzdem hinzu.

»Das kann ich leider nicht zurückgeben«, antwortet sie, und ihre Worte kommen einer eiskalten Dusche gleich. Mein Blick huscht suchend in Richtung der Toiletten, doch ihr Begleiter taucht nicht auf und auch sonst niemand, der mich aus dieser seltsamen Situation retten könnte.

»Ich denke, Stine hätte es viel bedeutet, dass du gekommen bist.«

»Das ist auch der einzige Zweck meines Aufenthaltes«, entgegnet Solveig und sieht nach draußen in den tristen Nieselregen. Sie fühlt sich offenbar nicht weniger unwohl als ich.

»Vielleicht sollten wir uns mal unterhalten«, wage ich einen erneuten Versuch. Mir ist klar, dass es damals sehr schwierig war, als Solveig mit ihrer Familie weggezogen ist. Aber das ist eine halbe Ewigkeit her.

»Es gibt nichts, was wir beide zu bereden hätten, Finja!« Jetzt sieht sie mich direkt an mit einem harten, verschlossenen Ausdruck. »Kristian, komm lass uns gehen«, wendet sie sich an den Mann, der in dem Moment wieder zurückkommt, während ich noch immer nicht weiß, was ich erwidern soll. Er sieht erst mich, dann Solveig fragend an, und dann verlassen die beiden Hand in Hand das Pub.

Kristian

»Was ist passiert?«, frage ich, als wir das Lokal hinter uns lassen.

»Nichts.« Solveigs Stimme klingt gereizt und ganz sicher nicht nach *nichts*.

»Wer war das?«

»Finja Eriksen.«

Langsam nervt es mich, dass ich Solveig jedes Wort aus der Nase ziehen muss. »Aha«, antworte ich. »Und wer ist Finja Eriksen?«

Abrupt bleibt sie stehen und entzieht mir ihre Hand.

»Ich kenne sie von früher. Zufrieden?«

»Offensichtlich gab es ja gerade ein Problem zwischen euch. Hat das auch etwas mit früher zu tun?«

»Nein, es gab kein Problem.«

»Warum bist du dann so aufgebracht?«

»Ich bin überhaupt nicht aufgebracht!«, schreit sie jetzt beinahe, und ich hebe irritiert meine Augenbrauen. Dieser Blick scheint sie aber noch mehr auf die Palme zu bringen. »Schau mich verdammt noch mal nicht so an!«

Ich stehe nur da, ohne etwas zu sagen, doch auch das scheint nicht richtig zu sein. Wütend stampft sie mit einem frustrierten Laut auf dem Boden auf und rauscht davon. Jetzt bekomme ich auch eine Ahnung davon, warum manche Leute sie als Diva bezeichnen. Kopfschüttelnd sehe ich ihr hinterher.

Wir hatten noch nie richtig Streit. Was auch kaum verwunderlich ist. Wenn man sich so selten sieht wie wir, ist es leicht, sich von seiner besten Seite zu zeigen. Es bleibt einfach zu wenig Zeit, um über Weltbewegendes zu sprechen, weshalb man dann auch nicht unterschiedlicher Meinung sein kann. In unserer Beziehung ging es bisher nur um Kleinigkeiten und nicht um wirklich wichtige Dinge. Mir ist klar, dass es Solveig nervt, wenn ich Fragen stelle, die zu tief gehen. Aber wie sollen wir uns je richtig kennenlernen, wenn wir es nicht schaffen, über Gefühle zu reden?

Während ich noch überlege, ob ich ein bisschen spazieren gehen soll, um Solveig Gelegenheit zu geben, sich zu beruhigen, flaut langsam auch der leichte Regen ab. Entschlossen schlage ich den Kragen meiner Jacke hoch und wandere auf den zerklüfteten Felsen zum Ufer des Fjords hinunter. Über dem Horizont bricht die Sonne durch die Wolken und wirft einen glitzernd hellen Schimmer aufs Wasser. Lange stehe ich auf einer der weißen Sandbänke und bin fasziniert von der Schönheit dieses Ortes. Ich wünschte, Solveig wäre hier, um mit mir diesen Augenblick zu teilen.

Zurück in unserem Ferienhaus, öffne ich leise die Tür, falls Solveig schlafen sollte. Aber sie ist wach und sitzt an ihrem iPad.

»Hei«, begrüße ich sie sanft, ziehe meine Jacke aus und setze mich zu ihr aufs Bett.

»Hallo«, erwidert sie, ohne aufzusehen.

»Solveig«, beginne ich zaghaft, »wenn ich dir vorhin zu nahegetreten bin, dann tut es mir leid.«

Sie lässt diese Worte kurz auf sich wirken, und endlich schaut sie mich an. »Mir tut es leid, dass ich so ausgeflippt bin.«

Wenn ich mit einer ausführlicheren Erklärung gerechnet habe, so werde ich enttäuscht.

»Weißt du, wenn du reden willst –«

»Will ich nicht«, unterbricht sie mich, macht das iPad aus und legt es auf das Nachtschränkchen. »Ich will etwas ganz anderes!« Sie zieht mich am Kragen näher zu sich und fängt an, mich zu küssen. Das ist natürlich auch eine Art, mich auf andere Gedanken zu bringen.

Als ich am nächsten Morgen erwache, ist mir vor Hunger schon ganz flau im Magen, weil wir seit dem Leichenschmaus gestern am späten Nachmittag nichts mehr zu essen hatten. Ich beobachte Solveig, deren entblößter Körper zwischen den zerwühlten Laken liegt. So gefällt sie mir am besten: ohne Make-up und Show. Denn anders als andere Modepüppchen ist Solveig wirklich natürlich schön. Für mich bräuchte sie nie gestylt zu sein. Als würde sie meinen Blick spüren, beginnt sie, sich zu rekeln, und blinzelt mich an.

»Guten Morgen«, sage ich lächelnd und küsse sie auf die nackte Schulter. Das ist der guten Laune aber schon zu viel, denn Solveig verzieht das Gesicht und vergräbt sich unter ihrem Kopfkissen.

»Wir haben gestern was vergessen«, erkläre ich und hebe das Kissen ganz leicht an, um zu ihr durchzudringen.

»Was denn?«, murmelt sie.

»Einkaufen.«

»Was machst du dann noch hier?«, entgegnet sie, aber so leicht lasse ich mich nicht aus dem warmen Bett verjagen.

»Das könnte dir so passen!« Ich beginne, sie zu kitzeln, und sie windet sich unter meinen Händen.

»Lass das, ich hasse das!«, kreischt sie, doch ich denke nicht dran, meine Attacke zu beenden. »Du Idiot, ich warne dich, wenn du nicht sofort aufhörst, dann werde ich richtig wütend.«

Abrupt lass ich von ihr ab. An Solveigs ärgerlichem Tonfall erkenne ich, dass sie das wirklich ernst meint und ich vielleicht sogar schon übers Ziel hinausgeschossen bin.

»Okay, okay«, lenke ich ein. »Aber dann komm mit.«

»Wohin?«, fragt sie, nun wieder etwas milder.

»Frühstück kaufen. Schließlich bist du die Ortskundige hier. Und so ein kleiner Morgenspaziergang ...«

»Wieso bestellst du nicht einfach, was wir brauchen?«, schlägt sie vor und zieht die Decke fast bis zu den Ohren hoch. »Ich will noch überhaupt nicht aufstehen.«

»Kennst du einen Laden, der Lieferservice anbietet?«

Sie zuckt mit den Schultern. »Anbieten vielleicht nicht. Aber wir würden es ja entsprechend honorieren.« Das klingt einen Hauch überheblich, und das nervt mich. Offenbar gehört Solveig auch zu den Leuten, die denken, dass man mit Geld alles regeln kann. Eine Seite, die sie mir so bisher noch nicht gezeigt hat. »Außerdem sind die in dem Dorfladen bestimmt froh, wenn sich in dem verschlafenen Nest mal etwas rührt und sie nicht hinter ihrer Wursttheke versauern.«

»Schon gut«, kapituliere ich und stehe auf, »sag mir, was wir für die nächsten Tage brauchen, und ich gehe runter und besorge es.«

»Ach ... sei doch kein Spielverderber«, flötet sie. »Am Kühlschrank hängt ein Zettel, da stehen alle wichtigen Nummern drauf. Auch die vom Laden. Wir können ja zumindest mal nachfragen, ob sie es liefern würden. Und du kannst wieder zurück zu mir ins Bett. Hier ist es so kuschelig warm.« Mit ihrem Schmollmund sieht sie irgendwie süß aus, und außerdem ist es wirklich zu verlockend, sich noch einmal an ihrer Seite unter der Decke einzurollen. »Und mit dir zusammen könnte es sogar noch heißer werden«, haucht sie verführerisch, und ich müsste lügen, würde ich behaupten, dass das nicht noch reizvoller ist.

Ich tapse barfuß in die Küche und tippe die Nummer des einzigen Geschäftes in Skjærvik in mein Handy ein, dann gehe ich zurück ins Schlafzimmer. Bevor ich aber wähle, stellen Solveig und ich gemeinsam eine kurze Einkaufsliste mit den wichtigsten Dingen zusammen, wobei unsere Prioritäten dabei in ziemlich verschiedene Richtungen driften. Avocados, Voss-Wasser und die teure Feuchtigkeitscreme, die Solveig zu Hause vergessen hat, sind meiner Meinung nach absolut verzichtbar, während ich Brot, Kaffee, Wurst und Käse schon wichtiger finde. Schließlich einigen wir uns doch, und ich lausche dem Freizeichen im Telefon.

»Guten Morgen, hier spricht Kristian Haugen«, beginne ich, als sich ein Mann meldet. »Ich möchte gerne eine Bestellung aufgeben.«

»Eine Bestellung?«, fragt er. »Was soll das heißen?«

»Es wäre schön, wenn ihr ein paar Sachen liefern könntet«, erkläre ich.

»Liefern? Wir sind doch kein Versandhaus! Wer, sagtest du, bist du?« Mein Gesprächspartner klingt ein bisschen ungeduldig.

Solveig, die alles mitanhört, verbeißt sich ein Lachen. Nachdem der gestrige Tag doch etwas schwierig war, ist es schön, sie fröhlich zu sehen.

»Mein Name ist Kristian Haugen, ich bin der Freund ...« Solveig fuchtelt wild mit der Hand an ihrem Hals herum und schüttelt heftig den Kopf. Anscheinend will sie nicht, dass ich ihren Namen nenne. Warum auch immer. » ... äh ... ich bin ein Gast und wohne in einem der Ferienhäuser von Familie Svensen.«

»Mir ist egal, wo du wohnst. Wir haben keinen Lieferdienst. Wenn du etwas kaufen willst, komm her, und kauf, was da ist.«

Ehe ich noch etwas sagen kann, hat der Kerl aufgelegt. So behandeln die also ihre Kunden. Gut zu wissen.

Solveig krümmt sich vor Lachen.

»Wahnsinnig freundlich die Leute hier«, sage ich etwas perplex, stimme dann aber mit ein.

Langsam wird mein Hunger unerträglich, und ich stehe diesmal endgültig auf und ziehe mich an.

»Kommst du jetzt mit?«, frage ich wenig später mit der Zahnbürste im Mund.

»Du schaffst das schon allein. Immerhin bist du schon groß«, erwidert sie, und ich bin ein bisschen enttäuscht. Ich hätte sie gerne mitgenommen. »Ich erkläre dir den Weg auch ganz genau«, spottet sie.

»Und du hast wirklich keine Lust auf einen gemütlichen Spaziergang?«, frage ich noch einmal, bevor ich das kleine, rot gestrichene Holzhäuschen verlasse. Aber Solveig ist schon wieder ganz in ihr iPad vertieft, um ihre Mails zu checken.

Kapitel 4

Finja

Seit Stunden stehe ich schon hier im Laden und bediene Kunden, nehme Lieferungen entgegen und räume Regale ein. Ole, der vor Kurzem eine Lehre bei uns begonnen hat, unterstützt mich, wobei ich auf ihn aber auch immer ein Auge haben muss. Sten, mein Onkel, der gleichzeitig mein Chef ist, hängt am Telefon, weil das Kühlaggregat im Kühlhaus eine Macke hat und er versucht, noch vor dem Wochenende einen Techniker zu bekommen. Immer wieder steckt er in der Warteschleife fest, legt voller Ungeduld wieder auf, und das Spiel beginnt von Neuem. Zwischendurch musste er sich mit irgendeinem Kunden herumärgern, der sich erhofft hat, wir würden einen Lieferservice anbieten. Dafür fehlen uns aber einfach die Kapazitäten. Zu allem Überfluss ist auch noch unsere Kollegin Ester krank.

Zum Glück sieht Tante Marit hin und wieder nach meinem Vater, wenn ich arbeite. Es ist nicht so, dass wir uns rund um die Uhr um ihn kümmern müssen, aber seit seinem zweiten Herzinfarkt gehen wir lieber auf Nummer sicher und schauen in regelmäßigen Abständen, wie es ihm geht. Es nervt ihn gewaltig, und er klagt dauernd, dass wir ihn nicht wie ein kleines Kind behandeln sollen. Aber er war schon immer ein Miesepeter, und wenn es nicht dieses Problem wäre, so würde er ein anderes finden, weshalb ich seine Vorwürfe an mir abprallen lasse. Und Tante Marit sowieso.

Als seine Schwester weiß sie so gut wie keine andere, wie sie mit ihm umgehen muss.

»Hallo«, grüßt mich jemand von der anderen Seite der Feinkost-Theke, und ich schaue auf. Es ist der junge Mann, der Solveig gestern auf die Beerdigung begleitet hat.

»Guten Tag, was kann ich für dich tun?«, sage ich mit fester Stimme und hoffe inständig, dass Solveig nicht gleich hinter einem der Regale auftaucht.

»Du bist Finja, oder?«, will er wissen, und ich nicke. »Ich bin Kristian Haugen. Solveig hat uns gestern nicht vorgestellt.«

»Freut mich«, sage ich aufrichtig, und weil er mich so geradlinig ansieht, landet mein Blick direkt in seinen Augen. Sie sind blaugrau und nehmen mich einen Moment so gefangen, dass ich mich geradezu losreißen muss.

»Ganz meinerseits«, erwidert er und lächelt mich mit einer Offenheit an, die mich vermuten lässt, dass Solveig ihm nicht erzählt hat, was zwischen uns vorgefallen ist. »Wir wohnen im Ferienhaus der Familie Svensen, und gestern haben wir es nicht mehr geschafft einzukaufen.«

»Da schau an«, unterbricht uns Sten, »wenn das mal nicht der Typ ist, der zu faul zum Einkaufen ist!«

»Sten«, grätsche ich dazwischen, bevor es noch peinlich für alle Beteiligten wird. »Bitte!«

»Du warst doch gestern mit Solveig Jakobsen auf Stines Beerdigung«, stellt Sten jetzt fest, nachdem er Kristian einer genauen Musterung unterzogen hat.

»Ja, das stimmt«, pflichtet dieser ihm nach kurzem Zögern bei, was Sten mit einem undefinierbaren Schnauben quittiert. »Und es tut mir leid«, fügt Kristian entschuldigend hinzu, »wir dachten wirklich, dass ihr auch einen Lieferservice anbietet.«

»So fortschrittlich sind wir nicht«, kommentiert Sten, »hat deine Freundin wohl alles vergessen.«

»Das konnte Solveig wirklich nicht wissen«, antwortet Kristian, während Sten vom Klingeln des Telefons an seine Pflichten erinnert wird.

»Sie hat ja nur ihr halbes Leben hier verbracht«, murmele ich und wende mich einer älteren Kundin zu, die etwas zu suchen scheint.

Kristian steht etwas unschlüssig da und wartet, bis ich die Dame bedient habe, wählt einige verpackte Lebensmittel aus und legt sie in seinen Einkaufskorb.

»Natürlich, Greta«, höre ich Sten lautstark am Telefon sagen, »ich bringe dir die Sachen wie üblich um die Mittagszeit vorbei. Keine Sorge, kannst dich auf mich verlassen.«

»Ich dachte, ihr liefert nicht«, sagt Kristian perplex, der das Gespräch mitgehört hat.

»Tun wir auch nicht«, antworte ich.

»Aber ich habe doch gerade gehört, wie er gesagt hat …«

»Greta ist ziemlich alt«, erkläre ich.

»Was hat das damit zu tun?«

»Sie kann nicht mehr selbst einkaufen. Also bringen wir ihr die Sachen vorbei.«

»Dann habt ihr doch einen Lieferservice.«

»Wenn man es genau betrachtet«, überlege ich, »ja. Für ausgewählte Kunden.«

»Ausgewählte Kunden? Was ist das für ein Schwachsinn?« Ich widerstehe nur schwer dem Impuls, verständnislos den Kopf zu schütteln und mit den Augen zu rollen. Ich hätte ahnen müssen, dass jemand wie Solveig einen Freund anschleppt, der ähnlich tickt wie sie. Einen, der sich sofort benachteiligt fühlt, wenn man jemand anderem einen Gefallen tut. Ich verschränke die Arme vor der Brust und gehe auf Abwehr.

»Schon mal was von Gleichberechtigung gehört?«, braust er auf.

»Natürlich. Und haben alte und kranke Menschen nicht auch ein Recht auf Grundversorgung? Hast du dich schon mal gefragt, wie Stine die letzten Monate klargekommen ist?«, kontere ich, und er sieht mich mit zusammengekniffenen Augen an. »Von mir aus nenne es Nachbarschaftshilfe! Und wenn es dir schon zuwider ist, wie wir mit unseren Kunden umgehen, kannst du dir ja mit deinen zwei gesunden Beinen gerne einen anderen Laden suchen. Der nächste ist ungefähr zehn Kilometer nördlich von hier«, schließe ich meinen Vortrag und lasse ihn stehen, um dem alten Gustav seine Einkaufstaschen abzunehmen und zu seinem Auto zu tragen. Dass ich Kristian wenig später mit einem prall gefüllten Korb bei Sten an der Kasse stehen sehe, erfüllt mich mit leiser Genugtuung.

Kristian

Obwohl sie mir ordentlich die Meinung gegeigt hat, beeindruckt mich Finjas Einstellung, und mir wird klar, wie dämlich ich mich gerade verhalten habe. Das ist eigentlich gar nicht meine Art. Und was sollte diese Aussage, dass Solveig schon ihr halbes Leben hier verbracht hätte? So wie ich es bisher verstanden habe, war sie lediglich früher in den Sommerferien hier. Warum sollte Solveig mir das verschwiegen haben? Aber andererseits: Warum sollte Finja das behaupten, wenn es nicht stimmt? Könnte es mit der Abfuhr zusammenhängen, die Solveig ihr gestern erteilt hat? Ist in ihrer Kindheit irgendwas vorgefallen? Vielleicht hätte ich Finja fragen sollen. Womöglich wäre sie gesprächiger als Solveig. Aber mit der Mentalität dieser Inselbewohner muss ich offenbar erst zurechtkommen.

Auf dem Weg zum Ferienhäuschen genehmige ich mir eine Zimtschnecke, die ich im Laden gekauft habe, für den größten Hunger. Ich wollte Solveig vorschlagen, heute die Umgebung zu erkunden, doch erst muss ich ihr ein bisschen auf den Zahn fühlen. Es ist eigenartig, so wenig über sie zu wissen. Für mich ist das mit ihr mehr als eine lockere Affäre, auch wenn ich noch nicht über die Zukunft nachgedacht habe. Trotzdem will ich wissen, mit wem ich meine Zeit verbringe, und vor allem, mit wem ich das Bett teile. Immerhin hat sie mich gebeten, zur Beerdigung ihrer Großmutter zu kommen. Das ist schon ein weiterer Schritt.

»Wieso hast du mir nicht erzählt, dass du mal hier gelebt hast?«, frage ich ohne Umschweife, als wir kurz darauf die mitgebrachten Einkäufe ausräumen.

»Woher weißt du das?«, will sie wissen und weicht meinem Blick aus.

»Spielt das eine Rolle?« Ich halte inne.

»Spielt es eine Rolle, *dass* ich hier gelebt habe?«, fordert sie mich heraus.

»Nein. Du hättest es nur mal erwähnen können.«

»Hast du die im Laden über mich ausgefragt?«

»Nein. Das musste ich gar nicht. Es hat sich einfach im Gespräch ergeben.«

»Wer ist denn da unten so redselig?« Sie ist genervt. Da sind wir schon zwei. Abwartend stieren wir uns gegenseitig an.

»Na los, sag schon. Wer hat dir das erzählt?«

»Finja«, antworte ich schließlich.

»Finja«, wiederholt sie und wirft verärgert die Arme in die Höhe. »Das war ja klar!«

»Was ist das nur zwischen euch?«

Mit Schwung schmeißt Solveig die Tür des Küchenschranks zu.

»Ja, ich habe meine Kindheit hier verbracht. Meine Eltern und ich haben hier bei Stine gewohnt. Bist du jetzt glücklich, dass du ein ach so großes Geheimnis aufdecken konntest?«, entgegnet sie. »Es ist ewig her.«

»Trotzdem, Solveig. Ich dachte, du wärst immer nur zu Besuch bei deiner Großmutter gewesen, stattdessen hast du hier gelebt.«

Frustriert seufzt sie. Ich verstehe nicht, was ihr Problem ist. Und langsam ärgere ich mich über mich selbst, dass ich das überhaupt wissen will. Ich sollte es dabei belassen. Ich sollte mich damit begnügen, mit Solveig ein paar nette Tage zu verbringen, Spaß zu haben und nicht an solchen Themen zu rütteln, über die sie nicht reden will. Aber trotzdem kann ich es nicht lassen.

»Schämst du dich für deine Herkunft?«

»Das ist doch lächerlich«, murmelt sie wenig überzeugend.

Einen Moment lang sehe ich sie an und suche irgendeinen Hinweis in ihrem Gesicht, eine Regung, die mir verrät, was in ihr vorgeht. »Ich verstehe dich nicht«, sage ich dann leise.

»Ich will einfach nicht, dass man mich mit diesem Ort in Verbindung bringt.«

»Hier ist es wunderschön, ein Paradies! Wo ist das Problem?«

»Das liegt doch auf der Hand«, verteidigt sie sich aufgebracht. »Sobald die Presse Wind davon bekommt, dass ich aus dieser Gegend stamme, wird es kein anderes Thema mehr in den Klatschblättern geben. Und sie werden in meiner Vergangenheit herumwühlen. Sie werden anfangen, die Leute hier auszuhorchen, und ich schwöre dir, es wird genug Menschen geben, die bereitwillig alles erzählen, was diese sensationslüsternen Journalisten wissen wollen. Egal, ob es stimmt oder nicht!«

»Dann sorgst du dich um die Leute hier?«

»Nein, verdammt. Die Leute sind mir scheißegal! Es geht mir einzig und allein um meine Karriere!«

»Und wer sollte Interesse daran haben, dir in irgendeiner Hinsicht zu schaden?«

»Du meine Güte, wie naiv bist du eigentlich? Das sind einfache Leute, Fischer, Handwerker. Für ein bisschen Geld und Ruhm würden sie wahrscheinlich ihre eigenen Großeltern verkaufen. Und im Gegenzug ist den Klatschreportern kein Mittel zu schmutzig, um an Informationen zu kommen!«

Ich setze mich und fahre mir mit beiden Händen durch die Haare. Damit habe ich nicht gerechnet.

»Und woher soll die Presse erfahren, wo du wirklich herkommst?«, schießt es mir plötzlich durch den Kopf. »Wenn nicht einmal ich es wusste?«

»Jetzt weißt du es«, erwidert sie. »Wer garantiert mir, dass du das nicht irgendwann einmal gegen mich verwendest?«

Bestürzt über ihren Vorwurf, starre ich sie an. Erst blinzle ich, dann nicke ich langsam und stehe auf. »Danke für dein Vertrauen. Ich nehme an, weil ich auch nur so ein naiver Handwerker bin, werde ich demnächst alle deine Geheimnisse an die Presse verkaufen.« Enttäuscht verlasse ich das Haus.

»Jetzt sei doch nicht gleich beleidigt!«, ruft sie mir hinterher und folgt mir.

»Was bin ich eigentlich für dich?«

»Was?«, fragt sie verwirrt.

»Du hast mich schon verstanden. Was bin ich für dich? Bis jetzt hast du erfolgreich vermieden, es zu benennen.«

»Komm schon, ist das nicht etwas kindisch?«

»Du hast mich noch nie als deinen Freund vorgestellt. Außerdem vertraust du mir nicht. Wieso hast du mich überhaupt mitgenommen? Damit ich die Flugtickets besorge, mich um dein Gepäck kümmere und dein Bett wärme?« Ich bin so aufgebracht, dass mir sogar egal ist, ob jemand unsere Auseinandersetzung mitanhört.

»Nein, verdammt! Ich wollte ...«, sie sucht nach Worten, »einfach nicht allein herkommen.«

»Und da hast dir ausgerechnet mich ausgesucht? Obwohl ich auch nur, wie diese Leute, die du offenbar so verachtest, ein dummer Handwerker bin?«

»So war das nicht gemeint.«

»Wie dann? Meinst du überhaupt irgendwas so, wie du es sagst? Oder ist alles nur Show?«

»Ich mag dich, Kristian«, sagt sie sanft und kommt einen Schritt auf mich zu. »Und das meine ich wirklich so. Es ist schön, dass du mich begleitet hast, und dafür bin ich dir dankbar.«

»Warum fällt es dir so schwer, mir zu vertrauen?«

»Du bist derjenige, der am meisten von mir weiß«, gibt sie zu.

»Und trotzdem bist du voller Geheimnisse und wirst sauer, wenn ich irgendwas über dich erfahren will.«

»Ja, du hast recht. Ich will die Vergangenheit einfach hinter mir lassen und mich voll und ganz auf das Hier und Jetzt konzentrieren. Auf meine Karriere. Auf dich und mich«, erklärt sie. Ein Stück weit kann ich sie sogar verstehen. »Aber ich werde versuchen, mich zu bessern. In Ordnung?«

Versöhnlich nicke ich. »Du bist mir wichtig, Solveig. Ich will wissen, was dich bewegt, was in dir vorgeht. Ich will es verstehen.«

Sie kommt auf mich zu und küsst mich ganz leicht auf den Mund. »Manche Dinge muss jeder mit sich selbst ausmachen.«

»Wirst du dich mit Finja aussprechen? Du musst mir nicht sagen, worum es geht, aber ...«

Ich höre, wie sie laut ausatmet. »Warum bedeutet dir das so viel?«

»Manche Gelegenheiten kommen nie mehr wieder. Jetzt sind wir hier. Eine gute Chance, um sich zu versöhnen.«

»Okay, okay«, gibt sie nach, »ich werde es versuchen. Und wir sehen uns zusammen die Inseln an. Versprochen!«

Kapitel 5

Finja

Am nächsten Abend bin ich dabei, die getrocknete Wäsche von der Wäschespinne im Garten zu nehmen, als unerwartet Solveig auftaucht. Ein kribbeliges Gefühl macht sich in mir breit, weil ich nicht weiß, was das zu bedeuten hat. Sie hat mir eindeutig klargemacht, was sie von einer Aussprache hält.

»Solveig«, sage ich zur Begrüßung und lächle sie an. Sie ist hier, in unserem Garten, also *muss* es etwas Gutes bedeuten.

»Du wolltest reden«, erwidert sie. »Hier bin ich.«

»Wollen wir reingehen? Oder möchtest du lieber ein paar Schritte laufen?«

»Sind wir im Haus ungestört?«, will sie wissen, und ich nicke. »Dein Vater?«

»Er ist mit Marit spazieren.«

Bevor wir das Haus betreten, mustert Solveig es mit einem abschätzigen Blick, der schließlich an unserem kaputten Dach hängen bleibt.

»Was ist mit eurem Dach passiert?«, fragt sie auch prompt.

»Der letzte Sturm vor ein paar Wochen hat ihm ziemlich zugesetzt.«

Solveig folgt mir in die Küche, und ich biete ihr einen Platz an.

»Hier hat sich nichts verändert.«

»Wir haben uns verändert«, erwidere ich.

Ich lehne an der Anrichte und sehe sie an, abwartend und ein bisschen nervös.

»Wie geht es dir?«, frage ich, als sie nichts sagt.

»Ich bin viel unterwegs. Hab eine steile Karriere hingelegt.« In ihrer Stimme schwingt Stolz mit und ein bisschen Überheblichkeit. »Aber das weißt du sicher.«

»Ja, ich habe nichts Besseres zu tun, als täglich die Klatschblätter nach dir abzusuchen.« Doch nach einer Pause frage ich: »Dann bist du also glücklich?«

Sie schnaubt verächtlich, was mir Antwort genug ist.

Nach einer Weile des Schweigens gieße ich ihr schließlich wortlos einen Becher Kaffee ein und stelle ihn vor ihr auf den Tisch. Ziemlich verkrampft, dieses Gespräch.

»Du hast ihn noch«, stellt sie überrascht fest und sieht mich einen kurzen Moment an, bevor sie den Blick wieder senkt. Sie meint den Henkelbecher, den ich vor vielen Jahren, als wir noch Kinder waren, einmal von ihr zum Geburtstag bekommen habe.

»Er erinnert mich an gute Zeiten«, sage ich, und sie seufzt. »Weißt du noch, als wir heimlich Kaffee getrunken haben?«, fällt mir ein, und diese Erinnerung bringt mich zum Lächeln.

»Ja, weil wir nachts die Trolle suchen gehen wollten«, ergänzt Solveig.

Stine hatte uns jahrelang Geschichten über die Trolle erzählt, dass sie freundliche und hilfsbereite Geschöpfe seien, man sie aber nicht reizen dürfe. Daraufhin war unsere Neugier geweckt. Wir waren beide zwölf Jahre alt, Freundinnen und für jedes Abenteuer zu haben. Einerseits hielten wir uns schon für viel zu alt für Märchen, aber andererseits glaubte doch irgendwie jeder an Trolle. Wir mussten warten, bis unsere Eltern im Bett waren, und damit wir selbst wach blieben, machten wir uns heimlich eine große Kanne starken Kaffee.

»Und trotzdem sind wir am Fjord unten eingeschlafen«, fällt mir ein.

»Der war koffeinfrei«, meint sie nachdenklich und nippt ein paarmal an ihrer Tasse. »Beim ersten Mal zumindest.« Ihre Stimme ist jetzt ganz leise. Mir ist klar, worauf dieses Gespräch hinausläuft. Wir hatten es damals noch einmal versucht, und diese Nacht hat unser Leben verändert.

»Du hast alles kaputt gemacht. Du und deine elende Mutter«, sagt Solveig plötzlich.

»Wie meinst du das?«, frage ich erschrocken.

»Deine Mutter hat meine Familie zerstört, aber wenn du nicht gewesen wärst ... mit deinen *dummen* Ideen! Dann wäre das alles niemals ans Licht gekommen!«, wird sie richtig laut.

Und als wäre es gestern gewesen, sehe ich die Bilder wieder vor mir. Es war der Geburtstag meiner Mutter, und weil meine Eltern etwas Besonderes vorhatten, durfte ich mit Solveig bei Stine übernachten. Ich war schon zum Strand vorgegangen, weil Solveig ihre Jacke vergessen hatte und noch einmal umgekehrt war. Ich sollte inzwischen das Plätzchen hinter den großen Felsen ausfindig machen, von wo aus wir den besten Blick aufs Meer hatten. Dort sollten sich, laut Stine, nachts die Trolle am häufigsten aufhalten. Es war Ende Juni, also standen die Chancen wegen der Mitternachtssonne noch besser.

Ich sah sie schon von Weitem. Aber nicht die Trolle. Sie hatte ihr schönstes Kleid an, und ihr helles Haar wehte verspielt im Wind. Meine Mutter. Und sie küsste jemanden, ganz zart und mit geschlossenen Augen. Jemanden, der nicht mein Vater war. Ich war wie vor den Kopf gestoßen, während Tausende unbenennbare Gefühle auf mich einstürmten. Und trotzdem war es mir unmöglich wegzusehen. Als mir Solveig endlich einfiel und ich auf den Gedanken kam, sie vor diesem Anblick zu schützen, stand sie schon hinter mir. Und sie war ebenso erschüttert wie ich. Der Mann, den meine Mutter damals küsste, war Solveigs Vater.

Ich schlucke schwer. »Nicht nur deine Familie ist damals zerbrochen, Solveig. Glaubst du, es war einfach, ohne Mutter aufzuwachsen?«

»Wäre dir lieber, eine Alkoholikerin als Mutter zu haben? Sie hat nie verkraftet, was mein Vater ihr damals angetan hat.«

Ich weiß nicht, was ich sagen soll oder kann. Nichts würde ungeschehen machen, was passiert ist.

Nach einer Weile legt Solveig einen Scheck auf den Tisch und schiebt ihn in meine Richtung.

»Was soll das?«, frage ich.

»Euer Dach ist kaputt.«

»Das ist nicht deine Angelegenheit.«

»Es ist nur eine Frage der Zeit, bis die Boulevardpresse auf meine Herkunft aufmerksam wird, und dann werden sie sich wie die Geier darauf stürzen. Sie werden Skandale suchen. Bis jetzt weiß niemand, wie es um meine Familie wirklich steht. Es ist uns hervorragend gelungen, die Fassade aufrechtzuerhalten.« Ein bitteres Lachen entfährt ihr. »Stell dir die Schlagzeile vor: Mutter von Topmodel wird nach dem Seitensprung ihres Mannes zur Alkoholikerin! Das kann ich mir nicht leisten.«

»Was hat das alles mit unserem Dach zu tun?«, frage ich, obwohl ich ahne, worauf es hinausläuft.

»Ich will, dass du den Mund hältst. Kein Wort über unsere Vergangenheit. Zu niemandem!« Einen Moment lässt sie ihre Forderung auf mich wirken. »Besonders nicht zu Kristian. Er stellt zu viele Fragen. Für die paar Tage, die wir hier sind, will ich, dass du so tust, als hätten wir alles zwischen uns geklärt. Am besten gehst du ihm aus dem Weg. Wer weiß, was dir sonst rausrutscht.«

»Du denkst, Kristian würde dich an die Presse verraten? Ich dachte, er wäre dein Freund.« Ich bin fassungslos.

»Das Leben hat mich gelehrt, dass man keinem vertrauen kann.«

Entschlossen schiebe ich den Scheck wieder über die Tischfläche zu ihr zurück. »Ich werde niemandem aus dem Weg gehen. Und vor allem lasse ich mich nicht kaufen, Solveig. Wenn du willst, dass ich über deine Vergangenheit schweige, dann werde ich das. Aber bestimmt nicht für Geld.«

Ein überlegener Ausdruck erscheint auf ihrem Gesicht. »Finja, die gute Seele. Haust in einer Bruchbude und ist trotzdem noch so genügsam! Ich war überzeugt, dass dir dein schäbiges, kleines Zuhause wichtiger ist als dein Stolz. Da habe ich mich wohl getäuscht. Aber ich warne dich, wehe, du sagst zu irgendjemandem ein Sterbenswörtchen …« Sie schiebt den Kaffeebecher über den Tisch, bis er über die Kante zu Boden fällt und zerbricht. Der Kaffee spritzt auf und hinterlässt braune Pfützen auf dem Linoleumboden. »Ich schwöre dir, dann wird noch viel mehr in deinem Leben zerbrechen.«

Bestürzt schaue ich auf die Scherben auf dem Küchenboden, als sie unser Haus verlässt. Wie konnte dieser Besuch, der doch anfangs so vielversprechend war, so verstörend enden?

Wir waren damals nicht die Einzigen, die meine Mutter Elin und Einar Jakobsen in dieser Nacht gesehen hatten. Jedenfalls dauerte es nicht lange, und jeder in Skjærvik wusste über die beiden Bescheid. Als die traurige Wahrheit auch an unsere Tür klopfte, schickte mein Vater mich aus der Küche. Es kam nicht oft vor, dass meine Eltern Streit hatten, und wenn, dann sehr ruhig.

Mein Vater erhob selten seine Stimme, und wenn er wütend war, dann wurde er gefährlich still. Er fraß lieber alles in sich hinein, und obwohl meine Mutter über manche Dinge reden wollte, drang sie meist nicht zu ihm durch, weil er völlig abblockte. Er ist im Grunde ein gutmütiger Mann, doch er ist ebenso stur und verbohrt und hat einen starken Willen. Wenn ich als Kind etwas ausgefressen hatte, fürchtete ich mich am meisten vor ruhiger Stimmung, denn das bedeutete, dass er sehr verletzt und enttäuscht von mir war. Manchmal redete er überhaupt nicht mehr mit mir, und dieser Zustand konnte mehrere Tage andauern.

Meine Mamma hingegen war lebensfroh und gesellig, lachte gerne und hatte einen feinen Sinn für Humor. Wahrscheinlich waren es diese Gegensätze, deretwegen sich die beiden ineinander verliebten, als die aus Bergen stammende Elin mit einem Postschiff der Hurtigruten auf die Inseln kam. Das Schiff machte nur einen kurzen Zwischenstopp, doch meine Mutter war derart fasziniert von der Landschaft und vermutlich auch von meinem Vater, dass sie nicht mehr zurück an Bord ging.

Ich wusste nicht, was meine Eltern an jenem Abend besprachen. Von meinem Schlafzimmer aus, das über der Küche lag, verstand ich ihre Worte nicht. Doch Mamma war danach nicht mehr dieselbe. Vielleicht wegen des Gesprächs, vielleicht aber auch, weil man in Skjærvik munkelte, dass die Jakobsens wegziehen und Stine allein lassen würden. Solveig und ich durften uns nicht mehr sehen, und ich konnte mich nicht einmal von ihr verabschieden. Kurz bevor sie weggingen, verschwand auch meine Mutter von einem auf den anderen Tag. Ich war untröstlich, weinte tagelang, und als ich meinen Vater nach dem Grund fragte, meinte er lediglich, Elin habe sich entschieden.

Ich habe bis heute keine Ahnung, ob Elin und Einar je ein Paar waren oder ob die Liebelei am Strand eine einmalige Sache war. Doch laut Solveigs Aussage sind ihre Eltern noch verheiratet. Wenn auch vielleicht nur auf dem Papier und für den schönen

Schein. Die letzten Jahre müssen verdammt schwer für Ida gewesen sein, und ich verstehe auch Solveig, dass sie verletzt und verbittert ist. Trotzdem tut es weh, dass sie mir die Schuld an dem Ganzen gibt.

Ich vermisse meine Mutter immer noch schmerzlich. Ihr fröhliches Lachen, ihre feinfühlige Art, ihre Musik. Sie spielte leidenschaftlich gerne Gitarre, und zu meinem sechsten Geburtstag schenkte sie mir eine eigene, um mich zu unterrichten. Doch seit dem Tag, an dem sie ging, erklang keine einzige Saite mehr in unserem Haus.

Wir haben uns den Alltag ohne sie eingerichtet, haben uns irgendwann an ihre Abwesenheit und an die Stille gewöhnt. Wie gerne hätte ich Solveig gefragt, ob sie weiß, wo meine Mutter ist oder wie es ihr geht. Doch das ist angesichts der Ereignisse unmöglich.

Oft habe ich darüber nachgedacht, ob es schon vor dieser einen Nacht, die alles verändert hatte, irgendwelche Anzeichen gegeben hatte. Ob meine Eltern Probleme hatten, von denen ich nichts wusste, oder ob ich mir die innige Liebe zwischen den beiden immer eingebildet hatte. Doch es ist müßig, darüber nachzudenken. Meine Mutter hat sich in all den Jahren nie gemeldet. Und das schmerzt am meisten. Vielleicht hätte ich ihr unter anderen Umständen längst verziehen, dass sie uns verlassen hat. Und vielleicht hätte mein Vater ihr ebenso vergeben.

»Finja?«, ruft jemand und klopft laut an die Tür. »Ist jemand hier? Finja? Magnus?«

Ich blinzle mich aus meiner Starre und öffne.

»Lasse«, begrüße ich den unerwarteten Besucher, und er tritt ein. Möglich, dass er schon länger da steht und klopft.

»Hast du geschlafen?«, beginnt er zögerlich. »Du siehst zerstreut aus.«

»Nein«, erwidere ich, »alles gut. Ich bin nur etwas gestresst.«

Lasse scheint sich Sorgen zu machen, seiner eingehenden Musterung nach zu urteilen. Er und ich waren vor einigen Monaten ein Paar. Doch von meiner Seite ist der Funken niemals richtig übergesprungen, weswegen ich mich von ihm getrennt habe. Zum Glück trägt er mir das nicht nach, und wir sind mittlerweile sogar Freunde geworden.

»Magst du was trinken?«, biete ich ihm an.

»Ist wirklich alles in Ordnung?«, will er wissen, ohne auf meine Frage einzugehen. Er kennt mich einfach zu gut. »Ich habe gesehen, dass Solveig hier war. Was wollte sie denn?«

Ich überlege kurz. Ich bin eine verdammt schlechte Lügnerin, also muss ich versuchen, so nahe wie möglich an der Wahrheit zu bleiben.

»Sie wollte nur kurz Hallo sagen.«

»Das glaubst du doch selbst nicht«, zweifelt er.

»Wir haben uns ewig nicht gesehen, da liegt es doch nahe, mal kurz reinzuschauen. Immerhin waren wir gut befreundet.«

»Ihr habt aber auch beide viel durchgemacht. Den Mist, den eure Eltern veranstaltet haben ... das überlebt die beste Freundschaft nicht«, legt Lasse den Finger genau in die Wunde.

»Wir sind inzwischen erwachsen und definieren uns nicht mehr über unsere Eltern.«

»Na dann«, erwidert er wenig überzeugt. »Und was ist das da?«, er deutet auf die zerbrochene Tasse am Boden, die ich noch immer nicht aufgehoben habe.

»Das ist mir vorhin passiert«, beteuere ich. »Ich habe mich erschreckt, als du so laut gegen die Tür gepocht hast.« Ich bücke mich und lese vorsichtig die Teile des Kaffeebechers auf. Es sind nur vier große Scherben, doch ich bin nicht sicher, ob sich das wieder kitten lässt.

»Soll ich sie für dich kleben?«, bietet Lasse an.

»Nein, danke, das mach ich schon.« Mit einem feuchten Lappen wische ich die Kaffeereste vom Boden.

»Worüber habt ihr geredet, Solveig und du?«, fragt er, und mir fällt auf, dass er mich noch gar nicht über den Grund seines Besuches aufgeklärt hat.

»Über alte Zeiten«, antworte ich knapp. »Warum bist du eigentlich hier?«

»Ich wollte dich einladen. Wir wollen am Wochenende auf den *Baken* wandern und in einer der Hütten übernachten.«

»Wer ist wir?«, frage ich.

»Mats und Lilja sind gerade hier. Erik, Ruth und ich natürlich. Vielleicht kommen Solveig und ihr Freund ja auch mit.« Kurz überlege ich. Mats, Ruth und Erik sind alte Schulkameraden von Lasse, Solveig und mir. Es sind alles Pärchen, mit Ausnahme von Lasse und mir. Verspricht er sich etwas davon? Macht er sich etwa doch noch Hoffnungen?

»Ich kann nicht«, erwidere ich. »Du weißt, dass mich mein Vater braucht.«

»Aber du kannst doch Marit fragen, ob sie bei Magnus bleibt.«

Entschlossen schüttle ich den Kopf. »Marit hilft mir schon genug, am Wochenende soll sie Zeit mit Sten verbringen.«

»Ach, komm schon, Finja, um der alten Zeiten willen.«

»Lasse, es geht nicht.«

»Es liegt an Solveig, oder?«, lässt er nicht locker. »Soll ich sie lieber doch nicht einladen?«

»Doch, natürlich. Ich habe einfach kein gutes Gefühl, wenn ich über Nacht weg bin. Das musst du doch verstehen.«

»Ja«, lenkt er endlich ein, »verstehen tue ich es schon, es ist nur sehr schade.« Lasse sieht mich mit einem wehmütigen Blick an, der mir verrät, dass seine Gefühle für mich nie ganz erloschen sind. Es tut mir leid für ihn, denn von meiner Seite aus wird nie mehr sein als Freundschaft.

»Ihr habt es bestimmt lustig. Du wirst schon sehen!«, versuche ich, ihn zu ermuntern. »Und danke noch mal, dass du an mich gedacht hast.«

»Dafür nicht. Ich denke doch ständig an dich.«

Innerlich seufze ich. »Sag das nicht.«

»Wenn es aber so ist?«

»Lasse«, beginne ich vorsichtig und wäge meine Worte genau ab, »ich habe dir gesagt, dass das zwischen uns nichts wird.«

Das Gespräch, das eines der aufrichtigsten während unserer gesamten Beziehung war, ist jetzt etwa ein halbes Jahr her. Lasse hat damals gemeint, dass er es schon geahnt hätte. Wir sind uns seitdem öfters über den Weg gelaufen. Anfangs war es seltsam, ihm zu begegnen, aber inzwischen hat sich der Knoten gelöst, und wir können wieder normal miteinander umgehen. Das dachte ich zumindest bis heute.

Er nickt und senkt den Kopf. »Für Gefühle kann man eben nichts«, sagt er leise.

Es schmerzt mich, ihn so zu sehen, und ich weiß nicht, was ich erwidern kann, ohne es noch schlimmer zu machen.

»Du solltest gehen«, flüstere ich schließlich, weil er sich nicht vom Fleck rührt und die Situation langsam etwas eigenartig wird.

»Wenn du Sorgen hast, Finja«, entgegnet er und deutet auf die Scherben auf der Anrichte, »dann bin ich für dich da.«

»Danke.« Es tut gut, das zu wissen, und doch ist er bestimmt nicht der Erste, dem ich mich anvertrauen würde. Als er geht, setze ich mich an den Tisch und lege erschöpft das Gesicht in meine Hände. Was ist das nur für ein Tag?

Kapitel 6

Kristian

Solveig und ich hatten einen wirklich schönen Tag. Wir haben uns Fahrräder ausgeliehen und die Gegend erkundet, sind sogar bis auf die Nachbarinsel Vestvågøy gefahren und haben uns dort das Wikingermuseum in Borg angesehen. Der Himmel war heute, bis auf ein paar vereinzelte Federwolken, fast ungetrübt, und der Geruch von Meer, Salz und Fisch begleitete uns während der ganzen Strecke. Wir fuhren an unzähligen Holzgestängen vorbei, auf denen von Februar bis April der typisch norwegische Stockfisch zum Trocknen aufgehängt wird. Am unbeschreiblich schönen und von einem riesigen Bergmassiv geschützten Uttakleiv-Strand machten wir Rast und beobachteten eine Weile die vielen Surfer, die sich dort – auf der Suche nach der perfekten Welle – tummelten. Solveig saß neben mir auf einem der aus dem weißen Sand herausragenden Steine. Ich spürte eine seltsame Sehnsucht in mir, die ich jedoch nicht zuordnen konnte. Solveig war doch da. Dennoch fehlte irgendetwas.

Auf dem Rückweg besichtigten wir die Kirche in Gravdal, weil mich solche Bauwerke schon immer faszinierten.

Wir sparten prekäre Themen, wie die Vergangenheit, aus und schlichen um sie herum wie Katzen um ein Mauseloch. Trotzdem war der Tag um einiges lockerer als die vorherigen. Nachdem wir die Fahrräder zurückgegeben hatten, kauften wir noch einige Lebensmittel ein, und ich habe mich bereit erklärt, für uns ein schönes Abendessen zu kochen. Währenddessen wollte Solveig – sehr zu meiner Überraschung – Finja einen Besuch abstatten.

Als ich schon fast fertig bin, kommt sie gut gelaunt zur Tür herein und küsst mich zur Begrüßung auf die Wange.

»Hei«, sagt sie lächelnd und setzt sich an den Tisch vor der Fensterfront der gemütlichen Hütte. Sie steht auf einer leichten Anhöhe, von der aus man einen wundervollen Ausblick über das ganze Fischerdorf hat.

»Hallo«, erwidere ich erfreut. »Und? Wie war's?«

»Alles geklärt«, meint sie knapp.

»Schön. Werdet ihr euch noch mal treffen, solange wir hier sind?« Solveig bleibt mir die Antwort schuldig, da in dem Augenblick mein Handy klingelt.

»Hallo?«, beantworte ich den Anruf, weil ich keinen Blick aufs Display werfen konnte, während ich mir umständlich die Finger an einem Küchentuch abwische.

»Hei, Kristian! Na, wie geht es euch?«, fragt meine Mutter am anderen Ende der Leitung. »Genießt ihr die Zeit?« Sie ist um Ruhe bemüht, doch ich kann an ihrer Stimme hören, dass irgendwas nicht stimmt.

»Ja, das tun wir. Ist zu Hause alles in Ordnung?«

»Ja«, antwortet sie etwas verzögert, »na ja ...« Im Hintergrund höre ich meinen Vater schimpfen, doch ich kann seine Worte nicht verstehen.

»Was ist denn los, Mamma? Gibt's Ärger?«

»Im Grunde nicht. Du kennst ja deinen Vater. Wann habt ihr denn vor wiederzukommen?« Sie versucht, beiläufig zu klingen, doch Vaters Flüche machen ihre Bemühungen zunichte.

»Ich weiß es noch nicht. Sag mir bitte, was sein Problem ist. Oder hol ihn ans Telefon, dann kann er es mir selbst sagen.«

Ich bin schon jetzt genervt. Hat er Mamma auf mich angesetzt oder so lange rumgenörgelt, bis sie selbst keinen Ausweg mehr wusste, als mich anzurufen? Ich weiß, sie gönnt mir ein paar Tage Urlaub. Vaters Auffassung zu diesem Thema kenne ich ja: Man bringt es nur zu etwas, wenn man Tag und Nacht dafür schuftet. Diese großartige Einstellung hat dafür gesorgt, dass Arne und ich unsere gesamte Kindheit mit einer leicht überforderten Mutter und einem nicht anwesenden Vater verbracht haben. Ihn interessierten nur Leistungen, und wenn sie seinen hohen Anforderungen entsprachen, konnte man sich sogar hin und wieder ein Lob oder eine liebevolle Geste damit verdienen.

Ich war in der Schule leider nur Mittelmaß. Erst während meiner Berufsausbildung konnte ich mit vorbildlichen Noten glänzen, doch das setzte mein Vater sowieso voraus. Oder er hatte sich schon zu sehr daran gewöhnt, seinem Ältesten am meisten Anerkennung zu zollen. Mein Vater ist ein Choleriker. Trotzdem muss ich ihm zugutehalten, dass ich, was das Tischlern angeht, eine ganze Menge von ihm gelernt habe.

Am Telefon fällt im Hintergrund eine Tür ins Schloss, und ich höre meine Mutter aufatmen.

»Es geht um den Tisch, der hinten in der Werkstatt steht«, erklärt sie mit gedämpfter Stimme. »Du weißt schon, dieser moderne Gartentisch.«

»Ja, ich weiß, welchen du meinst. Er gehört mir.«

»Harald sagt, er nimmt zu viel Platz weg. Wenn er nicht bald verschwindet, dann verkauft er ihn.«

»Dann soll er ihn verkaufen«, entgegne ich genervt. Es handelt sich um ein Möbelstück aus Kiefernholz, dessen Kanten der natürlichen Form des Holzes entsprechend verlaufen.

»Du wolltest doch noch passende Stühle dazu bauen.«

»Ihm gefällt aber diese Linie eh nicht. Deshalb will er den

Tisch auch loswerden«, erkläre ich ihr. »Ich habe ihm meine Entwürfe gezeigt, du warst doch dabei!«

»Vielleicht könntest du ihm ein bisschen entgegenkommen«, versucht sie zu vermitteln. »Ich sehe großes Potenzial in deinen Skizzen, aber ihm sind sie einfach zu modern.«

»Weil er engstirnig ist, Mamma! Er versucht nicht einmal, über den Tellerrand zu sehen. Und hätte Arne die Zeichnungen gemacht, dann wäre Vater begeistert!« Ich kann meinen Ärger nun nicht mehr unterdrücken, und mit einem entschuldigenden Blick zu Solveig gehe ich nach draußen.

»Ich werde noch einmal mit ihm reden«, schlägt sie vor.

»Ich weiß nicht, was das bringen soll.«

»Und du versuchst inzwischen, deine Entwürfe etwas abzuändern ... nur ein bisschen. Du weißt doch, er liebt das Bodenständige.«

Ich schließe die Augen und schnaube, während ich mir mit der freien Hand das Haar raufe. »Ich weiß nicht, ob ich dafür Zeit habe. Aber danke für deine Unterstützung.«

»Überlege es dir. Dein Vater will ebenso wenig wie ich, dass du die Firma verlässt.«

»Hat er das gesagt?«, frage ich, während ich grüble, woher meine Mutter überhaupt von diesen Überlegungen weiß. Wahrscheinlich mütterliche Intuition.

»Das würde Harald nie zugeben, aber niemand kennt ihn so gut wie ich.«

Als wir uns verabschieden, ist meine gute Laune von vorhin wie weggeblasen. Das Essen ist kalt, und Solveigs Augen kleben schon wieder an ihrem iPad. Den Abend habe ich mir anders vorgestellt.

Auf kleiner Stufe wärme ich die Nudeln in der Pfanne und die Soße, deren Gemüse leider inzwischen viel zu weich ist, auf.

Solveig fragt nicht, worum es in dem Telefonat ging, und ich bin zu frustriert, um es von mir aus zu erzählen. Ist es mir nicht einmal vergönnt, im Urlaub meine Ruhe zu haben?

»Vorhin habe ich einen alten Schulfreund getroffen«, erwähnt Solveig so nebenbei, ohne aufzublicken.

»Okay, und was erzählt er so?«, frage ich nach einer gefühlten Ewigkeit, in der sie das Interesse an dem Gespräch bereits wieder verloren zu haben scheint. Jetzt hebt sie fragend den Blick. »Dein Schulfreund«, helfe ich ihr auf die Sprünge, »was hat er gesagt?«

»Oh ... ja. Er hat gesagt ...«, sie streicht sich ihre Haare hinters Ohr und versinkt erneut in ihrem iPad.

»Sag mal, könntest du das nicht mal für einen Augenblick weglegen?«, bitte ich sie und komme mir dabei vor, als würde ich mit einem Teenager reden.

Sie sieht mich an und blinzelt, dieses Mal scheint ihr mein missmutiger Tonfall nicht zu entgehen.

»Ja. Klar«, sagt sie und legt es dann auch tatsächlich zur Seite. »Also, ich habe Lasse getroffen, und er hat uns zu einem Wanderausflug eingeladen.«

»Ach ja? Wann denn?«

»Am Wochenende«, erklärt sie. »Es kommen noch ein paar andere Freunde mit.«

»Aber ...«

»Ich habe zugesagt«, unterbreitet sie mir.

»Ich dachte, wir wollten etwas Zeit zu zweit verbringen.«

»Ja, ich weiß, aber Wandern mit ein paar Leuten ist doch auch schön. Außerdem ist das die perfekte Möglichkeit, dir die Inseln zu zeigen. Und Lasse ist ein ganz Lieber, ich wollte die Einladung einfach nicht ausschlagen. Das wäre mir unhöflich erschienen!«

Bitter lache ich auf. »Und dein Versprechen mir gegenüber zu brechen erscheint dir nicht unhöflich?« Mir ist klar, dass ich ein wenig überspannt reagiere, aber das Gespräch mit meiner Mutter nagt noch an mir.

»Also bitte, sei nicht albern. Wir machen das ein andermal!«

»Ach, und wann?«, hake ich nach und schiebe ein »Wir können essen!« hinterher.

»Ich habe eigentlich gar keinen Hunger«, sagt sie und ignoriert meine andere Frage.

Unsanft stelle ich die Pfanne auf den Untersetzer auf den Tisch. Ich habe das Essen mit viel Mühe zubereitet, ich werde es bestimmt nicht wegwerfen, bloß weil Madame keinen Appetit hat. Sie wird sich schon wieder irgendeinen Dingsbums-Shake genehmigt haben oder auf Diät sein.

»Je nachdem, wann die Testamentseröffnung stattfindet, werden wir nächste Woche schon wieder weg sein«, nehme ich den Faden wieder auf. »Ich habe mir das einfach anders vorgestellt. Dass wir beide gemeinsam deine Heimat erkunden. Ohne einen Haufen anderer Leute.«

»Jetzt geht das wieder los«, murmelt sie genervt und verdreht die Augen. »Ich bin hier nicht mehr zu Hause, Kristian. Wann verstehst du das endlich?«

»Okay, lassen wir das.« Ich stopfe mir eine völlig überladene Gabel Nudeln in den Mund und kaue so schnell, dass ich nicht einmal den Geschmack richtig wahrnehme.

»Ich habe meine Schulfreunde ewig nicht gesehen, und ich finde es nett, dass Lasse mich einlädt. Tut mir leid, wenn ich nicht dran gedacht habe, dass du etwas dagegen haben könntest!«

Ich schließe kurz die Augen und verlangsame mein Kauen. »Ich habe ja auch gar nichts dagegen. Es ist nur ... ich habe das Gefühl, wir beide haben nie genug Zeit zusammen. Aber wenn dieser Lasse so ein *Lieber* ist.« Der letzte Satz kommt sarkastisch rüber.

»Du bist eifersüchtig«, stellt sie das Offensichtliche fest.

»Sollte ich?«

»Du wirst doch dabei sein! Glaubst du, er will mich in deiner Gegenwart anmachen?«, entgegnet sie.

Ich weiß, dass sie recht hat, und übergehe ihren Seitenhieb, bemüht um einen lockeren Tonfall: »Wann geht's denn los? Ich muss vorher noch ein paar Entwürfe überarbeiten.«

»Morgen.«

»Ist das nicht etwas spontan?«

»Die haben das schon länger geplant. Nur, dass wir beide dabei sind, ist kurzfristig. Lasse stellt uns die gesamte Wanderausrüstung zur Verfügung. Er hat ein Sportgeschäft ganz in der Nähe. Da fahren wir morgen früh hin und kleiden uns ein.«

Ich fasse es nicht. Dieser Tag kann unmöglich noch mehr Überraschungen bereithalten.

»Das geht nicht, Solveig, ich müsste eine Nachtschicht einlegen, um das zu schaffen«, beteuere ich.

»Na dann«, meint sie ungerührt. »Ist ja eh die ganze Nacht hell, das sollte also kein Problem sein. Du machst sonst auch hin und wieder was anderes als schlafen«, fügt sie augenzwinkernd hinzu, bevor sie ins Badezimmer geht und sich ein Schaumbad genehmigt.

Nachdem ich die Küche aufgeräumt habe, setze ich mich vor das Ferienhäuschen und widme mich meinen Entwürfen. Doch mein Kopf ist einfach zu voll, und es fällt mir schwer, mich auf das Wesentliche zu konzentrieren.

Die kühle Brise, die vom Fjord heraufzieht, lässt mich frösteln, während meine Gedanken in die verschiedensten Richtungen jagen. Die Konflikte mit meinem Vater belasten mich, während mich die Sache mit Solveig immer mehr irritiert. In den letzten Tagen habe ich erst gemerkt, wie oberflächlich unsere Beziehung ist. Es ist nicht nur das mangelnde Vertrauen zwischen uns. Sie übergeht mich, und meine Meinung scheint überhaupt keine Rolle für sie zu spielen. Außerdem wurmt es mich, dass sie mein Essen nicht angerührt hat.

Irgendwann bin ich so erschöpft, dass ich samt meinen Skizzen reingehe und nach Solveig sehe. Vielleicht können wir noch einmal reden. Doch zu meiner Überraschung schläft sie schon. Sie hat es nicht einmal für nötig gehalten, mir eine gute Nacht zu wünschen.

Sie ist es nicht gewöhnt, auf jemanden Rücksicht zu nehmen, sage ich mir. Ich rufe mir den vergangenen Tag in Erinnerung, als wir im Wikingermuseum eine Suppe nach Wikinger-Art probierten und wir uns danach auf dem Gelände im Axtwerfen und Bogenschießen versuchten. Ich habe selten so viel mit Solveig gelacht. Es war schön, und mir wird bewusst, wie kostbar jeder dieser Augenblicke ist. Wahrscheinlich macht mich die Müdigkeit so melancholisch. Ich gehe rasch ins Bad, ziehe mich aus und lege mich neben Solveig ins Bett. Es dauert viel zu lange, bis der Schlaf mich davonträgt.

Am nächsten Morgen reißt Solveig mich schon früh aus den Federn. Sie ist bereits angezogen, und zu meinem Erstaunen hat sie sogar Frühstück gemacht.

»Guten Morgen«, murmele ich und versuche, ihre Stimmung auszuloten.

»Guten Morgen«, erwidert sie, »ich habe wirklich fantastisch geschlafen!« Genüsslich streckt sie sich. »Machst du dich fertig? Wir müssen gleich los. Lasse holt uns in einer halben Stunde ab.«

»Solveig, es tut mir leid, ich habe es gestern nicht mehr geschafft, meine Skizzen zu überarbeiten.«

Sie sieht mich enttäuscht an. »Vergiss doch diese blöden Entwürfe!«

Ich werfe die Decke zurück und stehe auf.

»Das sind keine blöden Entwürfe«, stelle ich unmissverständlich klar und sehe ihr dabei direkt in die Augen.

»Ich dachte, du willst Zeit mit mir verbringen.« Sie macht einen Schmollmund und will mich am Vorbeigehen hindern, indem sie ihre kalten Hände unter mein T-Shirt schiebt.

»Das will ich auch«, entgegne ich und drücke ihr einen Kuss auf die Lippen.

»Na, dann hätten wir das ja geklärt«, triumphiert sie.

»Okay, dann sagst du ihm ab?«

»Nein. So meinte ich das nicht«, berichtigt sie mich.

»Sondern?«

»Ich will auf diese Wanderung. Und ich will, dass du auch dabei bist«, fordert sie.

»Solveig«, sage ich so geduldig wie möglich, »ich habe zu arbeiten. Und das ist mir wirklich wichtig. Wenn du also gehen willst, dann können wir halt erst etwas später los.«

»Vergiss es«, beleidigt lässt sie ihre Hände sinken und wendet sich ab. »Ich werde allein gehen.«

Damit habe ich nicht gerechnet. Andererseits sind es ihre Freunde, und ich kann nicht verlangen, dass sie wegen meiner Arbeit das Treffen sausen lässt.

»Okay«, sage ich versöhnlich, »wenn du das wirklich machen willst, dann solltest du allein gehen. Es wird dir bestimmt guttun, deine alten Freunde zu sehen.«

»Vor allem wird es *uns* guttun!«

»Soll heißen?«

»Der Abstand wird uns guttun«, erklärt Solveig. Sie ist jetzt wirklich sauer. Ungerechtfertigt, wie ich finde. Schließlich habe ich in Oslo alles stehen und liegen lassen, um mit ihr hierherzukommen.

»Das ist nicht dein Ernst«, fahre ich sie an. »Wir haben erst wenige Tage miteinander verbracht, und du bist der Meinung, wir brauchen *Abstand*?«

»Es ist deine Entscheidung.«

»Ich kann nicht fassen, dass du das sagst!«

»Es liegt an dir, wie du deine Prioritäten setzt.« Ihr Blick ist eiskalt, aber ich bin jetzt so wütend, dass er an mir abprallt. Diese letzte Aussage bringt das Fass endgültig zum Überlaufen.

»Du hast recht«, stimme ich schließlich aufgebracht zu, »ein bisschen Abstand wird uns beiden guttun.«

Kapitel 7

Finja

Heute ist Mittsommernacht, und wie vielerorts in Skandinavien feiern wir auch hier in Skjærvik ein Sankt-Hans-Fest, auch Jonsok-Fest genannt. Alle freuen sich schon seit Wochen darauf, die Kraft der Sonne und des Lebens zu bejubeln und den längsten Tag des Jahres zu zelebrieren. Unten am Strand wird ein riesengroßer Holzturm errichtet, um spätabends das legendäre Johannisfeuer zu entzünden. Björn hat mit seinem Team aus dem Pub wie jedes Jahr die Organisation übernommen. Gemeinsam haben sie mit vielen Freiwilligen eine Grillstation und Getränke- sowie andere Verpflegungsstände aufgebaut. Auch mein Vater und ich werden dabei sein. Solange ich denken kann, haben wir es nicht versäumt, selbst als meine Mutter gegangen ist. Kultur und Brauchtum waren meinem Vater immer schon wichtig, und er besteht sogar darauf, dass ich mir Blumen ins Haar binde.

»Hübsch siehst du aus«, flüstert er, bevor wir das Haus verlassen, und seine Augen sind von einem feuchten Film überzogen. Spontan umarme ich ihn. Kurz drückt er mich mit seinem freien Arm an sich, lässt mich aber rascher wieder los, als mir lieb ist. Er muss mir nicht sagen, wie sehr ich meiner Mutter ähnle, das habe ich schon so oft und von unzähligen Menschen gehört. Früher war ich ungemein stolz darauf, aber jetzt tut es manchmal einfach nur weh, das zu hören.

Mit der anderen Hand stützt mein Vater sich auf einen Gehstock, denn heute fühlt er sich gut genug, auf den Rollstuhl zu verzichten. Auch wenn ich entspannter wäre, wenn er nicht die ganze Strecke zu Fuß gehen würde, muss ich ihn in dieser Hinsicht einfach auf sein Gefühl vertrauen lassen. Ich beruhige mich mit dem Gedanken, dass ich ihm den Rollstuhl jederzeit holen kann, falls es ihm doch zu anstrengend wird. Und Marit, Sten und viele unserer Bekannten und Freunde werden auch da sein und können helfen. In einem gemächlichen Tempo spazieren wir hinunter an den Strand, während die Sonne unsere Gesichter wärmt. Es liegt eine besondere Stimmung in der Luft, so als würde die Welt sich mit uns über diesen längsten Tag im Jahr freuen.

Wir werden bereits von ein paar Feiernden erwartet, die uns sofort fröhlich begrüßen und auf den Bierbänken Platz für uns machen. Vater schließt zu Sten auf, der ihm freundschaftlich auf die Schulter klopft.

»Es ist so schön, dass es dir wieder besser geht, Magnus«, betont er. »Ohne dich wäre Sankt Hans nicht dasselbe.«

Ich setze mich neben Marit und Ester, meine liebe Arbeitskollegin. Sie führen ein offenbar heiteres Gespräch, in das sie mich sofort einbinden.

»Dieses Kleid steht dir wahnsinnig gut, Liebes«, sagt Marit zwischendurch lächelnd, und ich freue mich über ihr Kompliment. »Und die Blumen harmonieren perfekt mit den Farben des Stoffes«, schwärmt sie. Marit hat mir das lange, geblümte Sommerkleid mit den kurzen Ärmeln zu meinem letzten Geburtstag geschenkt, und ich habe es das erste Mal an. Obwohl ich selten Kleider trage, fühle ich mich darin sehr wohl, und noch dazu ist es überraschend warm heute.

Noch während ich ihr verlegen danke, springt sie von der Bank auf, um für uns alle Getränke zu holen.

»Warte, ich helfe dir«, biete ich an.

»Du bleibst schön sitzen, das schaffe ich schon«, erwidert sie entschieden, und weg ist sie.

»Ist hier noch frei?« Überrascht blicke ich auf, und da steht Kristian und deutet auf den Platz mir gegenüber.

»Hast du zu viel Aquavit getrunken, oder was soll die blöde Frage?«, brummt mein Vater, der danebensitzt, ehe ich etwas sagen kann.

Kristians verwirrter Blick wandert zu mir.

»Pappa«, tadle ich ihn, »was soll denn das? Ja, der Platz ist noch frei«, wende ich mich anschließend an den Neuankömmling.

»Dann bist du also nicht sauer wegen neulich?«, will ich wissen, während er sich hinsetzt und mich eingehend betrachtet.

»Du meinst im Laden?« Ich nicke. »Du warst ehrlich ... das ist nichts Schlechtes.«

»Ich war auch ein bisschen gestresst«, gestehe ich und bin froh, dass er mir nichts nachträgt.

»Alles gut. Außerdem hattest du ja auch recht.«

Ich blicke mich suchend um, ob ich auch Solveig irgendwo entdecken kann. »Bist du allein unterwegs?«, frage ich sicherheitshalber nach und versuche, es beiläufig klingen zu lassen.

»Ja, Solveig ist mit ein paar Freunden –«, beginnt er, wird jedoch von meinem Vater unterbrochen.

»Ach, das ist also der Typ von Solveig?«

»Entschuldigt, ich habe euch noch gar nicht vorgestellt. Pappa, das ist Kristian Haugen, Kristian, mein Vater Magnus Eriksen.«

Kristian dreht sich im Sitzen zu Vater und streckt ihm die Hand hin. »Freut mich.«

Doch mein Vater ignoriert die höfliche Geste, und Kristian lässt seine Hand etwas irritiert wieder sinken.

»Er scheint etwas gegen mich zu haben«, flüstert er in meine Richtung.

»Ich mag keine Touristen«, murrt mein Vater, dessen Gehör dem eines Luchses gleicht.

»Ich bin auch eigentlich kein Tourist. Zumindest nicht im herkömmlichen Sinn«, versucht Kristian zu erklären.

»Solveig ist inzwischen auch nicht mehr als eine Durchreisende. Warum solltest du also etwas anderes sein.«

Kristian schweigt und sieht sich unbehaglich um, und ich überlege, wie ich ihn aus dieser unangenehmen Situation befreien kann. Denn langsam fängt er an, mir leidzutun. Im Grunde ist mein Vater doch gar nicht so griesgrämig, wie er sich gibt.

»Du wolltest vorhin erzählen, wo Solveig ist«, erinnere ich Kristian, um ihn in ein Gespräch zu verwickeln.

»Sie ist mit ein paar Freunden auf eine Berghütte gewandert.«

»Ihr habt euch also gestritten«, schlussfolgert mein Vater.

»Nein«, erwidert Kristian fest.

»Sonst wärst du doch bestimmt mitgegangen«, beharrt Pappa.

»Ich musste noch ein paar Entwürfe fertigstellen.«

Die Miene meines Vaters verrät mir, dass er ihm kein Wort glaubt, und selbst ich studiere Kristians Gesicht und versuche zu eruieren, ob er die Wahrheit sagt.

»Was machst du denn beruflich?«, frage ich interessiert.

»Ich bin Tischler«, antwortet Kristian, und Pappa weitet kaum merklich die Augen. Es würde mich nicht wundern, hätte Kristian damit seine Neugier geweckt.

Endlich kommt Marit, gefolgt von Sten, mit einem Tablett voller Getränke an den Tisch, die sie für uns geholt hat. Auch für Kristian hat sie ein Bier mitgebracht, was ihn sehr zu freuen scheint. Er strahlt übers ganze Gesicht, und ich bin erleichtert, dass die anderen ihn offenbar, anders als mein Vater, willkommen heißen.

Gemeinsam stoßen wir mit einem fröhlichen »Skål« an, doch mir entgeht nicht, dass Pappa Kristians Blick ausweicht. Langsam reicht es mir. Ich nehme einen großen Schluck Bier, und endlich kommt mir die rettende Idee.

»Ich werde uns was zu essen holen. Hilfst du mir, Kristian?«, frage ich und schaue ihn erwartungsvoll an.

Er nickt und steht so rasch auf, als hätte er nur auf die Gelegenheit gewartet.

»Es tut mir leid, dass mein Vater sich so ekelhaft benimmt«, entschuldige ich mich, als wir uns weit genug vom Tisch entfernt haben. »Es liegt nicht an dir, er ist manchmal einfach ein verbitterter und sturer Miesepeter.«

Wissend nickt Kristian. »Ich kenne das, mein Vater ist auch ein wahrer Sonnenschein«, meint er sarkastisch.

»Treffende Beschreibung!«, lache ich. »Was magst du essen? Ich lade dich ein.«

»Das kommt gar nicht infrage ...«

»Bitte. Als Entschädigung für alle Kommentare, die mein Vater bisher von sich gegeben hat. Und für alle, die noch folgen mögen.«

Kristian lacht ein tiefes, wohlklingendes Lachen, und in meinem Bauch setzt sich etwas in Bewegung.

»Ganz ehrlich, ich könnte wirklich verstehen, wenn du dir lieber einen anderen Platz suchen würdest.«

»Ich kenne hier doch sonst niemanden. Bin hart im Nehmen.«

»Wegen des Sonnenscheins bei dir zu Hause?«

»Unter anderem.«

Am Verpflegungsstand bestelle ich je einen gemischten Grillteller für jeden an unserem Tisch. Björn und sein Koch haben alle Hände voll zu tun, um die vielen Wünsche so schnell wie möglich zu erfüllen. Dabei geraten sie ordentlich ins Schwitzen, und Björn erklärt, dass es ein Weilchen dauern könnte. Kristian und ich stellen uns etwas abseits, während wir warten, damit wir anderen hungrigen Gästen nicht im Weg stehen. Ich muss zugeben, dass es mir im Moment überhaupt nichts ausmacht, wenn es länger dauert.

Lotta rennt mit einer Kiste Grillfleisch durch die Besucherreihen und bringt Nachschub für Björn. Sie verteilt fröhliche Begrüßungen, und als sie wieder zur Bar zurückkehrt, streift mich ihr Blick. Sie winkt lächelnd, und als sie Kristian erspäht, der mit dem Rücken zu ihr steht, verharrt sie plötzlich mitten in der Bewegung. Lotta runzelt die Stirn und formt ein *Wer ist das?* mit den Lippen. Ich versuche, sie zu ignorieren, doch jetzt steht sie da, mimt einen Kussmund samt schmachtendem Gesichtsausdruck und bildet ein Herz mit den Händen. Ich verdrehe die Augen und unterdrücke ein Lachen. Hoffentlich hat uns niemand beobachtet.

»Die Blumen in deinem Haar sind schön«, sagt Kristian unvermittelt und lenkt damit meine Aufmerksamkeit wieder auf ihn. Unsere Blicke treffen sich für einen Moment. Verlegen sehe ich weg, und in meinem Gesicht breitet sich Hitze aus. Bestimmt werde ich rot wie eine Tomate.

In vielen Orten Norwegens ist es Brauch, dass die jungen Frauen sieben verschiedene Kräuter sammeln und entweder als Kopfschmuck tragen oder sie unters Kopfkissen legen, damit sie in der Mittsommernacht von ihrem Liebsten träumen. Es verwirrt mich, dass er mir ein solches Kompliment macht. Doch vielleicht denkt er sich überhaupt nichts dabei und will nur nett sein.

Ich will ihn fragen, ob das bei ihm zu Hause nicht auch Tradition ist, überlege es mir jedoch in letzter Sekunde noch einmal anders. Stattdessen bringe ich das Gespräch in sichere Gefilde: »Wie lange werdet ihr noch hier sein, du und Solveig?« Vielleicht erinnert ihn ihr Name daran, dass er besser nicht mit mir flirten sollte. Und mich, dass ich laut Solveig nicht einmal mit ihm reden sollte. Plötzlich komme ich mir furchtbar blöd vor mit meinem Blumenkränzchen.

»Ich weiß es noch nicht genau. Ein paar Tage vielleicht. Ich würde mir gerne noch ein wenig die Gegend anschauen.«

»Dann habt ihr ja noch einiges vor«, entgegne ich.

»Was ich bisher gesehen habe, ist traumhaft. Ich stelle es mir wunderschön vor, hier aufzuwachsen.« Er sieht mich nachdenklich an. »Solveig redet nicht so gerne über ihre Zeit hier. Und ich fürchte, sie will gleich nach der Testamentsverkündung wieder nach Oslo zurück.«

Ganz schlechtes Thema. Während ich fieberhaft nach etwas suche, auf das ich unsere Unterhaltung lenken kann, rettet mich unerwartet Björn, weil das Essen fertig ist. Gemeinsam tragen wir die voll beladenen Teller zum Tisch zurück.

»Ich bin froh, dass Solveig sich mit dir aussprechen konnte«, fügt Kristian noch hinzu, bevor wir die anderen erreichen, und ich lasse vor Schreck fast die drei Grillportionen fallen, die ich mühevoll balanciere. »Das habt ihr doch, oder?« Kristian holt mich ein und sieht mich fragend an.

»Endlich, das hat ja ewig gedauert«, brummt mein Vater, und zum ersten Mal an diesem Abend bin ich dankbar für seinen Kommentar, so verdrießlich er auch sein mag.

Wir verteilen die Teller, und unter großen Ohs und Ahs beginnen wir schließlich zu essen.

»Ihr lebt also in Oslo«, lenke ich von seiner Frage ab, und Kristian nickt kauend. »Und wie habt ihr euch kennengelernt, Solveig und du?«

»Ich habe einen Kunden von uns beliefert, der gleichzeitig Solveigs Fotograf war. Ich bin praktisch mitten ins Shooting geplatzt«, beginnt er. Nach meinen letzten Begegnungen mit Solveig fällt es mir schwer, sie mit Kristians folgenden Erzählungen in Einklang zu bringen. Sie kennen sich erst seit ein paar Monaten, doch er spricht so wertschätzend über sie und scheint sie wirklich sehr zu mögen. Vielleicht sieht er auch alles ein bisschen durch die rosarote Brille. Wie es eben ist, wenn man verliebt ist. Ich mustere ihn etwas genauer, und ich kann verstehen, was Solveig in ihm sieht: kantige Gesichtszüge, markanter Kiefer, die blaugrauen kristallklaren Augen, die gerade Nase, die dunkelblonden Haare, die hinten kurz und oben etwas länger geschnitten sind, sodass ihm eine freche Strähne in die Stirn fällt. Der sorgfältig gestutzte Vollbart, der im rechten Licht etwas rötlich schimmert. Und unwillkürlich frage ich mich, ob er und Solveig überhaupt so gut zusammenpassen. Sofort schäme ich mich für diesen Gedanken.

Plötzlich ertönen vereinzelt Gitarrenklänge hinter uns, weil die Mitglieder der Drei-Mann-Band ihre Instrumente einstimmen. Wie jedes Mal, wenn ich eine Gitarre höre, krampft sich mein Herz ein kleines bisschen zusammen. Früher habe ich dieses Instrument geliebt. Heute erinnert es mich mit Wehmut an meine unbeschwerte Kindheit.

Mein Vater macht keinen Hehl daraus, dass ihn die Konversation kein bisschen interessiert. Immer wieder unterbricht er Kristian, um irgendwelche unnötigen Bemerkungen zu machen. »Das Fleisch ist zu stark gewürzt.« »Die Beilagen schmecken fad.« »Wann wird eigentlich das Feuer entzündet?« »Finja, hast du meine Jacke dabei?«

Nicht mehr lange, und mir platzt der Kragen.

»Also, Magnus, jetzt reiß dich doch mal ein bisschen zusammen«, weist Marit ihren Bruder in die Schranken. »Lass den jungen Mann doch erzählen. Ich finde es schön, wenn sich auch hin und wieder neue Gesichter unter uns Alteingesessene mischen.«

Eine Weile herrscht Schweigen am Tisch.

»Die Skoleboller hat Stine immer viel besser hingekriegt«, sagt Pappa irgendwann, nachdem Ester uns einen ganzen Teller voll mit diesem wundervollen, mit Vanillecreme gefüllten Hefeteiggebäck in die Tischmitte gestellt hat.

»Stine hat schon jahrelang keine Skoleboller mehr gemacht, Magnus«, erklärt Sten. »Was ist denn heute los mit dir? Du bist doch sonst nicht so muffig.«

»Doch, ist er«, widerspricht Marit. »Du bekommst das bloß nicht mit, weil du ihn so selten siehst.«

»Ach, lasst mich doch alle in Ruhe«, mault Pappa.

Er ist schon seit ein paar Tagen schlecht drauf. Genauer gesagt, seit Stines Tod. Doch heute scheint seine miserable Laune neue Höhen zu erreichen. Ich vermute, dass Solveig nach so vielen Jahren wieder hier ist, hat ihn mit voller Wucht in die Vergangenheit zurückkatapultiert. Genau wie mich. Aber im Gegensatz zu Pappa lasse ich das nicht an Kristian aus. Denn er ist der Letzte, der etwas für die damaligen Geschehnisse kann.

»Hast du Lust zu tanzen?«, fragt Kristian leise, während die anderen diskutieren. Die Band stimmt ein norwegisches Volkslied an, und ich überlege ernsthaft, auf Kristians Vorschlag einzugehen. Ich fühle mich wohl in seiner Gesellschaft, von der Feindseligkeit meines Vaters einmal ganz abgesehen. Gerade, als ich all meinen Mut sammle, erhebt sich Pappa unter mühevollem Ächzen.

»Warte, ich helfe dir«, bietet Kristian zuvorkommend an und

will ihn am Arm festhalten, als er sieht, dass mein Vater Schwierigkeiten hat aufzustehen.

»Finger weg«, knurrt er ihn an, doch Kristian lässt sich nicht davon abhalten, ihn zu stützen.

»Pappa, ich begleite dich«, sage ich entschlossen und stehe ebenfalls auf.

»Hast du nicht gehört?«, braust er auf. »Ich bin kein alter Mann. Den Weg zum Klo schaffe ich schon noch allein.«

Kristian lässt von ihm ab, und mein Vater bewerkstelligt es mühsam, über die Bierbank zu steigen und nach seinem Stock zu greifen. Lediglich Sten lässt er ein wenig mithelfen. Unfassbar, wie stur er ist.

»Ihr behandelt mich wie einen Pflegefall«, flucht er vor sich hin und entfernt sich laut keuchend. Die Situation ist so peinlich für mich, dass ich am liebsten in einem Erdloch verschwinden würde.

»Da nimmt wohl jemand ungern Hilfe an«, findet Kristian als Erster seine Stimme wieder. Eine einfache Feststellung, nicht verurteilend oder vorwurfsvoll.

»Wer macht das schon gerne«, gibt Sten zu bedenken und fängt mit Marit und Ester an, den Tisch abzuräumen. Die Idee vom Tanzen ist offenbar gestorben, und ich traue mich nicht, es noch einmal vorzuschlagen.

»Mein Vater ist nicht immer so«, sage ich, als Kristian und ich allein am Tisch zurückbleiben.

»Du musst dich nicht für ihn rechtfertigen.«

»Das möchte ich aber. Er ist rau wie der Nordwind und zäh wie der Stockfisch, den er so gerne isst. Aber er ist ein guter Mensch. Es gab mal eine Zeit, da hat sein Herz geleuchtet wie die Mitternachtssonne.«

»Was ist passiert?«

»Dann kam die Polarnacht.« In meinem Hals entsteht ein dicker Kloß, und mir ist klar, dass ich nicht weiterreden sollte. Aber Kristian fragt auch nicht, und das ist gut so.

Stattdessen lenkt er das Gespräch ganz entspannt auf leichtere Themen. Ich beantworte Fragen über das Leben auf den Inseln, und er erzählt mir von seinem in Oslo, das so ganz anders ist als meins hier. Er liebt seinen Job und hat sich ganz bewusst dafür entschieden. Ich erfahre, dass er einen Bruder hat, der ebenfalls in der Tischlerei seines Vaters arbeitet. Das Verhältnis scheint schwierig zu sein, aber er geht nicht ins Detail. Ich habe das Gefühl, dass da noch mehr ist, doch ich hake nicht weiter nach.

Ich vergesse ganz die Zeit, bis ich mich irgendwann frage, wo mein Vater bleibt. »Ich glaube, ich sollte mal nachsehen, was er so lange treibt.«

»Klar«, erwidert Kristian und nickt.

Eigentlich will ich ihn nicht allein sitzen lassen, und ich möchte auch nicht, dass er das Fest schon verlässt. Marit und Sten sind offenbar in ein Gespräch mit ihren Nachbarn vertieft, Ester entdecke ich gar nicht mehr.

»Tut mir leid, ich bin gleich wieder da«, sage ich entschuldigend. Wenn er gehen will, kann ich ihn ohnehin nicht aufhalten. Während ich mit raschen Schritten auf das WC-Häuschen zusteuere, suche ich mit den Augen akribisch die Leute ab. Doch nirgends entdecke ich meinen Vater.

Da laufe ich Lotta in die Arme. »Finja«, nimmt sie mich lachend in Beschlag, »wo hast du denn dieses Sahneschnittchen aufgegabelt? Ich habe ihn noch nie hier gesehen. Geht da was zwischen euch?« Sie hakt sich bei mir unter und zieht mich in die Richtung, aus der ich grad komme.

»Quatsch, Lotta. Das ist der Freund von Solveig Jakobsen.«

»Oh Scheiße. Stimmt, der war neulich mit ihr bei Stines Beerdigung. Aber wieso –«

»Hast du meinen Vater irgendwo gesehen?«, unterbreche ich sie, doch nach kurzem Überlegen schüttelt sie nur den Kopf.

»Lotta?«, dringt Björns Stimme über den Lärmpegel hinweg zu uns. »Kommst du mal ...«

»Ich muss wieder ... entschuldige. Vielleicht ist Magnus nur ein bisschen spazieren gegangen. Wir reden später, ja?« Und schon ist der Wirbelwind im Getümmel der Gäste verschwunden.

Erneut gleitet mein Blick suchend über die Leute. Vor den Toiletten warte ich kurz und frage dann einen der Männer, der herauskommt, ob noch jemand drin ist. Sein »Nein« jagt mir einen kalten Schauer über den Rücken. Wo ist er bloß? Als ich wieder zurück zu unserem Tisch will, kommt mir Kristian entgegen.

»Ich kann ihn nicht finden!«, rufe ich alarmiert.

»Ich helfe dir suchen«, erwidert er wie selbstverständlich.

Bevor ich Sten und Marit Bescheid sage, tauschen wir eilig unsere Handynummern aus, damit wir in Kontakt bleiben können. Ich bin sehr dankbar für seine Hilfe, denn die Angst schnürt mir fast den Hals zu.

Panisch laufe ich den Weg zu unserem Haus ab für den Fall, dass Vater aus Frust heimgegangen ist. Ich rufe nach ihm und verfluche mich dafür, dass ich ihn allein habe gehen lassen. Auch zu Hause ist keine Spur von ihm, und ich bete, dass nichts Schlimmes passiert ist.

Kapitel 8

Kristian

Er sitzt reglos und etwas gebeugt auf einer Bank mit Blick auf den Fjord. Er reagiert nicht auf mein Rufen, und ich kann von hinten nicht erkennen, ob er nicht ohnmächtig ist. Ich nähere mich ihm behutsam, unsicher, was mich erwartet.

»Magnus?«, spreche ich ihn an und noch einmal etwas lauter, als er nicht antwortet. Sein Blick geht starr aufs Meer hinaus, und seine rechte Hand ruht nahe seinem Herzen. Seine Brust hebt und senkt sich gleichmäßig, und ich schließe kurz die Augen vor Erleichterung. Bevor ich mich zu ihm setze, fische ich mein Handy aus der Hosentasche und wähle Finjas Nummer.

»Ich habe ihn gefunden«, sage ich und höre durch das Telefon ihr erlöstes Aufatmen. »Er scheint okay zu sein ... auf den ersten Blick.«

»Gott sei Dank, wo seid ihr? Wir kommen sofort zu euch! Doktor Jansen ist bei mir.«

Rasch blicke ich mich um. Zu blöd, dass ich die Insel noch so wenig kenne. Unter uns befindet sich eine Bucht, die halbrund von zerklüfteten Felsformationen eingekreist wird. Die sanften Wellen der türkisblauen See tragen weiße Schaumkrönchen an den weißen Strand, lassen sie dort zurück und treten den Rückzug an.

»Ich bin nicht ganz sicher …«, überlege ich, »Magnus sitzt auf einer Bank etwas oberhalb einer Bucht …«

»Was siehst du sonst noch?«, will sie ungeduldig wissen.

»Einen Sandstrand von schroffen Klippen umrahmt. Ich kann den Rauch vom Jonsok-Feuer erkennen. Wir sind ungefähr einen halben Kilometer nördlich … schätze ich.«

»Wir sind gleich da«, informiert sie mich. Offenbar kennt sie die Stelle. »Danke, Kristian.«

Ich nehme neben Magnus Platz, und jetzt erst scheint er mich zu registrieren.

»Magnus, ist alles in Ordnung?«, frage ich vorsichtig, und er sieht mich etwas desorientiert an. Plötzlich geht ein Ruck durch seinen Körper, und er blinzelt mehrere Male, als würde ihm jetzt erst bewusst, wo er sich befindet. Langsam beginnt er zu nicken, und sein Blick gleitet wieder in die Ferne.

»Ich habe sie gesehen«, beginnt er mit rauer Stimme. »Sie ist so wunderschön und ganz besonders, wenn der Wind mit ihrem blonden Haar spielt.« Seine Feindseligkeit von vorhin ist wie weggewischt. An ihre Stelle ist etwas anderes getreten, das ich nicht benennen kann. Vielleicht Wehmut. Oder Resignation. »Ich bin ihr nachgegangen, aber …« Er zieht die Mundwinkel nach unten, und auf seine Augen legt sich ein trauriger Schimmer. »… ich muss mich geirrt haben.«

»Sie wird gleich hier sein, Magnus«, versuche ich, ihn zu beruhigen. »Sie hat dich überall gesucht.«

Sein Kopf schnellt in meine Richtung, und er sieht mich fragend an. »Elin?«

Ich bin verwirrt. Hat er gar nicht von seiner Tochter gesprochen?

»Finja«, erwidere ich, und es scheint einen Augenblick zu dauern, bis ihr Name bei ihm ankommt. Dann beginnt er erneut zu nicken.

»Finja. Natürlich. Ich ... ich wollte ihr keine Angst einjagen.«

Da kommt mehrere Meter hinter uns ein Auto zum Stehen, und Türen gehen auf. Im selben Moment packt Magnus mich ungeahnt kräftig am Arm und sieht mich eindringlich an.

»Bitte sag Finja nichts«, beschwört er mich. »Sie macht sich schon genug Sorgen um mich.«

»Pappa!«, ruft sie und fällt ihm erleichtert um den Hals. Doktor Jansen, ein älterer, stämmiger und groß gewachsener Mann, folgt ihr, wartet, bis Finja sich von ihrem Vater löst, und nimmt ihn dann genau in Augenschein. In Finjas Augen sammeln sich Tränen, als sie mich dankbar ansieht.

Finja und Doktor Jansen bringen Magnus nach Hause. Ich finde es unpassend, sie zu begleiten, und doch kann ich den restlichen Abend nichts anderes tun, als an ihren verzweifelten Gesichtsausdruck zu denken. Beim Fest mische ich mich ein wenig unter die Leute und beobachte, wie die Flammen des riesengroßen Sankt-Hans-Feuers gen Himmel züngeln und die Funken durch die Luft wirbeln. Kinder spielen im immer noch hellen Sonnenschein, und es wird getanzt und zu den Volksliedern der Band mitgesungen. Ester, die vorhin bei uns am Tisch saß, winkt mir von Weitem schüchtern zu, obwohl wir noch nie ein Wort gewechselt haben. Sten und Marit wollen mich in ihre Runde aufnehmen und darauf anstoßen, dass wir Magnus unversehrt gefunden haben. Ich trinke ein Gläschen mit, um nicht unhöflich zu wirken. Im Grunde ist mir nicht nach Feiern. Ich fühle mich verloren, obwohl alle sehr freundlich sind. Liegt es an den Worten, die Magnus mir an den Kopf geworfen hat? Dass ich in Wirklichkeit ein Fremder bin? Ich erinnere mich an das gestrige Telefonat mit meiner Mutter und stelle fest, dass ich im Moment auch nicht lieber zu Hause wäre.

Schließlich verabschiede ich mich, kehre zurück in unser Ferienhäuschen, und zum ersten Mal seit Stunden denke ich überhaupt an Solveig. An unseren Streit oder besser gesagt an alle Streitereien, die wir in den letzten Tagen hatten. Sie ist wie ein verschlossenes Buch, und ich habe nicht den Hauch einer Ahnung, wie es mir möglich ist, an den Schlüssel zu gelangen.

Magnus kommt mir wieder in den Sinn, und die letzten Worte, die er an mich gerichtet hat. Wer ist Elin? Und warum soll Finja nichts von ihr erfahren? Er war so energisch, als er mich darum bat. Es scheint ihm also sehr wichtig zu sein. Und warum erzählt er es ausgerechnet mir? Überhaupt war er wie ausgewechselt. Erst so streitsüchtig und dann, als wäre ich sein Verbündeter.

Ich nehme mir ein Bier aus dem Kühlschrank und setze mich grübelnd auf die Bank vor dem kleinen, rot gestrichenen Holzhaus. Der Wind trägt das laute Lachen der feiernden Menschen zu mir herauf, und ehe ich genauer darüber nachdenke, stelle ich das ungeöffnete Bier auf das Fenstersims und mache mich auf den Weg.

Finja

Doktor Aksel Jansen, unser Hausarzt, untersucht Pappa gründlich, als wir zu Hause ankommen. Seine Praxis liegt auf der Nachbarinsel, und es lohnt sich nicht, den Weg auf sich zu nehmen, wenn es auch so geht. Er hat schon unzählige Hausbesuche bei uns gemacht, und weil er bereits seit vielen Jahren ein guter Freund der Familie ist, hat er sogar schon hier übernachtet, als sich mein Vater einmal weigerte, in ein Krankenhaus zu gehen.

Als er vor ein paar Monaten seinen zweiten Herzinfarkt hatte, führte natürlich kein Weg daran vorbei, dass er eine Weile in der Klinik in Svolvær bleiben musste.

Ich warte in der Küche, bis Aksel seine Untersuchungen abgeschlossen hat, und mache inzwischen einen starken Kaffee.

»Oh ja«, sagt er beim Eintreten, »das ist jetzt genau das Richtige. Du kennst mich eben schon lange genug.«

Lächelnd gieße ich zwei Becher voll ein und stelle sie auf den Tisch, bevor ich mich zu ihm setze.

»Wie geht es ihm?«, frage ich und versuche, das Zittern in meiner Stimme zu verbergen.

»Er hat sich heute wohl ein bisschen zu viel zugemutet. Das kann schon einmal vorkommen.«

»Ich hätte ihn nicht allein lassen dürfen«, werfe ich mir vor.

»Er ist für sich selbst verantwortlich, Finja«, widerspricht mir der Doktor. »Er wollte vielleicht einfach einen Moment für sich sein, und anstatt Bescheid zu sagen, rennt er einfach weg.«

»Du willst mir noch etwas anderes sagen, habe ich recht?«

»Seinem Herzen geht es den Umständen entsprechend gut«, sagt er, und ich spüre, wie behutsam er seine Worte auswählt. »Und auch wieder nicht.« Nachdenklich rührt er mit dem Kaffeelöffel in seinem Becher um. Dann hält er inne und sieht auf.

»Was meinst du damit?« Ich bin besorgt, und jetzt mache ich auch keinen Hehl mehr daraus.

»Ich will ehrlich sein, Finja. Im medizinischen Sinne hat sich sein Herz gut von dem Infarkt erholt. Dein Vater ist ein starker Mann, das wissen wir alle. Aber ich spüre, wie depressiv er ist.«

Ich seufze. Auch mir ist nicht entgangen, wie sehr sich seine Stimmung seit dem Herzanfall verschlechtert hat.

»Marit und ich versuchen alles, ihn vom Grübeln abzulenken und für ihn da zu sein.«

»Das weiß ich, Finja.« Aksel legt seine Hand auf meine und sieht mich eindringlich an. »Ihr tut, was ihr könnt. Aber solche depressiven Verstimmungen sind nach Herzinfarkten keine Seltenheit. Sein Leben hat sich grundlegend verändert, er kann seinen Beruf nicht mehr ausüben, und auch wenn er nie wirklich gerne in der Fischfabrik gearbeitet hat, fühlt er sich nutzlos.«

In meinem Hals sitzt ein dicker Kloß, weil ich mich so hilflos fühle.

»Außerdem ist er einsam. Ich weiß nicht, was ihn heute angetrieben hat, zu den Klippen zu gehen. Vielleicht ist das ein besonderer Ort für ihn.«

»Ich hatte solche Angst um ihn, Aksel. Wenn Kristian ihn nicht so schnell gefunden hätte …«

»Dieser junge Mann war wirklich eine große Hilfe.«

»Pappa war nicht besonders freundlich zu ihm.«

»Ja, ja, du kennst ihn ja«, winkt er ab und schmunzelt. »Er gibt sich immer härter, als er ist.«

Ich seufze mutlos. Als wäre die Situation nicht ohnehin schwierig genug.

»Mach dir keine Sorgen, Mädchen. Ich habe mir da schon etwas überlegt, wie wir Magnus ein wenig aus der Reserve locken können.«

»Du hast doch mit deinen Patienten schon genug zu tun«, wende ich ein.

»Warte nur einmal ab. Ich werde Sten bitten, ihn freitags zum Stammtisch abzuholen. Und vielleicht lässt er sich mal wieder auf eine Bootstour mit mir ein. Das hat er doch immer so gerne gemacht. Mir würde es übrigens auch guttun, ein bisschen kürzerzutreten.«

»Lässt sich das zeitlich denn für dich einrichten?«, frage ich hoffnungsvoll.

»Ab nächster Woche bekomme ich einen jungen Kollegen aus Leknes an die Seite gestellt. Es wird zwar ein Weilchen dauern, bis er eingearbeitet ist, aber natürlich eröffnet mir das ganz neue Möglichkeiten!« Aksel lächelt breit und zeigt eine Reihe gelblicher Zähne. »Lass mich nur machen. Das kriegen wir schon hin!«

Wenig später begleite ich Aksel zur Tür und verabschiede mich von ihm. Ich bin ihm dankbar für seine ehrlichen Worte, und obwohl sie mir anfangs Angst machten, hat er es auch geschafft, mir einen kleinen Hoffnungskeim ins Herz zu setzen. Als ich nach Pappa sehe, schläft er tief und fest. Ich frage mich, was ihn heute geritten hat, einfach alleine spazieren zu gehen. Wollte er seine Ruhe haben? Hat Kristians Anwesenheit ihn derart aufgewühlt? Sosehr ich nach einer Antwort suche, ich kann es mir nicht erklären.

Ich ziehe mein Kleid aus und schlüpfe in Jeans und einen gemütlichen Pulli, dann setze ich mich in den Garten, um wenigstens aus der Ferne die Jonsok-Feierlichkeiten zu beobachten. Während ich den lachenden, ums Feuer tanzenden Menschen zusehe, spüre ich, wie mir heiße Tränen übers Gesicht laufen. Ich wünschte, ich könnte auch wieder so unbekümmert und ausgelassen sein. Seit Pappas erstem Herzinfarkt vor sieben Jahren ist die Sorge um ihn mein ständiger Begleiter. Nach Stine, die wie eine Großmutter für mich war, will ich nicht ihn auch noch verlieren.

Abwesend kratze ich an dem weißen abblätternden Lack der Holzbank, als sich hinter mir jemand räuspert und mich zusammenzucken lässt.

»Entschuldige, ich wollte dich nicht erschrecken«, ertönt eine tiefe Stimme, die mir ungewollt sofort eine Gänsehaut beschert.

»Kristian«, begrüße ich ihn überrascht und wische mir eilig

mit den Händen übers Gesicht. »Schon gut«, winke ich verlegen ab, und er lächelt mich entwaffnend an.

»Bist du gar nicht mehr beim Fest?«, frage ich unnötigerweise.

Er schüttelt den Kopf. »Deine Tante hat mir erklärt, wo ihr wohnt. Ich wollte einfach ... es hat mir keine Ruhe gelassen. Wie geht es deinem Vater?«

»Ganz gut. Er schläft jetzt«, entgegne ich. »Bist du extra deswegen hergekommen?«

»Es war also nichts mit seinem Herzen?«, ignoriert er meine Frage.

»Nein, Gott sei Dank nicht. Laut Doktor Jansen hat er sich nur überanstrengt.«

Auch in Kristians Gesicht zeichnet sich Erleichterung ab. »Und wie geht es dir?«

Ich bin gerührt von seiner Fürsorge und weiß im ersten Moment überhaupt nicht, was ich antworten soll. Stattdessen frage ich: »Magst du dich zu mir setzen?«

Ich rücke ein Stück zur Seite und kann nicht verhindern, dass sich meine Mundwinkel kräuseln, bevor ich doch noch auf seine Frage antworte: »Danke, es geht mir gut.«

»Du bist eine schlechte Lügnerin«, erwidert er, kommt auf mich zu und legt mir etwas in den Schoß. Es ist mein Blumenkranz.

»Den hast du auf der Suche nach deinem Vater verloren«, sagt er und nimmt neben mir Platz. »Ich hab ihn auf dem Weg gefunden.«

Die Bank ist breit genug, dass zwischen uns mindestens noch ein halber Meter frei ist. Und doch kann ich kaum mehr atmen. Er ist mir viel zu nah.

Unsicher zupfe ich an den Blüten herum und wage es nicht, ihn anzusehen. Plötzlich fängt er an zu lachen.

»Worüber lachst du?«

»Nicht so wichtig«, winkt er ab.

»Komm schon -«

»Ich habe nur gerade gedacht ... also ... ich habe früher geraucht.«

»Okayyy«, sage ich lang gezogen, nicht sicher, was ich mit dieser Aussage anfangen soll. »Wieso hast du aufgehört?«, hake ich trotzdem nach.

»Irgendwann wurde mir das Geld zu schade«, erklärt er. »Aber weißt du, was das Praktische am Rauchen ist? Man hat ständig seine Hände beschäftigt. Zwei Menschen, die schweigend miteinander eine rauchen, daran würde sich nie jemand stören.«

»Aber zwei Menschen, die nur saublöd rumsitzen wie wir beide ...«, schlussfolgere ich.

Jetzt müssen wir beide lachen, und mir wird ganz warm ums Herz. Es tut unwahrscheinlich gut, an diesem Abend nicht alleine zu sein.

»Ich könnte was zu trinken holen«, biete ich an. »Dann können wir uns an unseren Getränken festhalten.«

»Gerne«, antwortet er, und ich stehe auf, um reinzugehen. Aber ehe ich an der Haustür ankomme, fragt er: »Findest du, dass ich lieber gehen sollte?«

Seine Direktheit verblüfft mich, und ich zögere. Er dreht sich zu mir um und sieht mich abwartend an.

»Wahrscheinlich«, antworte ich ehrlich.

»Ich hab aber eigentlich keine Lust.«

Mein Blick gleitet zum Boden und zu meinen Füßen, und unsicher schiebe ich einen Kieselstein mit der Schuhspitze hin und her. »Dann bleib.« Die Worte purzeln über meine Lippen, und es ist unmöglich, sie aufzuhalten. Mir ist klar, dass es unvernünftig ist. Er ist vergeben. Und trotzdem will ich nichts lieber, als ihn näher kennenzulernen.

Als ich meinen Blick hebe, bleibt er an seinem Mund hängen, der sich zu einem schiefen Lächeln verzieht. Bevor ich es mir noch einmal anders überlege, eile ich ins Haus, sorgsam bedacht, nicht über meine eigenen Füße zu stolpern. Ich lege meinen Blumenkranz in eine Schale mit Wasser, vielleicht erholen sich die welken Blüten ein wenig. Jetzt habe ich Kristian nicht einmal gefragt, was er trinken möchte. Ich entscheide mich dafür, frischen Kaffee zu machen, denn Kaffee mögen doch eigentlich alle, sehe zwischendurch nach meinem rhythmisch schnarchenden Vater und kehre schließlich mit zwei dampfenden Bechern in den Garten zurück.

Bestimmt hat er vermutlich selbst begriffen, wie unsinnig es wäre hierzubleiben, und ist längst verschwunden. Doch Kristian steht, entgegen meiner Erwartung, ein wenig abseits des Hauses und nimmt das kaputte, grasbewachsene Dach in Augenschein.

»Ich könnte das reparieren«, bietet er an.

»Du wolltest doch mit Solveig Zeit verbringen, wenn sie wieder hier ist«, erinnere ich ihn und reiche ihm einen der Becher.

»Stimmt.«

»Willst du Milch oder Zucker? Ich habe nicht einmal gefragt, ob du Kaffee magst.«

»Kaffee ist perfekt. Und schwarz noch perfekter.« Er nimmt mir die Tasse ab und streift kurz meine Finger. Fast hätte ich sie zu früh losgelassen, und sie wäre auf dem gekiesten Vorplatz gelandet. Kristian sollte aufhören, mich so anzusehen, besonders weil wir gerade noch von Solveig sprachen. Er ist ein Fremder, und ich habe das Gefühl, wir würden uns schon ewig kennen. Hoffentlich wird es mir nicht zum Verhängnis, auf so dünnem Eis zu tanzen.

Kapitel 9

Kristian

»Wie lange kümmerst du dich schon alleine um deinen Vater?«, wechsele ich das Thema.

»Schon ein paar Jahre«, bleibt sie unbestimmt.

»Hast du niemanden, der dir hilft?«

»Stine hat mich früher sehr unterstützt. Und Marit, meine Tante, ist mir eine große Hilfe.«

»Solveigs Großmutter? Ich wusste nicht, dass ihr euch nahestandet.«

Sie zögert mit ihrer Antwort. »Wir ..., also ich ... war als Kind oft bei ihr.« Dann waren Solveig und Finja wahrscheinlich besser befreundet gewesen, als ich bisher dachte.

»Stine war sozusagen mein Großmutter-Ersatz«, ergänzt sie und bestätigt mich in meiner Annahme. »Früher war sie für mich da, und in den letzten Monaten war es umgekehrt.«

»Dann hast du für sie gesorgt?« Ich frage mich, ob Solveig sich je Gedanken darüber gemacht hat, wie ihre Großmutter den Alltag bewältigt hat.

»Ich und Stines Cousine Hedda, ja.«

Weil niemand aus der Familie Jakobsen für sie da war, denke ich. Aus Zeitmangel, wegen der Entfernung oder aus irgendwelchen anderen, vielleicht vorgeschobenen, Gründen.

»Es tut mir leid, dass du sie verloren hast«, sage ich mitfühlend.

»Danke«, entgegnet Finja und versucht zu lächeln. Ganz will es ihr nicht gelingen, und ich spüre, auch ohne es von ihr zu hören, wie sehr sie Stine vermisst.

»Kommst du auch hin und wieder mal raus? Um Spaß zu haben? Oder besteht dein Leben nur aus Kümmern und Arbeiten?« Ich versuche, den Ernst aus der Unterhaltung zu nehmen und gleichzeitig etwas über Finja zu erfahren. Sie scheint nicht sehr gerne über sich zu sprechen.

»Klar. Natürlich. Immer wenn ich Lust drauf habe.« So ganz kaufe ich ihr das nicht ab, aber sie macht keine Anstalten, näher darauf eingehen zu wollen.

»Du bist nicht mit zu dem Wandertrip«, stelle ich fest. »Das sind doch auch deine Freunde, oder?«

»Lasse hat mich eingeladen«, nickt sie, während sie sich auf der Bank niederlässt und ich ihr folge. »Aber Marit soll ihr Wochenende mit Sten verbringen und sich nicht auch noch um Pappa kümmern müssen. Außerdem bin ich verdammt froh, dass ich abgesagt habe. Wenn ich heute nicht da gewesen wäre ... ich will es mir überhaupt nicht vorstellen.« Ihre Stimme bricht, und ich könnte mich für mein mangelndes Einfühlungsvermögen verfluchen.

»Es tut mir leid, ich wollte mit meiner blöden Fragerei nicht ...«

»Ich habe mich noch gar nicht richtig bei dir bedankt«, bemerkt sie unvermittelt.

»Doch, das hast du. Und außerdem habe ich überhaupt nichts gemacht.«

»Du warst zur rechten Zeit am rechten Ort.« In Finjas Augen

sammeln sich Tränen. Offenbar musste sie in ihrem Leben schon so einiges stemmen.

»Es ist alles gut ausgegangen, Finja«, sage ich und ringe mit mir. Es fühlt sich falsch an, hier einfach nur neben ihr zu sitzen. Ich sollte sie in den Arm nehmen und trösten, doch dazu habe ich kein Recht. Sanft berühre ich sie an der Schulter, und allein diese Berührung reicht aus, um Hitze in mir aufsteigen zu lassen.

»Ich hätte bei ihm bleiben müssen.«

Ihr schmerzlicher Ausdruck geht mir durch und durch. Diese Qual in ihren Augen. »Du hast es versucht, aber seine Reaktion war deutlich.«

»Trotzdem, Kristian. Ich kenne ihn. Ich hätte mich einfach durchsetzen müssen.«

»Du kannst nicht *immer* auf ihn aufpassen.«

»Ich weiß. Aber ich habe nur noch ihn.«

Ich habe noch nie erlebt, dass der Schmerz eines anderen Menschen einen selbst so tief treffen kann. Obwohl ich erst wenig Zeit mit Finja verbracht habe, sie eigentlich überhaupt nicht kenne, geht mir alles, was sie zu sagen hat, alles, was sie fühlt, unerwartet nahe.

»Was ist mit deiner Mutter?«, stelle ich die anscheinend blödeste Frage, die es gibt, denn Finja macht sofort dicht.

»Ich will nicht über sie reden«, sagt sie bestimmt und wendet ihren Blick ab.

»Wieso nicht?«

»Sie ist vor langer Zeit aus unserem Leben verschwunden. Mehr gibt es dazu nicht zu sagen.«

Sie steht auf mit der Ausrede, nach ihrem Vater zu sehen, und lässt mich allein im Garten zurück. Es ist schon fast Mitternacht, und die Sonne steht immer noch über dem Horizont. Der Lärm vom Fest hat etwas nachgelassen, obwohl sich noch eine Vielzahl an Besuchern an den Ständen tummelt, wie man sogar von hier aus sehen kann. Die Brise, die vom Meer heraufweht, ist etwas kühler geworden.

Als Finja wiederkommt, hat sie eine Wolldecke um ihren zierlichen Körper geschlungen und hält mir eine zweite hin. Ich bin froh, dass sie mir meine Neugier offenbar nicht übel nimmt.

»Jetzt bist du dran«, fordert sie mich heraus. »Erzähl mir was von dir.«

»Was willst du wissen?«

»Alles, was du bereit bist zu erzählen.« Mir entgeht der kleine Seitenhieb nicht, und ich nehme mir vor, ab jetzt ein wenig sensibler zu sein.

»Okay, also«, überlege ich, was es über mich Interessantes zu erzählen gibt, »dass ich aus Oslo stamme, genau wie meine Eltern, weißt du ja. Mein Bruder heißt Arne. Wir arbeiten beide in der Firma meines Vaters. Ich als Tischler, wie du weißt, und Arne im Management.« Ich kann nicht verhindern, dass das letzte Wort mit einem genervten Unterton über meine Lippen kommt. Innerlich verdrehe ich die Augen.

»Wieso sagst du das so komisch?«, will sie prompt wissen.

»Wie denn?«

»Irgendwie ... affektiert.«

»Ach wirklich?«

»Ja, wirklich. Versteht ihr euch nicht, du und dein Bruder?«

»Es geht so. Wenn ich ehrlich bin, es könnte besser sein.« Und dann erzähle ich ihr, wo unsere Schwierigkeiten liegen. Dass mein Vater Arne immer schon bevorzugt hat, obwohl ich alles dafür getan habe, es allen recht zu machen. Es ist unglaublich und zugleich vollkommen normal, dass ich Finja Dinge anvertraue, die ich noch nicht einmal Solveig erzählt habe.

»Ich bin dabei, eine ganz neue Möbelkollektion zu entwerfen. Aber wie immer stellt mein Vater sich quer.«

»Eine Möbelkollektion? Wie cool. Weißt du, woran das liegt?«

Ich hebe kurz die Schultern und lasse sie resigniert wieder fallen. »Er nimmt mich einfach nicht ernst. Das hat er nie. Was ich angepackt habe, war in seinen Augen immer schon zum Scheitern verurteilt, während Arne als Superstar gefeiert wurde.« Finja hört mir aufmerksam zu, ohne mich zu unterbrechen. »Weißt du, ich würde mir einfach wünschen, dass er mir eine Chance gibt. Wenn die Sache nicht läuft, kann er es immer noch lassen. Aber nicht von vornherein!«

Einen Moment lang sieht sie mich nur an, ein verständnisvolles, leichtes Lächeln auf den Lippen.

»Dann solltest du das durchziehen.«

»Was?«

»Du solltest es machen. Deine eigenen Möbel. Wenn man so für eine Sache brennt wie du, dann *kann* das doch gar nicht falsch sein.«

»Und wenn er recht hat? Wenn meine Entwürfe nichts taugen? Vielleicht will er mich einfach nur davor bewahren, einen großen Fehler zu machen«, bedenke ich.

»Ja, vielleicht will er das. Eltern sind so. Aber Fehler machen müssen wir doch alle. Und du wirst dich ewig ärgern, es nicht einmal probiert zu haben«, sagt sie, und ich bin fasziniert von der Leidenschaft ihrer Worte. Ihr Interesse wirkt keine Spur geheuchelt, und das bringt mein Herz dazu, dass es noch ein kleines bisschen weiter aufgeht.

»Oder es wird eben nur eine wertvolle Erfahrung«, ergänzt sie und zuckt mit den Schultern, als wäre das gerade nicht weltbewegend gewesen, was sie gesagt hat.

»Es ist die Firma meines Vaters. Er hat das letzte Wort, und wenn er dagegen ist ... dann war's das.«

Eine Weile überlegt sie, und ich fürchte schon, dass sie dem nichts mehr hinzuzufügen hat.

»Dann sorge dafür, dass er sie sieht.«

»Die Entwürfe? Er kennt sie.«

»Deine Liebe zum Handwerk.« Aus kryptischen Andeutungen werden klare, durchdringende Worte. »Sorge dafür, dass er *dich* sieht durch deine Arbeit. Und dann wird er deinen Drang verstehen, Neues zu erschaffen.«

Wie kann jemand, der einerseits so verschlossen ist, die Dinge andererseits so direkt beim Namen nennen?

»Ich bin sicher, du findest einen Weg.« Als sie bemerkt, dass ich sie eine Spur zu intensiv anstarre, senkt sie verlegen den Blick.

»Das hoffe ich«, murmle ich, während in meinem Kopf Bilder von Möbeln entstehen, die durch meine eigenen Hände entworfen und gefertigt werden. Möbel, die besonders sind und sich von der Masse abheben.

»Wie ist er sonst, dein Bruder?«, reißt sie mich aus meinen Gedanken.

»Er ist ein Streber.« Um die Ernsthaftigkeit dieser Aussage etwas abzumildern, grinse ich.

»Und du nicht?«

»Nein, sonst würde ich in der Führungsetage sitzen.« Mir ist klar, dass das verdammt überheblich klingt, aber allein Finjas Lachen ist mir das allemal wert.

»Deine Pläne hören sich aber auch ziemlich ehrgeizig an. Vielleicht kannst du in Sachen Strebsamkeit sogar mit ihm mithalten.«

Ich gebe ein missbilligendes Geräusch von mir.

»Versteht ihr euch denn überhaupt nicht?«

»Das würden wir bestimmt, wenn dieser ewige Konkurrenzkampf nicht wäre«, gebe ich zu. »Aber wahrscheinlich ist das normal unter Geschwistern. Arne ist einfach das komplette Gegenteil von mir.«

»Wärst du nicht todunglücklich in einem Büro?«

»Doch, wäre ich.«

Sie schnaubt. »Dann kann doch jeder in seinem Job der Beste sein.«

»Klingt einfach, aber in Wirklichkeit ist es leider etwas komplizierter.« Ich komme nicht umhin, über ihre pragmatische Idee nachzudenken. Ist es wirklich so kompliziert, wie ich glaube? Oder ist es nur zu mühsam, etwas an unserer jetzigen Situation zu ändern?

»Seht ihr euch ähnlich?«, will sie wissen. Warum interessiert sie sich bloß so für Arne?, frage ich mich. Das nervt mich ein bisschen, doch vielleicht ist es auch nur ihre Art, etwas über mich in Erfahrung zu bringen.

»Er ist ein bisschen geschniegelter als ich.«

»Ach, und was ist jetzt das Gegenteil von geschniegelt?« Sie hebt fragend die Augenbrauen. Das übermütige Funkeln in ihren Augen gefällt mir.

»Keine Ahnung«, grüble ich.

»Vielleicht ungehobelt? Das würde auch zu deinem Berufsstand passen«, neckt sie mich.

»Ungehobelt? Also bitte …«

»Unordentlich? Nachlässig? Chaotisch?«, zieht sie mich auf. »Du sagtest doch, dass dein Bruder das Gegenteil von dir ist.«

»Möglicherweise … habe ich mich geirrt«, lenke ich ein. »Vielleicht sind wir uns ähnlicher, als ich dachte.«

»Na bitte!« Ihr Blick ist triumphierend und wird gleich darauf wieder ernst. »Ich habe mir mein Leben lang Geschwister gewünscht.«

»Hab ich dich noch immer nicht von den Nachteilen überzeugt?«

»Wenn's hart auf hart kommt, kannst du dich bestimmt auf deinen Bruder verlassen.«

»Ich bin im Moment nicht einmal sicher, ob ich mich auf meine Eltern verlassen könnte.«

»Das ist traurig«, sagt sie mit einem wehmütigen Unterton, und ihr Blick verliert sich nachdenklich in der Ferne.

»Wenn dein Vater nicht herzkrank wäre«, frage ich nach einer Weile einträchtigem Schweigen, »wärst du dann noch hier?«

»Ich weiß es nicht.«

»Hast du nicht irgendwelche Träume, die du dir erfüllen möchtest?«

»Ich bin eigentlich ziemlich glücklich hier.«

»Eigentlich?«

Sie nickt, doch ich bemerke ihr Zögern. Zu gerne würde ich wissen, ob sie den Mann fürs Leben schon gefunden hat. Doch vielleicht sollte ich diese Frage etwas subtiler stellen.

»Was würde dir denn noch fehlen zu deinem Glück?«

In einer verlegenen Geste hüllt sie sich fester in ihre Decke ein. »Das ist ... puuh ... schwierig.«

»Dann lass es mich anders formulieren: Was könnte dein Glück perfekt machen?«

In ihren Augen erscheint ein freches Aufblitzen. »Wenn ich die Wahl zur Stockfischkönigin gewinnen würde!«, antwortet sie wie aus der Pistole geschossen.

»Es gibt eine Stockfischkönigin?«, frage ich entgeistert. Ich habe aus anderen Ländern schon von Wein- oder Bierköniginnen gehört. Doch dass man sogar für Stockfisch eine eigene Repräsentantin wählt, ist mir neu.

Auf einmal beginnt Finja zu prusten. »Dein Blick ist unbezahlbar«, amüsiert sie sich und lacht so sehr, dass sie fast von der Bank fällt. Ich kann nicht anders, als mit ihr von Herzen mitzulachen.

»Ich hätte dich auch nicht für so oberflächlich gehalten«, sage ich, als wir uns wieder beruhigt haben.

»Wie meinst du das?«

»Na ja ... bei solchen Wahlen geht es bekanntlich meistens um das Aussehen, oder? Und bei dir kann ich mir nicht vorstellen ...«

Sie starrt mich nachdenklich an. Verdammt, wo habe ich mich da wieder hineingeredet?

»Nicht, dass du denkst, ich würde dich nicht hübsch finden ...«, winde ich mich, in dem kläglichen Versuch, ihr zu erklären, dass ich sie für klug und witzig halte, von ihrem attraktiven Äußeren einmal ganz abgesehen. Doch woher die richtigen Worte nehmen, ohne ihr zu nahe zu treten.

»Findest du Solveig oberflächlich, weil sie aus ihrer Schönheit Profit schlägt?«

Als ich Finja so ansehe, weiß ich plötzlich weder, wie Solveig aussieht, noch, ob ich sie überhaupt schön finde. Der Wind bläst ihr ein paar ihrer blonden Haarsträhnen ins Gesicht, und sie streicht sie mit einer fließenden Bewegung hinters Ohr, während sie mich unverwandt ansieht und auf eine Antwort wartet. Aber ich kann gerade nichts sagen.

»Ich sollte mich langsam aufs Ohr hauen«, flüstert sie schließlich, ohne ihren Blick abzuwenden. »Es ist doch ziemlich spät inzwischen.«

Ich nicke und durchbreche den Bann. Sie hat recht. Wie konnte ich nur derart die Zeit vergessen? Und überhaupt alles um mich herum?

»Entschuldige, du bist sicher hundemüde …«

»Danke für deine Gesellschaft«, erwidert sie. »Ich hätte bestimmt keine Ruhe gefunden, hättest du mich nicht so erfolgreich abgelenkt.«

Wir stehen beide auf, und ich gebe Finja die Wolldecke zurück. »Gern geschehen.«

»Vielleicht sehen wir uns noch mal wieder«, sage ich. *Hoffentlich.*

Sie klammert sich an die Decken in ihrer Hand und geht rückwärts auf die Haustür zu. »Ja, vielleicht. Gute Nacht.« Ein kleines Lächeln, und schon verschwindet sie im Haus, während ich mit einem eigenartigen Gefühl im Bauch den Heimweg antrete.

Kapitel 10

Finja

Ich kann nicht fassen, dass Kristian und ich fast die ganze Nacht miteinander verbracht haben. Ausgerechnet Solveigs Freund, von dem sie findet, ich solle ihm aus dem Weg gehen. Ich hätte ihn wegschicken sollen. Schon gestern beim Jonsok-Fest hätte ich dafür sorgen müssen, dass er sich an einen anderen Tisch setzt. Aber er kennt hier keine Menschenseele, und das verbot mir allein schon meine gute Erziehung. Und als er am Abend kam, um sich nach Pappa zu erkundigen, wie hätte ich ihn da kurz und schmerzlos abkanzeln können, wo sich doch seine Gegenwart so leicht und unkompliziert anfühlt? Es ist, als wären wir uns bereits vertraut, und trotzdem brenne ich darauf, jedes Detail aus seinem Leben zu erfahren. Noch nie habe ich mit einem Mann ein so persönliches Gespräch geführt, nicht einmal mit Lasse, als wir zusammen waren. Die Frage nach meinen Träumen hat mir schmerzlich bewusst gemacht, wie lange ich schon nicht mehr darüber nachgedacht habe.

Als Kristian ging, fühlte ich plötzlich eine seltsame innere Leere, die ich mir nicht erklären konnte. Ich schob es auf meine bleierne Müdigkeit nach dem aufreibenden Tag und darauf, dass ich an Feiertagen immer etwas nachdenklicher, vielleicht melancholischer bin als sonst. Doch selbst heute, nach ein paar Stunden Schlaf, ist die Leere noch nicht gewichen. Mehr noch, sie ist zu einer eigenartigen, nicht zu beschreibenden Sehnsucht angewachsen.

Ich muss für Distanz sorgen, sollten Kristian und ich uns noch einmal begegnen. Er setzt mir Flausen in den Kopf, die ich bisher nicht kannte. Und außerdem gehört er zu Solveig, und ich sollte aufhören, überhaupt an ihn zu denken. Bald wird er wieder abreisen und dann so schnell aus meinem Leben verschwinden, wie er aufgetaucht ist.

Heute ist Sonntag und das Wetter perfekt für ein Frühstück draußen. Während ich in der Küche Brot, Butter, Marmelade und andere Köstlichkeiten auf ein großes Tablett stelle, höre ich ein Gespräch aus dem Garten, wo mein Vater unter den großen Birken sitzt.

»Guten Morgen, Magnus! Fühlst du dich etwas besser?«, erklingt ausgerechnet die Stimme, die ich aus meinem Kopf verbannen will.

»Zumindest um Längen besser, als du aussiehst«, antwortet mein Vater in gewohnt mürrischer Weise. Ich luge vorsichtig durch das Fenster, spüre die Wärme, die mich augenblicklich erfüllt.

»Willst du mich heute mit deinem Charme um den Finger wickeln?«, kontert Kristian und lacht.

»Ts, als hätte ich das nötig.« Mein Vater würdigt ihn keines Blickes, aber seine Mundwinkel zucken ein wenig, und ich sehe ihm an, dass er sich über Kristians Stippvisite freut. Genau wie ich insgeheim, obwohl die Umstände es mir verbieten. Meine Freude jucken die Umstände scheinbar wenig.

Kristian trägt Sportklamotten und Laufschuhe. Unter seinem engen Shirt zeichnen sich durchtrainierte Muskeln ab, und als sein Blick zum Haus wandert, trete ich rasch zurück, um unentdeckt zu bleiben.

»Finja?«, ruft mein Vater. Mein Atem beschleunigt sich. Ich kann jetzt nicht antworten, geschweige denn rausgehen. Doch er lässt nicht locker. »Finja? Wo bist du? Wir haben Besuch!«

Um Ruhe bemüht, schnappe ich mir das Tablett mit beiden Händen, atme tief durch und tue das Unvermeidliche.

»Guten Morgen«, begrüße ich Kristian so ungezwungen wie möglich, »so früh auf den Beinen?«

»Guten Morgen«, erwidert er lächelnd. »Um ehrlich zu sein ... noch immer. Ich habe einfach keine Ruhe gefunden.«

»Die Mitternachtssonne?«, vermute ich und stelle das Frühstück auf den Gartentisch.

»Ich bezweifle, dass es daran liegt. Ich habe einfach so viele Ideen im Kopf.«

»Wirklich? Das ist toll!«

Pappa hat die Tageszeitung vor sich liegen und scheint tief versunken in die Lektüre. Ich ringe mit mir, ob ich Kristian zum Frühstück einladen soll. Doch sofort meldet sich meine innere Stimme: Distanz!

Warum ist er eigentlich hier? Um mir von seinen Ideen zu erzählen? Wohl kaum. Mit einer seitlichen Kopfbewegung bedeute ich ihm, mir zu folgen. Mein Vater muss ja nicht unbedingt jedes Wort mitbekommen.

»Ich würde mich gerne ein wenig von der Natur inspirieren lassen«, sagt Kristian, als wir kurz vor der Haustür haltmachen. »Denkst du, du könntest mir irgendwas zeigen?«

»Zeigen? Ähm«, ich bin überrascht, »ich glaube nicht, dass du mich dafür brauchst. Sieh dich um. Natur, so weit das Auge reicht. Ich kann dir natürlich auch einen Reiseführer besorgen, wenn du willst.«

»Ich dachte eher, dass du vielleicht mein Reiseführer sein

könntest. Mich würden die Plätze abseits der Touristenorte interessieren. Wo es ruhiger ist.«

»Geheimtipps also? Ich weiß nicht. Eigentlich habe ich keine Zeit.« Und eigentlich bin ich dafür absolut die Falsche. Er sieht ein wenig enttäuscht aus, wie er so dasteht und die Hände in den Taschen seiner Jogginghosen verschwinden lässt. Schon gestern sind mir seine großen Hände aufgefallen und die kräftigen, sehnigen Arme. »Wolltest du nicht mit Solveig die Gegend erkunden?«

»Sie kommt erst gegen Abend zurück. Und ich weiß noch nicht, wann wir wieder heimfliegen«, erklärt er. »Aber okay, wenn du schon was vorhast ... dann ...«

»Ja. Tut mir leid.« Es stimmt, versuche ich mir einzureden. In einem Haus wie unserem gibt es immer was zu tun. Da würde mir spontan eine ganze Menge einfallen. Ich kann nicht einfach ein paar Stunden abhauen.

Oder doch?

Verflixt. Wäre Solveig mit ihrer absurden Forderung bloß nicht hier gewesen.

»Schon gut.« Zwischen uns breitet sich Verlegenheit aus. Vielleicht durchschaut er mich sogar. Meine lahme Ausrede, die ich nicht einmal begründen kann. »Ich schätze, dein Kaffee wird kalt.«

Ich bringe nur ein Nicken zustande und ein bedauerndes Lächeln. Vielleicht sehe ich ihn jetzt zum letzten Mal.

»Mach's gut, Kristian.«

»Du auch, Finja. Wiedersehen, Magnus!« Er hebt die Hand zum Gruß in Pappas Richtung und entfernt sich in gemächlichem Laufschritt. Ein seltsames Gefühl erfüllt mich, als ich ihm nachsehe.

»Wieso gehst du nicht mit?«, will Pappa wissen, während ich gedankenverloren in meiner Kaffeetasse rühre.

»Weil ... wir ... wir kennen uns kaum und ...«

»Was man durchaus ändern könnte, wenn man sich unterhält.«

Wo kommt das denn plötzlich her? Seit wann will mein Vater, dass ich jemanden kennenlerne?

»Es gibt viele Gründe. Erstens ist er mit Solveig zusammen. Und zweitens reist er in ein paar Tagen ab.«

»Viele Gründe also ...«, murmelt er.

Ich verdrehe die Augen.

Er seufzt. »Dann habe ich wohl etwas missverstanden. Ich dachte, er hätte dich gebeten, ob du ihm ein bisschen unsere Gegend zeigst, nicht, ob du Lust hast, ein Schäferstündchen mit ihm zu halten.«

»Pappa!«, protestiere ich entrüstet.

»Geht ein bisschen wandern. Wird dir guttun. Seit die Spaziergänge mit Stine wegfallen, kommst du viel zu wenig raus.«

Hat er vielleicht recht? Solveigs Worte klingen mir noch überdeutlich im Ohr. Auch wenn ich mir nichts von ihr vorschreiben lassen will, kann ich kaum bestreiten, dass Kristian mir gefällt. Aber wenn wir das Thema ›Vergangenheit‹ einfach außen vor lassen? Nur wandern und über Unverfängliches quatschen?

»Huhu«, höre ich jemanden rufen, und als ich meinen Kopf wende, erkenne ich Marit und Sten, die den Weg zu uns herauf spazieren und uns fröhlich zuwinken. Sie sind mein Notausgang.

»Siehst du, außerdem habe ich wirklich keine Zeit.«

»Unsinn«, widerspricht Pappa vehement. »Ich weiß sehr gut, wo unsere Kaffeemaschine steht, und ich kann sie sogar bedienen. Und Marit übrigens auch. Also, hau schon ab. Ich verspreche dir, wir werden es überleben.«

Abgesehen von Solveigs Ansprache neulich, fällt mir kein einziges Gegenargument ein, und ohne dass ich es verhindern kann, legt sich ein Lächeln auf meine Lippen. Ich drücke ihm einen dicken Kuss auf die Wange und wechsle ein paar Worte mit meiner Tante und meinem Onkel, bevor ich mich zu meinem spontanen Ausflug fertig mache.

Kristian

Ich kann Finja verstehen. Und irgendwie auch wieder nicht. Obwohl wir uns kaum kennen, spüre ich, dass die Chemie zwischen uns einfach stimmt. Vielleicht ist es gerade das, was sic davon abhält, mehr Zeit mit mir zu verbringen. Wahrscheinlich ist das auch die einzig richtige Entscheidung.

Ich beschließe, auf eigene Faust eine Erkundungstour zu machen. Mit meinem Skizzenblock, ein paar belegten Broten und einer Wasserflasche im Rucksack gehe ich los. An der Hauptstraße kommt mir überraschend Finja entgegen, mit praktischen Wanderschuhen ausgerüstet und ebenfalls einem Rucksack am Rücken. Ich kann meine Freude kaum verbergen.

»Finja!«, rufe ich ihr verblüfft zu. »Hast du es dir anders überlegt?«

»Sagen wir, es hat sich anders entwickelt«, erwidert sie fröhlich.

»Cool! Das freut mich.«

»Du musst natürlich schwören, dass du diesen Ort für dich behältst, den ich dir zeigen werde«, stellt sie eine Bedingung. »Aber nachdem du ohnehin in ein paar Tagen wieder weg bist, kann ich es, glaube ich, riskieren.«

»Ich schwöre«, mit übertrieben ernster Miene hebe ich drei

Finger der rechten Hand in die Luft, »beim Grab der heiligen Stockfischkönigin.«

Finja lacht laut auf, und das stellt merkwürdige Dinge mit mir an.

»Wohin gehen wir?«

»Lass dich überraschen«, antwortet sie und biegt in eine Seitenstraße ein.

»Wie weit ist es?«

»Ohhh ... schon müde? Beim Joggen zu sehr ausgepowert?«

»Nein, ich überlege nur, ob ich meinen Proviant mit dir teile oder ob es dann nicht reicht«, kontere ich schmunzelnd. Es gefällt mir, mit ihr herumzuschäkern. Diese Leichtigkeit bin ich von Solveig nicht gewohnt.

»Ich bin sicher, wir werden nicht verhungern.«

Wir wandern an ein paar vereinzelten Holzhäusern vorbei, bevor wir schon nach kurzer Zeit das Dorf hinter uns lassen.

»Habt ihr nicht Besuch bekommen? Deine Verwandten sind mir vorhin begegnet.«

»Ja. Umso besser, dann hat mein Vater ein bisschen Gesellschaft.«

»Ist Marit seine Schwester?«

»Ja. Ich habe ihr am Telefon schon erklärt, dass es Pappa gut geht, aber sie wollte sich unbedingt persönlich davon überzeugen.«

»Es ist schön, dass ihr füreinander da seid«, finde ich. »Eine Familie zu haben ist ein Geschenk.«

Mit einem warmen Lächeln sieht sie mich an. »Das stimmt. Marit und Sten hatten leider nie das Glück, eigene Kinder zu bekommen. Und manchmal mutiert sie zur Glucke. Aber ich habe keine Ahnung, was ich ohne die beiden machen würde.«

Der breite Schotterweg ist nun einem schmalen, steinigen

Pfad gewichen, und bald befinden wir uns mitten in einem Moorgebiet, das von Heidekraut und Moltebeerensträuchern überwuchert wird.

»Hast du auch Onkel und Tanten in Oslo?«, nimmt Finja nach einer Weile den Gesprächsfaden wieder auf.

»Einen Onkel, der Bruder meiner Mutter, aber zu ihm haben wir wenig Kontakt. Mein Vater war ein Einzelkind. Dafür hatte ich aber eine sehr enge Beziehung zu meinen Großeltern väterlicherseits. Leider leben sie beide nicht mehr.«

Finja hört mir aufmerksam zu, während ich erzähle. Inzwischen wandern wir über Teppiche aus Flechten und Moos, durchbrochen von silbergrauen Felsen, die in unregelmäßigen Abständen aus dem Boden ragen.

»Mein Großvater war Tischler aus Leidenschaft. Er hat ein Ferienhäuschen gebaut in Nordmarka, ganz in der Nähe von Oslo. Wir waren oft zusammen dort, und ich durfte ihm zur Hand gehen. Gemeinsam sind wir durch die Wälder gestreift, und er hat mir alles über die heimischen Hölzer beigebracht.«

»Bist du deswegen auch Tischler geworden?«

Ich muss grinsen. »Ja, nachdem ich erst Polarforscher und dann Lehrer werden wollte. Ich habe meinen Großvater sehr bewundert und wollte immer so werden wie er.«

»Und, was denkst du? Bist du auf einem guten Weg?«

»Schon möglich.« Ich hoffe sehr, dass es so ist. Kurz lasse ich diesen Gedanken auf mich wirken, bevor ich weiterspreche. »Jedenfalls hatte meine Großmutter immer, wenn wir aus dem Wald zurückkamen, Vanillepudding gekocht. Und einmal habe ich mich so überfressen, dass mir drei Tage lang schlecht war.«

Finja beginnt zu lachen. »Drei Tage? Du übertreibst bestimmt maßlos!«

»Zumindest lang genug, dass ich Vanille nicht mehr leiden kann«, berichte ich und stimme in ihr Lachen ein.

Der Himmel ist strahlend blau, nicht ein Wölkchen ist über uns zu sehen. Der Tag könnte nicht schöner sein. Wir haben leichten Rückenwind, als wir nebeneinander erst noch weiter hinaufsteigen und kurz darauf eine Bergkuppe queren. Und dann tut sich vor unseren Augen ein wahres Paradies auf. Ein Wasserfall plätschert gemächlich in die Tiefe, teilt sich durch die Felsformationen in mehrere Bächlein und Rinnsale auf. Weiter unten hat das Wasser über die Jahrtausende eine Senke gebildet, in der es sich sammelt, inmitten glatt geschliffener Steine verweilt, bevor es über eine tiefe Schlucht letztlich in den Abgrund rauscht.

Ich bin sprachlos. Finja sieht mich an, als müsste sie meine Reaktion ausloten.

»Wow, das ist ... wunderschön«, finde ich meine Stimme wieder, und sie beginnt augenblicklich zu strahlen.

»Das ist der *Dragefossen*. Er ist tatsächlich ein Geheimtipp, weil er nicht so groß ist wie die anderen Wasserfälle in der Umgebung.«

»Ich wäre schön blöd, wenn ich das weitererzählen würde.« Zufrieden lächelt sie.

»Wollen wir noch zum *Dragefjell* hochgehen?«, will sie wissen.

»Unbedingt.« Mit dem Handy schieße ich ein paar Fotos, doch Finja bekomme ich zu meinem Bedauern nicht vor die Linse.

»Woher kommt der Name?«

»*Dragefjell* bedeutet Drachenfelsen«, erklärt sie. »Siehst du den Bergrücken? Die Felszacken sehen aus wie ein Drachenpanzer. Aber keine Sorge, der Drache schläft tief und fest.«

»Tatsächlich?«

»Der Legende nach hat er sich früher von den Fischen aus dem Fjord ernährt. Es gab eine große Hungersnot, und die Menschen waren verzweifelt. Sie beteten zum Göttervater Odin, dass der Drache ihnen ihre Fische lassen möge. Odin erhörte ihre Gebete und schickte einen reichen Mann auf die Inseln. Er hatte ein paar Moltebeerensträucher bei sich, die er am Fuße des Drachenfelsens einpflanzte. Die Moltebeeren vermehrten sich immer weiter, und von da an hatten alle genug zu essen.«

»Dann muss man den Drache um Erlaubnis bitten, wenn man Moltebeeren pflücken will?«, frage ich neugierig.

»Er bewacht sie nur. Er sorgt dafür, dass wir der Natur ihren Lauf lassen und aufpassen, dass genug Moltebeeren und Fische für alle da sind. Niemand würde es wagen, ihn zu verärgern.« Finja wirft mir einen Seitenblick zu, als wolle sie herausfinden, ob ich sie auslache. Es ist nur eine Legende, aber zwischen ihren Worten stecken so viel Wertschätzung und Demut der Natur gegenüber, dass ich mich niemals darüber lustig machen könnte.

»Das klingt schön«, erwidere ich, unfähig, dem noch etwas hinzuzufügen.

»Die Natur ist nicht unser Eigentum, weißt du? Wir sollten immer in Maßen handeln, wenn wir uns aus ihr bereichern.«

Was sie sagt, stimmt mich sehr nachdenklich. Ich dachte immer, ich wäre ein Stadtmensch durch und durch. Doch was ich hier empfinde, diese Lebendigkeit, die mich hier draußen durchströmt, habe ich selbst in Nordmarka nie gespürt. Das ist zweifellos ein sehr besonderer Ort und Finja eine außergewöhnliche Frau.

»Entschuldige, ich langweile dich bestimmt schon mit meinen Geschichten«, befürchtet sie und wirkt etwas verunsichert.

»Nein, gar nicht. Ich höre dir gerne zu.«

Mir gefallen diese Legenden der alten Zeit, in denen so viel Weisheit liegt, aber noch lieber möchte ich etwas über Finja erfahren. Sie ist so komplett anders als Solveig, aber ich finde sie faszinierend. Als wir an den Felsen ankommen, suchen wir uns ein gemütliches Plätzchen, um eine Pause einzulegen.

»Erzähl mir noch ein bisschen über dich«, bitte ich sie, als wir beide etwas getrunken haben und uns über die mitgebrachte Brotzeit hermachen. Eine leichte Röte überzieht ihr Gesicht, und ich bin nicht sicher, ob sie dem Aufstieg oder ihrer Verlegenheit geschuldet ist.

»Was denn?«

Nachdenklich zucke ich mit den Schultern. »Kommst du oft hierher?«

»Ich war schon lange nicht mehr hier. Aber ich habe es sehr vermisst«, antwortet sie, und dann treffen sich unsere Blicke. »Danke, dass du mich gefragt hast«, fügt sie etwas schüchtern hinzu. Ihre blauen Augen leuchten und machen dem Himmel über uns Konkurrenz.

»Sehr gern«, antworte ich lächelnd.

»Was willst du sonst noch wissen?« Verlegen bricht sie den Blickkontakt ab.

»Wolltest du immer schon Verkäuferin werden?«

»Nein.« Sie zögert. Vielleicht überlegt sie, wie viel sie mir anvertrauen will. »Ich habe lange Zeit davon geträumt, Musiklehrerin zu werden.«

»Was kam dazwischen?«

»Das Leben.« Sie seufzt tief. »Pappa hat mir ermöglicht, die zweite Sekundarstufe in Harstad zu absolvieren. Dort gab es einen vertieften Musikunterricht, und von da an war das Klavier mein bester Freund. Harstad ist ungefähr drei Stunden von hier entfernt, deshalb war ich nur selten zu Hause. Meine Mutter war damals schon nicht mehr bei uns. Außerdem war es eine Privatschule und sehr teuer. Ich rechne es meinem Vater hoch an, dass ich das machen durfte.«

Gerade als ich fragen will, warum sie diese Ausbildung nicht weiterverfolgte, ertönt über uns ein lauter Ruf, und wir reißen beide erschrocken die Köpfe in die Höhe.

»Ein Seeadler«, flüstert Finja ehrfürchtig. Der riesige braune Raubvogel trägt etwas in seinen Fängen, doch auf die Entfernung können wir nicht ausmachen, was es ist. Mit wenigen kräftigen Flügelschlägen segelt er weit über uns hinweg, dreht eine Runde und steuert dann auf einen benachbarten Berggipfel zu.

»Hörst du, wie der Fjordwind seine Rufe davonträgt?« Ihr Ausdruck ist gefesselt, geradezu gerührt.

»Unglaublich. Ich habe so etwas noch nie gesehen«, sage ich, ebenfalls völlig überwältigt von dem Anblick dieses majestätischen Tieres.

»Ich auch nicht.« Wir sehen dem Seeadler nach, bis er in der Ferne verschwindet. Finja lächelt glücklich, und ich bin unendlich dankbar und tief berührt, dass ich diesen Tag mit ihr erleben darf.

Wir reden über dies und das, und der Gesprächsstoff scheint sich nie zu erschöpfen. Doch schließlich ist es Zeit, den Rückweg anzutreten. Ich hoffe, dass Solveig noch nicht da ist, denn ich habe keine Lust, ihr zu erklären, wo ich den ganzen Tag gewesen bin.

Je länger wir unterwegs sind, umso schweigsamer werden wir beide. Bei einer Abzweigung bleibt sie plötzlich stehen.

»Du musst hier entlang. Der Weg führt direkt zu eurem Mietshäuschen.«

Das geht mir nun doch zu schnell. Ich will mich noch nicht von Finja verabschieden müssen.

»Ich könnte dich begleiten«, entgegne ich. »So spät ist es noch nicht.«

»Nein, Kristian«, sagt sie entschlossen, und doch meine ich, ein leichtes Zittern aus ihrer Stimme herauszuhören. »Es war ein sehr schöner Tag. Danke dafür.«

»Ja, das war es.« In meinen Augen ist das die Untertreibung des Jahres.

Sie kann mich auf einmal nicht mehr ansehen, und ich habe das Gefühl, nicht mehr wegschauen zu können.

»Finja ...« Ich will irgendwas sagen, doch mein Gehirn ist nicht fähig, klare Sätze zu formulieren. Irgendwas, das annähernd beschreibt, wie ich empfinde, ohne dass es unangemessen oder aufdringlich wirkt. Die vergangenen Stunden haben vieles in mir in Bewegung gesetzt. Staub aufgewirbelt aus Ecken, derer ich mir überhaupt nicht bewusst gewesen bin.

»Sag nichts«, beendet sie meine Überlegungen. »Glaub mir, es ist besser, wenn wir beide jetzt einfach wieder unserer Wege gehen.«

»Bist du sicher?« Ich habe keine Ahnung, welche Antwort ich erwarte, aber Finja streckt mir nur ihre Hand hin. Sie ist zierlich und verschwindet fast in meiner riesigen Pranke. Die Berührung elektrisiert mich beinahe, und ich habe Mühe, mich wieder von ihr zu lösen.

»Alles Gute für dich«, flüstert sie und blinzelt heftig.

»Das wünsche ich dir auch«, formen meine Lippen wie automatisch. Für einen kurzen Moment blickt sie mir noch einmal in die Augen, dann dreht sie sich um und geht schnellen Schrittes davon.

Kapitel 11

Kristian

Ich habe Glück, denn Solveig ist noch nicht von ihrem Ausflug zurück. Nach einer ausgiebigen Dusche setze ich mich hin, und plötzlich fällt es mir überhaupt nicht mehr schwer, meine Entwürfe zu überarbeiten. Es entstehen sogar ein paar neue. Die Ideen sprudeln nur so aus mir heraus, während die wunderschöne Natur und Finjas Gesicht abwechselnd vor meinem inneren Auge vorbeiziehen. Am späten Nachmittag beschließe ich, mich ein wenig hinzulegen. Die kurze Nacht steckt mir ohnehin noch in den Gliedern, und bald gleite ich in den traumlosen Schlaf, den ich so herbeiwünsche.

Als weiche Lippen sanft über meine Wangen streichen, erwache ich, und bevor ich meine Augen öffne, muss ich lächeln. Ich koste den Moment aus und drehe den Kopf zur Seite, um genau jene Lippen mit meinen zu begrüßen.

»Da hatte wohl jemand Sehnsucht«, dringen Solveigs zärtliche Worte an mein Ohr, und ich erschrecke kurz, schäme mich aber sofort dafür, dass ich – noch nicht in der Realität angekommen – jemand anderen erwartet hatte. Ihre Hände suchen den Weg unter mein T-Shirt, und irgendwie sind sie mir auch willkommen, denn – so schäbig es auch ist – ich sollte mich wirklich ablenken.

»Wie war's denn?«, frage ich, als wir eine Weile später nebeneinander im Bett liegen, und hoffe inständig, dass Solveig meine Unsicherheit weder hört noch spürt.

Sie seufzt. »Du hättest dabei sein sollen.« Sie lächelt mich etwas reumütig an. »Es tut mir leid, dass ich so wahnsinnig zickig war. Mit dir wäre es noch viel schöner gewesen.«

Ihr versöhnlicher Ton überrascht mich, aber er bringt das Eis, das sich bei unserem letzten Streit zwischen uns gebildet hat, ein bisschen zum Schmelzen. Trotzdem habe ich keine Antwort parat.

»Hast du es gespürt?«, will sie wissen, schmiegt sich noch näher an mich und küsst mich oberhalb des Schlüsselbeins.

»Was denn?«

»Dass ich ständig an dich denken musste.«

Ich zwinge mich zu einem Lächeln, und gleichzeitig macht sich das schlechte Gewissen in mir breit, weil es mir nicht so ergangen ist. Und dann frage ich mich, was das über mich aussagt.

»Bist du sauer auf mich?«, forscht sie, als ich ihr immer noch keine Antwort gebe.

»Nein«, entschieden schüttle ich den Kopf und küsse sie zur Bestätigung auf ihren Haaransatz. Ich bin vieles, aber bestimmt nicht sauer. Aber das sage ich ihr nicht, denn eigentlich hätte *sie* vielleicht sogar noch mehr Grund, mir etwas nachzutragen, als umgekehrt. Stattdessen ringe ich mir ein Lächeln ab.

»Irgendwas ist doch, oder? Du wirkst so abwesend.«

»Mir gehen viele Dinge im Kopf rum.« Sie sucht meinen Blick, doch ich bin nicht imstande, sie anzusehen. Ich springe auf und ziehe mich in einem Tempo an, das an eine überstürzte Flucht erinnert.

»Kristian?« Solveig ist irritiert. Zu Recht.

»Es geht um ... meine Arbeit.« Ich zögere, denn bisher hat Solveig sich nicht besonders dafür interessiert. Genau genommen überhaupt nicht. Die Schwierigkeiten mit meinem Vater regen mich aber dermaßen auf, dass ich es sogar schaffe, diesen vorgeschobenen Grund überzeugend rüberzubringen, obwohl er nur zum Teil schuld ist.

»Ich arbeite gerade an Entwürfen für eine neue Möbelkollektion.« Weil ich so durcheinander bin, kann ich auch nicht verhindern, dass meine Stimme lauter wird. Was ebenfalls nicht nur mit den Möbeln oder meinem Vater zu tun hat. »Aber mein Vater blockt jeden Versuch ab, frischen Wind reinzubringen. Er klammert sich an alten Gewohnheiten fest wie ein Wahnsinniger.« Nebenbei beginne ich, herumliegende Klamotten zu falten und in den Koffer zu werfen. Solveig beobachtet mich.

»Vielleicht sind die neuen Entwürfe einfach ... nicht sein Stil.« Unwillkürlich muss ich an Finjas Worte denken, als ich ihr gestern von meinen Sorgen erzählt habe, und meine Wut flacht etwas ab. Solveigs Reaktion fällt so ganz anders aus, und trotzdem scheint sie mir dieses Mal wirklich zuzuhören.

»Das müssen sie doch auch gar nicht. Wichtig ist doch, dass sie dem Kunden gefallen. Und ich habe schon einige positive Rückmeldungen bekommen.«

»Von wem?«

»Von Freunden.«

»Und du denkst, deine Freunde sind objektiv?«

»Freunde, die sich in der Branche auskennen«, erkläre ich. Das Gefühl, mich rechtfertigen zu müssen, schwappt in mir hoch, und das ärgert mich.

»Lässt du mich die Zeichnungen mal ansehen?«

Überrascht halte ich in der Bewegung inne. Hat sie das gerade wirklich gesagt? Ich blinzle sie an, und sie hebt fragend die Augenbrauen.

Aus einem unerfindlichen Grund braucht es einige Überwindung, bis ich über meinen Schatten springen und Solveig meine Ideen präsentieren kann. Sie sieht sie vor allen anderen, und eine erste Meinung wiegt so verdammt schwer. Eine erste Meinung kann alles ruinieren, jeden Traum und jede Hoffnung zerschlagen. Sie hat die Macht, den Anfangsschritt in eine neue Richtung anzutreiben oder zu verhindern. Erste Meinungen – oder vielmehr die Sekunden, in denen man darauf wartet – sind schlimmer als die grauenhaftesten Albträume.

»Daraus könnte man wirklich was machen«, sagt sie, nachdem sie alle Skizzen angesehen hat. Ich atme den Schwall Luft aus, der sich in meinen Lungen aufgestaut hat, und warte auf weitere Erklärungen. Das wird es doch wohl nicht gewesen sein?

»Sie gefallen dir nicht«, stelle ich tonlos fest.

»Doch, das tun sie«, widerspricht Solveig und untermauert das Ganze mit einem Lächeln, »sehr sogar.«

Ich versuche, von ihren Augen abzulesen, ob sie das ehrlich meint oder mir mitten ins Gesicht lügt.

»Die sind toll! Dieser Tisch ist ... wow.«

Langsam entspanne ich mich ein wenig. Zumindest scheint meine Arbeit nicht für den Müll zu sein.

»Aber brauchst du dafür wirklich die Einwilligung deines Vaters?«, fragt sie.

»Er ist mein Boss. Ich könnte das selbst überhaupt nicht finanzieren, Solveig.«

»Mit einer ordentlichen Finanzspritze von mir?«

»Was?« Meine Sinne sind plötzlich hellwach. »Ist das dein Ernst?« Mir wird kalt und heiß zugleich.

»Ja klar«, erwidert sie. »Dann könntest du es endlich allen beweisen. Vor allem deinem Vater.« Mein Atem beschleunigt sich, und meine eben noch unterirdische Laune bekommt einen Höhenflug. »Und wir wären Geschäftspartner.«

Mit diesem Satz kommt der Sinkflug. Kurz muss ich an den Seeadler denken. Was würde es für mich heißen, wenn Solveig und ich Geschäftspartner wären? Vielleicht sollte ich erst einmal herausfinden, was dieser Tag und die letzte Nacht für mich bedeuten? Auf jeden Fall würde mir Solveigs Angebot ganz neue Möglichkeiten eröffnen.

»Ich weiß gar nicht, was ich sagen soll«, gebe ich überwältigt zu.

»Sag ja!«

Ihre Euphorie bringt mich zum Lächeln. »Ich überlege es mir.«

An diesem Abend zeigt Solveig mir eine völlig neue Facette von sich, und ich vermute, der Ausflug mit ihren Freunden hat ihr wirklich gutgetan.

»Erzähl doch ein bisschen von eurem Trip«, bitte ich sie, als wir diesmal gemeinsam kochen und nebenbei ein Glas Wein trinken. Sie freut sich und beginnt sofort mit leuchtenden Augen zu plaudern. Ich lausche ihrem Bericht, obwohl meine Gedanken immer wieder abschweifen. Zu Solveigs Vorschlag, mir geschäftlich unter die Arme zu greifen, und – obwohl ich es mit aller Macht verhindern will – zu Finja.

Wir genießen das Essen, und ich bemerke, dass dieser Lasse ein wirklich guter Freund aus Solveigs früherem Leben zu sein scheint, weil sie so von ihm schwärmt.

»Und was hast du so getrieben?«, fragt sie irgendwann und drückt zärtlich meine Hand. »Du Armer hast doch hoffentlich nicht das ganze Wochenende gearbeitet, oder?«

»Nein, habe ich nicht«, entgegne ich und sehe sie direkt an. »Ich war beim Fest.«

»Beim Fest?«

»Sankt Hans.«

»Oh, ja.« Erkenntnis blitzt in ihrem Gesicht auf. »Ich habe ganz vergessen, dass das an diesem Wochenende war. Kein Wunder, dass wir so wenigen Wanderern begegnet sind. Wie schade, ich wäre gerne mit dir hingegangen«, sagt sie voller Bedauern. »Wie war es denn?«

»Es war ganz nett.« *Heuchler*. Ich komme mir vor, als würde ich mir selber in die Tasche lügen, weil *nett* einfach nicht im Geringsten ausdrückt, wie es wirklich für mich war. »Ich habe Finja und ihren Vater getroffen.«

Obwohl ich mit mir gehadert habe, ob ich Solveig überhaupt davon erzählen soll, ist mir in diesem Moment klar, dass ich es *muss*. Ich will die Dämonen der Halbwahrheiten zwischen uns vertreiben, bevor sie zu mächtig werden. Mit der Hoffnung, dass es selbst für mich an Bedeutung verliert, wenn ich es ausspreche. Doch dem ist nicht so. Denn zwischen den Worten liegt so vieles, was ich nicht erwähne, und ich hoffe sehr, dass Solveig es nicht selbst heraushört. Ich sage, dass ich Finja getroffen habe, jedoch nicht, dass ich ihr *begegnet* bin. So, wie ich noch nie jemandem wirklich begegnet bin. Und das Eigenartige daran war, ich habe gespürt, dass Finja mich gesehen hat. Als wäre ich bisher unsichtbar gewesen.

Solveigs Blick ist etwas skeptisch. Oder vielleicht eifersüchtig? »Habt ihr euch unterhalten?«, will sie wissen.

»Ja, wir haben zusammen gegessen. Mit einem ganzen Haufen anderer Leute. Und dann ist ihr Vater verschwunden, und ich habe ihr suchen geholfen.« Wieder erzähle ich nur das Allernötigste. »Wusstest du, dass er Herzprobleme hat?«

»Nein, das wusste ich nicht. Es ist doch nichts Schlimmes passiert?«

Solveig fängt an, den Tisch abzuräumen. Dieses Gespräch scheint ihr Unbehagen zu bereiten.

»Ich glaube nicht. Er ist wohl ein Stück spazieren gegangen, und der Weg zurück war ihm zu anstrengend.«

»Wie geht es ihm jetzt?« Ich höre ein wenig Sorge aus ihrer Stimme heraus.

»Ganz gut, denke ich. Das hoffe ich zumindest.«

»Ein Glück«, findet sie und setzt sich mit Schwung auf meinen Schoß. »Und sonst?«, fragt sie.

»Was ist eigentlich mit Finjas Mutter?«

»Soweit ich weiß, ist sie weggegangen. Hast du sie gefragt?«

»Sie wollte nicht über sie reden.«

»Würdest du einem Fremden deine Lebensgeschichte erzählen, bloß weil du einmal mit ihm am Tisch sitzt?«

Berechtigte Frage. Aber ich fühle mich nicht wie ein Fremder, und es war auch mehr als nur einmal zusammen am Tisch sitzen. Nachdenklich nicke ich.

»Dann können wir uns jetzt endlich wichtigeren Dingen widmen?« Sie schmiegt sich an mich, und meine Arme schlingen sich automatisch um ihre Mitte. Sie küsst mich hingebungsvoll und lässt ihre Hände auf Wanderschaft gehen.

»Hast du es dir schon überlegt?«, schnurrt sie, während sie an dem Verschluss meiner Jeans nestelt.

»Was überlegt?«

»Kommen wir beide ins Geschäft?«

»Darüber werde ich schon ein bisschen genauer nachdenken müssen«, schmunzle ich über das Tempo, das sie vorlegt. In jeder Hinsicht wohlgemerkt.

»Überzeugen dich meine Argumente nicht?«, flötet sie und bewegt sich aufreizend auf mir.

»Solveig«, bremse ich sie etwas.

»Was?«, murmelt sie an meinem Hals. »Manchmal muss man was riskieren. Sei doch keine Spaßbremse.«

»Es geht um meine Zukunft und nicht um irgendein lustiges Experiment!« Ich schiebe sie leicht von mir und sehe sie irritiert an.

»So meinte ich das auch nicht. Ich hätte einfach richtig Lust, mit dir zusammen was auf die Beine zu stellen.«

Das bringt mich zum Lächeln, und ich lasse zu, dass sie ungeduldig am Saum meines Shirts zerrt und es mir dann fahrig über den Kopf zieht. »Du hast so viele verborgene Talente«, flüstert sie. »Und wir beide sind ein Dream-Team.«

Meine Hände verselbstständigen sich und öffnen Knopf für Knopf ihre Sommerbluse.

»Du bist der Macher, und ich habe die Mittel. Du könntest die gesamte Kollektion nach mir benennen«, raunt sie mir ins Ohr. »Dann wird sie *garantiert* einschlagen.« Ihre letzten Worte holen mich auf den harten Boden der Tatsachen zurück. Dieses *garantiert* drückt mir den Brustkorb zu. Vielleicht ist das kleinlich, wo sie meine Skizzen doch eigentlich gelobt hat. Aber dieses eine klitzekleine Wort hallt am lautesten in mir nach und macht alles wieder zunichte. Sie scheint zu spüren, wie ich mich unter ihren fordernden Händen versteife, und nicht auf eine gute Art. Schlagartig öffne ich die Augen, und Solveig lässt intuitiv von mir ab.

»Tut mir leid, ich will dich nicht unter Druck setzen«, rudert sie zurück.

»Ach nein?« Frustriert seufze ich und will sie von meinem Schoß schieben, doch sie lässt sich nicht beirren und versucht erneut, mich zu küssen.

»Bitte hör auf.«

Enttäuscht rutscht sie von mir runter.

»Ich wollte die Stimmung nicht ruinieren ... komm schon, gib mir noch eine Chance«, bettelt sie.

Doch ich ziehe mein T-Shirt wieder über, greife nach einem

warmen Pullover und gehe Luft schnappen. Sogar hier, weit weg von zu Hause, wird das Gefühl, ausbrechen zu wollen, übermächtig.

Kapitel 12

Finja

Die Gedanken an Kristian fegen wie ein Tornado durch mich hindurch und reißen alles mit, was nicht niet- und nagelfest ist. Wie kann jemand, den ich erst so flüchtig kenne, ein solches Durcheinander in mir anrichten?

Als Pappa sich abends ins Wohnzimmer vor den Fernseher zurückzieht, gehe ich noch mal raus, um ein paar Blumen umzutopfen. In der Ferne sehe ich eine Gestalt, die auf die leichte Anhöhe heraufsteigt, auf der unser Haus steht. Beim Näherkommen stelle ich fest, dass es Solveig ist. Mir wird flau im Magen, und ich versuche, ihre Haltung einzuordnen. Sieht sie wütend aus?

Ich atme tief durch und straffe mich, nichts ahnend, was der Grund ihres Besuches sein könnte. Will sie mir noch mal Geld anbieten? Mir drohen? Ich richte den Blick starr auf meine Hände, die in Gartenhandschuhen stecken, und konzentriere mich auf die orangefarbenen Zauberglöckchen und roten und weißen Petunien.

»Hei, Finja«, begrüßt sie mich schon von Weitem.

Ich hebe meinen Blick von ihren hochhackigen Schuhen über ihre elendslangen Beine bis hinauf zu dem sündteuren Keine-Ahnung-was-Kleid und schaue geradewegs in ihr freundlich lächelndes Gesicht. In der Hand hält sie eine rechteckige Handtasche.

»Hei«, erwidere ich wachsam.

»Du wunderst dich bestimmt, dass ich hier bin. Kristian hat mir erzählt, dass es Magnus nicht so gut geht. Und ... da wollte ich mich nach ihm erkundigen.«

»Deshalb kommst du extra hierher?« Argwöhnisch mustere ich sie.

»Du hast recht. Es ... war vielleicht ein Vorwand«, gibt sie zu und fummelt an ihrem rötlich schimmernden Haar herum. »Aber sag doch, wie fühlt er sich? Ist es was Schlimmes?«

»Nein, er hat sich nur überanstrengt. Heute geht es ihm schon wieder viel besser.«

Erleichtert nickt sie, als würde sie jede andere Antwort wirklich treffen. Kaum zu glauben, nach der Show, die sie vor wenigen Tagen abgezogen hat. »Dann hatte Kristian also recht. Gott sei Dank.«

»Kann ich dir etwas anbieten?«, frage ich, ohne es zu wollen. Aber der wahre Grund ihres Erscheinens interessiert mich eben doch. Vielleicht steckt in der erwachsenen Version ja noch irgendwo ein bisschen von der Solveig von früher.

»Nein, danke.« Sie stakst auf dem Kies vor mir hin und her, und ich stochere weiter in der Blumenerde herum. »Kristian sagt, ihr hättet euch unterhalten ...«

Mein Herz setzt einen Schlag aus. Entweder er und Solveig vertrauen einander so sehr, dass sie sich alles sagen, oder die Zeit, die Kristian und ich gemeinsam verbracht haben, hatte für ihn keinerlei Bedeutung. So oder so tut es weh.

»Offenbar hast du ihm wirklich nichts von früher erzählt«, spricht sie weiter.

Ich blicke auf. »Das habe ich dir versprochen.«

»Ja, das hast du. Ich dachte, du wärst wie deine Mutter, aber vielleicht habe ich mich ja geirrt. Du bist nicht wie sie.« Dieser Satz, der vielleicht ein Kompliment sein sollte und den sie dennoch so abwertend ausgesprochen hat, fühlt sich an wie eine Ohrfeige, und ich habe plötzlich Mühe, nicht die Fassung zu verlieren. Fester als nötig drücke ich die Erde auf die Wurzelballen meiner Blumen, ziehe dann mit zwei ruckartigen Bewegungen meine Handschuhe aus und werfe sie auf den Boden.

»Fertig?« Es ist mehr eine Frage an Solveig als eine Feststellung, doch sie scheint es auf die Blumentöpfe mit den bunt blühenden Petunien zu beziehen.

»Schön«, stellt sie fest und lächelt erneut, diesmal auf die Blumen hinunter. »Ich bin froh, dass ich mich auf dich verlassen kann.«

»War's das? Ich habe noch zu tun.« Plötzlich kann es mir nicht mehr schnell genug gehen, sie loszuwerden.

»Ich wollte dich noch etwas fragen. Kristian und ich fliegen morgen zurück.« Ich wusste, dass der Tag kommen würde, an dem er wieder weg ist. Wieso brennt es dann so in meinem Brustkorb? »Ich will das Haus meiner Großmutter umbauen lassen, und ich vermute, dass ihr euch immer noch nahegestanden habt.« Und wo genau war jetzt die Frage?

»Ja«, stimme ich zu, »das haben wir.«

»Ich brauche jemanden, der das Haus ausräumt, bevor die Handwerker es renovieren.« Kurz lasse ich diese Feststellung sacken.

»Das soll *ich* machen?«

»Natürlich gegen Bezahlung.«

»Was soll mit Stines Sachen passieren?«

Teilnahmslos zuckt Solveig mit den Schultern. »Ist mir egal. Ich brauche das Zeug nicht. Wenn du es machst, kannst du das selbst entscheiden. Wahrscheinlich ist der Großteil nur wertloser Kram.«

»Einverstanden«, sage ich, ohne lange zu überlegen. Es wäre

eine Schande, wenn Solveig irgendeine Firma beauftragen würde. Ihre Gleichgültigkeit würde Stine das Herz brechen. Sie hat so viel für mich und Pappa getan, ich bin es ihr einfach schuldig, ihren persönlichen Gegenständen – die Solveig nur als wertlosen Kram bezeichnet – und somit Stine meinen Respekt zu zollen.

»Ich hätte neulich nicht so hart sein dürfen, Finja.« Überrascht starre ich sie an. Wo kommt das auf einmal her? »Es ist nicht so leicht für mich, jemandem zu vertrauen, verstehst du?« Kaum merklich nicke ich. »Kristian ist der erste Mann, den ich näher an mich heranlasse. Ich habe mich nie so geborgen gefühlt wie bei ihm. Und trotzdem ... die Angst, verletzt zu werden, sitzt tief.«

Irgendwas drückt meine Kehle zu, und ich bringe kein Wort heraus.

»Wir sehen uns«, verabschiedet sie sich, und als sie geht, bleibt ein dumpfes Pochen in mir zurück. Werde ich Kristian noch einmal wiedersehen? Er gehört an Solveigs Seite, und dass er ihr von unserem Treffen erzählt hat, ist ein klarer Beweis für ihre innige Beziehung. Und Solveig hat mich noch einmal daran erinnert: Ich bin nicht so wie meine Mutter. Ich werde keiner anderen Frau den Mann abspenstig machen, ganz egal, wie sehr mein Herz dagegen protestiert.

Kristian

Während Solveig einen Spaziergang macht – wohl auch um mir aus dem Weg zu gehen –, packe ich alle Sachen für unsere morgige Heimreise. Ich überlege, ob ich gleich frühmorgens unter dem Vorwand, Brötchen zu holen, im Laden vorbeischauen soll, um Finja noch einmal wiederzusehen. Es fühlt sich nicht richtig an, einfach ohne Abschied zu verschwinden. Ein kleiner Trost ist, dass ich wenigstens ihre Telefonnummer habe. Nur für den Fall …

Ich werde sie vermissen, sagt mein Herz, während das meinem Verstand völlig absurd vorkommt. Nein, ich muss sie einfach als schöne Erinnerung abspeichern, denn mein Leben ist nun mal in Oslo. Trotzdem erwische ich mich mehrmals dabei, wie ich zu meinem Telefon greife und mit mir ringe, ob ich ihr schreiben soll. Ich habe sogar schon die Nachrichten-App geöffnet und bin dabei, Worte wie *Hei,* oder *Liebe Finja,* oder *Ich muss dir unbedingt noch etwas sagen* zu tippen und einen Atemzug später wieder zu löschen. Es geht einfach nicht. Alles wäre falsch, was ich ihr nicht von Angesicht zu Angesicht sagen kann. Als Solveig zurückkommt, erscheint mir die Option mit den Brötchen als am aussichtsreichsten.

»Ich komme mir schäbig vor, wenn du immer die ganze Arbeit machst«, sagt sie, als sie unsere gepackten Koffer sieht.

»Das will ich hoffen«, erwidere ich und verziehe den Mund zu einem schiefen Lächeln, damit sie den Satz nicht falsch versteht. Ich muss unbedingt die Spannung zwischen uns auflösen, wenn ich unserer Beziehung eine tatsächliche Chance geben will. Und gerade scheint es, als würde alles, was ich sage oder nicht sage, und alles, was Solveig sagt oder nicht sagt, uns beide auseinanderdriften lassen. Meine Gefühle fahren Achterbahn, und weil sie mich selbst so erschrecken, auch noch gleichzeitig Geisterbahn. Ich will nichts aufs Spiel setzen, das mir vielleicht viel bedeutet, doch ich kann auch nicht beurteilen, *was* mir viel bedeutet.

Solveig lächelt mich an und küsst mich auf die Wange. »Ich verspreche dir, ich werde es wiedergutmachen.«

Sie sucht im Schrank nach etwas und zieht wenig später ein dickes Telefonbuch heraus.

»Du hattest recht«, murmelt sie beiläufig, während sie durch die Seiten blättert.

»Womit?« Insgeheim hoffe ich, dass sie zurücknimmt, was sie vorhin gesagt hat. Dass sie selbst merkt, wie mich ihre Aussage verletzt hat. Schließlich soll meine Kollektion boomen, weil sie gut ist, nicht, weil Solveig darin investiert. *Garantiert.*

»Finjas Vater geht es wieder besser.« Das lässt mich aufhorchen.

»Woher weißt du das?«

»Ich war bei ihr.«

In meinem Bauch entsteht ein seltsames Ziehen. Solveig war bei Finja? »Ich habe sie gebeten, Stines Haus auszuräumen.«

»Wieso Finja?«

»Na ja, irgendwer muss es ja tun.«

Es klingt irgendwie abfällig, und das geht mir gewaltig gegen den Strich. Ich frage mich, ob es mich deshalb so stört, weil es um Finja geht, oder ob es auch bei jedem anderen so wäre, über den Solveig so spricht.

»Meine Großmutter und sie standen sich nahe, also dachte ich, es wäre passend.«

»Wonach suchst du?« Ich will so schnell wie möglich das Thema wechseln, bevor ich jedes ihrer Worte auf die Goldwaage lege oder jeden meiner Gedanken zu Tode analysiere.

»Nach dem Branchenverzeichnis, aber scheinbar kennen die hier so was nicht«, grummelt sie genervt. »Ach, im Internet werde ich bestimmt fündig.«

»Wofür brauchst du das?«

»Ich brauche fähige Handwerker.«

»Hallo? Vor dir steht ein fähiger Handwerker«, mache ich sie auf das Offensichtliche aufmerksam.

Erstaunt blickt sie auf. »Ja, aber wir reisen morgen ab. Ich brauche jemanden, der Großmutters Haus auf Vordermann bringt, damit ich es verkaufen kann.«

»Du weißt doch noch gar nicht, ob du es erben wirst.«

»Oh, habe ich dir das gar nicht erzählt?« Unverrichteter Dinge klappt sie den Telefonwälzer zu und wirft ihn auf das Sofa neben sich. »Als Lasse und ich gestern los sind, bekam ich einen Anruf von Großmutters Anwalt. Er bat mich um einen Termin in der kommenden Woche. Da habe ich ein bisschen Druck gemacht und ... na ja ... was soll ich sagen. Er hat mich spontan dazwischengeschoben.«

»Am Wochenende?«

»Ja, ausnahmsweise. Und weil ich ihn von früher kenne.«

»Den Anwalt?«

»Ja«, winkt sie ab, als wäre das alles halb so wichtig, »er hat in Oslo studiert. Und wir hatten mal was miteinander.«

Ich kann nicht fassen, was sie mir da gerade erzählt. Sie überrascht mich jedes Mal aufs Neue, aber auf ungute Weise.

»Und dann sind wir auf dem Weg zu Lasses Sportgeschäft einen kleinen Umweg gefahren und haben den Termin wahrgenommen.«

»Wir?« Das wird ja immer toller.

»Lasse und ich.«

Ich setze mich und fahre mit beiden Händen müde über mein Gesicht.

»Du hattest ja keine Zeit«, ergänzt sie anklagend. Einen Moment ist es still zwischen uns, und dann klopft ganz sacht eine Frage in mir an, die ich nicht zurückhalten kann, obwohl ich es vielleicht sollte.

»Hast du auch mit Lasse geschlafen?«

Sie starrt mich an, erst erschrocken, dann entrüstet und schließlich irgendwie beschämt. »Das ist aber schon Jahre her«, gibt sie leise zu, und ich bin dankbar für ihre Ehrlichkeit. Aber nur ein bisschen.

Dass sie mir nichts von dem Termin beim Anwalt erzählt hat und auch nicht, dass sie das Haus ihrer Großmutter geerbt hat, schmerzt mich. Immer, wenn wir uns näherkommen, wird die Distanz im nächsten Moment noch viel größer. Als wäre das ein schwierig zu durchbrechendes Muster zwischen uns. Dass sie mir ihre Affären – oder wie auch immer sie das nennen würde – verschwiegen hat, erstaunt mich inzwischen gar nicht mehr. Wichtig ist nur, dass es vor meiner Zeit war. Trotzdem wünschte ich, sie würde sich mir endlich mehr öffnen. Doch ich sage nichts, denn ich will nicht schon wieder einen Streit vom Zaun brechen.

»Lass mich das Haus deiner Großmutter renovieren«, purzeln stattdessen völlig andere Worte aus mir heraus.

In ihrem Gesicht flackert Überraschung auf.

»Das geht nicht. Ich habe übermorgen ein Fotoshooting.«

»Du schon, aber ich nicht.«

»Aber du musst doch auch wieder nach Hause.«

Kurz überlege ich. Es stimmt, ich sollte nach Hause. Aber vielleicht täte mir eine Auszeit gut. Vielleicht täte meinem Vater eine Auszeit gut. Um zu erkennen, was wir beide wollen. Ich könnte Abstand gewinnen *und* arbeiten.

»Ich kläre das.«

Sie schweigt, überlegt und nickt dann. »Wenn du willst?«

Und wie ich will!, rufen mein Verstand und mein Herz gleichzeitig, und ich bin mir nicht sicher, ob das ein gutes Zeichen ist.

Es ist mitten in der Nacht, und diesmal gebe ich der Mitternachtssonne die Schuld daran, dass ich nicht schlafen kann. Es ist alles geklärt. Ich habe meinem Vater so schonend wie möglich beigebracht, dass ich meinen vollständigen Jahresurlaub nehmen will.

Meine Mutter, die es als alarmierendes Zeichen ansah, dass ich noch nicht zurückkomme, tröstete ich und überzeugte sie davon, dass sich alles fügen werde. Das war alles nichts, mit dem ich nicht gerechnet hätte. Das Gespräch mit Arne hingegen erstaunte mich über alle Maßen.

»Wann kommst du wieder?«, hat er etwas abwesend gefragt, und ich konnte hören, dass seine Finger nebenbei auf die Computertastatur tippten, was mich sofort extrem nervte.

»Ich werde das Haus von Solveigs Großmutter auf Vordermann bringen. Keine Ahnung, wie lange das dauern wird.«

»Und für so was opferst du deinen Urlaub? Fliegt doch lieber irgendwo in den Süden, du und deine Liebste ... ein bisschen Farbe würde dir nicht schaden!«

»Wie läuft's bei euch?«, ignorierte ich seine spitze Bemerkung.

»Ganz gut. Wir haben einen neuen Tischler. Fähiger Bursche. Musst aufpassen, dass er dir nicht den Rang abläuft.«

»Welchen Rang?«, schnaubte ich verächtlich.

»Ich bitte dich«, entgegnete Arne, und irgendwas in seiner Stimme hatte sich verändert. Er war plötzlich präsenter als davor, wahrscheinlich hatte er seine Finger von der Tastatur und seine Augen vom Bildschirm gelöst. »Du bist unser bester Mann, Kris.«

»Das wüsste ich aber«, sagte ich leise, wie zu mir selbst. Trotzdem tat es gut, so was aus Arnes Mund zu hören.

»Ich weiß es, und Vater wird es spätestens jetzt merken, wo du weg bist. Vielleicht ist es gut, wenn du mal fehlst.«

Eine seltsame Pause entstand. Ich wusste nicht, dass mein Bruder so viel von mir hält. Bisher hielt er damit ziemlich gut hinterm Berg.

»Was ist denn mit dir? Komplimente aus deinem Mund bin ich gar nicht gewohnt«, sagte ich nach einem Augenblick des Schweigens, um meine Verblüffung zu überspielen.

»Ja, hast recht«, gab er trocken zu, »ich bin wohl etwas verweichlicht.«

Das brachte mich dazu, leise zu lachen. Arne und ich vereinbarten, dass er sich nach geeigneten Interessenten für meinen Tisch umsieht, ihn aber nicht ohne meine Zustimmung verkaufen wird. Wir verabschiedeten uns – für unsere Verhältnisse ungewohnt freundschaftlich –, nachdem er mir alles Gute gewünscht und ich ihn gebeten hatte, in der Firma die Stellung zu halten.

Es fühlt sich gut an, diese Entscheidung getroffen zu haben, und ich freue mich auf mein neues Projekt.

Trotz der ständigen Zerwürfnisse mit Solveig, die nun friedlich atmend neben mir liegt, muss ich lächeln. Mein Daumen schwebt über den Buchstaben auf dem Handydisplay. *Ich bleibe*, schreibt er wie von allein, löscht es wieder und tippt es erneut, um es einen Wimpernschlag später wieder zu entfernen. Finjas Profilbild zeigt sie nur von hinten, wie ein Geheimnis, das nur derjenige lüften kann, der genau hinsieht. Für den Moment genügt mir die Gewissheit, dass ich vorerst bleibe.

Kapitel 13

Kristian

Am frühen Morgen, als Solveig noch schläft, mache ich mich auf den Weg ins Dorf Brötchen holen. Nicht um Finja ein letztes Mal zu sehen, sondern um mit Solveig ein letztes Mal vor ihrer Abreise zu frühstücken.

Bevor ich außerdem die Lebensmittel in meinen Einkaufskorb lege, die ich in den nächsten Tagen brauchen werde, sehe ich mich nach allen Seiten um, doch Finja ist nirgends zu entdecken. Stattdessen steht Sten selbst hinter der Feinkosttheke und bedient eine Kundin von etwa achtzig Jahren. Sie sind in ein Gespräch vertieft, und ich verdrücke mich hinter das Regal mit den Backzutaten, um nicht mitten hineinzuplatzen. Ich werde hellhörig, als ich mir bekannte Namen aufschnappe.

»Hast du etwas von Magnus gehört?«, fragt die alte Dame mit einem feinen Stimmchen, das jedoch laut genug ist, dass jedes Wort zu verstehen ist.

»Ja, Marit und ich waren gestern bei ihm«, erklärt Sten freundlich. »Keine Sorge, er berappelt sich schon wieder.«

»Ja, ja«, erwidert die Kundin, »um ihn mache ich mir auch keine Sorgen. Aber Finja ...« Sie murmelt ein paar unverständliche Sätze, und ein kurzer Blick hinter dem Regal hervor bestätigt mir, dass sie immer wieder den Kopf schüttelt. »Finja musste einfach schon zu viel durchmachen. Erst die Sache mit Elin ...«

Elin. Ist das nicht der Name, den Magnus erwähnt hat? Ist Elin Finjas Mutter? Die ich ihr gegenüber nicht ansprechen soll?

»Finja ist stark«, wirft Sten ein.

»Das mag sein, aber trotzdem hat sie das Recht auf ein eigenes Leben«, beharrt die Dame. »Sieh dich doch nur um. Die jungen Leute hält nichts auf den Inseln. Die meisten gehen von hier weg und kehren nie mehr wieder.«

»Finja ist nicht wie die meisten«, hält Sten dagegen. »Sie ist glücklich hier. Ich bin sicher, dass sie hier überhaupt nicht wegwollen würde.«

»Sie fühlt sich verantwortlich. Finja hat ein viel zu großes Herz. Und sie muss aufpassen, dass es nicht verschrumpelt, weil sie sich selbst zu wenig wichtig nimmt.«

»Sprichst du da aus Erfahrung, Tuva?«, entgegnet Sten leicht spöttisch und lacht.

»Ihr werdet noch an meine Worte denken.« Die alte Dame steht mit erhobenem Zeigefinger vor ihm, und in ihrem Gesicht liegt ebenfalls ein Lächeln, ein kluges und erfahrenes Lächeln.

»Wir geben schon auf unsere Finja acht«, verspricht Sten, ordnet die verschiedenen Wurstsorten in der Kühlvitrine und zieht sich anschließend die Einweghandschuhe aus. Mir ist auf einmal egal, ob die beiden mich sehen, denn ihr Gespräch ist viel zu aufschlussreich für mich, als dass ich weghören könnte.

»Fehlt ihr etwas?«, mische ich mich ins Gespräch. »Ich meine Finja.«

»Ihr fehlt der richtige Mann«, flüstert mir die Dame verschwörerisch zu.

»Ach, Tuva, hör doch auf mit deinen Weisheiten«, tadelt Sten gutmütig.

»Wisst ihr, was mit ihrer Mutter ist?«, frage ich ganz direkt.

»Ausgeflogen wie eine Küstenseeschwalbe.« Die alte Tuva

dämpft nun doch ein wenig die Lautstärke und wirft Sten einen Seitenblick aus zugekniffenen Augen zu.

»Schluss jetzt«, bereitet dieser dem Ganzen ein Ende. »Wir tratschen hier nicht über andere Leute«, wendet er sich nun an mich, »das ist ... Datenschutz.«

Finja

Meine Beine sind schwer, und ich bin hundemüde, als ich mich nach einem elendslangen Arbeitstag auf den Weg zu Stines Haus mache. Dass ich mich ständig umsah, sobald die Ladenglocke erklang, und zwischen Mich-in-Luft-auflösen-wollen und Vor-Unruhe-fast-zerspringen-Müssen schwankte, machte den Tag wahrscheinlich unnötig stressig. Das Wissen, dass Kristian mit Solveig zurück nach Oslo geflogen ist, ohne sich zu verabschieden, macht mich fertig. Ihn noch einmal zu sehen wäre jedoch wahrscheinlich auch nicht besser gewesen. Er weckt völlig neue Gefühle in mir, und ich muss mir eingestehen, dass ich mich sehr zu ihm hingezogen fühle. Empfindet er ähnlich? Eher nicht, sonst wäre er wohl kaum abgereist.

Aber diese Gedanken sind ohnehin unsinnig, denn wie hat Solveig es so treffend formuliert? *Ich dachte, du wärst wie deine Mutter. Du bist nicht wie sie.* Ja, ich bin anders, und ich würde mich nie zwischen zwei Menschen drängen. Unter keinen Umständen.

Das Haus, in dem ich vor Kurzem noch regelmäßig ein und aus gegangen bin, liegt etwas abseits des Hafens und ist zweistöckig, im Gegensatz zu den klassischen Fischerhütten, den sogenannten Rorbuern. Sie stehen leuchtend rot in Reih und Glied auf Holzpfählen und dienten früher den Fischern als Schlafstätten, als es auf den Booten noch keine Kajüten gab. Später wurden sie zu Ferienhäuschen umgebaut und erfreuen sich unter den Touristen größter Beliebtheit.

Stines Haus ist nur ungefähr fünfzehn Gehminuten von unserem entfernt und etwa fünf Minuten von der Ortsmitte, in der sich unter anderem das Pub, das Lebensmittelgeschäft und die Schule mit angrenzendem Kindergarten befinden. An der Hinterseite steht ein geräumiger Schuppen, in dem Holz und allerlei Gerümpel lagern.

Als ich das weiß gestrichene Haus erreiche, bemerke ich, dass die Tür, von der der Lack abblättert, nicht abgeschlossen ist. Ich wundere mich zwar, aber vielleicht war Solveig zur Besichtigung hier. Womöglich hat sie sich doch noch Erinnerungsstücke von ihrer Großmutter ausgesucht, Pläne für einen Umbau geschmiedet oder Kristian das Haus gezeigt. Zieht sie am Ende in Erwägung, hier mit ihm zu leben? Der Gedanke geht mir durch und durch, doch dann erinnere ich mich daran, dass sie unter keinen Umständen mit ihrer Vergangenheit und diesem Ort in Verbindung gebracht werden will.

Ich streife durch das Untergeschoss und werde plötzlich von meiner Trauer übermannt. Stine fehlt mir so.

Die letzten Wochen vor ihrem Tod hat sie viel Zeit in ihrem Fernsehsessel verbracht, und immer, wenn ich sie besuchte, las ich ihr aus ihrem Lieblingsbuch vor, so wie sie es einst für mich gemacht hat. Von der Küche aus sieht man direkt auf den Fjord hinunter, und ich weiß, dass Stine früher viele Stunden hier gesessen und auf ihren Mann gewartet hat, der zum Fischen rausgefahren war. Bis er eines Tages nicht mehr kam, weil ihn eine gefährliche Strömung in die Tiefe gerissen und nie wieder hergegeben hat. Mein Vater erzählte mir einmal, wie furchtbar es für Stine gewesen war, dass man ihn nie gefunden hat.

Ich streiche mit den Fingerspitzen über den alten massiven

Küchentisch, der mit Furchen übersät ist und eine Menge zu erzählen hätte. Ich höre das Lachen, das den Raum erfüllte, als Stine mir und Solveig endlose Stunden Geschichten über Trolle, Elfen und Wikinger erzählte. Und ich erinnere mich an unser Staunen über die Mythen und Sagen der Nordlichter und der Samen, den Nomaden des Nordens.

Plötzlich höre ich Schritte im ersten Stock, ganz leise, aber sehr real. Als ich über die schmale Holztreppe mit dem wackeligen Geländer nach oben steige, rede ich mir ein, dass unmöglich jemand hier sein kann. Die Einheimischen gehen nicht einfach in leer stehende Häuser. Und auch Touristen würden wohl hoffentlich nicht so dreist sein. Ich war einfach zu versunken in meine Erinnerungen und habe mir die Geräusche nur eingebildet. Doch da ist es wieder: das leise Knarren der Holzdielen. All meinen Mut zusammennehmend, schwinge ich die angelehnte Tür von Stines Schlafzimmer auf. Und da ist er. Leibhaftig und in Farbe in Arbeitsmontur auf dem Boden hockend.

»Kristian?«, frage ich ungläubig, und meine Kinnlade klappt nach unten.

Er steht ruckartig auf und stößt sich den Kopf mit voller Wucht an dem aufgehängten Bücherregal. Ein kurzer Schmerzenslaut entfährt ihm, und auch ich verziehe gequält das Gesicht. Seine dunkelblonden Haare sind verstrubbelt, und hinter seinem rechten Ohr klemmt ein Bleistift. In einer Hand hält er ein ausgerolltes Rollbandmaß, und ein Zettel, der ihm aus der anderen gerutscht sein muss, segelt lautlos auf den Holzboden.

»Hei«, sagt er, während er sich die schmerzende Stelle am Kopf reibt, und grinst so breit, als hätte er mich schon erwartet.

»Ich dachte, du wärst mit Solveig nach Oslo zurückgeflogen.«

»Ich wollte um nichts in der Welt deine Wahl zur Stockfischkönigin verpassen«, sagt er jetzt todernst und entlockt mir damit ein Lächeln.

Aber nur kurz. In mir beginnen sämtliche Emotionen zu streiten. Überraschung, Überforderung, Freude, Panik, Glück, Sehnsucht. Wie viel kann ein Mensch auf einmal fühlen?

»Was bedeutet dieser Gesichtsausdruck?«, fragt er mich, nachdem wir eine ganze Weile reglos voreinander standen.

»Ich weiß es nicht«, gebe ich zu und zucke mit den Schultern.

»Sagst du mir, was du gerade denkst?« Wie kann er das fragen? So was fragt man doch nicht jemanden, den man erst ein paar Tage kennt. Dennoch versuche ich angestrengt und mit gerunzelter Stirn, den Sinn meiner Gedanken zu erfassen. Es ist unmöglich.

Du bist nicht wie sie.

Mein Herz klopft so wild in meiner Brust, und ich konzentriere mich mit aller Macht auf meinen Atem. Meine Hände sind feucht, und in meinem Magen setzt sich wieder irgendwas in Bewegung.

»Finja?«, dringt seine leise Stimme an mein Ohr, und ich mache auf dem Absatz kehrt und renne nach unten. Diese Situation ist einfach zu verrückt.

Als ich vor dem Haus angelangt bin und mir der Fjordwind ordentlich entgegenpustet, flüstert etwas in mir: *Sei mutig, Finja. Sie ist weggerannt. Aber du bist nicht wie sie.*

Es dauert sechs tiefe Atemzüge, in denen ich mit geschlossenen Augen an der Holzwand des Hauses lehne, bis Kristian in der Haustür erscheint. Und noch einmal zwei, bis er mich anspricht.

»Ist alles okay?«, fragt er leise.

Ich nicke und öffne die Augen, wage es aber nicht, ihn anzusehen. »Du musst mich für total durchgeknallt halten.«

»Nein. Ich versuche nur, deine Reaktion einzuordnen.«

»Ich habe einfach nicht mit dir gerechnet.« In jeglicher Hinsicht.

»Mit mir muss man immer rechnen«, scherzt er und hilft mir ein wenig aus meiner Unsicherheit. »Ich hätte nicht gedacht, dass dich das so aus der Bahn wirft.«

»Tut es nicht«, beeile ich mich zu sagen. »Ich war nur in dem Glauben, ihr wärt schon zurückgeflogen. Das ist alles.«

»Solveig ist auch schon weg«, erklärt er. »Ich habe beschlossen, die Renovierung zu übernehmen.«

»Das heißt, du bleibst länger?«

»Sieht ganz so aus.«

Verdammt. Ein Teil von mir jubelt. Dem anderen Teil ist elend zumute. »Dann hast du bestimmt alle Hände voll zu tun. Und wenn du Feierabend hast, werde ich herkommen, um Stines Sachen auszuräumen.« Meine Worte kommen ein wenig hastig und atemlos.

»Ich finde nicht, dass wir eine genaue Zeiteinteilung brauchen.«

»Das finde ich schon.«

»Das klingt, als müssten wir uns aus dem Weg gehen.« Er bringt die Sache ziemlich genau auf den Punkt.

»Ja«, gebe ich zu, »das sollten wir auch.«

»Wieso?«

»Weil ...«

»Wir unterhalten uns doch bloß.«

»Aber du bist mit Solveig zusammen.«

Sein leises Lachen dicht an meinem Ohr schickt Stromstöße durch meinen Körper. Ich weiß gar nicht, was es da zu lachen gibt.

»Das ist richtig«, bestätigt er und kratzt sich die Bartstoppeln am Kinn. »Das heißt also, ich darf mich während meines ganzen

Aufenthalts mit keiner Frau unterhalten, oder ... halt ... auch mit keinem Mann, denn man könnte das falsch interpretieren?«

Wenn man es aus diesem Blickwinkel betrachtet ...

»Scheiße, das wird echt einsam werden.«

»Selbstverständlich darfst du dich unterhalten, mit wem du willst ...«, lenke ich ein.

»Mit Ausnahme von dir?«, hakt er nach.

Ich schlucke. Natürlich will ich nicht, dass er denkt, ich würde mehr in unsere flüchtige Bekanntschaft – und das ist sie in seinen Augen wahrscheinlich – hineininterpretieren.

»Okay, vielleicht hast du recht.«

»Mit Sicherheit«, bestätigt er und lächelt unverschämt charmant.

Ich stecke also in einer ganz schönen Misere. Das heißt, ich muss mich einfach mehr zusammenreißen. Ich kann nicht jedes Mal innerlich so ausflippen, wenn ich in seiner Nähe bin. Was soll er denn nur von mir denken? Ich schaffe das. Es bleibt mir gar nichts anderes übrig.

Kapitel 14

Finja

Mitte der Woche fahre ich abends mit dem Auto zu Stines Haus. Nicht nur, weil ich dann schneller flüchten kann, sondern vorrangig, weil ich Kisten mitgebracht habe, in die ich Stines Sachen packen und mit zu mir nach Hause nehmen kann. Kristian ist noch da, obwohl es schon fast neunzehn Uhr ist. Er ist im oberen Stockwerk, und ich höre sein Pfeifen, das zwischendurch von krachenden Geräuschen unterbrochen wird. Ich kenne die Melodie nicht, doch es klingt nach einem fröhlichen Lied, was mir sofort ein warmes Gefühl in den Bauch und ein Lächeln ins Gesicht zaubert. Zwei Stufen auf einmal nehmend, gehe ich die Treppe hoch und lasse das Ächzen des Holzes meine Ankunft ankündigen. Irgendwie freut es mich, dass er noch hier ist, obwohl ich neulich von Abstand gesprochen habe.

Er sieht mir erwartungsvoll entgegen, als ich die Tür zu Stines altem Schlafzimmer öffne, in dem er begonnen hat, einen Teil der Holzvertäfelung zu entfernen und die Leitungen, die sich darunter befinden, freizulegen. Erstaunt lasse ich den Blick durch den Raum schweifen. Die Möbel sind alle verschwunden, und in der Mitte stapeln sich alte Bretter auf einem Haufen.

»Hei«, begrüßt er mich lächelnd, und ich erwidere seinen Gruß und sein Lächeln. »Ich hoffe, du hast nichts dagegen, dass ich noch da bin. Alles, was noch hier drin war, habe ich in das andere Zimmer gestellt.«

»Perfekt. Danke.« Seinen ersten Satz übergehe ich und schaue stattdessen in den Nebenraum, wo ein alter Sekretär, ein Kleiderschrank und eine Kommode an die Wände geschoben wurden, um Platz für einen weiteren Schrank und eine große Holztruhe zu schaffen. Daneben stehen einige Büchertürme am Boden, und mehrere Kartons stapeln sich rundherum, aus denen Bilderrahmen ragen und sonstiges Allerlei, das sich auf den ersten Blick nicht einordnen lässt. Innerlich stöhne ich auf. Worauf habe ich mich da nur eingelassen?

»War Stine immer schon so bescheiden?« Kristian hat nebenan seine Arbeit fortgesetzt und spricht deshalb lauter. »Ich meine, die meisten Schränke sind leer. Es kann doch nicht sein, dass sie so wenige Dinge hatte!«

»Ja, sie war bescheiden«, rufe ich. »Aber Hedda, Stines Cousine, hat auch einiges mitgenommen, Kleidung, Bettwäsche und solche Sachen.« Als sich Stine immer schwächer fühlte und sich abzeichnete, dass ihre Zeit gekommen war, hat Hedda sie sehr oft besucht, und Stine bat sie, einige Dinge für sie zu regeln. Natürlich habe ich mit Hedda besprochen, dass ich mich auf Solveigs Bitte hin um den Rest kümmern werde, und Hedda sicherte mir ihre Hilfe zu, wann immer ich sie brauchen würde.

»Hast du eigentlich schon was gegessen?« Nachdem ich ein paar der Kartons im Auto verstaut habe, stecke ich meinen Kopf durch die Tür und sehe ihn fragend an.

»Schon ein Weilchen her«, überlegt er nach einem Blick auf seine Armbanduhr.

»Dann komm.«

In weiser Voraussicht habe ich ein paar mit Räucherlachs und Brunost – dem für unser Land berühmten Karamellkäse – belegte

Brötchen und Apfelsaftschorle mitgebracht. In der Küche decke ich den Tisch, während Kristian sich die Hände wäscht und mir dann folgt. Er pfeift leise durch die Zähne, als er das unerwartete Mahl erblickt. »Damit habe ich nicht gerechnet.«

»Jetzt sind wir mit den Überraschungen wohl quitt«, spiele ich auf gestern an und schenke ihm ein Glas ein. »Bedien dich.«

»Ich habe gar nicht gemerkt, dass ich seit heute Morgen nichts gegessen hab«, stellt er nachdenklich fest.

»Du meine Güte, seit heute Morgen? Dann hätte es ja die doppelte Portion sein müssen!« Gespielt bestürzt sehe ich ihn an, bevor ich aus einer Papiertüte noch zwei verschlossene Glasbehälter mit Trollcreme heraushole und vor ihm auf dem Tisch abstelle. Seine Augen werden immer größer.

»Ich weiß nicht, was ich sagen soll.«

»Iss erst einmal, und dann kannst du dir immer noch überlegen, was du sagst«, schlage ich schmunzelnd vor. Seine offensichtliche Freude macht mich verlegen. »Guten Appetit«, wünsche ich ihm und wende mich zur Tür.

»Setzt du dich nicht zu mir?«

»Ich habe schon gegessen.«

»Bitte.« Den Hundeblick hat er drauf. Mein Körper, dieser Verräter, setzt sich von selbst in Bewegung und zu ihm an den Tisch.

Wir unterhalten uns so lange, bis Kristian fertig gegessen hat, und je länger wir reden, umso einfacher und entspannter wird es wieder zwischen uns. Er erzählt mir, was seine Familie dazu sagt, dass er seinen Aufenthalt hier verlängert hat, und welche Pläne er in Sachen Hausrenovierung hat. Ich könnte stundenlang hier sitzen und ihm zuhören.

»Ich werde einen Elektriker brauchen und wahrscheinlich einen Installateur«, erklärt er. »Die Leitungen sollte ein Fachmann checken, in der Hinsicht habe ich keine Ahnung. Kennst du vielleicht jemanden in der Gegend?«

Kurz überlege ich. »Am besten, du fragst Sten. Er hat einen großen Bekanntenkreis, und vielleicht weiß er, wer so spontan Zeit hat.« Er nickt nachdenklich.

»Brauchst du nicht sowieso Hilfe? Ich meine, die ganzen schweren Möbel schleppen sich ja nicht von alleine durch die Gegend.«

»Zweifelst du an meiner Muskelkraft?«, will er belustigt wissen.

»Würde mir nie einfallen«, dementiere ich lachend.

»Nein, du hast schon recht. Das ist allein ziemlich unpraktisch.«

»Mir fällt bestimmt jemand ein, den ich fragen kann.«

»Die Bezahlung ist nicht das Problem. Solveig wird dafür aufkommen.«

Der letzte Satz versetzt mir einen kurzen Stich, doch Solveig ist in meinem Kopf ohnehin zu präsent, als dass ich an ihr vorbeidenken könnte.

Dann erzähle ich ihm, wie es Vater geht und von meinem restlichen Tag. Es ist so normal, so vertraut, und mir wird klar, dass ich mir genau das für meine Zukunft wünsche. Einen Vertrauten, einen Partner. Nur dass Kristian das nicht sein kann.

Wir achten beide auf einen lockeren Umgang, und ich bin sicher, dass wir auf einem guten Weg sind zu einer soliden, freundschaftlichen Basis.

Diese Annahme gerät allerdings ziemlich schnell ins Wanken, als ich Kristian in meinem Auto zu seinem kleinen Mietshäuschen bringe. Weil Solveig den Leihwagen genommen hat, steht er jetzt vorerst ohne fahrbaren Untersatz da.

»Danke fürs Essen und fürs Bringen«, sagt er. »Willst du noch mit reinkommen?«

Ich fasse es nicht, dass er mich das fragt. Habe ich ihn falsch eingeschätzt? Dieses *mit reinkommen*, das so harmlos klingt, setzt in meinem Kopf eine Reihe von verbotenen Bildern in Gang.

»Nein, danke. Das verstößt gegen die Auflagen.«

»Ich wusste nicht, dass wir Auflagen haben«, stellt er fest und klingt dabei ein wenig amüsiert.

»Auflagen, Regeln, Prinzipien, nenne es, wie du willst. Wenn du keine hast, okay. Ich habe sie aber sehr wohl.« Ich will mich nicht so aufregen, zumindest nicht so offensichtlich. Er sieht mich so intensiv an, dass ich automatisch meinen Kopf zu ihm drehe.

Er spannt seine Kiefermuskeln an. »Ich hatte keine Hintergedanken, aber du hast recht.« Als er seinen Blick löst, blinzelt er ein paarmal und scheint nach passenden Worten zu suchen. »Und bevor ein falscher Eindruck entsteht: Ich habe sehr wohl Prinzipien. Außerdem mag ich Solveig, und es liegt mir fern, sie zu hintergehen. Das hat niemand verdient.«

»Das sehe ich auch so.«

»Wenn sich also zwei Menschen gut verstehen – und ich denke, das tun wir –, ist das doch nichts Unrechtes, oder?« Ich ignoriere, dass seine Stimme belegt klingt, und konzentriere mich stattdessen auf meine Hände, die immer noch das Lenkrad umklammern, fester als nötig.

»Solange sie ihren Prinzipien treu bleiben!«

»Dann ist es für dich denkbar, dass wir beide Freunde sind?«, fragt er.

Obwohl ich mir so sehr etwas anderes wünschen würde, zwinge ich mich zu einem Lächeln und nicke. Es ist das Beste für alle Beteiligten.

Es ist so heiß, wie es bei uns selten der Fall ist. Zwischen meinen Schulterblättern ist mein Shirt schon ganz nass geschwitzt. Solveig und ich sind auf dem Weg zum Strand, um die Trolle zu beobachten, die dort – laut Erzählungen – um Mitternacht hinter den Felsen hervorkommen sollen, um ein Fest zu feiern. Wir lachen und quatschen, bis Solveig bemerkt, dass sie ihre Jacke vergessen hat, und umdreht. Als ich meinen Weg fortsetze und zwei Menschen am Ufer des türkisblauen Fjords ausmache, erschrecke ich. Es ist Kristian mit einer blonden Frau im Arm. Während der sanfte Wind mit ihrem offenen Haar spielt, sehen sie einander glücklich in die Augen, lachen fröhlich und küssen sich dann. Selbst ich, als unliebsame Zuschauerin, spüre die Liebe zwischen den beiden. Ich kann den Blick nicht abwenden, und als sie ihre Position verändern, kann ich auch ihr Gesicht erkennen. Erschrocken stelle ich fest, dass ich selbst es bin, die er streichelt und küsst. Wie ist das möglich? Mit rasendem Herzen drehe ich mich um und halte nach Solveig Ausschau. Panik durchströmt mich. Als ich den Weg wieder hinauflaufe, kommt sie mir entgegen. Ihr Gesicht ist wutverzerrt, als sie schreit: »Ich habe mich geirrt. Du bist genau wie deine Mutter. Du Miststück! Das wirst du bereuen!« Ihre Worte gehen mir durch und durch und hallen in mir nach.

Verwirrt wache ich auf, und mein Schlafanzug klebt unangenehm auf meiner feuchten Haut. Ich stehe auf, ziehe mir etwas Trockenes über, schlüpfe in meine flauschige Wolljacke und gehe nach draußen.

Der Gedanke an Kristian treibt mir die Tränen in die Augen. Auch wenn das gerade nur ein Traum war, ich weiß, dass ich aufhören muss, auf diese Art an ihn zu denken. Er ist vergeben, und mein Herz muss endlich anfangen, das zu verstehen.

Dunkle Wolken überziehen den Himmel, und der Wind hat merklich aufgefrischt. Ich binde mein Haar nach hinten, damit es mich nicht so sehr an den Traum erinnert, und wickle mich noch enger in die Jacke. Warum muss es ausgerechnet Solveigs Freund sein, der meine Gefühlswelt so ins Wanken bringt?

Kapitel 15

Kristian

Eigentlich wollte ich Finja fragen, ob sie weiß, wo es in der Nähe einen Baumarkt gibt, und ob sie Lust hätte, mit mir hinzufahren. Nach unserem gestrigen Gespräch verschiebe ich dieses Vorhaben jedoch lieber noch ein Weilchen. Sie hatte recht, ich darf meine Grundsätze nicht einfach über Bord werfen. Aber dieses Lächeln ... *Stopp! Aufhören!*

Sollte sie also jetzt wieder auf Distanz gehen, werde ich ihrem Wunsch entsprechen. Dumm nur, dass meine Gedanken sich ständig verselbstständigen und mein Herz dann jedes Mal einen Marathon läuft.

Was ich an Werkzeug habe, habe ich alles in dem Holzschuppen hinter Stines Haus entdeckt. Dort ist auch genug Platz, um das Inventar inzwischen unterzubringen, sobald ich jemanden gefunden habe, der mir hilft. Ich bin zwar gut in Form, und es mangelt mir nicht an Geschick, jedoch sind die Möbel hauptsächlich aus Vollholz, und es ist unmöglich, sie allein durch die engen Türen zu hieven.

Ich beschließe, in den Laden zu gehen und mich bei Sten nach Handwerkern zu erkundigen. Natürlich könnte ich mich auch im Internet schlaumachen, doch ich finde, es ist eine gute Gelegenheit, den Kontakt zu den Einheimischen herzustellen.

Finja hat heute Vormittag frei, und ich treffe Ester, die ich beim Jonsok-Fest kennengelernt habe, hinter der Theke an. Als ich sie nach dem Chef frage, verweist sie mich auf den hinteren Teil des Geschäftes, wo Sten dabei ist, eine Lieferung von großen Paletten zu räumen.

»Hei, Sten«, grüße ich ihn freundlich, und er nickt nur knapp. Scheint, als hätte er nicht die beste Laune.

»Ich habe eine Frage.«

»Wie kann ich helfen?« Sein Tonfall ist gezwungen, im krassen Widerspruch zu seinen Worten.

»Ich brauche ein paar Handwerker …«

»Ich bin Kaufmann in einem Gemischtwarenladen. Aber Handwerker vertreibe ich keine«, unterbricht er mich trocken, während er zwei große Schachteln mit Bananen halb über, halb vor seinem Gesicht quer durch den ganzen Laden balanciert und ich ihm hinterherrenne.

»Finja?«, ruft er in Richtung Feinkostabteilung. »Wo ist sie denn bloß?«

»Hat heute frei«, kommt postwendend von der Kasse zurück, an der Marit sitzt.

»Sie meinte, du könntest mir vielleicht weiterhelfen, weil du viele Leute kennst«, setze ich zu einer Erklärung an, warum ich ausgerechnet ihn mit meinem Anliegen behellige.

»Wer?«, fragt er über die Schulter zurück.

»Finja.«

Sten lässt die Kartons sinken und sucht nach etwas, wo er sie abstellen kann. »Verflucht, wo hat dieser Taugenichts nur …«

Keine Ahnung, wen er meint, aber intuitiv schiebe ich einen herumstehenden viereckigen Schemel mit dem Fuß zu Sten.

»Wo treibt der sich denn schon wieder rum?«

»Sten«, Marit, die ihren Kassenplatz verlassen hat, weil im Moment keine Kundschaft wartet, versucht, ihn zu beruhigen.

»Worüber regst du dich denn schon wieder so auf? Willst du der Nächste in der Familie sein, der einen Herzinfarkt erleidet?«

»Dummes Geschwätz ... ich frage mich doch bloß, wo Ole schon wieder ist, wenn man ihn braucht.«

»Du hast ihn rausgeworfen, schon vergessen?«, erinnert ihn Marit. In dem Moment ertönt das helle Ladenglöckchen über der Tür, das einen neuen Kunden ankündigt.

»Ist das ein Wunder? Der taugt doch einfach zu nichts«, kann Sten sich trotzdem nicht verkneifen.

Der Neuankömmling, ein junger Mann in zerrissenen Jeans und einer verwaschenen, zerfransten Jeansjacke, sieht ihn fassungslos an und entfernt sich dann kopfschüttelnd und rückwärtsgehend wieder. Als die Tür hinter ihm zufällt, stößt er wild mit dem Fuß gegen das alte Fahrrad, das an der Hauswand lehnt, begleitet von wütendem Gebrüll. Wir beobachten die Szene durch das Schaufenster hindurch, Marit hat die Hände vors Gesicht geschlagen.

»Wirst du wohl damit aufhören!«, donnert Sten zornig und rauscht hinaus. »Du verfluchter Nichtsnutz! Verschwinde! Und lass dich hier nie wieder blicken!«

Da endlich lässt der Junge von dem Fahrrad ab und läuft weg.

Ich, der ich nur stummer Beobachter dieses Schauspiels war, wende mich ebenfalls zur Tür, nachdem Sten fluchend ins Lager gerannt ist, wohl um seinem Ärger Luft zu machen.

»Es tut mir leid, dass mein Mann so die Fassung verloren hat«, entschuldigt sich Marit. »Er hat einfach keine Geduld mit Auszubildenden. Und Ole ist generell ein schwieriger Fall. Du meine Güte, zum Glück waren keine anderen Kunden im Laden, ojemine.«

Marit ist offenbar mit ihren Nerven am Ende.

»Du wirst das doch nicht herumerzählen?«, fragt sie mich ängstlich.

»Von mir erfährt niemand etwas«, verspreche ich. »Sag, Marit, wieso ist Ole ein schwieriger Fall?«

»Eigentlich ist er in Svolvær aufgewachsen und war dann oft hier bei seinen Großeltern, Hedda und Thore Olsson. Hatte eine harte Kindheit. Wahrscheinlich macht er deswegen nur Schwierigkeiten. Wenn man den Gerüchten Glauben schenkt, ist er auch öfter mit dem Gesetz in Konflikt geraten, aber ...«

»Aber?«

Jetzt zuckt Marit nur unbestimmt mit den Schultern.

»Es stimmt schon, dass er es nicht so mit der Ehrlichkeit hat. Deshalb ist Sten auch der Geduldsfaden gerissen, und er hat ihn gefeuert. Wenn auf jemanden gar kein Verlass ist ...«

»Warum, denkst du, war Ole noch einmal hier?«

Wieder hebt sie nur die Schultern.

Bevor ich gehe, kaufe ich mehrere belegte Brötchen fürs Mittagessen. Auf die Frage nach Handwerkern entschuldigt Marit sich ein weiteres Mal für Stens Unfreundlichkeit und kritzelt ein paar Namen auf einen kleinen Zettel. Ich danke ihr und verspreche, mich dafür um ihr kaputtes Fahrrad zu kümmern.

Als ich das Rad zum Haus zurückschiebe, kommt mir überraschend Ole entgegen.

»Hei«, spreche ich ihn direkt an, »du bist Ole, hab ich recht?«

»Wen interessiert's?«

»Ich bin Kristian«, erwidere ich und strecke ihm die Hand hin, die er jedoch nicht beachtet. Zumindest bleibt er aber stehen und sieht mich aus leeren Augen an, die Hände tief in den Taschen seiner herabhängenden Hose vergraben. »Ich renoviere das Haus von Stine Jakobsen, die vor Kurzem gestorben ist.«

Er mustert mich abschätzig von oben bis unten.

»Hast du sie gekannt?«, frage ich, als er immer noch schweigt.

»Jeder hat die alte Stine gekannt.«

»Ich könnte Hilfe gebrauchen.«

»Und da fragst du ausgerechnet mich?«

»Du siehst kräftig aus, und ... ich habe gerade unfreiwillig mitbekommen, dass du Zeit hast.«

»Du bist nicht von hier«, stellt er fest. »Sonst wüsstest du, was man hier über mich erzählt. Und dann würdest du einen großen Bogen um Leute wie mich machen.«

»Leute wie *dich*?«

»Hat Sten dich gar nicht über meine *kriminellen Energien* aufgeklärt?« Seine Stimme trieft vor Sarkasmus.

»Ich bilde mir lieber selbst meine Meinung.«

»Da wärst du aber der Erste«, murmelt Ole, wendet seinen Blick ab und setzt seinen Weg schlurfenden Schrittes fort.

»Hilfst du mir jetzt oder nicht? Ich brauche jemanden, der richtig anpacken kann.«

Jetzt richtet er sich aus seiner etwas gebeugten Haltung auf, und ich erkenne, dass er bestimmt fast zwei Meter groß ist. Er überragt mich um ein gutes Stück. Und auch wenn er noch die Schlaksigkeit der Jugend besitzt, sieht er doch kräftig aus.

Als er nicht reagiert, wende ich mich gespielt gleichgültig ab und schiebe das quietschende Fahrrad den Schotterweg entlang. Eine Minute später, als ich bei Stines Haus ankomme, steht er auf einmal hinter mir.

»Ich hab noch nie einen Job gut gemacht«, gibt er zu bedenken. »Wahrscheinlich fahre ich alles gegen die Wand.«

»Ich hab noch nie ein ganzes Haus renoviert«, erwidere ich ungerührt. »Wahrscheinlich fahre ich das ganze Projekt auch gegen die Wand.«

Dann gehe ich hinein und lasse ihn stehen. Ich lege die Brotzeit in die Küche, öffne alle Türen und beginne, im ersten Stock das Mobiliar in die Mitte der Zimmer zu schieben. Kurz darauf erscheint Ole und packt ohne große Diskussion mit an, und wir tragen jedes Möbelstück, eines nach dem anderen, in den Holzschuppen.

Gegen Mittag beginnt es, wie aus Eimern zu schütten, und ich bin erleichtert, dass alle Möbel im Trockenen stehen und der Strom im Haus funktioniert. Düstere Wolken bedecken den Himmel, und der Regen prasselt schwer gegen die Fensterscheiben. Wir ziehen unsere Mittagspause vor und lassen uns die Sandwiches und den Krabbensalat schmecken. Ole ist sehr schweigsam und weicht ständig meinem Blick aus.

Ich fange an, von meinen Plänen für den Umbau zu erzählen, gehe alle Räume durch und berichte, dass ich schon teilweise die Holzvertäfelung entfernt habe, um die Leitungen freizulegen. Ich frage auch ihn, ob er vielleicht Fachleute kennt, die ich zur Begutachtung und wenn nötig zur Erneuerung zurate ziehen könnte. Er schüttelt nur den Kopf, ohne etwas zu sagen. Zwar beginnt er, sich langsam etwas zu entspannen, doch sobald er den letzten Bissen hinuntergeschluckt hat, springt er auf und läuft aus der Küche. Es wird wohl dauern, bis er mir sein Vertrauen schenken wird. Aber immerhin ist er hier, und das ist mehr, als ich erwartet hätte.

So schnell das Gewitter gekommen ist, so rasch zieht es auch wieder ab, und die ersten Sonnenstrahlen brechen durch die dicke Wolkendecke, noch ehe ich den Esstisch fertig abgeräumt habe.

Laut pfeifend gehe ich in den oberen Stock hinauf, denn mir ist aufgefallen, dass Ole sehr schreckhaft ist und oft zusammenzuckt, wenn er auf mein Kommen nicht vorbereitet ist. Was ist bloß mit diesem Jungen los?

»Ich denke, wir sollten für heute Feierabend machen«, rufe ich, als mein Blick auf die Armbanduhr verrät, dass es schon nach achtzehn Uhr ist. Als ich keine Antwort erhalte, gehe ich nachsehen, wo Ole abgeblieben ist. Aus dem Wohnzimmer erklingen leise Gitarrenklänge, und ich bleibe im Türrahmen stehen. Sanft streicht er mit dem Daumen über die fünf noch intakten Saiten, eine hängt nur lose am Gitarrenkopf.

»Du spielst?«, frage ich ihn.

Erschrocken dreht er sich zu mir um und legt ruckartig das Instrument zurück auf den Boden, bevor er aus der Hocke aufspringt.

»Sie war schon kaputt«, sagt er sofort und stürmt an mir vorbei nach draußen.

»Alles gut«, murmele ich kopfschüttelnd. »Weißt du zufällig, wem die Gitarre gehört?«, frage ich und gehe ihm nach.

»Woher soll ich das wissen?«

»Jetzt warte doch mal!«, halte ich ihn auf, und endlich bleibt er stehen, die Hände tief in den Hosentaschen vergraben.

»Hast du Lust, morgen wiederzukommen? Dann würde ich das mit der Bezahlung regeln.«

»Echt jetzt?« Skeptisch und ein wenig verblüfft sieht er mich an.

»Lief doch gut heute, oder?« Ich zucke mit der linken Schulter und sehe ihn fragend an. »Ich werde bei Solveig einen guten Lohn für dich ausverhandeln.«

»Solveig ... gehört ihr die Bude?«

»Ja. Sie ist Stines Enkeltochter.«

Er steht unschlüssig vor mir herum und überlegt.

»Willst du jetzt oder nicht?«, will ich schließlich wissen, als er sich für meinen Geschmack etwas zu lange Zeit lässt. »Ich werde mich nicht aufdrängen.«

»Okay«, erwidert er nickend. Oles braunes Haar ist asymmetrisch geschnitten und hängt ihm über das rechte Auge. Sein Blick ist verschlossen, und ich frage mich, wie dieses *Okay* zu deuten ist. Okay, ich will, oder okay, dräng dich nicht auf?

»Dann wäre noch die Sache mit Marits Fahrrad ...«, ergänze ich und lasse seine Aussage einfach so zwischen uns stehen.

»Was geht mich das an?«

»Du hast es demoliert, also ...«

»Und jetzt?«, braust er plötzlich auf. »Willst du mir jetzt eine reinhauen dafür?« Er macht mehrere Schritte auf mich zu, bis er ganz dicht vor mir steht, reckt sein Kinn herausfordernd in die Höhe und funkelt mich an. Seine Kiefermuskeln mahlen, und an der Halsschlagader zuckt sein Puls.

»Du meine Güte, nein!«

»Was dann, hm?«

»Du könntest es reparieren«, entgegne ich ruhig, ohne auch nur einen Zentimeter zurückzuweichen.

Er blinzelt ein paarmal, als hätte er sich verhört. »Reparieren?«

»Ja«, bestätige ich entschlossen. »Es wieder in Ordnung bringen.« Ich kann förmlich sehen, wie es hinter seinen dunklen Augen arbeitet. Die Hände, die er zu Fäusten geballt hatte, lösen sich langsam wieder.

»Ich habe keine Ahnung von so was.«

»Das sollte kein Problem sein. Kriegen wir schon hin.«

»Wir?«, wiederholt er irritiert. Da fährt hinter uns ein Auto vor und hält in der Auffahrt. Ole zuckt zusammen und dreht sich abrupt um. »Ach du Scheiße, das hat mir noch gefehlt!« Ohne mich anzusehen, verschwindet er mit schnellen Schritten im Schuppen und lässt mich verständnislos stehen.

Eine ältere, etwas rundlichere Dame in dunklem Rock und geblümter Bluse steigt aus und kommt zielstrebig auf mich zu.

»Ich habe gehört, dass er bei Sten rausgeflogen ist. Macht er schon wieder Mucken?«

»Guten Abend«, begrüße ich sie höflich, »ich bin Kristian Haugen, und hier ist niemand, der *Mucken* macht.« Damit nehme ich ihr völlig den Wind aus den Segeln, und sie schüttelt verlegen meine ihr dargebotene Hand.

»Entschuldigung, der Junge bringt mich dazu, dass ich auch noch meine Manieren vergesse. Ich bin Hedda Olsson, die Großmutter dieses Bengels. Stine war übrigens meine Cousine. Es freut mich, dass ihr Haus nun hergerichtet wird. Das würde ihr sicher gefallen. Wirst du hier mit Solveig einziehen? Sie soll ja ein erfolgreiches Model geworden sein. Dann wird unser kleiner verschlafener Ort richtig berühmt.« Endlich bekomme ich meine Hand zurück. Hedda redet ohne Punkt und Komma auf mich ein. Wie kann ich sie nur bremsen?

»Du bist bestimmt mächtig stolz auf sie, habe ich recht? Ich bin gespannt, wann die ersten Journalisten …«

»Nein«, unterbreche ich sie, »hier werden keine Journalisten auftauchen, und nein, wir werden auch nicht hier einziehen. Solveig wird das Haus verkaufen.« Erschüttert sieht Hedda mich an.

»Aber …«

»Sie lebt in Oslo, und das wird voraussichtlich auch so bleiben«, erkläre ich. »Kann ich sonst noch etwas für dich tun?«

»Ole«, besinnt sich Hedda und fährt sich ordnend durch ihr grau meliertes Haar, das ihr in wilden Locken auf die Schultern fällt und von zwei bernsteinfarbenen Einsteckkämmen gebändigt wird. »Ich bin wegen Ole hier. Was hat er diesmal angestellt?«

»Er hat nichts angestellt. Ich brauche jemanden, der mir ein wenig unter die Arme greift, und Ole ist mir zufällig über den Weg gelaufen.«

Ungläubig starrt Hedda mich an.

»Aber Sten hat ihn rausgeworfen …«

»Das geht mich nichts an.« Einen Moment blicken wir uns schweigend an. Hedda sind offenbar die Worte ausgegangen. »Es ist gut gelaufen, und ich denke, wir werden hervorragend zusammenarbeiten.« Ich weigere mich demonstrativ, auf ihre Anspielungen einzugehen, denn ich weiß nur zu gut, wie es ist, wenn alle gegen einen sind. Ich werde den Teufel tun und auf den Zug der Vorurteile aufspringen.

»Das heißt, du gibst ihm eine Chance?« Ein kleiner Funken Hoffnung blitzt in ihren Augen auf.

»Oder er mir«, erwidere ich. »Wie man's nimmt.«

Dankbar lächelt sie mich an, doch als sie sich umdreht, verändert sich ihr Tonfall von einer Sekunde zur anderen.

»Sieh sofort zu, dass du hier rauskommst, Bürschchen«, ruft sie in Richtung Schuppen.

»Er sucht Werkzeug zusammen, um Marits Fahrrad zu reparieren«, behaupte ich und hoffe für ihn, dass es wirklich so ist und er nicht unbemerkt abgehauen ist. Bei seinem miserablen Ruf wäre das durchaus denkbar.

Misstrauisch kneift Hedda die Augen zusammen, stemmt die Hände in die Hüften und stapft auf den Holzschuppen zu.

»Oma.« Ole kommt wie auf Kommando aus dem offenen Tor und hat so viel Krimskrams auf dem Arm, dass er fast aus dem Gleichgewicht gerät. Seine Mundwinkel heben sich leicht zu einem überlegenen Lächeln. »Ich bin hier noch nicht ganz fertig, falls du mich abholen willst.«

Hedda hält erstaunt inne und sieht von mir zu Ole und wieder zurück, ehe sie auch zufrieden zu lächeln beginnt.

»Ich wollte nur mal nach dem Rechten sehen.«

Kapitel 16

Finja

Am nächsten Tag habe ich erst nachmittags Dienst im Laden. Doch während Doktor Jansen nach Vater sieht und ich einen deftigen Gemüseeintopf zubereite, erreicht mich ein Anruf von Marit. Sten hat sich das Bein gebrochen, als er im Lager über ein paar herumstehende Kisten gefallen ist, berichtet sie spürbar überfordert. Offenbar hat er sich über irgendetwas furchtbar aufgeregt. Onkel Sten kann ein ziemlicher Choleriker sein, doch wenn er seiner Wut erst einmal Luft gemacht hat, ist der Ärger meistens auch schnell wieder verflogen.

Kürzlich gab es einen Zwischenfall mit Ole, dem achtzehnjährigen Enkel von Hedda. Ich kann nicht genau sagen, was passiert ist, aber irgendwas war mit der Lieferung nicht in Ordnung. Ole, der erst seit ein paar Wochen bei Sten angestellt war, musste ein ordentliches Donnerwetter über sich ergehen lassen, das in einen heftigen Streit mündete, weil Ole sich keiner Schuld bewusst war. Am Ende kündigte Sten ihm. Ich habe keine Ahnung, ob es gerechtfertigt war und ob der heutige Wirbel irgendwas damit zu tun hat. Fakt ist jedoch, dass wir jetzt im Laden ohne Ole und die nächsten Wochen auch ohne Sten auskommen müssen.

Marit ist heilfroh, dass ich mich gleich auf den Weg mache und ihr zu Hilfe eile. Für Sten ist es eine große Herausforderung, das Bein hochzulegen und Ruhe zu geben, während er genau weiß, was im Geschäft los ist.

Doch im Moment muss er sich damit begnügen, jeden Abend die Abrechnung zu machen und die Bestellungen vorzunehmen, soweit ihm dies vom Schreibtisch aus möglich ist.

Damit Stines Haus nicht immer unverschlossen bleiben muss, hat Kristian mir den Zweitschlüssel gegeben. So kann ich kommen, wann immer ich Zeit habe. Die meisten Sachen hat er schon in Kisten verstaut, und wenn ich mit dem Auto unterwegs bin, nehme ich hin und wieder ein paar davon mit. Die Truhen, die mittlerweile im Schuppen untergebracht sind, beherbergen jedoch weitere Schätze, die es zu sortieren gilt. Es wird also noch eine Heidenarbeit sein, ehe ich dieses Projekt beenden kann.

Einerseits ist es anstrengend und schmerzhaft, weil ich Stine unglaublich vermisse, und andererseits hilft mir das Stöbern in ihren alten Sachen in meinem Trauerprozess. Ich spüre, wie auch die Wunden von früher wieder aufreißen. Denn als meine Mutter ging, konnte ich nie wirklich damit abschließen, weil ich immer hoffte, sie würde eines Tages wieder vor der Tür stehen.

Ich öffne die Haustür mit dem Schlüssel und gehe wie immer als Erstes in die Küche. Der Blick aus dem Fenster auf den Fjord wirkt beruhigend. Die sanften Wellen lassen die Boote, die vor dem Hafen vor Anker liegen, leicht schaukeln.

Auf dem Tisch sind eindeutige Spuren vergangener Mahlzeiten zu erkennen, und in der Spüle stehen zwei gebrauchte Teller sowie Gläser. Allein der Gedanke daran, dass Kristian jeden Tag hier ist, lässt mein Herz schneller schlagen. Mein nächster Weg führt mich in das gegenüberliegende Wohnzimmer. Die Türen sind überall ausgehängt, sodass auch der Korridor von Licht durchflutet wird. Als ich eintrete, nehme ich eine Bewegung hinter mir auf dem Boden wahr, die mich herumfahren lässt. Zwei Augen starren mich erschrocken an, und die Person, zu der sie gehören, springt ruckartig auf. Soweit dies möglich ist, denn sie steckt in einem Schlafsack.

Ein Schrei entweicht meiner Kehle, doch dann erkenne ich Ole und schlage mir die Hand vor den Mund.

»Was zur Hölle machst du hier?«, erkundige ich mich anklagend.

»Bitte, Finja, verrat mich nicht!«, fleht er und sucht panisch durch das Fenster die Umgebung ab. »Bist du allein? Oder ist jemand bei dir?«

»Beruhige dich, Ole! Hast du was ausgefressen?«

»Nein!« Hastig schüttelt er den Kopf.

Langsam gehe ich auf ihn zu und rede beschwichtigend auf ihn ein: »Ich bin allein. Sag mir, was los ist! Wieso bist du nicht daheim? Hedda wird sich bestimmt Sorgen machen.«

Inzwischen ist er aus seinem Schlafsack gestiegen. Er trägt Jeans und ein T-Shirt und – obwohl er offenbar geschlafen hat – eine graue Mütze. Allzeit zum Aufbruch bereit, so scheint es. Dafür hat er mich aber ziemlich spät bemerkt.

»Um mich macht sich schon lange niemand mehr Sorgen«, stellt er verbittert fest.

»Das glaube ich nicht.«

»Bitte verpfeif mich nicht, Finja. Ich will es bei Kristian nicht auch wieder vermasseln.«

Just in dem Moment geht mit einem Ruck die Haustür auf, und Besagter taucht hinter mir auf.

»Was ist denn hier los?«, will er besorgt wissen. »Ich habe einen Schrei gehört.«

Ole sieht mich bittend an und Kristian fragend. Ich will ihn nicht anlügen und Ole nicht hinhängen. Das bringt mich in ein Dilemma.

»Ich hab mich nur erschrocken. Halb so wild«, wiegle ich ab.

»Was machst du hier um diese Zeit?«, wendet Kristian sich an Ole, der seinen zusammengeknüllten Schlafsack hinter sich schiebt und so gut wie möglich mit seinem Körper zu verdecken versucht.

Als diesem keine Antwort einzufallen scheint, springe ich, ohne zu überlegen, für ihn in die Bresche.

»Er ... hat mir geholfen ... ich meine, er wollte mir helfen. Weil ... ich wollte heute ... äh ... eine der schweren Truhen mitnehmen. Da habe ich Ole um Hilfe gebeten.«

»Die Truhen sind im Schuppen«, sagt Kristian ruhig und fixiert meinen Blick. Mein Atem hat sich auf den Schreck von vorhin noch immer nicht normalisiert, und ich versuche, so flach wie möglich zu atmen, um mich nicht zu verraten. Sein Blick ist durchdringend, und ich meine, Enttäuschung darin zu erkennen. Verdammt, er weiß, dass ich lüge.

Dann wandern seine Augen zu Ole, der wie festgewachsen dasteht und auf eine Reaktion wartet. Kristian sieht sich kurz um und gibt lediglich ein Schnauben von sich. Diese Situation muss wirklich eigenartig auf ihn wirken. Er macht auf dem Absatz kehrt und geht hinaus, und als ich ihm folgen will, um ihm alles in Ruhe zu erklären, hält Ole mich auf und läuft selbst hinter Kristian her. Wahrscheinlich ist es tatsächlich besser, er regelt seine Angelegenheiten selbst, zumal ich ja auch keine Ahnung habe, was in ihm vorgeht.

Kristian

Was war das denn gerade für ein Gestotter? Irgendwas ist hier faul. Finjas Gesichtsausdruck hat mir eindeutig verraten, dass sie geflunkert hat. Und das stört mich mächtig.

Was Ole betrifft: Nun ja, ich weiß nichts über ihn, außer, dass ihm sein schlechter Ruf vorauseilt. Allerdings hat die Arbeit mit ihm bisher ganz gut geklappt. Aber was hat er um diese Uhrzeit hier zu suchen? Und was hat er hinter seinem Rücken zu verbergen versucht? Es sah verdächtig nach einem Schlafsack aus. Hat Hedda ihn rausgeworfen? Ich gehe in den Schuppen, schnappe die erste Holztruhe, die ich vorfinde, und zerre sie – vielleicht ein wenig zu grob – unter dem anderen Gerümpel hervor, das laut scheppernd zu Boden donnert.

»Lass mich das erklären«, höre ich plötzlich Ole hinter mir. Abwartend setze ich mich auf die rustikal gezimmerte Truhe, ungeachtet der vielen Splitter, die aus dem wurmzerfressenen Holz abstehen. Auf die Erklärung bin ich jetzt gespannt.

»Dann lass mal hören!«, fordere ich ihn in barschem Ton auf.

Müde fährt sich Ole mit der Hand durch die Haare, in der anderen hält er seine Mütze. »Ich kann nicht nach Hause.«

»Wieso nicht?«

»Du hast meine Oma doch gehört. Sie wartet ja bloß darauf, dass ich wieder Scheiße baue. Erst Stens Kündigung, und jetzt bin ich sicher auch daran schuld, dass er sich das Bein gebrochen hat. Vielleicht zeigt er mich sogar an deswegen.«

»Du warst doch gar nicht dabei.«

»Meinetwegen hat er sich aufgeregt. So läuft das doch immer.«

»Aber Hedda kannst du bestimmt erklären, wie es gewesen ist.«

»Sie glaubt mir doch schon lange nicht mehr. Ich kann ihre

ständigen Vorwürfe einfach nicht mehr hören. Ich dachte, wenn ich hier übernachte, ist es das Beste für alle Beteiligten.« Sein Kopf ist gesenkt, und seine Schultern sind eingefallen. Wie ein Häufchen Elend steht er vor mir.

»Wie bist du ins Haus gekommen? Bist du eingebrochen? Ich bin sicher, dass ich abgeschlossen habe, als ich gegangen bin.« Finja hat ihn bestimmt nicht reingelassen, denn sonst hätte sie sich wohl kaum so erschrocken.

»Ich hatte das Fenster im Abstellraum offen gelassen«, gibt er kleinlaut zu. »Ich verstehe, dass du wütend bist, aber bitte nicht auf Finja. Sie hat nichts damit zu tun.«

Nachdenklich sehe ich ihn an, dann stehe ich auf und packe die Truhe an einem der Eisenringe, die seitlich angebracht sind. Ich höre den Kies knirschen, als Ole geht.

»Warte«, rufe ich ihm nach, und tatsächlich bleibt er stehen. »Vielleicht bin ich gutgläubig, dass ich dich für mich arbeiten lasse, obwohl ich nichts über dich weiß. Ich könnte hier im Dorf einige Geschichten über dich in Erfahrung bringen, da bin ich sicher. Aber für mich zählt nur die Leistung, die du hier und jetzt für mich erbringst. Was ich jedoch absolut nicht leiden kann, sind Lügen. Ich erwarte Ehrlichkeit in allen Belangen.« Ole sieht mich mit großen Augen an und rührt sich keinen Millimeter. »Hast du mich verstanden?«

Er nickt betroffen.

»Pack mal mit an.« Gemeinsam hieven wir die Truhe in den Kofferraum von Finjas altem Volvo.

»Vielleicht ist das bis jetzt so gelaufen: wegen jeder Kleinigkeit abhauen. Aber so leicht mache ich es dir nicht. Wir sehen uns morgen um Punkt acht«, erkläre ich streng. »Ich verlasse mich auf dich«, füge ich unmissverständlich hinzu.

Überraschung blitzt in seinen Augen auf, bevor er heftig zu nicken beginnt. »Ich werde dich nicht noch mal enttäuschen.«

Nachdem er gegangen ist, lehne ich mich an den Rand des geöffneten Kofferraums und warte, bis Finja wieder aus dem Haus kommt.

»Ich denke, ich schulde dir eine Erklärung«, sagt sie.

»Du schuldest mir gar nichts«, antworte ich, leicht angesäuert, weil sie und Ole offenbar beide dachten, man könnte nicht vernünftig mit mir reden.

In dem Moment, als sie weitersprechen will, höre ich ein weiteres Auto in die Einfahrt biegen. Es scheint mir nicht vergönnt zu sein, mich endlich einmal allein und in Ruhe mit Finja zu unterhalten. Sie runzelt die Stirn, als sie den Neuankömmling erblickt, und jetzt drehe auch ich mich um. Es ist ein silberner Porsche, und ich denke noch, dass dieser Wagen genau Solveigs Geschmack entsprechen würde, als ein Hüne mit hellem, zurückgekämmten Haar und glatt rasierten Wangen aussteigt.

»Lasse«, begrüßt Finja ihn zurückhaltend. »Was machst du denn hier?«

Na toll, der hat uns gerade noch gefehlt. Lasse, mit dem Solveig im Bett war.

»Hei, ich war grad unterwegs, und da dachte ich, ich schau mal, wie es mit der Renovierung vorangeht«, redet er munter drauflos. Und was genau geht ihn das an? »Du bist also Kristian!«

»Du bist also Lasse«, gebe ich zurück, da ich nicht vorhabe, mich mit ihm anzufreunden.

»Solveig hat ja einen Glücksgriff mit dir gemacht«, sagt er und mustert mich unverhohlen von oben bis unten. Ich bin nicht sicher, ob er das ironisch meint. Mit Mühe gelingt es mir, ein Augenrollen zu unterdrücken. Auch Finja scheint sich nicht unbedingt über Lasses Anwesenheit zu freuen.

»Und was hatte *er* hier zu suchen?«, will er wissen und deutet mit dem Daumen in die Richtung, in die Ole vor wenigen Minuten verschwunden ist. Der Kerl ist mir eindeutig zu neugierig.

»*Er*«, ahme ich seinen Tonfall nach, »arbeitet für mich.«

»Wie ist das denn zu verstehen?« Verständnislos sieht er mich an, und in seinem Gesicht klebt ein überhebliches Grinsen.

»Wortwörtlich«, erwidere ich. Finjas Mundwinkel zucken verräterisch.

»Hast du Kristian nicht gesagt, dass man Ole nicht trauen kann?«, wendet Lasse sich an Finja.

»Kristian kann sich schon sein eigenes Urteil bilden, Lasse.«

»Genauso sehe ich das auch«, pflichte ich ihr bei und verschränke demonstrativ die Arme vor der Brust.

»Und Solveig?«, gibt er zu bedenken. »Ist sie auch damit einverstanden, dass du einen Kriminellen beschäftigst?«

Dieser aufgeblasene Kerl nervt mich gewaltig, und ich habe überhaupt keine Lust, noch eine weitere Sekunde mit ihm zu verschwenden.

»Solveig und ich werden das schon klären. Und im Übrigen: Mit der Renovierung geht es dank Ole ausgezeichnet voran ... das war es doch, weswegen du hergekommen bist, oder?« Am liebsten würde ich sofort gehen, doch ich will Finja nicht mit ihm allein hier stehen lassen.

»Der Typ hat Dreck am Stecken. Du wirst es bereuen, wenn du dich mit ihm abgibst, glaub mir das«, bekräftigt Lasse erneut. »Das ist nur ein gut gemeinter, freundschaftlicher Ratschlag.«

Im Moment bereue ich einzig und allein, dass ich hier mit Lasse stehe, und ich muss höllisch aufpassen, dass ich ihm seinen gut gemeinten, freundschaftlichen Ratschlag nicht dahin zurückstopfe, wo er hergekommen ist. Er scheint meinen eiskalten Blick richtig zu deuten und hört auf zu quasseln.

»Schönen Abend noch«, verabschiede ich ihn mit ausgesuchter Höflichkeit und hoffe, dass er sich endlich vom Acker macht.

»Soll ich dich mitnehmen, Süße?«, wendet er sich selbstgefällig an Finja, und bei der Anrede wird mir schlecht. Gräbt der sie gerade an?

»Danke, mein Volvo steht da drüben«, lehnt sie ab. Leider kann ich ihre Miene nicht deuten. Würde sie gerne mit ihm fahren? Oder ist ihr unangenehm, dass er sie so offensichtlich anmacht?

»Zu schade«, bedauert er, lehnt sich nach vorne und küsst sie sanft auf die Wange. »Wir sehen uns die Tage.«

Meine Brust wird eng, und eine seltsame, ungewohnte Aggression steigt in mir auf. Ich schließe kurz die Augen und schlucke jede Reaktion hinunter.

»Bis dann«, erwidert sie, und nachdem er die Hand noch einmal zum Gruß gehoben hat, steigt er endlich wieder in seine Proletenschüssel.

Ich warte gar nicht erst ab, bis er weg ist, ehe ich ins Haus gehe. Eigentlich bin ich vorhin hergekommen, weil ich irgendwas hier vergessen hatte. Aber im Moment bin ich so aufgewühlt, dass mir partout nicht einfallen will, was das war. In der Küche sehe ich mich zerstreut um, doch ich komme nicht drauf. Stattdessen sehe ich nur diesen Typen vor mir, der Finja so vertraut zu sein scheint, dass er ihr so nahekommen darf. Und am liebsten würde ich auf irgendetwas einschlagen. Mir wird klar, dass ich, auch wenn es absurd ist, eifersüchtig auf Lasse bin. Aber nicht, wie es eigentlich sein sollte, weil er mit Solveig geschlafen hat. Sondern wegen Finja. Ich muss mir eingestehen, dass ich mehr für sie empfinde als nur Freundschaft. Aber was bedeutet das für mich und Solveig? Diese Gefühle sind derart verwirrend, dass ich überhaupt nicht mehr weiß, was ich denken soll.

Als ich ins Wohnzimmer komme, steht Finja bewegungslos da, die Gitarre in der Hand und Tränen in den Augen. All der Ärger in mir, den Lasse heraufbeschworen hat, löst sich bei diesem traurigen Anblick in Luft auf. Ich räuspere mich, um auf mich aufmerksam zu machen, und sie hebt ihren Blick und blinzelt die Tränen fort.

»Willst du sie mitnehmen?«, frage ich sanft und deute auf die Gitarre. Sie schüttelt den Kopf und lehnt das Instrument vorsichtig an die Wand.

»Nein. Du solltest sie wegwerfen. Sie ist nichts mehr wert.«

Ihrem Gesichtsausdruck nach zu urteilen, ist das aber nicht das, was sie eigentlich will. Ich werde einfach nicht schlau aus Finja.

Am Türrahmen lehnend, beobachte ich sie. Sie trägt ein blau kariertes weites Baumwollhemd, schwarze Jeans und dunkelblaue Chucks und fängt an, Oles Schlafsack ordentlich zusammenzurollen. Als sie bemerkt, dass ich ihr zusehe, legt sie die Rolle auf dem Boden ab und versenkt die Hände verlegen in ihren Gesäßtaschen. Ihr Blick verhakt sich mit meinem, nur Sekunden, in denen ich mir nichts mehr wünsche, als in ihr tiefstes Inneres zu schauen.

»Ich sollte los«, schubst sie mich in die Realität zurück und wartet, bis ich zur Seite gehe. Nur ungern tue ich ihr den Gefallen.

»Die Sache ist die«, entgegne ich, als sie an mir vorbei und zur Tür hinaus spaziert, »du kannst die Truhe unmöglich allein aus dem Wagen heben.«

Verblüfft sieht sie mich mit zusammengekniffenen Augen an. »Soll heißen?«

»Ich begleite dich.«

»Ich schaffe das schon.«

»Finja ...«

»Okay, okay«, gibt sie sich mit erhobenen Händen geschlagen. Da fällt mir endlich ein, was ich noch holen wollte, und ich sprinte kurz in den ersten Stock, schnappe die Skizzen, die dort am Boden liegen, kontrolliere, ob alle Fenster geschlossen sind, und schließe hinter mir die Haustür ab. Finja wartet bereits in ihrem Volvo auf mich. Auf der kurzen Fahrt bis zu ihrem Haus schweigen wir, obwohl sich zwischen uns ein riesiger Berg ungesagter Dinge auftürmt.

»Es tut mir leid, dass ich nicht ehrlich zu dir war«, wagt Finja einen ersten Anlauf, nachdem sie den Motor abgestellt hat. Kurz sehe ich sie von der Seite an.

»Ich gehe mal davon aus, dass du Ole schützen wolltest.«

Sie nickt. Als sie dem nichts hinzufügt, steige ich aus, gehe um das Auto herum und öffne den Kofferraum. Finja folgt mir, und gemeinsam heben wir die Truhe heraus und tragen sie in die Küche. Ich würde gerne noch bleiben, mit ihr reden, oder ... Himmel, im Grunde würde ich gerne so vieles mit ihr tun.

»Mach's gut, Finja«, verabschiede ich mich trotzdem. »Ich bin dann mal weg.«

»Also bitte«, widerspricht sie mir, »natürlich fahre ich dich. Immerhin bist du meinetwegen hergekommen.«

»Okay, da sag ich nicht Nein.« Obwohl ich es sollte und es mir nichts ausmachen würde, die paar Minuten zu Fuß zu gehen. Kurz darauf finden wir uns erneut schweigend nebeneinander in ihrem Auto wieder.

»Ich glaube, dass mein Onkel Ole zu Unrecht entlassen hat«, beginnt sie irgendwann, als wir schon fast da sind. »Es gab Ungereimtheiten mit der Lieferung. Ein paar Sachen fehlten – Souvenirs, soweit ich weiß ein paar Rentierfelle und Norwegerpullover –, und Sten dachte wohl, dass Ole sie gestohlen hat.«

»Und was denkst du?«

»Ich *kann* und *will* das nicht glauben. Weißt du, Ole ist kein schlechter Kerl. Seine Mutter ist gestorben, als er noch ganz klein war, und sein Vater, Leif … er ist einfach nicht damit klargekommen. Er war mit Ole überfordert, steckte ihn ins Internat und in den Ferien zu seinen Großeltern.«

»Hedda und Thore Olsson.«

»Ja«, bestätigt sie nickend. »Ole ist wohl in die falschen Kreise geraten und hat ziemlich viel Mist gebaut. In einem Dorf wie unserem spricht sich das schnell herum.«

»Ich dachte, Ole käme aus Svolvær?«

»Das stimmt. Aber weil er andauernd bei Hedda war, kennt ihn hier jeder. Sie hat Sten bekniet, er möge Ole den Ausbildungsplatz geben, und schließlich hat er sich breitschlagen lassen.«

»Ich habe manchmal den Eindruck …«, suche ich nach den richtigen Worten, nicht sicher, ob ich das überhaupt ansprechen soll, »als würde er sich vor irgendwas fürchten.«

»Wie kommst du darauf?«

»Er ist ziemlich schreckhaft, zuckt oft bei Kleinigkeiten zusammen. Und es scheint, als stecke er voller Misstrauen.«

»Ich kenne ihn schon eine Weile, und wahrscheinlich klingt das jetzt tragisch, aber im Grunde weiß ich eigentlich auch nicht mehr über ihn«, gibt sie zu. »Vielleicht erzählt er in den nächsten Tagen was bei der Arbeit.«

Unter Umständen braucht er ja nur jemanden, dem er vertrauen kann, um wieder festen Boden unter den Füßen zu spüren. Ob ich dafür allerdings der Richtige bin, wo ich doch bald wieder zurück nach Oslo gehe, sei dahingestellt.

»Was kann ich für ihn tun?«, frage ich ratlos. Wir sind längst schon bei meinem Ferienhäuschen angekommen, und Finja hat den Motor abgestellt, doch keiner von uns macht Anstalten, das Gespräch zu beenden.

»Du tust mehr, als alle anderen tun würden.« Sie schenkt mir ein dankbares Lächeln. »Und ich versuche herauszufinden, ob Ole die Sachen tatsächlich gestohlen hat oder ob irgendjemand anderes dahintersteckt.«

»Ob Ole wirklich *Dreck am Stecken* hat«, fallen mir Lasses Worte wieder ein, und ich ahme seinen gehässigen Tonfall nach. »Der scheint sich ja bestens damit auszukennen!« Sofort flammt der Ärger von vorhin wieder auf.

»Lasse? Ach was, das ist doch nur Gerede.«

»Aber genau dieses Gerede ist das Problem, wenn man schon in Schwierigkeiten steckt. Genau solche Klugscheißer wie dieser Lasse! Die von nichts eine Ahnung haben und trotzdem meinen, sie verstünden die ganze Welt!« Ich klinge gereizt, und meine Hände haben sich automatisch zu Fäusten geballt.

»Natürlich hast du recht, aber solche Leute wird es immer geben. Die wollen doch nur Aufmerksamkeit.«

»Ja, und damit scheint dieser Idiot ja richtig gut zu fahren«, blaffe ich sie ungewollt heftig an.

»Wieso?«, sieht sie mich überrascht an.

»Sag du es mir ... *Süße* ...«

»Ach so ... das war bestimmt nur die Macht der Gewohnheit.«

Jetzt starre ich sie perplex an.

»Willst du damit sagen ...«

»Lasse hat mich immer so genannt, als wir zusammen waren.«

»Lasse ist dein Ex?« Das wird ja immer schöner! Wieder überkommt mich diese Eifersucht, obwohl es mir nicht zusteht, so zu empfinden. Das ist völlig irrational. Wegen Solveig, ja, aber doch nicht wegen Finja! Innerlich stöhne ich auf. Das ist so verrückt! Ich muss mir dringend klar werden, was ich eigentlich will, und dann die nötigen Konsequenzen ziehen.

Finja

Kristians Reaktion auf Lasse fällt eigenartig aus. Doch ehe ich genauer darüber nachdenken kann, folgt sein nächster Kommentar.

»Dir ist klar, dass er dich zurückwill, oder?«

Fast muss ich lachen, so absurd ist die Vorstellung. Und noch absurder, dass das Kristian irgendetwas ausmachen könnte.

»Nein.« Vehement schüttle ich den Kopf.

»Er hat dich geküsst.«

Das war doch kein richtiger Kuss! Lasse hat meine Wange kaum berührt.

»Ich muss das nicht ernsthaft mit dir diskutieren, oder?«

»Finja, ich …«, krampfhaft sucht er nach Worten. »Hat er dir wehgetan?«

»Wann? Während unserer Beziehung?«, frage ich verwirrt. »Nein, er hat mir nicht wehgetan.«

»Sonst wärt ihr doch noch zusammen, oder?«

»Ich habe mich von ihm getrennt, insofern habe ich Lasse wahrscheinlich mehr verletzt als umgekehrt.« Ich habe keine Ahnung, was er hören will. »Und außerdem: Was geht dich das eigentlich an?«

Wenn ihn diese Aussage getroffen hat, so zeigt er es mir nicht. Zumindest nicht sofort. Er wirkt eher irritiert. Aber ich muss ihn wohl nicht daran erinnern, dass er mit Solveig zusammen ist und nicht das Recht hat, sich in meine Angelegenheiten einzumischen. Als er jetzt jedoch mit einem Schnauben aus dem Auto steigt und die Tür einen Tick zu heftig zuknallt, merke ich, dass ihn das kein Stück interessiert. Und wieder einmal hinterlässt dieser Mann ein heilloses Durcheinander in mir.

Kapitel 17

Kristian

Das Wochenende verläuft sehr ruhig auf der Baustelle, und das ist mir ganz recht. Ole hat frei, und auch Finja lässt sich nicht blicken. Vielleicht geht sie mir aus dem Weg, was auch kein Wunder wäre, so übergriffig, wie ich mich verhalten habe. Sie hat vollkommen recht, dass es mich im Grunde nichts angeht, wie sie zu Lasse steht. Trotzdem muss ich ständig an sie denken, und ich überlege mehr als einmal, ob ich sie anrufen oder einfach bei ihr vorbeifahren soll, um mich zu entschuldigen. Aber jedes Mal verwerfe ich die Idee wieder und versuche stattdessen, Solveig zu erreichen. Ohne Erfolg. Da das Wetter grau und regnerisch und für Aktivitäten im Freien absolut nicht einladend ist, lenke ich mich mit Arbeit ab. Mit nur mäßigem Erfolg. Wie können meine Gefühle nach den wenigen Tagen, die Finja und ich uns nun kennen, schon so intensiv sein? Ich schließe die Augen und hole mir Solveig in Gedanken zu mir, ihre Stimme, ihr Lachen. Gleichzeitig stelle ich mir ihren schönen Körper vor und frage mich, ob ich sie vermisse. Doch wenn ich mich das fragen muss, habe ich dann nicht schon die Antwort? Sofort schüttle ich nachdrücklich den Kopf, um diese Gedanken zu vertreiben.

Als ich versuche, Solveig anzurufen, weiß ich nicht, ob ich enttäuscht oder erleichtert bin, dass ich sie nicht erreiche, ich weiß nur, dass ich dringend mit ihr reden muss, denn so kann es nicht weitergehen. Als sie endlich zurückruft, versuche ich, so viel Leichtigkeit wie möglich in meine Stimme zu legen: »Hei, na wie geht's dir?«

»Hei!«, ruft sie ins Telefon.

Dem Lärm im Hintergrund nach zu urteilen, ist sie gerade auf einer Party. Kurz darauf scheint sie sich jedoch etwas zu entfernen, denn plötzlich wird der Geräuschpegel leiser. Nach ihrer euphorischen Begrüßung erzählt sie mir aufgekratzt von ihren – wie sie sagt – grandiosen Neuigkeiten: Sie wird übernächste Woche das erste Mal bei der Fashion Week Berlin laufen. Ich freue mich aufrichtig für sie, wenngleich das bedeutet, dass wir das für mich so wichtige Gespräch wohl noch etwas verschieben müssen. Nach ein paar weiteren Anekdoten aus ihrem aufregenden Job berichte ich ihr, dass ich jemanden gefunden habe, der mir bei der Renovierung zur Hand geht. Doch Solveig scheint mit meiner Wahl nicht einverstanden zu sein. Ihre bis dahin gute Laune kippt augenblicklich.

»Ich will nicht, dass dieser Kerl für mich arbeitet, Kristian. Ich werde bestimmt keinen Kriminellen bezahlen!«

Ich frage mich, woher sie überhaupt weiß, um wen es geht, doch ihre Wortwahl verrät mir, dass Lasse sie bereits ins Bild gesetzt hat. Was ist nur los mit diesem Typen, dass er sich schon wieder einmischt? Und wieso telefoniert sie mit ihm, während sie für mich so gut wie nie erreichbar ist? Als ich sie mit dieser Frage konfrontiere, ist die Stimmung zwischen uns bereits so aufgeheizt, dass das Gespräch in einem Streit endet. Für mich steht fest: Ich werde Ole beschäftigen, egal, was Solveig davon hält. Und wenn ich selbst für seinen Lohn aufkomme. Mit verhärteten Fronten verabschieden wir uns, besser gesagt würgt sie mich förmlich ab, und in mir bleibt neben der Wut auf Solveig ein eigenartiges Gefühl der Leere zurück. So will ich nicht weitermachen. Solveig hat mich von Anfang an beeindruckt, ja. Sie ist attraktiv, aufregend, lebendig, anspruchsvoll. Dass sie so viel unterwegs ist, bringt ihr Job mit sich, und das war mir von Anfang an klar. Unsere gemeinsame Zeit ist spärlich, aber ich konnte bisher ganz gut damit umgehen. Doch seit ich hier bin, weiß ich, Solveig ist nicht die Frau, mit der ich mein restliches Leben verbringen will. Und das muss ich ihr auf jeden Fall unter vier Augen sagen und nicht übers Telefon. Das bin ich ihr schuldig. Weil mir aber die Zeit fehlt, um zu ihr zu fliegen, und ich außerdem das nötige Kleingeld nicht einfach aus dem Ärmel schüttle, werde ich mich wohl in Geduld üben müssen.

Am Montagmorgen ist Ole bereits da, als ich bei Stines Haus eintreffe. Er nimmt gerade Marits Fahrrad auseinander. Ich freue mich, dass er wiedergekommen ist. Um ihn mir leisten zu können, werde ich als Erstes aus dem Ferienhäuschen ausziehen und an meinem vorübergehenden Arbeitsplatz übernachten.

»Morgen«, empfängt er mich mit einem auffallend entspannten Ausdruck auf dem Gesicht.

»Guten Morgen. Im Schuppen liegt noch ein anderes Rad ... vielleicht kannst du ein paar Ersatzteile brauchen.«

»Ernsthaft?« Ungläubig sieht er mich an. »Das darf ich nehmen?«

»Klar. Fürs Fahrradreparieren kann ich dich nur leider nicht bezahlen«, sage ich geradeheraus.

»Ich mach das in der Freizeit«, erklärt er und steht sofort aus der Hocke auf. »Ich wollte nur, bis du da bist ...«

»Schon gut, Ole, mach ruhig. Ich muss ohnehin ein paar Dinge besorgen, dafür werde ich den ganzen Vormittag brauchen. Kann ich dir irgendwas mitbringen? Schreib mir eine Liste ...«

»Nein, nein«, wehrt er prompt ab, »ich brauche nichts.«

Als Erstes besorge ich mir – und das ist längst schon überfällig – einen Mietwagen. Meine Wahl fällt auf einen weißen Nissan Pickup, ein schon etwas älteres Baujahr, aber mit einer ausreichend großen Ladefläche. Anschließend fahre ich nach Kabelvåg zum Baumarkt und kaufe verschiedenes Werkzeug und Holz. Eine Schleifmaschine kann man dort sogar ausleihen. Zu dumm, dass ich all meine guten Arbeitsgeräte zu Hause in Oslo habe. Aber wer konnte schon ahnen, dass aus diesem Beerdigungs-Trip ein Arbeitsurlaub wird?

Zu guter Letzt gehe ich in ein Musikgeschäft, an das eine Instrumentenwerkstatt angrenzt. Natürlich werde ich die Gitarre nicht wegwerfen, wie Finja es vorgeschlagen hat, weshalb ich sie heute Morgen in ein großes Laken gewickelt und mitgenommen habe. Als ich den Laden betrete und die Verkäuferin erblicke, muss ich unwillkürlich die Luft anhalten. Ich schätze sie auf Anfang fünfzig, ihre Augen sind von einem intensiven Blau und ziehen mich von der ersten Sekunde an in ihren Bann. Das lange dunkelblonde Haar trägt sie hochgesteckt, und ich reiße meinen Blick los, damit meine Musterung nicht zu auffällig wird. Ich habe das Gefühl, sie schon einmal irgendwo gesehen zu haben, aber ich komme nicht drauf, wo das gewesen sein soll. Als ich ihr mein Anliegen vortrage und sie sich kurz ein Bild vom Zustand des Instruments macht, huscht ein eigenartiger Ausdruck über ihr hübsches Gesicht. Nur einen Atemzug, und sie hat sich wieder unter Kontrolle. Wahrscheinlich habe ich mir das nur eingebildet.

Wir vereinbaren einen Termin, wann ich die wiederhergestellte Gitarre abholen kann, und ich mache mich auf den Rückweg. Jetzt, mit dem nötigen Rüstzeug, kann ich bei der Renovierung richtig loslegen.

Ole stellt sich als handwerkliches Talent heraus, denn als ich zurückkomme, hat er Marits Fahrrad schon fast zur Gänze wieder auf Vordermann gebracht. Und das, obwohl er sagte, er hätte keine Ahnung von so was.

Auch am Nachmittag kommen wir gut voran. Als Erstes nehmen wir uns eines der Schlafzimmer vor. Das Bett, das dort steht, sieht recht gemütlich aus, und auch die Matratze macht einen guten Eindruck. Gut genug, dass ich in den nächsten Wochen einen Schlafplatz habe. Wir bringen es in einen der Nebenräume, damit wir uns den Boden vornehmen können. Zuerst müssen wir ein paar kaputte Holzdielen austauschen. Einige kleinere Löcher füllen wir mit Spachtelmasse aus. Anschließend schleife ich den gesamten Boden ab, während Ole sich die Tür- und Fensterrahmen vorknöpft.

Ich bin äußerst zufrieden mit Oles Arbeit, und nach Feierabend begutachte ich das reparierte Fahrrad.

»Na, das sieht doch gut aus. Marit wird sich freuen.«

Wo gerade noch unübersehbarer Stolz in seinem Gesicht aufblühte, steht jetzt Skepsis.

»Wir sollten im Pub was essen gehen, und auf dem Weg dahin kannst du es ihr vorbeibringen«, schlage ich vor.

»Kannst du das nicht machen? Ich habe sowieso keinen Hunger.«

»Du hast Hunger«, stelle ich fest. »Nach diesem Mini-Sandwich heute Mittag kannst du mir das nicht erzählen.«

Er zögert.

»Komm schon. Ich lade dich ein. Außerdem müssen wir noch deinen Einstand feiern.«

Schließlich willigt er ein unter der Bedingung, dass ich Marit aus dem Laden hole, denn Ole will ihn nach der Sache neulich nicht mehr betreten. Kurz darauf stehen wir vor verschlossener Tür, weil wir knapp den Ladenschluss verpasst haben. Wir lehnen das Fahrrad an die gelb gestrichene Wand, sodass Marit es sofort sieht, wenn sie morgen früh aufschließt.

»Willst du ihr eine Nachricht hinterlassen?«, frage ich und wühle in der Innentasche meiner dünnen Jacke nach Schreibzeug. »Irgendwo müsste ich doch noch einen Schmierzettel ...«

»Schon okay«, wehrt er ab. »Muss nicht sein.«

»Es wird doch niemand mitgehen lassen?«, bedenke ich.

»Ich bin hier der Gesetzesbrecher, schon vergessen?«, meint Ole spöttisch. »Alle anderen hier in Skjærvik tragen einen Heiligenschein.«

Im Pub werden wir von ein paar Einheimischen etwas kritisch beäugt, doch Lotta, die hinter dem Tresen steht, heißt uns fröhlich willkommen. Die Touristen zeichnen sich dadurch aus, dass sie nicht einmal von ihren Tellern aufblicken, als wir eintreten.

Wir studieren die Speisekarte, und ich bemerke, wie Ole mir immer wieder kurze Blicke zuwirft. Als Lotta kommt, um die Bestellung aufzunehmen, scheint er aber wieder völlig vertieft in die Karte zu sein. Ich bestelle ein Lammragout mit Pinienkernrisotto.

»Für mich bitte dasselbe«, erklärt er, wie aus der Pistole geschossen.

Unser Essen verläuft sehr schweigsam, doch das macht mir nichts aus. Ole wird schon zu reden anfangen, wenn ihm danach ist. Ich spüre, dass er sich unbehaglich und beobachtet fühlt, und insgeheim tut es mir fast leid, ihn überhaupt hergeschleppt zu haben. Bei jedem zweiten Bissen fummelt er mit der Gabel die Pinienkerne an den Tellerrand, als würde er sie nicht mögen. Komischer Kauz. Nachdem er seinen Teller und sein Glas geleert hat und nur noch das Häufchen Pinienkerne übrig ist, bedankt er sich, schiebt seinen Stuhl zurück und geht. Was ist ihm nur widerfahren, dass er sich so verhält?

Ich bestelle mir noch ein zweites Bier, da richtet sich eine tiefe, mir bekannte Stimme an mich. Sie gehört zu Magnus.

»Setz dich zu uns«, brummt er. Es ist mehr ein Befehl als eine Einladung, und mit einem Schmunzeln leiste ich ihm Folge. Sie sind zu viert, unter ihnen Aksel Jansen, der Arzt. Die anderen beiden stellen sich mir nicht vor, aber mir wird bald klar, dass beide Fischer sein müssen. Ich lausche ihrem Gespräch, in das sie mich vorerst nicht einbeziehen. Dann beginnt Magnus, mich über die Renovierung auszuquetschen. Als er hört, dass ich nach Handwerkern suche, die den Zustand der Elektroinstallation sowie der Wasserrohre überprüfen sollen, ruft er sofort noch zwei seiner Bekannten zum Tisch. Wie hilfreich, wenn man die richtigen Leute kennt.

»Komm vorbei in den nächsten Tagen«, murmelt Magnus, bevor ich aufbreche. »Ich habe da was, das könnte dich interessieren.«

Nun ist meine Neugier geweckt. Und die Aussicht, Finja wiederzusehen, ist erst recht verlockend. Ich bezahle die Rechnung, verabschiede mich von der Runde und gehe in mein neues, vorübergehendes Zuhause.

Finja

Marit lächelt selig vor sich hin, als ich sie beim Einräumen des Kühlregals antreffe. Der Laden ist schon geschlossen, doch weil wir untertags kaum mit den allfälligen Tätigkeiten – wie beispielsweise Bedienen in der Feinkost, Kassieren, Beraten der Kunden – hinterherkommen, müssen wir die Ware abends einräumen. Es sind zurzeit wahnsinnig stressige Tage, ganz im Speziellen für Marit, weil wir heillos unterbesetzt sind. Umso mehr wundert mich ihre außerordentlich gute Laune.

»Du siehst aus wie frisch verliebt«, bemerke ich schmunzelnd, als ich mit einem großen Karton an ihr vorbeigehe.

»In den Kerl könnte man sich aber auch verlieben!« Ihre Augen funkeln, wie sie so dahinschmachtet.

»Erzählst du mir, um wen es sich handelt?«

»Wäre er nur nicht schon vergeben«, sinniert sie weiter, »und ich ein wenig jünger.«

»Jetzt machst du es aber spannend, Tante Marit.«

»Dieser junge Haugen ... das ist ein Klassetyp. Gut aussehend, charmant, hilfsbereit.«

»Kristian?« Ich unterbreche das Einräumen der Produkte, das ich in ihrer unmittelbaren Nähe am Regal mit den Teigwaren begonnen hatte. Was hat er bloß gemacht, dass sie gar so ins Schwärmen gerät?

Heftig nickt sie. »Er scheint auch auf Ole einen besonders guten Einfluss zu haben. Bleibt nur zu hoffen, dass er nicht enttäuscht wird.«

»Jetzt verrate mir mal, wie Kristian es bewerkstelligt hat, dass du ihm das Superhelden-Cape umhängst!«

Marit ist ganz aufgeregt. »Ole hat doch neulich mein Fahrrad demoliert. Du weißt schon, an dem Tag, als Sten sich das Bein gebrochen hat.«

»Ja, ich weiß. Und weiter?«, dränge ich.

»Kristian hat es mitgenommen und versprochen, es zu reparieren, und heute Morgen stand es in tadellosem Zustand vor der Ladentür. Ich habe ihn sofort angerufen und mich bedankt – ich habe die Telefonnummer von Hedda, und die hatte sie von Per ...« kurz überlegt sie, »oder war es Björn? Ich weiß es nicht mehr.«

»Ist ja auch egal«, sage ich, weil ich will, dass sie endlich zum

Punkt kommt. Andererseits ist es schon irgendwie kurios, wie viele Einwohner von Skjærvik bereits Kristians Nummer zu haben scheinen.

»Jedenfalls habe ich mich voller Inbrunst bedankt, und er hat abgewiegelt. Ich habe mich noch über seine falsche Bescheidenheit mokiert, da hat er mir erklärt, dass Ole das Rad eigenhändig repariert hätte.«

Anerkennend nicke ich. »Wow. Das ist wirklich ...«

»Unfassbar, nicht? Ich habe es ihm anfangs gar nicht glauben wollen!«

»Marit, ich denke, Ole ist nicht so schlecht wie sein Ruf.«

Meine Tante seufzt tief. »Wenn Kristian es tatsächlich hinbekommt, ihn auf den rechten Weg zu führen, dann verdient er wirklich den Superhelden-Status!« Nachdenklich starrt sie ins Leere. »Wirklich zu schade, dass er mit Solveig zusammen ist.«

Wem sagst du das, denke ich und sortiere weiter Reis und Nudeln in die dafür vorgesehenen Regale.

»Ich wünschte, du würdest auch so jemanden finden.«

»Jemanden, den du anhimmeln kannst?«, witzle ich, bevor sie merkt, dass sie mit diesem Thema Salz in meine Wunden streut. »Ich werde es bei meiner Wahl berücksichtigen.«

»Jemanden, der dich auf Händen trägt«, berichtigt sie, und ich seufze.

Kapitel 18

Kristian

Wenige Tage später stehen schon in aller Herrgottsfrühe Per, der Elektriker, und Ragnar, der Installateur, vor der Tür, um die vorhandenen Leitungen zu überprüfen. Ole ist noch nicht da, aber ich stelle ihm eine Dose mit Holzkitt in den Schuppen, damit er schon einmal anfangen kann, die abgeschlagenen Kanten und Ecken der Kommode auszubessern, die wir gestern vorbereitet haben. Bei der Begutachtung der Installationen will ich unbedingt dabei sein und kann ihn deshalb nicht instruieren. Deshalb klemme ich ihm nur einen Zettel unter die Kittdose, dass er einfach so vorgehen soll, wie es auf der Rückseite beschrieben ist. Die Gebrauchsanweisung ist wirklich leicht verständlich, und ich bin sicher, er schafft das auch ohne mich.

Als ich zwei Stunden später in den Schuppen komme, ist Ole dabei, eine der Holztruhen mit Schleifpapier zu bearbeiten. Die beiden Handwerker sind gerade gegangen, und ich bin heilfroh, dass alle Leitungen noch funktionstüchtig sind und ich nichts erneuern muss.

»Hei, Ole«, sage ich, und er blickt unsicher auf. Die Dose mit dem Holzkitt steht unberührt genau da, wo ich sie am Morgen hingestellt habe, doch meine Notiz ist weg. Ich grüble, was das zu bedeuten hat.

»Hast du schon einmal ein Möbelstück restauriert?«, frage ich ihn, ohne darauf einzugehen, dass er eine völlig andere Arbeit verrichtet, als ich verlangt habe.

Ole schüttelt den Kopf, und dann beginne ich, ihm Schritt für Schritt zu zeigen, wie man mit Holzkitt umgeht.

»Du bist handwerklich ziemlich begabt, weißt du das?«, breche ich irgendwann während des Nachmittags unser Schweigen, um mein eigenes Grübeln, das sich immer um dieselben Dinge dreht, abzustellen.

Überraschung steht in Oles Gesicht geschrieben.

»Wieso wolltest du ausgerechnet Verkäufer werden?«, hake ich nach. Ich möchte endlich mehr über diesen Jungen erfahren. Doch der Plan, darauf zu warten, bis er von sich aus etwas erzählt, scheint einfach nicht aufzugehen.

»Wollte ich nicht«, antwortet er lapidar und zuckt mit den Schultern.

»War das die Idee deines Vaters?«

Ole schüttelt den Kopf.

»Deiner Oma?«, rate ich weiter.

»Sie wollte nur, dass ich irgendwas mache. Meinem Vater bin ich scheißegal.«

Darauf weiß ich keine Antwort. Dieser eine letzte Satz versetzt mir einen Stich in die Brust. Mein Vater hat zwar immer meinen Bruder bevorzugt, scheißegal war ich ihm trotzdem nie.

»Ich habe für meine Oma versucht, die Lehre bei Sten zu machen«, erklärt er. »Ich wollte sie nicht schon wieder enttäuschen.«

»Hier, fang!« Mit Schwung werfe ich ihm eine Wasserflasche zu, und er reagiert blitzschnell und fängt sie auf.

Nachdem wir beide gierig getrunken haben, beginnt er von selbst wieder zu reden.

»Sten hat mich rausgeworfen, weil er mir unterstellt, dass ich geklaut hätte.«

»Und das hast du nicht?«, frage ich, lasse es aber wie eine Feststellung klingen. Finja ist von seiner Unschuld überzeugt, doch mich würde brennend interessieren, was wirklich passiert ist.

»Spielt das eine Rolle? Ich bin der geborene Sündenbock. Die Sache ist für alle klar.«

»Wenn du es nicht warst und das auf dir sitzen lässt, kommt ein anderer ungeschoren davon«, gebe ich zu bedenken.

»Das ist nicht *mein* Problem. Ich kann froh sein, wenn Sten mich nicht anzeigt. Ich bin schon auf Bewährung und habe keine Lust, in den Knast zu gehen.«

»Wir sollten noch einmal mit Sten reden. Und die Wahrheit herausfinden.«

»Die Wahrheit?«, er lacht bitter auf. »Als hätte die Wahrheit je irgendwen interessiert.«

Ich schätze Ole auf siebzehn oder achtzehn Jahre. Es ist erschütternd, dass er in diesem jungen Alter schon so verbittert zu sein scheint. Er muss in seinem Leben schon oft enttäuscht worden sein. Ich nehme mir vor, der Sache bei nächster Gelegenheit auf den Grund zu gehen.

Finja

Als ich am frühen Abend heimkomme, steht Marits Auto vor dem Haus. Heute haben Ester und ich den Laden abgeschlossen, und meine Tante wollte nach Vater sehen.

Ich höre ihre aufgebrachte Stimme, als ich den Flur betrete, und zögere, weil ich nicht in einen Streit hineinplatzen will. Deshalb beschließe ich, vorher noch die Blumen im Garten zu gießen.

»Wie lange, denkst du, wird deine Tochter das noch mitmachen?«, begehrt Marit auf. »Sie hat ein Recht darauf, ihr eigenes Glück zu finden.«

»Sie ist hier glücklich!«, erwidert mein Vater, und sein Tonfall ist noch bissiger als sonst. Mein Herz krampft sich zusammen, weil sie offenbar meinetwegen aneinandergeraten. Ich will dem ein Ende bereiten, doch meine Beine bewegen sich keinen Millimeter.

»Du warst schon immer ein Meister darin, deine Augen vor dem zu verschließen, was du nicht sehen willst. Du versteckst dich hinter einer Mauer aus Selbstmitleid und hinter deinem schwachen Herz, weil du nicht zugeben kannst, dass du der Einzige bist, der etwas an der Situation ändern könnte.«

»Wenigstens bin ich hier, im Gegensatz zu ihrer sauberen Mutter. Auf mich kann Finja zählen.«

»Ja klar, immer den schönen Schein wahren und die Schuld auf andere abwälzen. Du weißt genau, dass Elin niemals fortgegangen wäre, hättest du nicht ...«

Mit einem lauten Poltern rutscht mir die blecherne Gießkanne aus der Hand. Jetzt erst spüre ich die heißen Tränen, die mir über die Wangen laufen. Ich wische mir fahrig übers Gesicht und gehe entschlossen ins Haus. Das muss aufhören.

»Du bist genauso stur wie Sten. Man könnte meinen, du wärst *sein* Bruder und nicht meiner.«

»Verschwinde!«, schreit Vater wütend. »Raus aus meinem Haus, das geht dich alles nichts an!«

»Was ist passiert?«, frage ich Marit, als sie mir kurz darauf entgegenstürmt.

»Dein Vater ist passiert! Dieser alte Dickschädel!« Und schon ist sie weg.

»Findest du es sinnvoll, Tante Marit zu vergraulen?«, frage ich Pappa anklagend.

»Sie soll sich nicht einmischen, diese elende Klugschwätzerin.«

»Ohne sie wären wir aufgeschmissen, Pappa, das weißt du.«

»Ich weiß vor allem, dass ich ohne sie keine überstrapazierten Nerven hätte.«

Fassungslos gebe ich ein Schnauben von mir. Pappa sieht mich nicht an, deshalb fallen ihm auch meine verweinten Augen nicht auf. Vielleicht auch besser so. Er sitzt am Tisch, die Hände zu Fäusten geballt, vor ihm steht ein leer gegessener Teller.

»Worüber habt ihr euch so gestritten?«, frage ich, obwohl ich weiß, dass meine Mutter das Thema war. Bis heute haben wir nie über die wahren Gründe gesprochen, warum sie vor so vielen Jahren von einem auf den anderen Tag gegangen ist. Er hat mir stets nur ausweichende Antworten gegeben, und auch jetzt erwarte ich nicht, dass er mit der Wahrheit herausrückt.

Seine Miene wird noch grimmiger. Er weicht meinem Blick aus und steht dann mit einem solchen Ruck auf, dass sein Stuhl laut über den Fußboden schabt.

»Es ging um Mamma, habe ich recht?«, hake ich nach.

Mit langsamen Schritten durchquert er schwer atmend die Küche, und ich frage mich zum ersten Mal, ob er seine Symptome nur vorschiebt, um nicht mit mir reden zu müssen. Ich überlege, ob ich noch weiter nachbohren soll.

»Wie läuft die Renovierung von Stines Haus?«, lenkt er ab, und spätestens jetzt ist mir klar, dass ich heute wieder keine Antworten bekommen werde. Müde fahre ich mir mit den Händen übers Gesicht und seufze ergeben.

»Nun sag schon.« Seine Stimme klingt wieder milder, als er sich zu mir umdreht, als wäre alles vergessen.

»Es geht gut voran, denke ich.«

»Lade Kristian doch einmal zum Essen ein«, schlägt er vor.

»Wieso sollte ich?«

»Hart arbeitende Männer sollten nicht auch noch selbst kochen müssen.«

»Aber bei hart arbeitenden Frauen ist das egal, oder was?«, brause ich auf. Seine rückständige Einstellung ist wirklich zum Ausflippen. »Und deshalb springst du so mit Marit um, obwohl sie sich den Hintern aufreißt, um neben der Arbeit im Laden auch noch uns unter die Arme zu greifen?« Normalerweise rede ich nicht in diesem Ton mit meinem Vater, aber langsam reicht es mir. Im Übrigen würde ich mir auch etwas mehr Wertschätzung wünschen, aber das bringe ich nicht zur Sprache. Es ist für mich selbstverständlich, dass ich mich um meinen Vater kümmere, und ich könnte mir nie verzeihen, ihn im Stich zu lassen. Aber ohne uns Frauen wäre nicht nur diese Familie geliefert. Er sagt nichts mehr, und ich lasse in der Küche alles stehen und liegen, wie es ist, und gehe nach oben. Soll er sich ruhig selbst um den Abwasch kümmern, vielleicht bringt ihn das ein wenig zum Nachdenken.

Heute ist Lottas Geburtstag, und sie hat mich eingeladen, mit ihr ein wenig zu feiern, weil Björn im Pub zu tun und somit keine Zeit hat. Nach einer ausgiebigen Dusche, die meinen ganzen Frust wegspült, ziehe ich mir meine Lieblingsjeans und eine hellgrüne Bluse an und renne nach unten, Lottas Geschenk unter den Arm geklemmt.

Mein Vater sitzt immer noch in der Küche, die inzwischen aber blitzblank aufgeräumt ist.

»Ich gehe zu Lotta«, erkläre ich so locker wie möglich und

küsse ihn kurz auf die Wange. Auch wenn wir noch so verkracht sind, ohne Abschied würde ich nie aus dem Haus gehen.

»Finja«, hält er mich zurück. »Du hattest recht. Ich hätte nicht so daherreden dürfen. Ich werde das mit Marit wieder geradebiegen.«

»Das hoffe ich.«

»Kristian kannst du trotzdem zum Essen einladen«, beharrt er, als hätte das eine irgendwas mit dem anderen zu tun.

»Dann lade ihn doch selbst ein.« Das Thema nervt langsam. »Du magst ihn doch nicht einmal«, ergänze ich verwundert.

»Es macht fast den Eindruck, als würdest *du* ihn nicht mögen.«

»Das stimmt nicht ...« Ich weiß nicht, wie ich mich herausreden kann. Schließlich würde ich Kristian tatsächlich lieber aus dem Weg gehen. Das heißt, ich *sollte* ... von *wollen* kann keine Rede sein. Da klopft es an die Haustür, und ich entgehe einer weiteren Erklärung, als ich hingehe, um sie zu öffnen.

»Kristian!« Meine Reaktion könnte nicht überraschter ausfallen, als ausgerechnet er auf der Matte steht. Das funktioniert ja vorzüglich!

»Hei, Finja«, begrüßt er mich mit einem warmen Lächeln auf den Lippen.

Kristian

Sie sieht umwerfend aus, als sie die Tür öffnet. Ihr seidiges blondes Haar fließt sanft über ihre Schultern den Rücken hinab. Wie immer ist sie nur dezent geschminkt und bringt damit ihre natürliche Schönheit noch mehr zur Geltung. Mein Herz wummert. Vergessen ist die kleine Auseinandersetzung, die wir wegen Lasse hatten. Ich freue mich unbeschreiblich, dass Finja zu Hause ist, obwohl ich eigentlich wegen Magnus hier bin.

»Wir haben gerade von dir gesprochen«, begrüßt dieser mich, als er im Flur auftaucht. Kurz scheint es, als würde Finja die Augen verdrehen, doch sie wendet ihren Kopf zur Seite, und ich bin mir nicht mehr sicher.

»Ach ja?«, frage ich nach und sehe sie an.

»Ich wollte dich für morgen Abend zum Essen einladen«, brummt Magnus.

»Wow«, das kommt unerwartet, »danke. Aber ... hast du nicht ziemlich viel zu tun?«, frage ich Finja. »Ich meine ... ich will keine Umstände machen!«

»Das geht schon in Ordnung.« Ein kleines Lächeln zupft an ihren Mundwinkeln, obwohl sie sich dagegen zu wehren scheint.

»Dann komme ich gerne, danke.« Jetzt erst bemerke ich, dass Magnus gar nicht mehr da ist. Aber es stört mich nicht im Geringsten.

Mit einer verlegenen Handbewegung streicht Finja sich das Haar zurück, und ihr blumiger Duft weht in meine Richtung und hüllt mich ein. Warum war ich noch mal hier?

»Ich bin leider auf dem Sprung«, sagt Finja mit einer seitlichen Kopfbewegung zur Tür. Wie schade, aber umso mehr freue ich mich auf morgen.

»Ich bin auch eigentlich hier, weil dein Vater mir etwas zeigen wollte.«

»Okay, dann viel Spaß«, erwidert sie und fügt mit einem Raunen hinzu: »Er hat wahnsinnig gute Laune heute.« Dabei hebt sie vielsagend eine Augenbraue, was mir die Ironie hinter ihren Worten veranschaulicht und mich zum Lachen bringt.

»Ich bin dann weg, Pappa!«, ruft sie in die Küche hinein und lauscht auf eine Antwort. Vergeblich. »Pappa? Hast du mitbekommen, dass Kristian wegen dir hier ist?«

»Nicht heute«, kommt es dumpf zurück. »Es ist kein guter Zeitpunkt.«

Finja sieht mich entschuldigend an und zuckt mit ihren zierlichen Schultern. »Tut mir leid. Jetzt hast du dich umsonst herbemüht.«

»So würde ich das nicht sagen. Immerhin habe ich jetzt für morgen ein Date«, bemerke ich frech, und sofort protestiert sie.

»Das ist kein ...«

» ... mit deinem Vater!«, füge ich grinsend hinzu und registriere zufrieden, dass sie auch lachen muss.

»Ist alles in Ordnung mit Magnus?«

»Ja, so weit schon ... denke ich. Nur einfach schlecht drauf.«

»Bevor du gehst, habe ich noch was für dich.« Hinter meinem Rücken hole ich die reparierte Gitarre hervor, die in einer nagelneuen Gig-Bag steckt. Finja schnappt überrascht nach Luft.

»Ich weiß, du hast gesagt, ich soll sie wegwerfen«, erkläre ich, während sie den Reißverschluss öffnet und sich das Instrument genauer ansieht. »Aber ich hatte nicht den Eindruck, dass sie wertlos ist. Zumindest nicht für dich.«

Ihre Augen nehmen einen seltsamen Glanz an, und ich kann nicht deuten, was in ihr vorgeht.

»Du hast sie wirklich ... reparieren lassen? Meine Gitarre?«

Ich nicke. Sie gehört also Finja. Warum war sie dann wohl in Stines Haus?

»Und diese Tasche«, ungläubig schüttelt sie den Kopf. »Ich bezahl dir das natürlich.«

»Das ist ein Geschenk«, widerspreche ich.

Endlich sieht sie mich an, und auf ihre Züge legt sich ein liebevoller, überwältigter Ausdruck. Allein dieser Blick ist es wert, die Gitarre nicht weggeworfen zu haben.

»Danke«, flüstert sie, und mein Hals wird eng, weil ich in dem Moment selbst so von Emotionen überrollt werde, dass ich fast froh bin, als Magnus uns mit einem »Morgen pünktlich um achtzehn Uhr« unterbricht.

Kapitel 19

Finja

Kristian hat mich kalt erwischt. Nicht nur mit seinem für mich unerwarteten Auftauchen, sondern noch mehr durch diese wundervolle Geste. Habe ich ihm gegenüber jemals erwähnt, dass ich früher leidenschaftlich gerne Gitarre gespielt habe? Wie konnte er wissen, wie sehr ich mich danach sehne, obwohl ich es gleichzeitig fürchte, weil die Erinnerungen so schmerzen? Fast wäre ich Kristian vor Rührung um den Hals gefallen.

Ich verabschiede mich hektisch und zwinge meine Beine, die sich wie Pudding anfühlen, sich vorwärtszubewegen, bevor ich wirklich etwas Unüberlegtes mache. Nur ungern lasse ich die Gitarre zurück, doch sie muss auf einen passenderen Zeitpunkt warten.

Fast vergesse ich den kleinen, runden Schokoladenkuchen, den ich extra für Lotta gebacken habe, doch in letzter Sekunde fällt er mir wieder ein, und ich flitze durch die Hintertür in unsere winzige Vorratskammer.

Als ich – mit Geschenk und Kuchen vollgepackt – nach draußen komme, sitzt Kristian in seinem Mietwagen und lässt die Scheibe auf der Fahrerseite herunter. Hat er auf mich gewartet?

»Kann ich dich mitnehmen?«

»Nein.« Dankend winke ich ab. »Das ist nett, aber nicht nötig.« Gerade scheint es mir undenkbar, so nah neben ihm zu sitzen.

»Ehrlich nicht«, bekräftige ich noch einmal, als müsste ich mich selbst überzeugen.

»Okay, wenn du meinst. Schönen Abend«, sagt er und wirkt etwas nachdenklich. Ist er enttäuscht?

»Danke, das wünsche ich dir auch.« Weil ich keine Hand frei habe, nicke ich ihm lächelnd zu.

Dann entschließe ich mich spontan, mit dem Fahrrad zu fahren, anstatt wie geplant zu Fuß zu gehen. Im Korb, der an der Lenkstange befestigt ist, platziere ich das Geschenk, den Kuchen balanciere ich in der rechten Hand.

So mache ich mich etwas wacklig auf den Weg den Hügel hinunter, sorgfältig darauf bedacht, nicht zu stürzen und mich damit vor Kristian komplett zum Affen zu machen. Wieso fährt er denn nicht endlich? Ich spüre seinen Blick im Rücken und widerstehe mit Mühe dem zwanghaften Impuls, mich noch einmal nach ihm umzusehen. Wie idiotisch. Warum konnte ich nicht einfach mit ihm fahren?

Aufgewühlt und immer noch zittrig, trete ich wenig später durch die Tür von Anderssons Pub, wo Lotta schon auf mich wartet.

»Tut mir leid, ich bin spät«, entschuldige ich mich sofort, als meine beste Freundin hinter dem Tresen hervorkommt. »Dafür umso herzlicher: Happy Birthday, allerliebste Lotta!« Wir umarmen uns innig, bevor sie mich in die Richtung ihrer Privaträume zieht, was nicht ganz einfach ist, weil ich jetzt ihr Päckchen wieder unterm Arm und den Kuchen immer noch in der Hand halte.

»Oh … mein Lieblingskuchen! Wie süß bist du denn?« Lotta ist ganz entzückt und umarmt mich gleich noch einmal. Ich bin total erhitzt, obwohl es draußen kühl ist, und in der Aufregung habe ich auch noch meine Jacke zu Hause liegen lassen, die ich auf dem Heimweg dringend brauchen werde.

»Verdammt, jetzt habe ich die Kerzen vergessen!«, fällt mir plötzlich ein.

»Das macht doch nichts. Aus dem Alter bin ich schon raus!«

Lotta ist achtundzwanzig, für jeden Spaß zu haben, ein Organisationstalent und ein Ass in der Küche. Darum wundert es mich auch nicht, dass sie sogar an ihrem eigenen Geburtstag ein wahres Festmahl kreiert hat. Aber erst einmal bestehe ich darauf, dass sie ihr Geschenk auspackt. Es ist ein Paar warme Hausschuhe aus gefilzter Wolle, weil ich weiß, dass Lotta immer kalte Füße hat. Sie sind grau, einer mit pinker und der andere mit blauer Applikation, denn ich kenne ihren Hang dazu, am liebsten zwei verschiedene Socken anzuziehen. Der Karton, in dem ich sie verpackt habe, ist außerdem bis an den Rand gefüllt mit Lottas Lieblingspralinen.

»Danke, du bist die Beste!«, ruft sie erfreut aus und zieht die Pantoffeln sofort an, nachdem sie den Inhalt ausgeleert hat. Ich freue mich sehr, dass ich ihren Geschmack getroffen habe.

»Du hättest dir nicht so viel Arbeit machen sollen an deinem freien Tag«, tadle ich sie gutmütig, während sie den Tisch für uns beide deckt.

»Ach, bevor ich Däumchen drehe«, winkt sie ab. »Björn hat doch eh keine Zeit für mich. Was bringt da ein freier Tag, wenn ich ihn letztendlich allein verbringe.« Sie will gleichgültig klingen, aber es gelingt ihr nicht ganz.

»Dafür hat er seinen besten Wein für uns springen lassen!«, sagt sie und stellt Gläser vor uns hin.

»Für mich lieber nicht, du weißt ja, ich vertrage Wein so schlecht.«

»Schade, mir ist heute wirklich mal nach Alkohol. Ist dir lieber, wenn ich was aus der Bar hole?«

Jetzt endlich fällt bei mir der Groschen, und ich verstehe, was sie mit »mal« meint. Lotta versucht schon seit geraumer Weile, schwanger zu werden. Wie es aussieht, wurde sie erneut enttäuscht, sonst würde sie keinen Alkohol trinken.

»Oh nein, Lotta, sag nicht, es hat wieder nicht funktioniert!«

Enttäuscht lässt sie sich neben mir an den Tisch in ihrem gemütlichen Wohnzimmer sinken. »Es soll wohl einfach nicht sein.«

»*Noch* nicht«, berichtige ich sie. »Ich bin ganz sicher, dass euer Wunsch sich erfüllen wird. Ihr dürft nicht aufgeben.« Selbst in meinen Ohren klingen diese Worte hohl, wenn man bedenkt, dass Lotta und Björn sich schon seit ihrer Hochzeit vor drei Jahren sehnlich ein Kind wünschen.

»Dein Wort in Gottes Ohr«, erwidert Lotta und versucht, eine zuversichtliche Miene aufzusetzen.

»Dann müssen wir natürlich den Frust runterspülen«, töne ich und halte ihr nun doch mein Weinglas hin.

»Du musst aber nicht ...«

»Ein Schlückchen lässt mich schon nicht aus den Latschen kippen!«

Das bringt sie zum Lächeln, und wir stoßen mit einem fruchtigen Weißwein auf ihren Geburtstag an.

Das Essen ist traumhaft. Als Erstes gibt es eine vorzüglich schmeckende Krabbensuppe, und während wir essen, kommt auch Lottas gute Laune zurück. Wir erzählen uns gegenseitig von unserem stressigen, aber auch abwechslungsreichen Arbeitsalltag, wobei sie mich mit manch lustiger Anekdote über Touristen und Einheimische zum Lachen bringt. Als Hauptgericht gibt es selbst gemachte grüne Bandnudeln mit Fenchel und Lachs. Die Köchin hat sich wahrlich selbst übertroffen.

»Warum warst du eigentlich vorhin so durch den Wind?«, fragt sie, als wir gemeinsam den Tisch abräumen.

»Ich? Wie kommst du darauf?«, gebe ich mich ahnungslos, obwohl sofort eine prickelnde Wärme in mir aufsteigt.

»Du hast irgendwie so hibbelig gewirkt.«

»Ach was«, winke ich ab.

»Komm schon, Finja. Da steckt doch irgendwas dahinter«, vermutet sie und sieht mich mit einem Lächeln und schief gelegtem Kopf an. »Oder irgend*wer*?«

»Mein Vater und Tante Marit hatten vorhin einen Riesenkrach«, gebe ich schließlich zu, obwohl es wahrscheinlich nicht das ist, was sie hören will. Sofort wird ihr Ausdruck ernst.

»Worum ging es?«

Ich zucke unbeholfen mit den Schultern, weil es schwer zu erklären ist. Weil ich eigentlich nicht weiß, worum es ging, und es doch ganz tief in mir drin ahne.

»Um mich, um mein Glück, um meine Mutter ... keine Ahnung. Sie sind nicht so ins Detail gegangen, aber es muss schon irgendetwas Gravierendes gewesen sein. Tante Marit ist wütend abgerauscht, bevor ich mit ihr reden konnte.«

»Klingt übel«, erwidert Lotta mitfühlend und stellt einen Teller für den Schokoladenkuchen vor mich hin.

»Das war es«, bestätige ich. »Ich habe die beiden noch nie so miteinander reden hören.«

»Hast du deinen Vater darauf angesprochen?«

»Ja, aber ich hätte ebenso gut die Küchenschränke fragen können. Die hätten mir vielleicht bereitwilliger Auskunft erteilt.« Resigniert seufze ich. Mir ist klar, dass zwischen meinen Eltern damals noch mehr vorgefallen sein muss, was meine Mutter zu dem drastischen Schritt bewogen hat, uns zu verlassen. Ich wünschte, mein Vater würde endlich mit mir reden. *Du weißt genau, dass Elin niemals fortgegangen wäre, hättest du nicht ...*, das waren Marits Worte. Der Rest des Satzes war in dem Lärm untergegangen, den ich vor

Schreck mit der Gießkanne verursacht hatte. Ich versuche, den Kloß in meinem Hals hinunterzuschlucken.

Lotta kennt die Geschichte meiner Familie, und ich bin ihr dankbar, dass sie mir zuhört, ohne zu bewerten. Es gibt nicht viele Menschen, denen ich so sehr vertraue. Plötzlich schleicht sich Kristian in meine Gedanken, und mir drängt sich die Frage auf, warum Vater ihn unbedingt einladen wollte. Was will er ihm zeigen, und seit wann verstehen die beiden sich überhaupt so gut?

»Und warum wirst du jetzt auf einmal so rot?«, holt Lotta mich in die Gegenwart zurück. Verlegen greife ich nach dem Weinglas und trinke einen ordentlichen Schluck.

»Findest du nicht auch, dass es hier drin verdammt warm ist?«

Lotta steht auf und macht die Tür zur Veranda auf, die auf den Fjord hinausgeht. Ich trete in den frischen Abendwind hinaus und kühle mich etwas ab, während ich mich mit den Armen auf die Holzbrüstung lehne. Meine Freundin folgt mir nach, die Weingläser in der Hand. Immer wenn ich an Kristian denke, steigt diese Hitze in mir auf und dieses eigenartige Flattern, das sofort meinen Puls schneller gehen lässt. Es ist diese Sehnsucht, mehr für ihn sein zu dürfen als nur eine Freundin.

»Erzählst du mir, was los ist?« Ich nehme mein Glas entgegen und trinke erneut einen Schluck, dann noch einen. Vielleicht würde es mir guttun, meine Gefühle zu teilen, und möglicherweise stellen sie sich dann doch nur als Hirngespinste heraus. Lotta hat für gewöhnlich eine sehr pragmatische und vernünftige Sicht auf die Dinge. Sie kann mir in meinem Dilemma bestimmt weiterhelfen.

»Pappa hat Kristian zum Essen eingeladen.«

Mit zusammengekniffenen Augen sieht sie mich an und denkt nach. »Kristian Haugen?«

Ich nicke.

»Das ist doch nett«, antwortet sie sichtlich verwirrt.

»Das ist überhaupt nicht *nett!*«

»Ich dachte, ihr versteht euch ganz gut, also ... zumindest hatte ich beim Jonsok-Fest den Eindruck.«

Ich atme tief durch. Über ihn zu reden wühlt mich sofort wieder auf, noch mehr, als über den Streit zwischen Pappa und Marit nachzudenken.

»Mein Vater hat ihn erst zwei-, dreimal getroffen. Und er ist nicht gerade als der gastfreundlichste Mensch bekannt. Wieso will er also ausgerechnet Kristian zu uns einladen?«

»Vielleicht will Magnus ihm danken, dass er bei der Suche nach ihm geholfen hat.« Dieses Argument ist mir noch überhaupt nicht in den Sinn gekommen. »Wo ist das Problem?«, hakt Lotta nach.

Ich bleibe ihr die Antwort schuldig und starre stattdessen in die Ferne, beobachte, wie die tief stehende Sonne das unruhige Meer glitzern lässt.

»Kannst du ihn doch nicht leiden?«, bohrt sie. »Hat er dir etwas getan?«

»Nein«, entkräfte ich sofort ihre Vermutungen. »Nein.«

»Was dann?«

»Wir sollten uns einfach besser aus dem Weg gehen.« Bestimmt werde ich wieder rot, hoffentlich bemerkt Lotta es nicht.

»Du *magst* ihn!«, geht ihr ein Licht auf.

Ich weiche ihrem durchdringenden Blick aus und blinzle. Soll ich es dementieren? Aber es wird nicht weniger wahr, wenn ich dieses Gefühl ignoriere. Und es zu leugnen macht mein Herz nur noch schwerer.

»Er ist doch vergeben«, flüstere ich, und meine Worte werden beinahe von den Wellen des tieftürkisen Wassers zu unseren Füßen verschluckt.

»Scheiße, Finja. Und ausgerechnet an Solveig.«

Jetzt kämpfe ich gegen die Tränen.

»Vielleicht ist es nur eine … Schwärmerei. Ein kleines Strohfeuer«, weist sie mich auf das bildliche Notausgangsschild hin. »Ich meine, er sieht wirklich verdammt gut aus. Da kann man schon mal weiche Knie bekommen bei so einem Typen.«

»Ja, vielleicht«, erwidere ich schwach, obwohl ich weiß, dass sie unrecht hat. Sie zieht mich in ihre Arme und merkt dabei, dass ich es selbst nicht glaube.

»Dich hat es wirklich so richtig heftig erwischt«, stellt sie fest, und in mir steigt ein Schluchzen auf, das ich jedoch erfolgreich niederringe. Was ist das nur? Ich bin doch sonst nicht so nah am Wasser gebaut wie in den letzten Tagen.

Dann lässt sie mich los und zieht mich entschlossen mit sich in die Wohnung zurück, füllt unsere Gläser wieder auf und lässt sich jede Begegnung zwischen mir und Kristian bis ins kleinste Detail erzählen.

»Denkst du wirklich, ihm aus dem Weg zu gehen ist die Lösung?«

»Hast du cine bessere Idee?«

Lotta hebt ratlos die Schultern.

»Ich könnte ihn mit irgendwas vergraulen«, schlage ich vor.

»Als ob du dazu imstande wärst«, verwirft Lotta diese Idee mit einer Handbewegung. »Weißt du, ob er ähnlich empfindet wie du?«

»Keine Ahnung …«, beginne ich, doch dann schließe ich kurz die Augen und versuche, meine Gedanken zu ordnen. »Manchmal sieht er mich so an … so tiefgründig. Als würde er mehr in mir sehen …«

»Und diese Sache mit der Gitarre, die du erwähnt hast«, findet Lotta, »ist ja wirklich unglaublich süß.«

»Trotzdem ist er in festen Händen. Es kann genauso gut sein, dass ich mir diese Blicke nur einbilde. Weil man manchmal nicht ganz zurechnungsfähig ist, wenn man verliebt ist.« So, jetzt ist es ausgesprochen. *Verliebt*.

»Dann musst du es herausfinden«, erklärt sie überzeugt.

»Ja klar«, erwidere ich ironisch, »natürlich. Ich gehe zu ihm hin und sage: Hey, Kristian, ich bin verliebt in dich. Was ist mit dir? Und er wird antworten: Trifft sich gut, ich habe nur darauf gewartet, Solveig, das Supermodel, gegen ein einfaches Inselmädchen einzutauschen.« Lotta schnaubt lachend über meinen Sarkasmus.

»Wo ist dein Selbstvertrauen, hm? Du bist kein einfaches Inselmädchen. Du bist schön und intelligent ...«

»Das ist Solveig auch.«

»Aber ich wette, sie ist nicht so klug wie du, und in Sachen Herzenswärme stellst du jeden in den Schatten. Aber so was von!«

Lottas Worte berühren mich. »Und du bist die beste Freundin, die man sich nur wünschen kann.« Darauf stoßen wir an.

»Jetzt weiß ich leider immer noch nicht, was ich machen soll«, sage ich und stelle mein Glas erneut auf den Tisch.

»Sei einfach du selbst. Freundlich, wie es deine Art ist. Was ist schon dabei, wenn dein Vater ihn zum Essen einlädt? Das kann dir ja niemand ankreiden!«

»Dann soll ich einfach so weitermachen?«

»Geht's dir besser, wenn du ihn nicht mehr siehst?«

Unglücklich schüttle ich den Kopf.

»Na also.«

»Ich bin so was von erledigt«, seufze ich und lasse meinen Kopf verzweifelt auf die Tischplatte fallen.

»Nein, bist du nicht. Wir werden uns einfach eine Strategie für dich zurechtlegen.«

»Eine Strategie?«

»Eine Art ... Vermeidungsstrategie. Lass uns mal überlegen. Was ist es, was dich so durcheinanderbringt, wenn du ihm begegnest? Was kommt dir als Erstes in den Sinn, wenn du an ihn denkst?«

Ich brauche nicht lange zu grübeln. »Seine Lippen. Wie es sich wohl anfühlt, ihn zu küssen.« Meine Stimme ist ganz leise. Bis jetzt hatte ich nicht einmal den Mut, mir das einzugestehen, geschweige denn es auszusprechen.

»Okay, damit können wir arbeiten. Also, Regel Nummer eins: Schau niemals auf seine Lippen.«

»Ich dachte Regel Nummer eins ist: Sei einfach du selbst?«

»Okay, dann ist das eben Regel Nummer zwei«, lenkt sie ein und denkt angestrengt weiter nach.

Ich spüre, wie mir der Wein zu Kopf steigt, und gleichzeitig lockert er meine Zunge. Zudem stellt Lotta mir auch noch einen Aquavit vor die Nase, und ich wehre mich nicht einmal dagegen. Es macht mir immer weniger aus, über meine Gefühle zu sprechen, und Lotta und ich brechen nicht selten in schallendes Gelächter aus, während wir uns Punkt für Punkt eine Taktik überlegen, wie ich Kristian nahe sein kann, ohne Komplikationen befürchten zu müssen. Theoretisch ein brillanter Plan. Wie er praktisch umsetzbar ist, steht auf einem ganz anderen Blatt.

Kapitel 20

Kristian

Meine Pläne für die restliche Abendgestaltung halten sich in Grenzen. Nachdem Magnus heute anscheinend irgendeine Laus über die Leber gelaufen und Finja mehr oder weniger geflüchtet ist, beschließe ich, noch einmal in das Pub zu gehen. Ich war vorhin schon mit Ole hier, denn es ist uns in den letzten Tagen irgendwie zur Gewohnheit geworden, hier unser Abendessen einzunehmen. Ole isst jedes Mal dasselbe wie ich, was seltsam ist. Er verzichtet sogar darauf, die Karte anzusehen, und egal, ob ich vegetarisch bestelle, Fisch oder Fleisch, er ordert immer das gleiche Gericht. Zumindest scheint er hin und wieder etwas aus seinem Schneckenhaus herauszukommen, wenn wir über Belanglosigkeiten, wie das Wetter, plaudern. Ein paarmal ist ihm auch schon ein winziges Lächeln entwischt, und das lässt mich hoffen, irgendwann sein Vertrauen zu gewinnen.

Das Zusammentreffen mit Finja und ihre Reaktion auf die Gitarre haben meine Gefühle wieder ordentlich durcheinandergeschüttelt. Zu gerne hätte ich den Abend mit ihr verbracht. Doch wie es aussah, konnte sie nicht schnell genug Reißaus nehmen. Ist sie vielleicht ebenso überfordert von der ganzen Situation wie ich? Dieses Knistern zwischen uns … spürt sie es auch?

Ich setze mich in Anderssons Pub an den Tresen, und Björn schenkt mir ein Bier aus. Es ist nicht mehr viel los, deshalb kommen wir ins Gespräch, während er die Gläser poliert und die Kaffeemaschine säubert. Er ist ein freundlicher, offener Kerl, gesprächiger als die meisten anderen Leute, die ich bisher in Skjærvik kennengelernt habe. So erfahre ich auch, dass Lotta heute Geburtstag hat und er es bedauert, nicht mehr Zeit für sie erübrigen zu können. Er hat das Pub von seinem Vater geerbt, der vor ein paar Jahren an Krebs gestorben ist. Seine Mutter ist daraufhin zu ihrer Schwester nach Stamsund, einem Ort auf der Nachbarinsel, gezogen. Es war immer Björns Traum, das Lokal weiterzuführen, und mit Lotta hat er die perfekte Gastgeberin zur Frau. Das Geschäft floriert, dank der vielen Touristen, die vor allem im Sommer den hohen Norden besuchen, doch ihre Beziehung bleibt wohl oft auf der Strecke.

»Aber morgen schließe ich früher und überrasche Lotta mit einem kleinen Ausflug«, erklärt er und lächelt geheimnisvoll. »Das hat sie mehr als verdient.« Sein Gesichtsausdruck verrät mir, dass er bis über beide Ohren verliebt ist. Beneidenswert. »Sein Glück sollte man schließlich hegen und pflegen.«

»Da hast du recht«, pflichte ich ihm nachdenklich bei und nehme einen tiefen Schluck aus meinem Bierglas. Ich denke an Solveig und stelle zum wiederholten Male fest, dass der Gedanke an sie kein Ziehen, Kribbeln oder Flattern auslöst. Und wenn sie gerade in den Armen eines anderen läge? Wäre mir das egal?

»Wenigstens können die beiden heute mal wieder einen Mädelsabend verbringen. Ich habe sie vorhin bis hierher lachen gehört«, vernehme ich Björns Worte im Hintergrund meiner Überlegungen. Ehe ich etwas sagen kann, wird er von einem Gast an den Tisch gerufen.

Da kapiere ich erst, dass er Finja meinen muss. Natürlich! Mit der flachen Hand schlage ich mir an die Stirn. Sie hatte einen Kuchen und ein Geschenk bei sich ... klar ist sie diejenige, die mit ihrer Freundin Geburtstag feiert. Das hätte ich auch schon früher raffen können. Die Tatsache, dass Finja nur ein paar Meter weiter sitzt, bringt mich dazu, noch ein Bier zu bestellen. Ich weiß, ich sollte keine Begegnung mehr absichtlich herbeiführen. Erst mal sollte ich an der Baustelle, die meine Beziehung zu Solveig ist, arbeiten. Und doch bringt mein verräterisches Herz mich immer wieder dazu, zu der Tür zu spähen, die zu Björns und Lottas Privatbereich führt.

Finja

Ordentlich beschwipst verabschiede ich mich schließlich von Lotta, indem wir uns noch einmal lachend in die Arme fallen und ich mich herzlich für den schönen Abend bedanke. Der Wein war zu stark und zu viel, ebenso der Schnaps, aber hin und wieder muss man eben Prioritäten setzen. Es ist schon nach Mitternacht, und im Pub sitzen nur noch ein paar vereinzelte Gäste, die ich aber nur aus den Augenwinkeln wahrnehme. Ich schaue mich nicht einmal mehr nach Björn um, als ich gehe, weil ich so schnell wie möglich an die frische Luft will. Mein kindisches Herumgekichere war mit Lotta ja ganz lustig, doch vor anderen Menschen will ich mich nicht unbedingt blamieren. Obwohl ... heute ist es auch schon egal.

Ich genieße den Wind, der merklich aufgefrischt hat, als ich vor die Tür trete. Trotzdem fröstelt es mich ein bisschen, und ich schlinge die Arme schützend um meinen Körper, was mich allerdings etwas aus dem Gleichgewicht bringt. Mist, ich hätte mir von Lotta eine Jacke borgen können ...

Da höre ich Schritte hinter mir. Ich löse meine Arme, um die Balance wiederzuerlangen, und versichere mich, dass mein

Handy in der Gesäßtasche meiner Jeans steckt. Verfolgt mich jemand?

»Hast du nicht was vergessen?«, spricht dieser Jemand mich an, und mein Herz rutscht in die Hose, denn diese Stimme erkenne ich sogar betrunken. Es ist Kristian, und ich weiß nicht, ob ich nervös oder erleichtert sein soll. Ich drehe mich zu ihm um und sehe, dass er mein Fahrrad neben sich herschiebt. Oh nein, wie konnte ich das stehen lassen?

»Verfolgst du mich?«

»Nicht direkt. Also ... nicht absichtlich.« Er wirkt ein wenig befangen.

»Da es hier ja nicht soooo viele Kneipen gibt und mein Vater dich versetzt hat, will ich mal nicht so sein«, erkläre ich keck.

»Da habe ich ja noch mal Glück gehabt«, erwidert er sichtlich amüsiert.

»Danke, ich hätte das total vergessen.« Mit einer linkischen Bewegung greife ich nach dem Fahrrad. Dabei streife ich aus Versehen seine Hände.

»Dir ist ja eiskalt!«, bemerkt er erschrocken.

»Ach was, überhaupt nicht«, dementiere ich erfolglos, denn wenige Sekunden später legt er mir seine warme Lederjacke um.

»Nein, nein, nein, das geht absolut nicht«, wehre ich ab und lasse die Jacke hektisch von meinen Schultern rutschen. »Stell dir vor, du würdest dich erkälten, und was würde Solveig dann sagen und ...«

»Finja, ich bitte dich«, unterbricht er mich harsch. »Das ist lächerlich. Die paar Meter, und dann gibst du sie mir einfach wieder.«

Ich verstumme. Er hat recht, ich benehme mich wirklich absurd. Das macht seine Gegenwart mit mir. Als er mir jetzt erneut die Jacke reicht, nehme ich sie dankend entgegen. Und wenn ich darüber nachdenke, vermute ich, auch Lotta würde das an meiner Stelle tun. Die pragmatische, logisch denkende Lotta.

»Wie war es bei Lotta?«, fragt Kristian mich ganz beiläufig, als könne er Gedanken lesen. Ich bin froh, dass er mich wenigstens mein Fahrrad selbst schieben lässt. Daran kann ich mich hervorragend festhalten.

»Toll«, antworte ich, und mir gehen gleichzeitig so viele Dinge durch den Kopf, die ich ihm unbedingt sagen will, dass ich Mühe habe, die Gedanken zu sortieren. »Na ja, erst ging's ihr nicht so gut, und dann ging's mir nicht so gut, aber ... alles in allem war es ein schöner Abend. Umwerfend. Lustig und ... geistreich, wenn du verstehst, was ich meine.«

»Warum ging es dir nicht gut?«, hakt er besorgt nach und bleibt stehen.

»Oh ... ähm ... das spielt alles gar keine Rolle, weil ... wir haben jetzt eh eine Stra ... Stra ... wie heißt das Wort noch gleich? Taktik«, fällt mir ein, und ich freue mich wie ein Kleinkind, das Wort gefunden zu haben. Langsam gehe ich weiter, und er folgt mir.

»Strategie?«, bietet er an und stimmt in mein Lachen ein.

»Ja, genau, so kann man es auch nennen!«

»Das klingt spannend. Wofür braucht ihr eine Strategie?«

»Wegen der Lippen!«, sprudelt es aus mir heraus. Himmel, was rede ich da? Ich muss unbedingt aufhören zu quasseln. Doch mein Mund bewegt sich wie ferngesteuert weiter, und es kommt immer mehr unsinniges Zeug heraus. »Ich darf deine Lippen nicht ansehen.« Demonstrativ schaue ich pfeilgerade nach vorne auf den Weg. Er muss verstehen, wie ernst es mir ist. Doch einen klitzekleinen Seitenblick kann ich mir nicht verkneifen.

Er presst besagte Lippen zu einer schmalen Linie zusammen und nuschelt dann: »Besser?«

Das bringt mich zum Kichern, und auch ihn scheint es ziemlich zu erheitern. Mir wird klar, in welchen Schlamassel ich mich gerade hineinmanövriere.

»Ich mag es, wenn du lachst.« Erneut bleiben wir stehen. Sein Grinsen ist verschwunden, und mein Blick landet direkt in seinen klaren, blaugrauen Augen. Ich drohe, darin zu ertrinken, und das ist nicht unbedingt besser, als auf seine Lippen zu schauen, was ich natürlich prompt tue. *Verdammt.* »Und ich verstehe viel zu gut, was du meinst«, sagt er, und seine Stimme ist heiser und atemlos. Verflixt, haben wir diese Faktoren in unserer genialen Strategie völlig außer Acht gelassen? Was seine Augen in mir auslösen und diese Wahnsinnsstimme? Was war noch mal gleich Regel Nummer eins?

»Sei einfach du selbst!«

»Was?« Er schaut mich irritiert an.

Habe ich das gerade laut gesagt? Ich schlucke.

»Nichts«, ich zwinge mich, den Blickkontakt abzubrechen – bevor mich das in Teufels Küche bringt – und weiterzugehen.

»Ich muss dir unbedingt noch etwas sagen, Kristian.« Mein Mund ist trocken, und ich räuspere mich mehrmals hintereinander. »Dass du die Gitarre hast reparieren lassen ... das ist unglaublich.«

»Sie bedeutet dir viel, oder?«

»Sie ist ein Andenken.«

»Hast du selbst gespielt?«

Ich nicke. »Ja, zusammen mit meiner Mutter. Bis zu dem Tag, an dem sie uns verlassen hat.«

Er hört mir aufmerksam zu und ermutigt mich damit weiterzusprechen. »Stine hat sie jeden Tag mit zu uns gebracht, um mich zum Spielen zu bewegen. Und jedes Mal habe ich die Gitarre ignoriert, und Stine nahm sie wieder mit nach Hause. Irgendwann habe ich sie in einem plötzlichen Wutausbruch einmal ziemlich grob behandelt ... also die Gitarre, nicht Stine«, füge ich erklärend hinzu. »Deswegen die kaputte Saite. Dann hat Stine es aufgegeben. Ich dachte wirklich, es wäre besser, du würdest das alte Ding wegwerfen, samt all meinen Erinnerungen.«

»Ich bin sehr froh, dass ich es nicht getan habe«, erwidert er nachdenklich.

»Ich auch. Erst als du sie mir wiedergebracht hast, habe ich gemerkt, wie sehr ich daran hänge.«

Er schenkt mir ein warmes, liebevolles Lächeln, und als ich aufblicke, wird uns beiden klar, dass wir bei mir zu Hause angekommen sind. Die tief stehende Mitternachtssonne taucht die Welt in ein magisches Licht, und allen Strategien, Bedenken und Vorsätzen zum Trotz gleitet mein Blick zum Abschied über sein schönes Gesicht, die unzähligen Lachfältchen, die seine glänzenden Augen einrahmen, die gerade Nase und die verbotenen Lippen. Alles, was ich mir wünsche, ist, sie irgendwann in diesem Leben küssen zu dürfen.

»Bis morgen«, hauche ich stattdessen, lehne mein Fahrrad an die Hauswand und gebe ihm mit Bedauern seine Jacke zurück. »Und danke.«

»Bis morgen und danke«, wiederholt er mit einem leisen Lachen, schaut mir nach und dreht sich erst um, als ich im Haus verschwunden bin.

Kapitel 21

Kristian

Ich bin bereits sehr früh auf den Beinen, einerseits, weil ich in der Stille des Morgens am besten nachdenken kann, andererseits, weil eine gewisse Frau in meinem Kopf so herumspukt, dass sie mich sogar um den Schlaf bringt. Finja war so niedlich mit ihrem Schwips, so mitteilsam, was bestimmt nicht ihre Absicht war, und so ungezwungen. Ich wünschte, sie würde mir diese Seite von sich häufiger zeigen, auch ohne Alkohol.

Wie schon so oft in den letzten Tagen versuche ich, Solveig zu erreichen. Vergeblich. Meistens ruft sie mich dann erst spätnachts zurück, wenn ich schon schlafe, oder überhaupt nicht. Wahrscheinlich laufen die Vorbereitungen für die Fashion Week auf Hochtouren, was für Solveig immens wichtig und aufregend ist. Ich verstehe das durchaus, aber ich weiß nicht genau, wie ihr Terminkalender aussieht, und um ehrlich zu sein, interessiert er mich auch nicht mehr. Wahrscheinlich war unsere Beziehung von Anfang an zum Scheitern verurteilt, zu verschieden sind die Welten, in denen wir leben. Ich muss an ihr Angebot denken, dass sie mir finanziell bei meiner Möbelkollektion unter die Arme greifen würde. Wir wären ein tolles Team, hat sie gesagt. Momentan weiß ich nicht einmal, ob ich diese Vision überhaupt weiterverfolgen will. Dieser Ort hier, Skjærvik, scheint mich zu verändern.

Nie hätte ich gedacht, einmal aus der Stadt wegzugehen, und nun stelle ich fest, dass es nichts gibt, was ich vermisse.

Ich habe sogar Arbeit über die Renovierung hinaus, denn Per, der Elektriker, brachte mir vor ein paar Tagen eine kaputte Kommode vorbei, deren Türen kaum noch an den Scharnieren hängen, und bat mich, sie zu reparieren. Weil er seine Frau damit überraschen wollte, da es sich um ein Erbstück ihrer Mutter handelt, schob ich sie dazwischen und erledigte den Auftrag sofort.

Ragnar brauchte mich ebenfalls für eine fachliche Einschätzung in seinem alten Bauernhaus. Wenn ich es zeitlich einrichten könne, würde er mir gerne einen Auftrag erteilen, sagte er. Es gibt zwar einen Tischler in Gimsøy, aber der scheint nicht den besten Ruf zu haben. Die nächste größere Tischlerwerkstatt befindet sich in Svolvær, und wie Ragnar berichtete, ist diese mit Arbeit eingedeckt und somit die Wartezeit für die Kunden beträchtlich. Es könnte also durchaus sein, dass ich noch mehr zu tun bekomme, wenn sich herumspricht, dass ich Tischler bin, und Per und Ragnar mit meiner Arbeit zufrieden sind.

Das leicht quietschende Geräusch einer Fahrradbremse kündigt einen Besucher an, und ich trete aus dem Schuppen, um zu sehen, wer es ist.

»Guten Morgen, Kristian«, wünscht mir Marit, und ich erwidere ihren Gruß und wische mir die Hände an meiner Hose ab. »Siehst du, das Rad funktioniert tadellos. Ich weiß gar nicht, wie ich dir dafür danken kann.« Sie wird ein bisschen rot, was aber auch von der Anstrengung herrühren kann.

»Ich werde es Ole ausrichten«, entgegne ich mit einem Schmunzeln. »Kann ich was für dich tun?«

»Ich habe ein Schreiben für Ole dabei«, sagt sie und streckt mir ein Kuvert entgegen. »Könntest du ihm das geben?«

»Sicher.« Ich nicke und betrachte den Umschlag.

»Die letzte Gehaltsabrechnung. Und außerdem ist eine Auflistung dabei über den durch ihn entstandenen Schaden. Er wird natürlich dafür aufkommen müssen.«

»Seid ihr ganz sicher, dass Ole die Sachen gestohlen hat? Ich meine, habt ihr auch Beweise für diese Unterstellung?«

»Ganz ehrlich, Kristian? Wer soll es denn sonst gewesen sein?«

»Werdet ihr ihn anzeigen?«, frage ich besorgt.

»Die Entscheidung ist noch nicht endgültig getroffen«, antwortet sie gedankenverloren. »Weißt du, für Hedda tut es uns furchtbar leid. Sie hat so viel Hoffnung in den Jungen gesetzt. Und jetzt das ...« Betroffen schüttelt sie den Kopf und seufzt. Ich spüre, dass auch ihr der vermeintliche Vertrauensbruch von Ole sehr zusetzt. »Wer hätte denn ahnen können, dass er aus der Vergangenheit nichts lernt.«

»Überlegt euch das mit der Anzeige noch einmal. Ich bitte dich«, beschwöre ich sie.

»Wieso legst du dich so für ihn ins Zeug?«

»Weil es sonst keiner tut.«

Es ist seltsam, ich weiß nicht viel über Ole, doch in mir ist dieses untrügliche Gefühl, dass ich es nicht bereuen werde, für ihn einzustehen. Marit sieht mich forschend an, als würde sie versuchen, meine Beweggründe zu verstehen.

»Ich rede mit Sten«, sagt sie schließlich, steigt erneut auf ihr Fahrrad und fährt mit einem Winken davon.

Den Briefumschlag deponiere ich in der Küche und gehe hinauf in das obere Stockwerk, wo ich mir die Fußböden der restlichen Zimmer vornehme. Als Ole erscheint, ist er überraschend gut gelaunt. Wir arbeiten eine Weile schweigend nebeneinanderher, unterbrochen nur von meinen Anweisungen und von den Klängen aus dem Radio, das er vor ein paar Tagen angeschleppt hat. Die Rockmusik, die der Sender vorrangig spielt, scheint ihn zu motivieren, und das kann für mich nur von Vorteil sein.

Da fällt mir das Kuvert von Marit wieder ein, und ich sprinte ins Erdgeschoss, um es zu holen.

»Ich habe vergessen, dir das hier zu geben«, versuche ich, den Lärm zu übertönen, bevor er die Schleifmaschine ausstellt. »Marit hat es heute Morgen hergebracht. Sie sagt, es ist die letzte Lohnabrechnung und eine Aufstellung der Dinge, die abhandengekommen sind.«

Wortlos nimmt er das Schreiben entgegen, seine Miene ein einziger Widerspruch. Zorn, Bedauern, Angst ... ich kann nicht deuten, was genau es ist. Achtlos und ungeöffnet legt er es auf die Fensterbank und beginnt erneut zu schleifen, während ich nur ratlos danebenstehe und grüble, was ich sagen soll.

Zum Mittag hole ich ein paar Snacks aus dem Pub, die wir in der Küche gemeinsam essen. Auch das ist in den letzten Tagen zur festen Routine geworden. Ich gehe absichtlich selbst, weil ich mir bewusst bin, dass Ole solch öffentliche Orte meidet, zumindest, wenn er allein ist. Das Abendessen im Pub scheint ihm inzwischen nicht mehr ganz so viel auszumachen. Wenn ich heute bei Magnus und Finja esse, wird er hoffentlich zu Hedda, seiner Oma, nach Hause gehen.

»Wenn du einen Vorschuss brauchst«, schneide ich vorsichtig das prekäre Thema an, »musst du es sagen.« Ich kann nicht einschätzen, wie viel Geld Ole Sten und Marit schuldet, ich will einzig und allein verhindern, dass er eine Anzeige kassiert.

»Wofür?«, fragt er.

»Du musst für den Schaden aufkommen, Ole. Oder deine Unschuld beweisen.«

Er wird blass und weicht meinem Blick aus.

»Willst du mir nicht endlich erzählen, was dein Problem ist?«

Seine Augen flitzen unruhig hin und her. Schließlich stehe ich auf und gehe in den ersten Stock, finde den Umschlag an genau derselben Stelle, wo er ihn vorhin abgelegt hat. Doch als ich wieder zurück in die Küche komme, ist Ole nicht mehr da. Frustriert lege ich meinen Kopf in den Nacken und seufze tief. Was ist nur los mit diesem Kerl?

Erst denke ich, Ole wäre abgehauen. Der Lärm der Schleifmaschine belehrt mich wenig später jedoch eines Besseren. Ich hoffe sehr, dass meine Geduld ausreicht, seinem Geheimnis bald auf die Schliche zu kommen.

»Wir machen heute früher Feierabend«, rufe ich ihm am späten Nachmittag über den Krach hinweg zu, »weil ich nachher noch wegmuss.«

Überrascht sieht er auf, stellt die Maschine aus und auf den Boden und greift nach dem Schleifbacken, der dort liegt. »Auch kein Abendessen im Pub?«, fragt er und klingt etwas enttäuscht.

Ich schüttle den Kopf und wundere mich über diese Frage, weil ich ihm nach der Einladung von Magnus eine Kurznachricht auf sein Handy geschickt habe.

»Klar«, erwidert er gereizt, »billige Retourkutsche.«

»Was?«, halte ich inne. »Spinnst du? Meinst du wegen der Sache vorhin?«

»Weil ich dir nicht sage, was du hören willst.« Verärgert schleudert er den Schleifbacken in die Ecke des Zimmers, in dem er eben noch die Fensterbänke bearbeitet hat.

»Was redest du denn da?«

»Vergiss es.«

»Hast du meine Nachricht nicht gelesen? Ich bin zum Essen eingeladen. Das hat überhaupt nichts mit dir zu tun.« Wortlos rennt er nach unten und zur Haustür hinaus.

»Ole, bleib stehen.« Zu meinem Erstaunen tut er das sogar.

»Bist du sicher, dass es um das Essen im Pub geht? Oder doch eher um diesen verdammten Umschlag von Marit, der noch immer ungeöffnet in der Küche liegt?«

»Was geht dich das an, verflucht!«, schreit er mich an.

»Ich will dir helfen, Mann!«, brülle ich zurück. »Kapier das doch endlich!«

»Ich brauche deine Hilfe aber nicht! Das ist mein abgefucktes Leben. Also verpiss dich!« Einen Moment funkelt er mich zornig an, dann schwingt er sich auf sein altes, rostiges Fahrrad und fährt in einem Höllentempo davon.

»Ich habe dir gesagt, dass der Typ nur Ärger macht«, vernehme ich Lasses schadenfrohe Stimme hinter mir. Was will der denn schon wieder hier? Er trägt Sportklamotten, und sein Haar ist nach hinten gegelt, selbst durch den Laufschritt, den er jetzt im Stand durchführt, ist kein einziges verrutscht. Ein Hauch seines Parfüms weht mir in die Nase – ich tippe auf Vanille, vermischt mit irgendwas Herberem – und ist ein eindeutiges Indiz, dass er noch nicht lange gejoggt sein kann. Ich kann Vanille nicht leiden.

»Und du eilst jetzt zu meiner Rettung herbei, oder was?«, frage ich ironisch, während ich mich gleichzeitig von ihm abwende. Er soll ruhig merken, dass ich an keiner Unterhaltung mit ihm interessiert bin.

»Ich bin zufällig vorbeigekommen«, wendet er ein, »und bei der Gelegenheit wollte ich einen Schritt auf dich zugehen.«

Ich halte inne und drehe mich neugierig zu ihm um.

»Wir hatten einen schlechten Start«, spricht er weiter. »Natürlich geht mich das absolut nichts an, wen du für dich arbeiten lässt. Entschuldige bitte meine Einmischung.« Lasse hält mir die Hand hin und wartet, bis ich einschlage. Skeptisch mustere ich ihn.

»Woher der plötzliche Sinneswandel?«

»Solveig scheint wirklich auf dich abzufahren, so wie sie von dir schwärmt. Ich vertraue ihrer Menschenkenntnis.« Ein kurzes Schnauben entweicht mir. »Außerdem bewundere ich, wie unvoreingenommen du zu Ole warst. Vielleicht könntest du mir gegenüber ebenfalls deine Vorurteile ablegen, auch wenn dein erster Eindruck nicht der beste war.« Sein Versuch, mich mit meinen eigenen Waffen zu schlagen, geht auf. Wenn er ernst meint, was er sagt, dann sollte ich ihm womöglich wirklich eine Chance geben.

»Der erste Eindruck kann auch hin und wieder trügen«, lenke ich ein, schüttle seine Hand, und er lächelt gewinnend.

»Finja scheint dich auch zu mögen«, ergänzt er scheinbar beiläufig. »Wir stehen uns sehr nahe. Ihre Freunde sind also auch meine Freunde.« Es war so klar, dass noch etwas kommt, und wenn Lasse mir für einen winzigen Augenblick sympathisch war, so hat er diese Tatsache gerade wieder verspielt.

»Ich muss fertig aufräumen«, verabschiede ich mich daher schnell, »mach's gut.«

Während ich ins Obergeschoss laufe, ruft er mir nach: »Vielleicht trinken wir mal ein Bier zusammen.«

Ich tue, als hätte ich ihn nicht mehr gehört. Das Bier kann er sich liebend gern sonst wohin stecken.

Kapitel 22

Finja

Als ich von der Arbeit heimkomme, bin ich müde und gereizt. Seit sieben Uhr morgens stand ich im Geschäft, und es war wahnsinnig viel los, wie an Samstagen üblich. Kurz vor Ladenschluss ließ auch noch eine besonders pingelige Kundin ihre schlechte Laune an mir aus, weil der Fisch, den sie bevorzugt, schon ausverkauft war. Die Aussicht, Kristian heute Abend zu treffen, löst zudem ein Gefühlschaos in mir aus, auf das ich gerne verzichten könnte. Vor allem macht es mich nervös.

Unser Haus ist leer, weil Pappa heute von Aksel zu einem Ausflug abgeholt wurde. Als Erstes verstaue ich die mitgebrachten Lebensmittel im Kühlschrank und in den Schränken, bevor ich mich um die Wäsche kümmere. Beim Aufräumen fällt mein Blick auf die Gitarre, die ich gestern hinter dem Treppenaufgang abgestellt habe.

Wenig später sitze ich im Wohnzimmer, und meine Finger gleiten wie selbstverständlich über die Saiten. Es fühlt sich so vertraut an, als hätte ich nie aufgehört zu spielen. Nach ein paar Melodien, die ich immer noch im Kopf habe, finde ich auch meine Stimme wieder. Leise und immer lauter singe ich schließlich ein Lied, das meine Mutter einst geschrieben hat. Es erzählt von Freiheit, von der Weite des Meeres und von der Sehnsucht, trotzdem einen sicheren Hafen zu finden. An manchen Passagen bricht meine Stimme, so sehr nehmen mich die Worte mit. Es klingt bestimmt nicht besonders, doch für mich ist dieser Moment perfekt. Ich bin in Gedanken ganz bei Mamma. Es tut schrecklich weh. Und es heilt zugleich. Warum habe ich nur so lange auf meine geliebte Gitarre verzichtet?

Kristian

Was soll ich Magnus und Finja heute bloß mitbringen? Blumen scheinen mir unpassend, obwohl ich ihr von Herzen gern welche schenken würde. Wein ist wohl auch nicht richtig, also entscheide ich mich für eine Schachtel Pralinen. Einer von den beiden wird Schokolade bestimmt mögen.

Als ich aus dem Auto steige und zur Haustür gehe, erstarre ich. Leise, wunderschöne Gitarrenklänge dringen an mein Ohr und dann ... Finjas Stimme. Ich bin nicht sicher, ob es ihr recht ist, dass ich zuhöre, doch es ist schon kurz vor achtzehn Uhr, und ich will nicht zu spät kommen. Ich bewege mich nicht, stehe einfach nur da und lausche. Sie singt ein Lied über den Himmel und die Erde, über alles, was dazwischen ist, über die Liebe und wie weh es tut, wenn sie nicht erfüllt wird. Es geht verdammt tief, und ich halte den Atem an. An manchen Stellen ist ihre Stimme etwas heiser und dann wieder kräftiger. Ich bin verzaubert, und mein Herz scheint mit jedem Ton noch ein bisschen weiter und größer zu werden.

»Du bist sogar pünktlich«, höre ich Magnus' Stimme hinter mir und zucke erschrocken zusammen. »Das lob ich mir.«

Ich habe nicht bemerkt, dass er da steht, auf seinen Stock gestützt. Vielleicht hat er auch wie ich Finjas Musik zugehört, denn er sieht ebenfalls sehr ergriffen aus, und seine Augen sind von einem feuchten Film überzogen.

»Hei, Magnus«, begrüße ich ihn und fühle mich irgendwie ertappt, weil er mich beim Lauschen erwischt hat. »Finja spielt wunderschön«, sage ich und mache eine Kopfbewegung Richtung Haus.

Magnus geht an mir vorbei, drückt mit der freien Hand meine Schulter und erwidert: »Ich wünschte, sie würde nie wieder damit aufhören.«

Freudig nimmt er mein Mitbringsel entgegen, das er im Flur ablegt, und ohne Finja zu stören, tritt er erneut ins Freie.

»Komm, ich zeig dir was«, fordert er mich auf und geht zu meinem Leihwagen. »Du musst fahren.«

Es sind nur wenige Hundert Meter, die Magnus uns lotst. Aber wahrscheinlich ist es für ihn zu anstrengend, den Weg zu Fuß zu bewältigen. Man kann das ockerfarben gestrichene Gebäude, das aussieht wie eine Lagerhalle und direkt am Fjord liegt, sogar von Magnus' Haus aus sehen. Er bedeutet mir, den Motor auszumachen und auszusteigen. Dann geht er mir voraus, öffnet ein Tor, das mit einem Vorhängeschloss gesichert ist, und lässt den Raum vom Sonnenlicht durchfluten.

»Was ist das?«, frage ich verblüfft.

»Eine Bootswerkstatt«, erwidert er und betritt den Raum, der größer ist, als er von außen wirkt. »Genauer gesagt *meine* Bootswerkstatt.« Ich bin vollkommen platt.

»Du bist Bootsbauer?«

»Das war ich mal. Ich habe das Handwerk von der Pike auf von meinem Vater gelernt. Sieh dich ruhig um.«

Staunend betrachte ich die Holzgestelle im hinteren Teil der Werkstatt und die Werkzeuge und stelle mir vor, wie Magnus damals hier von eigener Hand Boote hergestellt hat.

»Wir haben ausschließlich mit Holz gebaut, doch irgendwann wurde dieses wundervolle Material durch Kunststoffe, Stahl und Aluminium ersetzt. Niemand wollte mehr robuste und solide gebaute Holzboote erwerben. Eine Weile hielt ich uns mit Reparaturaufträgen über Wasser, doch letztendlich musste ich die Werkstatt schließen und habe in der Fischfabrik angefangen.«

»Das ist sehr schade.«

Auf der rechten Seite befinden sich meterhohe Stapel mit verschiedenen Holzarten, Mahagoni, Lärche und Fichte.

»Mein Vater hätte sich im Grab umgedreht. Diese Werkstatt war sein ganzer Stolz.«

»Es ehrt mich, dass du mir das zeigst, Magnus«, sage ich.

»Du kannst sie haben.«

Meine Kinnlade klappt nach unten, und meine Augenbrauen schnellen überrascht nach oben. »Was?«

»Die anderen sagen, dass du ein fähiger Mann bist. Der Tischler aus Gimsøy ist faul und ein Säufer. Er wird seine Firma schneller herunterwirtschaften, als ihm lieb ist. Du hingegen ...«

»Ich lebe in Oslo«, wende ich ein.

»Aber jetzt gerade bist du hier. Ich habe gehört, du hast schon einige Aufträge an Land gezogen. In Stines altem Schuppen kannst du doch nicht arbeiten.«

Verblüfft und sprachlos starre ich ihn an. Wie lange habe ich mir eine eigene Werkstatt gewünscht?

»Es ist Werkzeug da und Arbeitsmaterial. Und vor allem viel Platz«, führt er aus. »Du kannst alles haben.«

»Ich könnte mir nicht einmal die Miete leisten.«

Nachdenklich mustert er mich. »Wie lange hast du vor zu bleiben?«

»Keine Ahnung«, nachdenklich hebe ich die Schultern. »Zumindest, bis Stines Haus fertig ist. Ich schätze ... noch zwei, drei Wochen.«

»Wenn du etwas Zeit erübrigen kannst, wäre es schön, wenn du mein Dach reparieren könntest.«

»Natürlich, gerne«, versichere ich, doch auf alles andere habe ich keine Antwort. Zu fassungslos bin ich über sein Angebot.

»Dann brauchst du dir über die Miete einstweilen keine Gedanken zu machen.«

»Das kann ich nicht annehmen«, wende ich ein, während Magnus sich schwer schnaufend wieder auf den Weg nach draußen macht.

»Die Werkstatt ist seit Jahrzehnten geschlossen. Das alte Zeug wird verrotten. Und wenn ich einmal nicht mehr bin ... was soll Finja damit anfangen? Wenn du sie nutzen kannst, dann mach das. Und wenn nicht ... lass es bleiben. Deine Entscheidung.«

Finja

Die Gitarre hat mich alles vergessen lassen. All der aufgestaute Frust, der Stress, meine Nervosität, wie weggeblasen. Auch das Zeitgefühl. Das holt mich jedoch mit voller Wucht ein, als ich einen Pick-up ausmache, der in der Einfahrt hält.

Oh verdammt, das sind Pappa und Kristian, und ich habe noch nicht einmal mit dem Kochen angefangen. Mit fahrigen Bewegungen verstaue ich die Gitarre in der Tasche und stelle sie wieder zurück unter den Treppenaufgang. Dann beginne ich eilig mit dem Schälen der Kartoffeln, als die beiden schon hinter mir in der Küche erscheinen.

»Hei, Finja.« Dieses strahlende Lächeln sollte eigentlich verboten werden.

»Hei«, erwidere ich kurz und widme mich wieder dem Schäler und der Kartoffel in meinen Händen.

Mein Vater brummt irgendetwas Unverständliches und verzieht sich.

»Kann ich dir helfen?«

»Ich habe total die Zeit übersehen, und das ist eigentlich nur deine Schuld, weil du mir die Gitarre wiedergebracht hast«, sprudelt es aus mir hervor.

»Den Schuh ziehe ich mir gerne an«, klärt Kristian mich schmunzelnd auf.

»Ich wollte ein Lachsgratin machen, aber das wird jetzt wirklich verdammt spät …«, überlege ich.

»Du musst nicht solchen Aufwand betreiben. Wenn wir die Kartoffeln in Scheiben in den Backofen schieben und den Lachs in der Pfanne braten …?«

»Heißt das, du hilfst mir?«

»Sag mir einfach, was ich machen soll. Meine Mutter sagt immer, ich stelle mich in der Küche nicht wie ein kompletter Tollpatsch an.«

»Okay … dann … machen wir das doch mit den Kartoffeln.« Ich freue mich sehr, denn ich bin es nicht gewohnt, Hilfe zu bekommen.

Kristian zieht seine Jacke aus und wäscht sich die Hände, bevor er sich ans Werk macht. Ich überlasse ihm die Kartoffeln, bereite inzwischen eine Pfanne vor und wasche den Salat. Da klingelt mein Handy.

Als ich drangehe, quasselt eine völlig aufgelöste Marit so wild durcheinander, dass ich sie erst einmal dazu bewegen muss, tief Luft zu holen. Mit einem entschuldigenden Blick zu Kristian gehe ich kurz nach draußen und lasse mir von Marit erklären, dass Sten hingefallen und sie mit ihm auf dem Weg ins Krankenhaus ist.

Außer dem Bein ist nun auch noch der Gips gebrochen, und Sten hält den Schmerz kaum aus. Zu allem Überfluss hat Marit heute Abend einen Termin beim Bio-Bauernhof Omdahl, von wo sie immer den Käse für den Laden bezieht. Ich beruhige sie und verspreche ihr, mich darum zu kümmern. Was bleibt mir auch anderes übrig.

Als ich zurück in die Küche komme, bereitet Kristian gerade fröhlich pfeifend das Salatdressing zu, während der Lachs bereits in der Pfanne brutzelt und es verlockend nach frischem Thymian und Zitrone duftet.

»Du stellst dich nicht wie ein kompletter Tollpatsch an?«, wiederhole ich seine Worte lachend, was er nur mit einem Schulterzucken quittiert. »Richte deiner Mutter aus, sie soll dein Licht nicht so unter den Scheffel stellen!«

»Das mache ich«, grinst er.

»Du bist mir unheimlich, weißt du das?«, frage ich kopfschüttelnd. Da stellt er sich einfach hin und zaubert ein Abendessen, für das eigentlich ich zuständig gewesen wäre.

»Unheimlich, ja?«, hakt er nach. »Ist das was Gutes in deinem Sprachgebrauch?«

»Ich bin mir nicht ganz sicher«, gebe ich lächelnd zu.

Wenig später sitzen wir mit meinem Vater am Esstisch und genießen das vorzügliche Mahl. Die Kartoffelwedges aus dem Backofen harmonieren wunderbar mit dem gebratenen Lachs und dem gemischten Salat.

»Dieses Honig-Zitronen-Dressing ist der Hammer«, schwärme ich. »Verrätst du mir, was alles drin ist?«

»Vielleicht ...«, neckt er mich.

»Bist du ein guter Fischer?«, will Vater, der sich bisher sehr ruhig verhalten hat, plötzlich wissen.

»Sagen wir es mal so: Ich würde wahrscheinlich nicht so leicht verhungern«, antwortet Kristian. Dass er kein Prahler ist, gefällt mir.

»Dann sollten wir vielleicht mal aufs Meer rausfahren.«

»Du?«, rutscht es mir ungläubig heraus, und mein Blick schnellt zu Pappa. »Du warst ewig nicht mehr draußen.«

»Danke, dass du mich daran erinnerst«, brummt er verstimmt. »Was wollte denn Marit vorhin?«

»Sten hatte einen kleinen Sturz, und sie sind auf dem Weg ins Krankenhaus. Unser Doc und seine Vertretung waren offenbar beide nicht erreichbar«, erzähle ich.

»Und was geht uns das an?«, fragt Pappa mürrisch. Anscheinend ist er immer noch sauer auf Marit.

»Wir sind eine Familie. Außerdem muss ich nachher noch mal weg.«

»Wohin?«

»Ich muss Käse vom Omdahlhof abholen. Marit hat dort mit Inga einen Termin für heute Abend ausgemacht«, berichte ich. Mein Vater verdreht die Augen.

»Du lässt dich zu viel einspannen«, brummt er.

»Wo liegt dieser Hof?«, erkundigt Kristian sich interessiert.

»In Valberg, etwa eine halbe Stunde südlich von hier. Die Familie Omdahl betreibt den Hof schon seit Generationen. Sie produzieren den besten Brunost in der ganzen Umgebung, und Sten ist einer ihrer wichtigsten Kunden.«

»Kristian könnte dich begleiten«, schlägt Pappa vor.

»Danke, aber ich schaffe das schon«, wiegle ich ab.

»Ganz ohne Zweifel. Allerdings wäre das die perfekte Gelegenheit, noch mehr von der Insel zu sehen«, wirft Kristian ein. »Natürlich nur, wenn es dir nichts ausmacht, dass ich mitkomme.«

Der Gedanke, mehr oder weniger den ganzen Abend allein mit ihm zu verbringen, löst Panik in mir aus. Das ist die mit Abstand schlechteste Idee, die die beiden haben könnten.

»Du könntest dir ruhig einmal helfen lassen«, tadelt Pappa mich nachdrücklich, als ich zögere. »Es ist nicht gut, wenn du immer alles allein machst. Außerdem sind die Kisten schwer.«

Diese Aussage quittiere ich mit einem Schnauben. Er hat recht, die Kisten sind schwer, aber erstens habe ich den Käse schon oft abgeholt und jedes Mal Hilfe von Lars Omdahl oder einem der Angestellten bekommen. Und zweitens: Als wäre das die einzige schwere Arbeit, die ich leiste. Und als hätte ihn das jemals gekümmert.

Im Übrigen passt es auch nicht zu meiner genialen Vermeidungsstrategie, allein Zeit mit Kristian zu verbringen.

Kapitel 23

Finja

Nichtsdestotrotz sitzen wir eine knappe Stunde später in meinem Volvo und sind auf dem Weg nach Süden. In meinem Bauch prickelt es, als hätte ich Brausepulver geschluckt, weshalb ich den Blick stur auf die Straße richte und mich so gut es geht auf die Fahrt konzentriere.

»Ich war früher oft mit meinen Kumpels in Südnorwegen unterwegs. Aber ich glaube, ich war noch nie in einer Gegend, in der es so malerisch ist«, beginnt Kristian zu schwärmen.

»Auf eurer Hütte in Nordmarka ist es doch bestimmt auch schön«, wende ich ein.

»Ja, schon. Aber irgendwas ist hier anders.« Er sieht mich von der Seite an. »Besonders.« Kurz begegne ich seinem Blick und würde zu gerne seine Gedanken lesen. Doch ich muss meinen Fokus wieder auf die Straße lenken. Wieso habe ich mich bloß darauf eingelassen, ihn mitzunehmen?

»Du sagtest *früher*«, versuche ich, unser Gespräch in Gang zu halten. Dass ich auf diese Art etwas mehr über ihn erfahre, gefällt mir ja grundsätzlich nicht schlecht. »Wieso macht ihr diese Touren nicht mehr?«

»Hm«, überlegt er, »gute Frage. Ich hab in den letzten Monaten so viel gearbeitet und mir gar keine Zeit mehr für Ausflüge genommen. Und meine Kumpels haben teilweise schon Familie, da setzt man ohnehin andere Prioritäten.«

»Und Solveig?«

»Steht eher auf den Rummel der Großstadt. Sehen und gesehen werden.«

Er klingt leicht genervt, und eigentlich will ich absolut nicht näher auf Solveig eingehen. Ich hasse es, wie sie sich hin und wieder in meinem Hinterkopf einnistet und mir meine Worte diktieren will. Stattdessen verscheuche ich sie innerlich und stimme in dem anderen Punkt mit Kristian überein: dem Zeitproblem. »Ich verstehe gut, was du meinst. Das Leben plätschert manchmal so vor sich hin, und vor lauter Verpflichtungen verpassen wir die wirklich wichtigen, schönen Momente.«

»Stimmt. Wir müssen aufpassen, dass das Leben nicht an uns vorbeirinnt«, erwidert er nickend.

Ich mag diese tiefgründigen Gespräche mit ihm, denn es zeigt mir, dass wir in vielen Dingen auf einer Welle schwimmen.

»Dann ist das hier jetzt ganz offiziell eine Entdeckungsreise. Und ... ich meine ... ich bin ja auch so was Ähnliches wie ein Kumpel.« Oder nein, eigentlich nicht. Ich hoffe, dass er durch meinen beschwingten Tonfall die Enttäuschung nicht heraushört, die sich unter meiner Aussage verbirgt. Wenn er nur wüsste, wie gerne ich etwas anderes für ihn wäre.

Wir kommen im selben Moment am Omdahlhof an, und ich halte auf dem Parkplatz zwischen dem Hauptgebäude und den Stallungen. Der Bauernhof liegt sehr idyllisch, umrahmt von riesigen grünen Weideflächen, im Hintergrund von schroffen Felsen beschützt, die majestätisch und auch ein bisschen Furcht einflößend emporragen.

Als ich den Gurt löse, fängt Kristian meinen Blick ein.

»Du weißt, dass wir mehr sind als das«, sagt er leise.

»Wir werden nie mehr sein als das«, widerspreche ich. Doch seine Augen lassen mich unmissverständlich lesen: *Sag niemals nie!*

Und dann erschrecke ich fast zu Tode, als ein riesiges bellendes Fellknäuel gegen die Fahrertür springt und das Auto wanken lässt.

»Ja, ist ja schon gut«, begrüße ich den weizenfarbenen norwegischen Buhund Jari. Er lässt mich kaum aus dem Auto aussteigen, so überbordend freut er sich über Besuch. Kristian umrundet den Volvo und lässt Jari ebenfalls seine ungeteilte Aufmerksamkeit zukommen. Der Rüde bellt, und seine Rute schlägt heftig hin und her, bis ein lauter Pfiff vom Stall ertönt und Lars, der Landwirt, auf der Bildfläche erscheint. Sofort rennt Jari seinem Herrchen entgegen.

Ich mache Kristian und Lars miteinander bekannt, und binnen wenigen Minuten sind die beiden in ein Gespräch vertieft. Kristian scheint förmlich überzulaufen vor lauter Fragen, über das Anwesen, die Tiere, die Käseproduktion. Seine Wissbegierde lässt mich lächeln, und jetzt bin ich doch froh, ihn mitgenommen zu haben. Da kommt auch Inga mit ihrem etwa halbjährigen Mädchen auf dem Arm aus dem Haus und begrüßt uns fröhlich.

»Haben wir es eilig?«, fragt Kristian an mich gewandt, nachdem Lars ihn zu einer Besichtigungstour eingeladen hat. Perfekt. Genau zum richtigen Zeitpunkt.

Mit einem Schmunzeln schüttle ich den Kopf. »Überhaupt nicht. Geh nur.« Kristian schenkt mir einen kurzen, viel zu intensiven Blick, bevor er Lars folgt und ich mit Inga in die Küche gehe. Inga legt die kleine Ylvie auf die Babydecke und überrumpelt mich mit einer herzlichen Umarmung.

»Ich freue mich so für dich«, sagt sie verträumt, und ihr Lächeln reicht fast von einem Ohr zum anderen. Erst verstehe ich nicht, was sie meint. »Ihr seid so ein schönes Paar!«

»Äh«, verlegen kratze ich mich am Haaransatz, »das ist ein Missverständnis, Inga. Kristian und ich sind kein Paar.« Sofort verziehen sich ihr Mund und ihre Augenbrauen mitleidig nach unten. Innerlich möchte ich mit den Augen rollen.

»Wieso nicht?«

»Was ist das für eine Frage?«

»Ich habe diese Blicke zwischen euch gesehen, dieses Knistern gespürt.«

»Da war nichts.«

»Doch«, beharrt sie.

Ich seufze resigniert und setze mich an den Tisch der geräumigen Bauernküche. Ylvie macht, die Füße in die Höhe gestreckt und einen Beißring in der Hand, Turnübungen auf ihrer Decke, begleitet von fröhlich gurrenden Lauten.

»Er ist in einer Beziehung«, erkläre ich knapp und hoffe, dass Inga ihren Finger endlich aus meiner Wunde nimmt.

»Wenn du mich fragst, sollte er die schleunigst noch mal überdenken«, kann sie sich nicht verkneifen. »Aber mich fragt ja wieder mal keiner …«

Kristian

Nachdem Lars mir den Bauernhof und anschließend die Käserei gezeigt und mir außerdem mit einer Engelsgeduld meine sämtlichen Fragen beantwortet hat, beladen wir Finjas Kofferraum mit dem bestellten Käse. Mir imponieren die Leidenschaft, mit der Lars und Inga den Hof führen, ihre Visionen und ihr Tatendrang. Er hat die Käserei aus eigener Kraft aufgebaut, obwohl seine Eltern, die ebenfalls auf dem Hof wohnen, wegen der hohen Investitionen dagegen waren. Ein paar Jahre noch, erzählt mir Lars, und er wird die Schulden abbezahlt haben. Der Brunost läuft am besten von all den verschiedenen Käsesorten, die er produziert, und er ist durch seinen einzigartigen karamelligen Geschmack auch bei den Touristen sehr beliebt. Regelmäßig machen er und Inga Führungen für die Gäste der Hurtigrutenschiffe, die ebenfalls Geld einbringen. In seiner Stimme schwingt unverkennbarer Stolz mit, mehr als verdient, wie ich finde.

Kurz darauf sitzen Finja und ich wieder im Wagen, doch sie lenkt ihn nicht den Hügel hinab, sondern in die andere Richtung, dieses Mal bedeutend gemächlicher als vorhin.

»Was hast du vor?«, frage ich verwundert.

»Wirst du schon sehen.« Sie wackelt mit den Augenbrauen, einen verschmitzten Ausdruck im Gesicht.

Als sie wenig später vor einer geschlossenen Schranke rechts ranfährt, steigen wir aus. Wir versinken fast in dem satten Grün der um uns liegenden Wiesen.

»Ich will dir etwas zeigen«, sagt sie und geht voran den Berg hinauf. Ich folge ihr und muss mit aller Kraft gegen den Impuls ankämpfen, nach ihrer Hand zu greifen. Der Wunsch in mir, sie zu berühren, ist übermächtig, und ich presse kurz die Augen zu und rufe mich zur Vernunft. Nicht, bevor Solveig und ich alles geklärt haben.

»Apropos zeigen«, fällt ihr nach einer Weile ein. »Was hattest du denn vorhin mit meinem Vater so Wichtiges zu schaffen?«

»Wir haben uns seine Werkstatt angesehen.«

»Ach was.« Überrascht bleibt sie stehen und mustert mich. »Ernsthaft?«

»Er hat mir angeboten, sie zu nutzen.« Da wird ihr Blick plötzlich ganz weich, und sie wirkt überwältigt.

»Das ist unglaublich, Kristian«, erwidert Finja begeistert. »Weißt du eigentlich, dass er nie wieder dort war, seit er sie schließen musste? Also genauer gesagt war es absolut *verboten*, sie zu betreten. Ein Sakrileg.«

»Aber du durftest doch bestimmt …«

»*Niemand*«, bekräftigt sie, und auf einmal werden ihre Augen vor Rührung feucht. »Er muss dich wirklich gernhaben.« Sie blinzelt ihre Tränen weg, und in meinem Hals schwillt ein dicker Kloß an.

»Ich habe ihn auch gern«, erwidere ich heiser und versinke in ihren blauen Augen. »Und dich«, ergänze ich leise. Abrupt löst sie sich, dreht sich um und geht weiter.

»Das ist ja auch die Grundvoraussetzung zwischen zwei Kumpels, nicht wahr?« Ihre Stimme soll beiläufig und locker klingen, doch der Versuch schlägt fehl.

Nachdem wir eine Weile schweigend gewandert sind, öffnet sich vor uns eine gewaltige Hochebene, in deren Mitte ein wunderschöner türkisgrüner Bergsee liegt. Auf der gegenüberliegenden Seite wird er von scharfzackig aufragenden Felsen umringt. Die Sonne wird sich bald dahinter verstecken, ohne wirklich ganz unterzugehen, während sie eine vielfältige Farbenpracht an den Himmel malt, von Tiefrot über Rosa, mit zartgelben Streifen durchbrochen.

»Wow«, entfährt es mir ehrfürchtig. Diese Atmosphäre ist atemberaubend, doch dann bleibt mein Blick an Finja hängen. Wie gerne würde ich sie jetzt im Arm halten, während ich diese Eindrücke in mich aufsauge. Sie trägt ihre Haare zu einem hohen Dutt zusammengezwirbelt, wodurch ihr Nacken freigelegt ist. Als sie bemerkt, dass ich sie anstarre, zieht sie den Reißverschluss ihrer Jacke bis zum Anschlag nach oben. Die Luft zwischen uns knistert förmlich.

»Dieses Gestein«, flüchte ich mich aus meiner Verlegenheit,

als ich wieder fähig bin, etwas zu sagen, »ist das Mangerit? Ich habe irgendwo gelesen, dass …«

»Machst du jetzt deinem Streber-Bruder Konkurrenz?«, lacht sie, fegt damit diesen angespannten Moment mühelos zur Seite und lässt mich herzlich mitlachen. Wir laufen den kleinen Abhang zum See hinunter. Es ist windstill hier in dem Hochtal, und durch das flotte Wandern ist mir warm geworden. Ich ziehe meine Jacke aus und werfe sie mir über die Schulter.

»Es ist unfassbar schön hier. Danke, dass du mich mit hierhergenommen hast.«

»Das ist der *Greivatn*. Der See ist einer meiner Lieblingsplätze. Ich war schon lange nicht mehr hier.«

Das bezaubernde Lächeln, das sie mir schenkt, lässt wieder so etwas wie Leichtigkeit zwischen uns einkehren.

»Meine Mamma hat hier manchmal Lieder geschrieben«, sagt sie nach einer Weile. »Sie hat sich auch von der Natur inspirieren lassen. Wie du mit deinen Möbeln.«

»Ehrlich? Sie hat komponiert?«

»Ja, ein bisschen. Aber … nichts veröffentlicht. Ein paar der Lieder hat sie mir beigebracht.« Finjas Ausdruck ist traurig, aber sie erzählt zum ersten Mal – außer, als sie gestern beschwipst war – von sich aus von ihrer Mutter. Sie scheint sich ein wenig zu öffnen, und das berührt mich sehr.

»Weißt du eigentlich, wie wunderschön du Gitarre spielst?« Sie wird ein bisschen rot, was ich niedlich finde, dann weicht sie meinem Blick aus. »Entschuldige, ich wollte vorhin nicht lauschen, aber … ich konnte auch nicht weghören. Als du dann auch noch angefangen hast zu singen, das hat mich einfach umgehauen.«

»Du musst dich nicht einschleimen«, gibt sie belustigt zurück.

»War das ein Lied deiner Mutter, das du gesungen hast? Von dieser unerfüllten Liebe?«

Sie nickt und blinzelt heftig, während sie mich immer noch nicht anschauen kann.

»Wunderschön«, flüstere ich, und einen Augenblick brauchen wir beide, damit jeder seinen eigenen Gedanken nachhängen kann. »Warum hast du dein Vorhaben, Musiklehrerin zu werden, damals eigentlich nicht weiterverfolgt?«

»Das Leben hatte einfach andere Pläne für mich.«

»Pläne können sich ändern«, lasse ich nicht locker. Ich bin einfach überzeugt davon, dass die Musik tatsächlich Finjas Berufung sein könnte, nachdem ich sie heute gehört habe und sie mich dabei mitten ins Herz traf.

»Ich hatte mich in Harstad intensiv auf ein Musikstudium vorbereitet und sogar schon eine Zusage für die Universität.« Flüchtig streift mich ein schüchterner Blick. »In Oslo.«

»Was ist passiert?«

»Kurz vor meiner Abreise hatte mein Vater seinen ersten Herzinfarkt.«

Das trifft mich. Wenn alles anders gelaufen wäre, hätten wir uns dann vielleicht unter anderen Umständen kennengelernt?

»Du könntest das immer noch machen«, schlage ich vor in der surrealen Hoffnung, dass ich sie dann in meiner Nähe in Oslo haben könnte. Doch sofort stoße ich diese Idee in einen imaginären Abgrund, als ich ihren missbilligenden Gesichtsausdruck lese.

»Mein Vater ist herzkrank. Ich werde ihn bestimmt nicht allein lassen.«

»Aber du könntest Musiklehrerin werden. Dafür muss man nicht zwangsläufig studiert haben. Oder in Oslo leben.« Mir fällt ein, was Finja ganz am Anfang über mein Handwerk gesagt hat. *Sorge dafür, dass er dich sieht durch deine Arbeit.*

»Wenn deine Musik erklingt, erkennt man sofort, wie du bist … deinen Charakter, dein Gefühl«, versuche ich zu beschreiben, was in mir vorgeht. »Dazu braucht es kein Diplom. Du wärst bestimmt eine fantastische Lehrerin!«

Verlegen lächelt sie, und ihre Wangen färben sich rosa, noch mehr als vom Laufen.

Skeptisch sieht sie mich an, doch unter der Oberfläche scheint sie wirklich über diese Idee nachzudenken.

Unter den bizarren Felsformationen am anderen Seeufer weidet eine Herde Schafe, die ich aber erst bemerke, als ein paar davon aufgeregt zu blöken beginnen.

»Gehören die Schafe Lars?«

»Ja«, bestätigt sie. »Und ich finde, sie machen diesen magischen Ort erst komplett. Ich liebe Schafe.«

»Das trifft sich gut, ich bin nämlich Widder im Sternzeichen.«

»Tatsächlich? Ich auch!« Aus ihren Augen blitzt der Schalk.

»Ehrlich?«, begeistere ich mich für diesen fast schon unglaublichen Zufall.

»Nein, das war ein Scherz. Ich bin Jungfrau.« Sie lacht frech und beschleunigt ihren Schritt ein wenig, als würde sie mir entwischen wollen.

»Dafür, dass du eine so miserable Lügnerin bist, lügst du ziemlich häufig«, schimpfe ich gespielt empört.

»Also bitte, übertreib mal nicht«, hält sie lachend dagegen. »Dich zu veralbern und Lügen ist doch wohl etwas völlig anderes!«

»Erzähl mir doch mal etwas Wahres über dich.« Sie geht rückwärts vor mir her, und ich hole mit dem Fuß aus und spritze ein wenig Wasser in ihre Richtung. Leider ist sie schon zu weit weg, um sie zu erwischen.

»Was sonst noch niemand weiß?«

Bestätigend nicke ich.

»Okay.« Sie bleibt stehen und wartet, bis ich bei ihr bin. Ich müsste nur meine Hand ein bisschen ausstrecken, um sie mühelos zu mir herzuziehen. Ein Schritt. Vielleicht zwei kleine.

Sie krümmt ihren Finger, damit ich noch ein wenig aufrücke, was ich nur allzu gerne tue. »Aber du darfst es absolut niemandem sagen«, beschwört sie mich mit gesenkter Stimme und betont jedes Wort einzeln, um die Wichtigkeit dieser Botschaft zu unterstreichen. Ich spüre, wie ein nervöses Blubbern in mir aufsteigt, weil ich ihr so nah bin und sie mich wirklich auf die Folter spannt. Sie fixiert meinen Blick und atmet tief durch, als müsse sie sich selbst ermutigen weiterzusprechen. Allein der Gedanke, dass sie mir etwas offenbaren wird, das sie noch mit niemandem geteilt hat, erfüllt mich mit purem Glück.

»Ich bin ...«, sie zögert, und ich halte den Atem an. »Ich bin eigentlich ein Wassertroll.« Dann bückt sie sich und bespritzt mich mit kaltem Wasser, prustet bei meinem Anblick los und rennt davon.

»Boah, dir werde ich es zeigen«, fange ich mich schnell wieder und sprinte ihr nach. Sie schlägt Haken, dreht sich immer wieder lachend nach mir um. Uns trennen nur wenige Meter und ... was dann? Ich will sie erwischen und festhalten, will spüren, was es mit meinem Körper anstellt, wenn ich sie in den Armen halte. Mein heftig pochendes Herz fordert mich geradezu auf, es zu tun.

Sie kringelt sich vor Lachen und bleibt in gebückter Haltung und japsend endlich stehen. Um mich aufzuhalten, hebt sie die rechte Hand, die linke stemmt sie nach Luft ringend in die Hüfte, immer noch dieses kecke, bezaubernde Grinsen im Gesicht.

»Jetzt du«, sagt sie keuchend. Ich verlangsame meinen Schritt, gehe aber so nahe an sie heran, wie wir uns vorhin waren. »Erzähl du mir etwas Wahres über dich.«

»Nach der Show, die du gerade abgeliefert hast?«, erwidere ich lachend.

»Könntest ja mit gutem Beispiel vorangehen.«

»Etwas, das noch niemand über mich weiß?«, wiederhole ich, und sie nickt und richtet sich vor mir auf.

»Gut, dann ...« Ich nicke und überlege. Mein Mund fühlt sich ausgetrocknet an. Mein Blick wandert zu ihren weichen, geschwungenen Lippen. Zum Glück habe *ich* mir nie vorgenommen, ihre Lippen nicht anzusehen. Ich schlucke. Jetzt oder nie. Sie hat mich ja quasi dazu aufgefordert. »Finja ... ich habe mich in ...«, da klingelt mein Telefon, und ich gerate ins Stocken.

»Du solltest rangehen.«

»Ich will nicht rangehen.«

»Es könnte wichtig sein.«

»Nichts könnte wichtiger sein als ...«

»Bitte«, unterbricht sie mich flehend. Hat sie Angst vor den Worten, die ich sagen will? Vor den Konsequenzen? Ihren eigenen Gefühlen? »Es ist schon spät, vielleicht ist was passiert.« Jetzt sehe ich es ganz genau, wie sie sich innerhalb des Bruchteils einer Sekunde innerlich zurückzieht. Die Unbeschwertheit zwischen uns ist wie weggepustet.

Ohne sie aus den Augen zu lassen, greife ich nach dem Handy in meiner Jackentasche, das nicht daran denkt, das störende Geräusch einzustellen, und nehme das Gespräch entgegen.

»Darling, endlich«, erklingt die Stimme, die ich gerade am wenigsten hören will.

»Solveig«, krächze ich.

Finja geht rückwärts von mir weg und nickt mir ermutigend zu, während ich das verdammte Telefon am liebsten in hohem Bogen im See versenken würde.

»Ich hatte keine Chance, mich früher freizuschaufeln, tut mir leid«, brabbelt Solveig munter drauflos. »Gerade bin ich kurzfristig für ein paar Tage in Oslo, bevor in Berlin die Proben losgehen. Du hast keine Ahnung, wie viel hier los ist.«

Da hat sie recht, und es interessiert mich auch nicht. Meine ganze Aufmerksamkeit gilt Finja, die sich nun von mir abgewendet hat und in stoischer Ruhe den Abhang hinaufklettert. Im Hintergrund vernehme ich Worte wie Shooting und Catwalk, After-Show-Party, Agentin und so vieles mehr, das an mir abprallt. Erst als Solveig das Wort Brautkleid in den Mund nimmt, werde ich hellhörig.

»Was hast du gerade gesagt?«, forsche ich zutiefst erschrocken nach.

»Wo bist du denn mit deinen Gedanken, Baby? Ich habe dir erzählt, dass ich mein absolutes Traum-Brautkleid gefunden habe.«

»Solveig ... ich ... wir ...«, stottere ich unbeholfen vor mich hin. Verdammt, das kann nicht ihr Ernst sein.

»Ich weiß, dass das noch zu früh ist, aber wir hatten ein Shooting für Brautmode, und es war einfach traumhaft. Und da dachte ich, wenn wir beide einmal ... irgendwann, es muss nicht gleich sein, also, wenn wir beide vor den Altar treten, dann möchte ich liebend gerne ein Kleid von diesem Designer tragen.«

Vehement schüttle ich den Kopf und kneife fest die Augen zu. »Wir müssen dringend miteinander reden, Solveig«, sage ich ruhig, was das folgende Schweigen in der Leitung ohrenbetäubend laut erscheinen lässt.

»Gibt es irgendwas, das du mir sagen willst?«, fragt sie alarmiert.

»Nicht jetzt und nicht am Telefon. Wann kannst du herkommen?«

»Wieso nicht jetzt?«

»Ich bin unterwegs.«

»Allein?«

»Nein.«

»Mit wem?«

»Wann, Solveig?«, will ich wissen. Die Dringlichkeit steigt zusehends, und doch ... kann ich von ihr verlangen herzufliegen, um dann mit ihr Schluss zu machen?

»Sobald ich es einrichten kann«, verspricht sie mir, und dann legt sie ohne Abschied auf.

Auf der Heimfahrt herrscht bedrückendes Schweigen zwischen Finja und mir. Das Gespräch mit Solveig hallt in mir nach und schnürt mir den Brustkorb zu. Ich habe keine Ahnung, wie ich damit umgehen soll. Sollte ich tatsächlich nicht bemerkt haben, dass Solveig so tiefe Gefühle für mich entwickelt hat? Dass sie sogar vom Heiraten spricht? Oder haben nur die Brautkleider und das Ambiente während des Shootings ihre romantische Ader zum Vorschein gebracht?

Neben mir rutscht Finja unruhig auf dem Fahrersitz hin und her. Wahrscheinlich fühlt sie sich ebenso unwohl wie ich. Doch dann fummelt sie an ihrem alten Autoradio herum, bis wir ein Programm empfangen, mit dem sie zufrieden zu sein scheint. Die Stimme, die aus den Lautsprechern an meine Ohren dringt, ist mir vertraut, denn sie begleitet mich regelmäßig durch den Tag.

Bei Bob Marleys *Three little birds* dreht Finja noch lauter, bevor sie anfängt, lauthals mitzusingen. Sie ist der Wahnsinn. Intuitiv scheint sie zu spüren, dass ich nicht reden kann, und ihre Aktion hebt sofort meine Laune. Bald stimme ich mit ein, und es macht tatsächlich Spaß. Trotzdem bringt Finja mich damit noch mehr in Schwierigkeiten. Denn sie ist so wahnsinnig sexy, wenn sie singt, lacht oder ... eigentlich immer. Und das scheint ihr überhaupt nicht bewusst zu sein. Ihr Ablenkungsmanöver gaukelt uns beiden vor, dass am Ende alles gut wird. Doch gibt es nicht immer einen Verlierer, der letztlich mit gebrochenem Herzen dasteht?

Für mich ist die momentane Situation kaum auszuhalten, und ich weiß nicht, wie lange ich meine Hände in Finjas Gegenwart noch bei mir behalten kann.

Kapitel 24

Finja

Ich tue mein Bestes, die Stimmung aufzulockern. Damit schlage ich meinem Verstand wahrscheinlich selber ein Schnippchen, denn mir ist sehr wohl bewusst, dass Kristian mir am *Greivatn* etwas Bedeutsames sagen wollte, und das kann ich auf diese Weise besser ausblenden. Die Frage ist nur: Wie lange?

Als wir zu Hause ankommen, nachdem wir den Käse im Kühlhaus des Ladens abgeliefert haben, hat der Wind merklich aufgefrischt. Wir steigen beide aus meinem Volvo, und ich schlinge verunsichert die Arme um meinen Körper. Hoffentlich fährt er jetzt gleich los. Keine Ahnung, wie lange ich seine tiefgründigen Blicke noch aushalte.

»Ist dir kalt?«, fragt er sofort und stellt sich viel zu nahe vor mich hin.

»Ein bisschen«, gebe ich zu. »Kaum zu glauben, wie schnell das Wetter umschlägt. Eben war es noch sonnig, und jetzt sieht es verdächtig nach Regen aus«, plappere ich nervös vor mich hin und lasse meinen Blick zum Himmel gleiten. Alles ist besser, als ihn jetzt ansehen zu müssen. Der Wind fegt mir ein paar Haare ins Gesicht, die sich aus meinem Dutt gelöst haben, und plötzlich spüre ich Kristians Finger an meiner Wange, die sie mir behutsam hinters Ohr streichen. Mein Herz will mir mit Anlauf aus der Brust springen. Unsere Blicke verschmelzen, und ich kann mich nicht bewegen.

»Es war sehr schön heute«, sagt er leise, während seine warme Hand langsam wieder sinkt und meine Wange kalt zurücklässt. Mit Mühe gelingt mir ein Nicken.

»Ich werde mich von Solveig trennen, Finja.«

Dieser Satz kommt für mich völlig unerwartet und lässt mich innerlich straucheln.

»Du … wirst was?« Aufgeschreckt trete ich einen Schritt zurück. »Wie kannst du das so einfach sagen?« Er hat nie erwähnt, dass sie Probleme haben. Aber … wir haben dieses Thema ja völlig ausgeklammert.

»Ich ringe schon länger mit mir deswegen. Aber sie hat es nicht verdient, dass ich es am Telefon tue. Und wäre sie nicht alle paar Tage in einer anderen Stadt, wäre ich schon längst zu ihr geflogen, auch wenn ich mir das eigentlich nicht leisten kann.«

Aufgebracht gehe ich auf unserem Vorplatz auf und ab.

»Du weißt doch gar nicht, was du da sagst!« Ich bin tief erschüttert über sein Geständnis.

»Ich war mir nie in einer Sache sicherer.« Er kommt einen Schritt auf mich zu, greift nach meiner Hand und sucht meinen Blick. »Ich habe mich in dich verliebt, Finja.«

Ich erstarre. Seine Worte gehen mir unter die Haut und legen sich gleichzeitig um mich wie eine wärmende Decke. Seine Augen leuchten, und für einen Wimpernschlag ist es, als könnte ich ihm bis in die Seele schauen. Ich zweifle nicht an seiner Aufrichtigkeit, das ist es gar nicht. Doch als er mir näher kommt, bringe ich den Arm zwischen uns und drücke meine Handfläche gegen seine Brust. Sein Herz schlägt so heftig, dass ich es unter meinen Fingern spüre.

»Nein.« Es ist nicht mehr als ein Flüstern, das fast vom Rauschen der Bäume im Wind verschluckt wird. Heftig schüttle ich den Kopf, um es zu unterstreichen. »Solveig liebt dich. Das weiß ich. Und du liebst sie, sonst wärst du nicht mit ihr zusammen.«

»Solveig ist eine faszinierende Frau. Aber zwischen uns stimmt es schon eine Weile nicht mehr. Vielleicht hat es das nie.«

»Das ist absurd. Ihr habt einfach zu wenig Zeit miteinander. Das ist alles.« Mein Verstand sucht nach Gründen, warum Kristian und Solveig zusammengehören, während mein Herz blutet.

Ich habe mich nie so geborgen gefühlt wie bei ihm.

Ich habe tatsächlich gedacht, nicht über die gemeinsame Vergangenheit von Solveig und mir zu reden wäre eine Herausforderung. Wie naiv.

Du bist nicht wie sie, flüstert Solveig in meinem Kopf.

»Mir ist so vieles klar geworden, seit ich hier bin«, erklärt er eindringlich. »Ich hätte nie gedacht, dass Gefühle einen so erschüttern können. Wie eine Naturgewalt. Du hast mein Herz zum Leuchten gebracht. So wie die Mitternachtssonne oder die Nordlichter oder das alles gleichzeitig.« Bei diesen Worten lächelt er liebevoll, und mir steigen Tränen in die Augen. »Das machst *du* mit mir, Finja.«

Wieder schüttelt sich mein Kopf wie automatisch. »Ich könnte mich nie zwischen zwei Menschen drängen. Und ich will auch keine Naturgewalt sein.« Ungestüm reiße ich mich von ihm los. Ich wäre nicht besser als meine Mutter. Ich werde den Teufel tun und den Menschen recht geben, die mich immer mit ihr verglichen haben. Kristian fährt sich mit beiden Händen durch sein kurzes Haar. Die ersten Regentropfen fallen auf unsere Köpfe und vermischen sich mit meinen Tränen.

»Ich weiß, dass da etwas ist zwischen uns«, sagt er. »Wieso willst du das nicht wahrhaben?«

Es war ein Fehler. Alles. Niemals hätte ich Zeit mit ihm allein verbringen dürfen. Diese blöde Vermeidungsstrategie war eine Idiotie. Tatsächlich wäre es am vernünftigsten gewesen, Solveigs Forderung, ihm aus dem Weg zu gehen, nachzugeben. Ich habe es gründlich verpfuscht. Aber ganz sicher werde ich Solveigs Leben nicht auch noch versauen. Meine Mutter hat das schon einmal getan und zwei Familien zerstört, das reicht.

Er schaut mich so intensiv an, dass ich seinem Blick am liebsten ausweichen würde, nur damit er meinen inneren Kampf nicht in meinen Augen sieht. »Wovor hast du solche Angst?«, flüstert er.

»Solveig hat schon genug gelitten«, erwidere ich ebenso leise.

»Wieso? Was meinst du damit?«

»Ich kann nicht darüber reden, Kristian. Das habe ich ihr versprochen. Aber ich werde nicht ihr Glück zerstören.«

»Und was ist mit deinem eigenen Glück? Und meinem? Und ist es wirklich Glück, wenn ich sie gar nicht liebe?«

Sein Blick ist unnachgiebig, und doch blitzt so etwas wie Verwirrung darin auf. Es tut mir weh, ihn so im Unklaren zu lassen, doch in diesem Moment sind der Schmerz und die Opfer der Vergangenheit so präsent und vorherrschend, dass es nur diesen einen Weg für mich gibt. Er kommt noch einen Schritt auf mich zu und drängt mich damit an die Hauswand. Inzwischen regnet es in Strömen, und während ich vom Vordach geschützt bin, ist Kristian schon völlig durchnässt. Wie gerne würde ich meine Hand ausstrecken und ihm die glitzernden Wassertropfen aus seinem Haar streichen. Stattdessen nimmt er meine Hand und streichelt zärtlich mit dem Daumen über meinen Handrücken.

»Finja.« Wie er meinen Namen ausspricht, zwingt mich beinahe in die Knie. »Ich wünsche mir nichts mehr, als bei dir zu sein.« Meine Haut beginnt augenblicklich zu prickeln, und insgeheim wünsche ich mir, er würde mich überall so berühren.

»Wir kennen uns doch kaum. Wie kannst du das wissen?«,

frage ich verzweifelt, obwohl es doch so klar ist. Mein Herz sagt mir genau das Gleiche. Und trotzdem wünsche ich mir so sehnlich einen Notausgang aus diesem Dilemma. Mir ist bewusst, dass ich nur nach Argumenten, nach Ausflüchten suche.

»Ich habe mich nie im Leben jemandem näher gefühlt.«

»Aber ... wir haben uns noch nicht einmal geküsst.«

Und das ist wirklich mit Abstand das Dümmste, was ich in dieser Situation sagen kann, denn es ist wahrscheinlich die letzte Ermutigung, die Kristian braucht, ehe er, ohne eine Sekunde zu zögern, seine Lippen auf meine legt. Sie sind genauso weich, wie sie aussehen, und seine Hände finden den Weg zu meinen Wangen, um die Salzspuren meiner Tränen wegzuwischen. Als ich bemerke, wie sich mein Körper automatisch in diese Berührung hineinlehnt, ziehe ich die Notbremse. *Verdammt, was machen wir denn hier?*

»Es geht nicht, Kristian«, stoße ich atemlos hervor und schiebe ihn von mir. »Du bist ... ein so großes Glück. Aber du gehörst zu Solveig. Bitte verzeih mir.« Und dann drücke ich ein letztes Mal seine Hände, die ich gleichzeitig von meinem Gesicht löse, und nehme Reißaus. Erst als die Haustür hinter mir ins Schloss fällt, geben meine Beine unter mir nach, und die Tränen fließen ungehindert weiter. Was hat er nur mit meinem Herzen angestellt?

Kapitel 25

Kristian

Wahrscheinlich ist es Fluch und Segen zugleich, dass ich nicht vorher wusste, wie perfekt es sich anfühlt, Finja zu küssen. Mir ist bewusst, dass es falsch war, solange ich noch mit Solveig zusammen bin. Aber in diesem winzigen Moment konnte ich einfach nicht anders. Und seit wann fühlen sich Fehler so wunderschön an?

Nachdem ich mich stundenlang im Bett hin- und hergewälzt habe, stehe ich mitten in der Nacht auf und buche einen Flug nach Oslo. Solveig erwähnte, dass sie dort ist, und ich kann und will nicht mehr länger warten, mit ihr reinen Tisch zu machen. Es ist Sonntag, und ich hatte das Glück, einen Direktflug zu ergattern. Zwar ist er teurer, aber dafür spare ich Zeit und kann vielleicht in ein, zwei Tagen schon zurück sein. Mein Vorhaben erübrigt sich jedoch, als ich am Morgen das Haus verlasse und Solveig vor mir steht.

»Du hättest mir ruhig sagen können, dass du aus dem Ferienhaus ausgezogen bist, dann hätte ich die Svensens nicht so früh aus dem Bett klingeln müssen«, sagt sie statt einer Begrüßung und lächelt nachsichtig.

»Du bist hier?«, ist alles, was mir dazu einfällt, bevor sie mich mit einem Kuss überrumpelt. Sie ist fast genauso groß wie ich und muss sich nur nach vorne beugen, während Finja sich auf die

Zehenspitzen stellen müsste. Sofort verscheuche ich diese schönen, aber gerade sehr unangebrachten Gedankenbilder.

»Die nächsten Wochen werden ziemlich stressig, deshalb dachte ich, ein freier Tag würde mir guttun. Gab zwar eine kleine Diskussion mit meiner Managerin, aber ... hier bin ich. Und wo willst du hin?« Fragend deutet sie auf mein klägliches Reisegepäck.

»Ich wollte zu dir.« Sie lächelt, aber in ihren Augen erkenne ich ein nervöses Aufflackern.

»Du wusstest doch gar nicht, wo ich bin«, sagt sie skeptisch.

»Du hast gestern erwähnt, dass du in Oslo bist ... also ... warst.«

»Das hast du mitbekommen?«

»Ja, habe ich.« Ich nehme Solveig ihre Tasche ab und gehe ihr voraus in die Küche. »Hast du schon gefrühstückt?«

Sie zögert an der Türschwelle und schüttelt den Kopf. Mir wird bewusst, dass sie schon seit Jahren nicht mehr hier war und es ihr offenbar sehr schwerfällt, das Haus zu betreten. Als wir vor zwei Wochen beschlossen haben, dass ich die Renovierung übernehme, hat Solveig mir alle Freiheiten bei der Gestaltung überlassen, ohne das Haus zu besichtigen. Ich habe gedacht, es läge an ihrer Gleichgültigkeit, doch heute merke ich, es war die Angst vor der Erinnerung. *Solveig hat schon genug gelitten.* Was hat Finja wohl damit gemeint?

»Du bist bestimmt müde«, vermute ich. »Wie hast du überhaupt so schnell einen Flug bekommen?«

»Manchmal hilft es, die richtigen Leute zu kennen.« Als ich sie fragend ansehe, winkt sie bloß ab. »Jemand war mir noch einen Gefallen schuldig.« Vermutlich jemand mit einem Privatjet, schlussfolgere ich, hake aber nicht weiter nach. So ist das in der High Society. Man kennt sich, dann und wann hilft man sich, im

Großen und Ganzen besonders dann, wenn für einen persönlich ein Vorteil dabei rausspringt. Mir wird klarer denn je, wie fremd mir diese Welt ist. Solveig hat mir zwar einen Platz an ihrer Seite eingeräumt, doch ich weiß, dass ich dort niemals hingehört habe.

Endlich scheint sie sich einen Ruck zu geben und setzt sich an den Tisch, während ich in der alten Filtermaschine Kaffee aufsetze und den Kühlschrank nach etwas absuche, was Solveigs Geschmack treffen könnte.

»Schon gut, ich habe keinen Hunger«, lehnt sie ab. »Kaffee reicht völlig.«

Mein Gehirn rattert auf Hochtouren. Ich wollte die Zeit während des Flugs dazu nutzen, mich auf unser Gespräch vorzubereiten. Mir die passenden Worte zurechtzulegen. Ich will ihr nicht wehtun, und gerade scheint sie so verletzlich.

Als der Kaffee durchgelaufen ist und ich ihn in eine Tasse schütte, steht sie unerwartet hinter mir. Sie umarmt mich sanft und beschützend, legt ihr Kinn auf meine Schulter und haucht mir zärtliche Küsse auf meinen Halsansatz. Ihre Arme erinnern mich plötzlich an Fesseln, die sich um mein Herz legen und zudrücken, und ihre Küsse an Brandzeichen, die beweisen wollen, dass ich zu ihr gehöre.

»Ich kann nicht«, sage ich unvermittelt von meiner Unruhe getrieben und löse ihre Hände von meinem Oberkörper. Ich schnappe nach Luft, als könnte ich erst jetzt, wo sie losgelassen hat, wieder Sauerstoff in meine Lungen pumpen. Verunsichert sieht sie mich an, und ich versuche mit aller Macht, ihrem Blick standzuhalten.

»Ich muss dir etwas sagen, Solveig«, beginne ich und versuche, meine Stimme fest klingen zu lassen. Die Angst in ihren Augen vor dem, was jetzt kommen wird, bringt meinen Entschluss beinahe ins Wanken. Aber die Sehnsucht nach Finja ist um so viel stärker. »Ich habe mich verliebt.«

Sie braucht einen Moment. Ich rechne mit einem hysterischen Anfall. »In die Lofoten?«

»Das auch.«

Sie blinzelt ein paarmal heftig. Hoffentlich kann ich mit ihren Tränen umgehen.

»Finja?«, vermutet sie, und ich nicke, so vorsichtig, als würde eine jähe Bewegung das Risiko der Explosion erhöhen. Aber Solveig explodiert überhaupt nicht. Es sind lautlose Tränen, die ihr über die Wangen laufen. Sie schmerzen mich noch viel mehr.

Solveig schließt für einen Moment die Augen und wendet sich ab.

»Wie konnte sie nur«, zischt sie, als langsam ihre Wut an die Oberfläche tritt.

»Finja kann nichts dafür«, erwidere ich ruhig.

»Du hast keine Ahnung. Ausgerechnet mit ihr eine Affäre anzufangen ... sie ist nicht besser als ihre ...«

»Wir haben keine Affäre«, unterbreche ich sie, und sie starrt mich einen Moment lang an.

»Sondern? Wie nennt man das in deiner Welt?« Ihre Worte sind giftig.

»Es war nur ein einziger Kuss«, verteidige ich mich, obwohl ich mir gleichzeitig so heuchlerisch vorkomme. Denn es war so viel mehr zwischen Finja und mir als nur dieser einzige Kuss. Etwas Magisches. Etwas, das man nicht mit Worten beschreiben kann.

»Willst du mich verarschen?«

Ich bringe Abstand zwischen uns und setze mich auf die Küchenbank. Mir ist klar, wie unglaubwürdig das alles für Solveig klingen muss. Zögernd steht sie da, wahrscheinlich überlegt sie, ob sie einfach wieder von hier verschwinden soll.

»Ausgerechnet Finja.« Der Schmerz in ihren Worten bohrt sich mit aller Kraft in mein Herz, ohne dass ich richtig einordnen kann, was er zu bedeuten hat. Wieso sagt sie das so seltsam?

»Sie hat mich zurückgewiesen, Solveig«, sage ich leise. »Glaub es oder nicht, aber ich habe sie wirklich nur ein einziges Mal geküsst, und dann hat sie mich von sich gestoßen.«

»Wieso sollte sie das tun?« Ich bin sicher, dass es Solveig alles abverlangt, mich das zu fragen. Trotzdem will sie es wissen.

»Weil sie der loyalste Mensch ist, dem ich je begegnet bin. Sie hat mit aller Vehemenz dagegen angekämpft. Sie hat mir nie auch nur die leiseste Hoffnung gemacht, weil sie dich nicht verletzen wollte.«

»Und dir ist es egal, mich zu verletzen?«, fragt sie und wischt sich die Tränen mit dem Handrücken ab.

»Nein«, erwidere ich, schockiert über diesen Vorwurf. »Aber ich kann auch nicht so tun, als wäre ich noch derselbe wie vor ein paar Wochen.«

Finja

Ich erledige den mittäglichen Abwasch in unserer Küche, als das Handy läutet. Es ist Lasse. Erst erkundigt er sich nach meinem Befinden, und wir tauschen Nettigkeiten aus, doch ich spüre, dass da noch mehr ist.

»Du rufst nicht einfach nur für Small Talk an, oder?« Während ich weiter die Küche sauber mache, klemmt mein Telefon zwischen Schulter und Ohr.

»Nein, du hast mich durchschaut«, gibt er zu. »Ich wollte dich fragen, ob du mit mir essen gehst.«

Er überfährt mich damit komplett, und im ersten Moment weiß ich nicht, was ich antworten soll. »Lasse ... das hatten wir doch schon. Wir sollten ...«

»Ich weiß, wie du darüber denkst, Finja«, unterbricht er mich. »Aber hör mich erst an. Mir ist etwas zu Ohren gekommen, was mir ein bisschen Sorgen macht, und zwar deinetwegen.«

»Meinetwegen? Jetzt machst du mich neugierig.«

»Du weißt, ich kann mich in meinem Sportgeschäft nicht über zu wenig Kundschaft beklagen. Was ich eigentlich sagen will ... die Leute reden über dich.«

»Tun sie das nicht immer?«

»Über dich und Kristian Haugen. Wahrscheinlich sind es nur Gerüchte, und mich geht das alles auch überhaupt nichts an, aber es heißt, ihr hättet was am Laufen.«

»Wir hätten was?« Mir wird heiß und gleichzeitig eiskalt.

»Beruhige dich ...«

»Das ist Schwachsinn, Lasse, und ich habe null Ahnung, wer solche Gerüchte in die Welt setzt«, schimpfe ich drauflos, völlig geschockt über seinen Bericht.

»Man hat euch zusammen gesehen.« Mein Herz setzt einen Schlag aus. Das kann nicht sein. Als Kristian mich gestern geküsst hat, war es spätabends, und wir waren ganz allein.

»Er hat mir geholfen. Es war ... beruflich.« Es wäre nichts dabei, Lasse zu erklären, wo Kristian und ich gewesen sind, aber ich bin ihm keine Rechenschaft schuldig. Nicht ihm.

»Beruflich ... klar!« Lasses ironischer Tonfall gefällt mir nicht.

»Kristian und ich sind befreundet«, stelle ich gereizt klar. »Platonisch.« Vielleicht hat Lasse uns mit dem Auto gesehen. Doch kann er wirklich von dem Kuss wissen? Oder sonst irgendjemand? Oder blufft er nur?

»Ja, wir beide wissen das, aber ...«

»Eigentlich ist es mir scheißegal, was die Leute reden. Sie sollen sich das Maul zerreißen, soviel sie wollen.« Das ist eine glatte Lüge. Ich habe nicht vergessen, wie die Einwohner von Skjærvik hinter meinem Rücken getuschelt haben, nachdem meine Mutter gegangen ist.

»Denkst du, Solveig wird das auch so locker sehen?«, trifft Lasse den wundesten aller Punkte. Es ist, als würde sich ein schweres Gewicht auf meine Brust legen und mir die Luft zum Atmen nehmen.

»Scheiße«, murmele ich, »es ist wirklich nichts zwischen uns, Lasse.« Mir bleibt nichts anderes übrig, als alles abzustreiten.

»Natürlich, Finja. Das hatte ich auch nicht erwartet.« Lasse klingt überzeugt, und doch ist da noch etwas anderes, eine feine Nuance in seiner Stimme, ein leicht nervöses Vibrato. »Gerade deshalb sollten wir miteinander ausgehen.«

»Der Zeitpunkt ist wohl nicht sehr passend.«

»Er könnte nicht passender sein! Wir gehen zu Anderssons essen und ... vielleicht ein bisschen spazieren, und schon sind die Gerüchte über dich und Kristian zerstreut.«

Sein Vorschlag geht mir völlig gegen den Strich, und eigentlich will ich mich lieber verkriechen und vor aller Welt abschotten, bis sich die Wogen wieder geglättet haben.

»Ich weiß nicht ...«

»Mir liegt wirklich viel an dir. Ich will dir helfen, weil ich es nicht ertrage, wie die Leute über dich herziehen. Wir zeigen ihnen nur, wie haltlos ihre Unterstellungen sind.«

»Ich will nicht, dass du dir irgendwelche Hoffnungen machst.«

»Wir sind doch noch Freunde, oder? Alles andere würde mich schwer enttäuschen.«

»Ja, das sind wir«, erwidere ich, obwohl es mir schwer über die Lippen kommt. Doch ihn erneut zu verletzen ist das Letzte, was ich will.

»Was spricht dagegen, mit einem Freund ein bisschen Spaß zu haben? Mit Kristian kannst du das offenbar.« Das hat gesessen.

»Ich überlege es mir, okay?«, sage ich.

Mir schwirrt der Kopf von all den Dingen, die Lasse mir erzählt hat. So durcheinander kann ich unmöglich eine Entscheidung treffen. Meine Intuition sagt mir, dass er mehr für mich empfindet als Freundschaft und es völlig abwegig wäre, sich auf diese Idee einzulassen.

»Überlege nicht zu lange«, sagt er und legt auf.

Was haben wir nur angerichtet?

Kapitel 26

Kristian

Nachdem ich ihr die Wahrheit über mich und Finja gestanden habe, braucht Solveig erst einmal räumlichen Abstand. Sie macht sich etwas frisch und verkriecht sich dann eine gefühlte Ewigkeit in Stines altem Schlafzimmer. Es sieht inzwischen nicht mehr so aus wie vor ein paar Wochen, aber vielleicht kann sie dort dennoch ein wenig Kraft tanken. Ich nutze die Zeit, um den Schuppen aufzuräumen, damit sie ein bisschen Ruhe hat. Irgendwann kurz vor Mittag steht sie plötzlich vor mir und bittet mich um einen Spaziergang. Ich bin froh über ihren Vorschlag, denn es ist wichtig, dass wir endlich ehrlich miteinander sind.

»Irgendwie habe ich es gespürt. Ich wusste, dass ich dich früher oder später verliere.« Solveigs Stimme kämpft gegen den Wind an, der hier am Strand vorherrscht. Ich weiß nicht, was ich antworten soll. Bevor wir hierher nach Skjærvik gekommen sind, hatte ich oft den Eindruck, ich würde unsere Beziehung ernster nehmen als sie.

»Frag mich nicht, warum ... vielleicht war es eine Art Vorahnung, aber als ich hergeflogen bin, habe ich mir fest vorgenommen, dir endlich alles zu erzählen. Vielleicht ist das jetzt, wo du gerade mit mir Schluss gemacht hast, ziemlich jämmerlich, doch du bist meine erste und einzige Wahl für einen Seelenstriptease.«

»Das ist nicht jämmerlich«, entgegne ich. Wir suchen uns eine windgeschützte Stelle, und ich breite die Decke aus, die ich mitgebracht habe. Und dann führen Solveig und ich das offenste und aufrichtigste Gespräch, das wir während unserer ganzen Beziehung hatten. Sie erzählt mir alles. Von ihrer Kindheit, von ihrer innigen Beziehung zu ihrer Großmutter Stine und ihrer Freundschaft zu Finja. Sie erzählt mir von dem einen, alles verändernden Abend und wie erleichtert sie gewesen war, dieses »Fischerkaff« mit seinen tratschenden und neugierigen Einwohnern hinter sich lassen zu können.

Und endlich ergibt alles auch für mich einen Sinn. Wegen dem, was damals zwischen Finjas Mutter und Solveigs Vater vorgefallen ist, hat Finja sich geschworen, dass sie sich nie zwischen zwei Menschen drängen wird. Wie sehr sie selbst unter den Ereignissen gelitten haben muss, kann ich nur erahnen. Dennoch würde sie sogar so weit gehen, auf ihr eigenes Glück zu verzichten, aus Angst, dass sich die Geschichte wiederholt. Ihre Reaktion gestern, als wir diese unsichtbare Grenze überschritten haben, ist also mehr als nachvollziehbar.

Ich spüre, wie schwer es Solveig fällt, über die Alkoholsucht ihrer Mutter zu reden und über die verkorkste Ehe ihrer Eltern, doch selbst diese Themen lässt sie nicht aus. Es scheint, als bräuchte sie diese Aussprache als Abschluss. Ich bin überrascht, wie viel Persönliches sie von sich aus erzählt, ja, sie liefert sich mir komplett aus. Ich erkenne sie kaum wieder und bin tief berührt von ihrer plötzlichen Offenheit. Sie scheint sich vollkommen sicher zu sein, dass jedes ihrer Worte bei mir gut aufgehoben ist. Das ehrt mich, denn vor Kurzem dachte sie noch, ich könnte Details aus ihrem Leben vor der Presse ausplaudern.

Und dann berichte ich ihr, was hier in der letzten Zeit passiert ist. Was Finja und mich verbindet, klammere ich aus. Dafür erzähle ich ihr von den Aufträgen, die ich hier an Land ziehen konnte, von Magnus' Angebot, von Ole und wie wichtig es mir ist, ihm eine Chance zu geben.

»Und Finja?«, fragt sie nach einer Weile, in der wir nur schweigend die Möwen und das stete Schaukeln der Wellen beobachtet haben. »Was magst du so an ihr?«

»Tu das nicht, Solveig«, bitte ich sie. Die Antwort auf diese Frage kann sie nur verletzen.

Erneut beginnt sie zu weinen. »Erst jetzt merke ich, wie viele Fehler ich gemacht habe«, wispert sie mit erstickter Stimme.

»Wir machen alle Fehler«, erwidere ich sanft und streiche ihr das nass geweinte Haar hinters Ohr. »Niemand hat dir beigebracht, dich um andere zu kümmern, weil sich nach deiner Großmutter niemand mehr um *dich* gekümmert hat. Ich bin sicher, du wirst lernen, zu vertrauen und dich zu öffnen, sobald der Richtige in dein Leben spaziert.«

»Du wolltest mein Herz erobern und ich die ganze Welt. Ist das nicht Ironie des Schicksals?«, sinniert sie. »Und während ich meinem Erfolg nachgejagt bin, hast du offenbar deinen Platz gefunden, genau in dem Kaff, aus dem ich geflohen bin.«

Nachdenklich nicke ich, bevor wir von einem langen Schweigen eingehüllt werden. Auf dem Rückweg greift sie unerwartet nach meiner Hand und sieht mich befangen an.

»Ist es okay, wenn wir wenigstens die letzten Augenblicke so tun, als wären wir noch die Alten?«

»Wenn's weiter nichts ist«, antworte ich, während wir die kurze Entfernung zu Stines Haus zurücklegen.

Ich koche noch einmal mit Solveig. Wir besprechen, dass ich sie über den weiteren Verlauf der Renovierung regelmäßig informieren werde und ihr die Rechnungen zukommen lasse. Unser Umgang fühlt sich seltsam und verkrampft an, doch das ist mir lieber, als dass wir uns im Streit trennen. Es ist augenscheinlich schwierig für sie, einfach ein Taxi zu rufen und Abschied zu nehmen, und auch mir geht es nahe.

Ein letztes Mal umarmen wir uns freundschaftlich.

»Tust du mir noch einen Gefallen?«, fragt sie nah an meinem Ohr. »Sag Finja, sie soll dich glücklich machen.«

Ich lächle und drücke sie ein bisschen fester an mich. Sie hat keine Ahnung, was mir ihre Worte bedeuten.

»Geh, und erobere die ganze Welt«, flüstere ich, ehe wir uns voneinander lösen und sie schließlich ins Taxi steigt.

Finja

Das Telefonat mit Lasse war beunruhigend, und ich habe das dringende Bedürfnis, mit Kristian darüber zu reden. Außerdem will ich ihm sagen, warum ich gestern so abwehrend reagiert habe. Nach langem Überlegen bin ich zu dem Schluss gekommen, dass ich ehrlich mit ihm sein muss. Er soll nicht denken, dass meine Zurückweisung an ihm liegt. Als ich mich mit dem Fahrrad auf den Weg zu ihm mache, schlägt mein Herz schon wieder Purzelbäume. Von Weitem erkenne ich ein Auto, das in der Einfahrt von Stines Haus steht, und ich bleibe unverzüglich stehen. Hat er Besuch? Und dann sehe ich die beiden.

Solveig und Kristian in inniger Umarmung. Mein Puls gerät aus dem Takt, und ich halte unwillkürlich den Atem an. Das sieht nicht wie eine Trennung aus. Als das Taxi losfährt, winkt Kristian ihr lächelnd nach, bevor er zurück ins Haus geht. Ohne es zu wollen, steigen mir Tränen in die Augen. Dabei war ich es doch, die ihn zurückgewiesen hat. Wenn er seiner Beziehung noch eine Chance geben will, wer bin ich, das zu verurteilen? Im Grunde ist es doch genau das, was ich wollte.

Ich drehe um und trete in die Pedale, ohne Ziel, einfach nur weg von hier. Vor der einsamen kleinen Holzkirche in Gimsøy finde ich mich schließlich wieder und hocke mich in den weißen Sand. In einem unerklärlichen Anfall von Selbstquälerei zücke ich mein Handy und suche das Internet nach Solveig ab. Ich finde unglaublich viele Fotos von ihr, auf unterschiedlichen Seiten, in allen erdenklichen Outfits und Posen. Und dann lande ich auf Instagram. Ihr neuester Eintrag ist von gestern und zeigt sie in einem Brautkleid. Ihr umwerfendes Lächeln ist das Erste, das mir ins Auge sticht. Ihr rotgoldenes Haar fällt ihr in perfekten Wellen über den Rücken, der durch einen tiefen Ausschnitt sehr viel von ihrer blassen Haut zeigt. Solveig sieht unbestritten wunderschön aus in ihrem Traum aus Tüll und Spitze. Automatisch nehmen noch weitere Bilder in meinem Kopf Gestalt an. Kristian, wie er im Smoking neben ihr steht und sie sich verliebte Blicke zuwerfen. Wie sie sich in einer Kirche vor Hunderten von Zeugen das Jawort geben. Und sich leidenschaftlich küssen.

Wie kann das sein? So ist er doch nicht! Er wäre mir doch nie so nah gewesen, wenn er und Solveig …

In mir steigt Zorn auf. Ein Schluchzen entringt sich meiner Kehle, und – was mich fast noch wütender macht – schon wieder fließen die Tränen. Dann fällt mir auf, was Solveig unter ihr Bild gepostet hat. *Für den schönsten Tag im Leben. Of all the places in the world my favourite spot is in your arms.*

Ich habe genug gesehen. Das ist genau dieser verdammte Beweis, den ich brauche. Solveig liebt ihn. Mehr muss ich nicht wissen.

Bevor ich mich auf den Heimweg mache, rufe ich Lasse an und sage ihm zu dieser bescheuerten Verabredung zu.

Kristian

Als Solveig weg ist, beseitige ich die Spuren von unserem gemeinsamen Essen, bevor ich wieder in den Schuppen gehe. Magnus hat mir gestern den Schlüssel zur Bootswerkstatt ausgehändigt, was die wohl erfreulichste Entwicklung meines bisherigen Aufenthaltes ist. Aus seiner anfänglichen Feindseligkeit ist Sympathie geworden, und das freut mich sehr. Alle Möbel, die ich allein schleppen kann, hieve ich auf die Ladefläche des Pick-ups und befestige sie mit einem Spanngurt. Es ist umständlich allein, aber ich habe keine Lust, bis morgen zu warten.

Kurzerhand greife ich nach dem Handy und wähle Oles Nummer. Vielleicht hat er Zeit und könnte vorbeikommen. Ich habe keine Ahnung, was er in seiner Freizeit so treibt, aber ein Versuch ist es wert. Leider erreiche ich nur die Mailbox. Ich könnte ihm eine Nachricht hinterlassen, dass ich zur Werkstatt übergesiedelt bin, denn Ole weiß ja noch nichts von den Neuigkeiten. Doch letztes Mal hat er meine Notiz ignoriert.

In der Küche fülle ich meine Wasserflasche mit Leitungswasser auf, da fällt mein Blick auf die Fensterbank, auf der ich Werkzeug und diverse Schrauben deponiert habe. Hinter einem der Kartons steckt ein Briefumschlag. Hat Solveig ihn hiergelassen? Oder ist er immer noch von Ole? Irritiert denke ich an den Streit, den wir deswegen hatten. Ob das der Grund ist, dass er nicht an sein Telefon geht? Ich drehe den Umschlag und betrachte ihn von allen Seiten. Da fällt mir auf, dass er viel dünner ist als Oles.

Um meinen Spekulationen ein Ende zu setzen, öffne ich ihn schließlich. Aus Zeitungspapier ausgeschnittene und aufgeklebte Buchstaben springen mir ins Auge und bilden drei kurze Sätze: *Kristian Haugen. Verschwinde! Du gehörst hier nicht her! Niemand will dich hier haben!*

Kapitel 27

Kristian

Ich habe mich wohlgefühlt hier in dem kleinen Fischerdörfchen. Willkommen. Doch da scheine ich mich wohl maßlos getäuscht zu haben. Es hat sich für mich eine Routine eingestellt mit meinen Besuchen in Björns und Lottas Pub, in Stens und Marits Laden. Magnus hat seine Meinung mir gegenüber offenbar grundlegend geändert, Ole hat angefangen, mir zu vertrauen, so dachte ich zumindest. Die Leute sind allesamt freundlich, grüßen mich, hin und wieder komme ich mit ein paar Einheimischen im Pub ins Gespräch. Sogar Lasse überraschte mich mit seinem Friedensangebot.

Und dann muss ich feststellen, dass mich trotzdem irgendjemand loswerden will. Wie konnte ich mir in den wenigen Wochen, in denen ich nun hier bin, schon Feinde machen? Und vor allem: Was habe ich getan, um so eine wüste Drohung zu erhalten? Ich spiele mit dem Gedanken, Finja anzurufen. Doch was würde das bringen? Sie ist die Letzte, die ich in irgendwelche Schwierigkeiten hineinziehen will. Vermutlich würde sie sich nur Sorgen machen.

Am Montag bin ich unglaublich froh, mich wieder in die Arbeit stürzen zu können. Ole erscheint nicht wie sonst um acht Uhr morgens. Er hat sich nicht krankgemeldet und geht auch nicht an sein Handy. Inzwischen habe ich einen ordentlichen Schwung

Möbel zu Magnus' Werkstatt gefahren und abgeladen, während in meinem Kopf die Gedanken wie im Karussell herumwirbeln. Hat Ole mir diese ominöse Botschaft hinterlassen? Habe ich mich doch zu sehr eingemischt? Sooft ich diese Idee drehe und wende, so oft verwerfe ich sie auch wieder. Wer könnte diesen Wisch in der Küche deponiert haben? Solveig? Sie ist zwar verletzt, aber bestimmt nicht so hinterhältig. Und warum sollte sie so etwas tun? Nein. Ausgeschlossen.

Wie lange hat dieser Umschlag wohl schon dort gelegen? Das Haus ist versperrt, wenn ich nicht da bin, doch andererseits ist tagsüber so gut wie immer offen, und ich mache mit meinen Maschinen oft solchen Lärm, dass ein unerwünschter Besucher sogar unentdeckt ins Haus und wieder nach draußen gelangen könnte. Mir kommt in den Sinn, was Magnus erzählt hat: *Der Tischler aus Gimsøy ist faul und ein Säufer.* Könnte er eine Konkurrenz in mir wittern und mich wegekeln wollen?

Zu Mittag fahre ich wieder zurück zum Haus, doch an Essen ist überhaupt nicht zu denken. Zum einen verspüre ich weder Lust, mich im Laden oder im Pub blicken zu lassen, und mein Kühlschrank gibt nicht mehr viel her, zum anderen ist mir etwas flau im Magen, und ich würde wahrscheinlich sowieso keinen Bissen hinunterbekommen. Stattdessen schlüpfe ich in meine Sportsachen, schließe ab, diesmal noch sorgfältiger als sonst, und fange ohne Ziel einfach an zu laufen. Aus den Nebelschleiern, die über dem Dorf und den umliegenden Bergen hängen, fängt es leicht zu nieseln an, passend zu meiner Stimmung.

Ich habe keine Ahnung, wie lange ich schon unterwegs bin, als ich an einen wunderschönen weißen Sandstrand komme. Das türkisgrüne Wasser erinnert mich an die Bilder, die Solveig mir vor ein paar Monaten von einem Shooting aus der Karibik geschickt hat. Unfassbar, was in dieser kurzen Zeit in meinem Leben alles passiert ist.

Der Nebel lichtet sich jetzt ein wenig, und ich erkenne in der Ferne die einsame weiße Holzkirche von Gimsøy, die durch Stahlseile gesichert zwischen Bergen und Meer verweilt und seit Jahrhunderten jedem Sturm trotzt, der über den Fjord fegt. Völlig durchgeschwitzt und außer Atem lasse ich mich am Strand nieder, um ruhelos nach wenigen keuchenden Atemzügen wieder aufzuspringen. Was soll ich nur tun? Wo soll ich hin? Soll ich meine Sachen packen und einfach wieder von hier verschwinden? Noch vor wenigen Wochen wäre das kein Problem gewesen. Ich hätte einfach mit Solveig in den Flieger steigen und in mein altes Leben zurückkehren können. Aber dann hätte ich Finja nie kennengelernt und nie erfahren, wie es ist, so intensiv zu fühlen und solche Sehnsucht nach jemandem zu verspüren.

Einem plötzlichen Impuls folgend, zerre ich mir mein Shirt vom Leib und stürze mich in die eiskalten Fluten. Ich schwimme, bis mein gesamter Körper vor Kälte kribbelt, und als ich erschöpft aus dem Wasser wate, blitzen die ersten Flecken blauen Himmels zwischen den Wolken hervor.

Ich ziehe mein T-Shirt rasch wieder über und setze mich erneut in den Sand. Mein Kopf ist jetzt wieder so klar wie das Wasser vor mir. Das Gesicht recke ich in die rasch wärmenden Sonnenstrahlen, während ich einen Entschluss fasse. Egal, wer es ist, der mich loswerden will, ich lasse mich nicht einfach vertreiben. Ich werde Stines Haus und alle meine ausstehenden Aufträge fertigstellen. Ole werde ich, so er es noch will, beschäftigen, bis ich wieder zurück nach Oslo fliege. Und wenn Finja erst weiß, dass ich und Solveig getrennt sind …

Ich seufze schwer. Ich werde wieder weggehen. Bald schon. Haben Finja und ich dann überhaupt eine reelle Chance?

Finja

Ich habe mich für eine dunkelgrüne Bluse und bequeme Jeans entschieden, dazu praktische Chucks, damit ich, wenn nötig, zu Fuß nach Hause gehen kann. Das Abendessen für meinen Vater steht bereits auf dem Tisch, und ich würde nichts lieber tun, als mit ihm zu essen, anstatt mich mit Lasse zu treffen. Es widerstrebt mir zutiefst, diese Scharade zu spielen, aber ich will diese Gerüchte – die doch einen Funken Wahrheit in sich bergen – wirklich aus der Welt schaffen, bevor Solveig davon Wind bekommt. Und außerdem lenkt mich dieses Pseudo-Date vielleicht tatsächlich von Kristian ab.

»Kommt Kristian heute nicht vorbei?«, will Pappa prompt wissen, als könne er meine Gedanken lesen.

»Vergiss nicht, deine Herztabletten zu nehmen.«

»Ich hab dich was gefragt«, beharrt er.

»Nein, warum sollte er?« Hat er mitbekommen, was gestern passiert ist?

»Ich dachte nur«, grübelt er. »Ihr versteht euch so gut.«

»Ich treffe mich mit Lasse«, erwidere ich und spreche mir dabei innerlich selbst Mut zu.

»Du meine Güte. Das solltest du lassen …«, antwortet er trocken.

Ich atme tief durch. »Die Leute reden, Pappa, und … das kann ich wirklich nicht gebrauchen. Lasse hilft mir einfach aus der Bredouille.«

»Dann bezeichnest du Kristian als Bredouille? Ich dachte, ihr beiden mögt euch.« In Vaters Gesicht zeichnet sich Unverständnis ab.

»Er ist liiert.« *Und er wird heiraten*, schreit es verzweifelt in mir. »Geht das nicht in deinen Kopf?«

»Nicht wirklich«, gibt er zu. Ich mache die Anrichte fertig sauber und durchquere dann die Küche auf der Suche nach meiner Sonnenbrille. Nur nicht wieder anfangen zu heulen. »Wenn du etwas für ihn empfindest, solltest du dazu stehen und um ihn kämpfen.«

»Das sagst ausgerechnet du?« Verblüfft halte ich inne und sehe ihn direkt an.

»Ja, ausgerechnet ich«, erwidert er ruhig.

»Zum hundertsten Mal: Auch wenn ich so aussehe, ich bin nicht Mamma. Und ich will auch nicht so sein wie sie, zumindest in dieser Hinsicht nicht. Ich werde *keine* Beziehung zerstören.« Mag sein, dass das hart in seinen Ohren klingt, aber beziehungstechnisch habe ich bestimmt einen Knacks davongetragen. Und um ihn kämpfen? Ts ... was soll das bitte für ein bescheuerter Ratschlag sein? Jeder Kampf schlägt Wunden, und Wunden bringen Schmerz. Mein Herz hat schon genug geblutet und Solveigs auch.

»Komm her«, sagt Pappa überraschend sanft, zieht mich am Ärmel näher, und ich gehe vor ihm in die Hocke. »Finja, deine Mutter hat einen Fehler gemacht. Und ich Tausende. Sie verachtest du, während du mich verhätschelst.«

Ausgerechnet *er* erzählt mir hier etwas über Achtung? Durch sein jahrelanges Schweigen hat er nicht besonders viel zu Mammas Image beigetragen.

»Was du nur zu gerne in Anspruch nimmst«, erinnere ich ihn mit erhobenen Augenbrauen.

»Hm«, grummelt er, »das mag sein. Aber was ich sagen will: Versuche, deiner Mutter diesen einen Fehler zu vergeben und mir meine tausend.«

Seine Worte überrollen mich. Er bricht eine Lanze für Mamma? Das ist neu. Woher kommt dieser plötzliche Sinneswandel?

»Manchmal braucht es ein bisschen Geduld und Mut. Hätte ich damals eines von beidem gehabt, wäre Elin vielleicht noch hier.«

Ich verstehe nicht, was er mir damit sagen will. Er hat noch nie so über Mamma gesprochen. Jetzt ist aber nicht der richtige Zeitpunkt, mehr über seine seltsamen Andeutungen herauszufinden.

»Ich muss los«, sage ich entschlossener, als ich eigentlich bin.

»Bist du dir ganz sicher, dass das eine gute Idee ist?« Zögerlich nicke ich. »Lass dich nicht mit den falschen Menschen ein, Finja«, rät er mir eindringlich.

»Lasse hat mir nie einen Grund gegeben, an ihm zu zweifeln. Obwohl ich unsere Beziehung beendet habe, steht er mir jetzt bei.«

Bitter lacht Vater auf. »Und zu welchem Preis?«

Könnte Lasse irgendwas dafür erwarten? Erhofft er sich am Ende doch, auf diesem Weg erneut meine Zuneigung zu gewinnen? »Er tut es als Freund, das hat er mir versichert. Ganz ohne Hintergedanken«, antworte ich entschieden, um mich selbst zu überzeugen.

Kristian

Nach meiner Rückkehr und einer ausgiebigen Dusche fahre ich wieder zur Bootswerkstatt. Ich gehe rund um das Gebäude herum, und als ich mir das Bootshaus ansehen will, erschreckt mich ein lautes Rumpeln fast zu Tode.

»Hallo?«, rufe ich alarmiert und lausche. Hektisch sehe ich mich um, doch im diffusen Licht kann ich nicht ausmachen, woher der Krach kam. »Ist hier jemand?« Keine Antwort. An der Anlegestelle, an der früher die fertigen Boote zu Wasser gelassen wurden, liegt ein Ruderboot und schaukelt nur sanft vor sich hin. Da bemerke ich einen niedrigen Bretterstapel hinter mir und eine getigerte Katze, die verängstigt in einem Höllentempo entwischt. Eine lose Holzleiste liegt am Boden. Wahrscheinlich hat die Katze sie losgetreten und sich selbst von dem Lärm erschrocken. Mein Herz bollert. Nur wegen einer Katze.

Auf dem Boot liegt eine ausgebreitete Decke, was etwas seltsam ist. Ist doch jemand hier gewesen?

Ich ziehe es näher zu mir heran und suche nach weiteren Anhaltspunkten. Vielleicht wollte es sich irgendein Penner in dem verlassenen Bootshaus bequem machen, und ich habe ihn gestört. Aber der Überwurf ist kalt. Als ich ihn zur Seite werfe, finde ich einen MP3-Player mit angeschlossenen Kopfhörern. Sonst entdecke ich keine Spuren. Grübelnd nehme ich das Gerät an mich und gehe in die Werkstatt.

Neugierig stecke ich mir die Stöpsel in die Ohren und drücke auf den Einschaltknopf. Erst höre ich gar nichts, doch nur Sekunden darauf beginnt mir eine männliche Stimme zu erklären, wie man ein altes Möbelstück für die Restauration vorbereitet. Fast muss ich lachen, weil ich noch nie gehört habe, dass jemand sich solchen Fachkram anstatt guter Musik reinzieht. Der Vortragende spricht von Beschlägen und Scharnieren, und als ich im Menü nach etwas anderem suche, finde ich außerdem eine Audiodatei, in der es um Lacke, Farben und Lasuren geht. Wer zum Teufel hört sich so was an? Und wer benutzt heutzutage noch so ein altes Gerät, wo doch jeder ein Smartphone besitzt? Doch andererseits bin ich hier in Skjærvik. Wer weiß, wie sehr die Bewohner dieses Fischerdörfchens dem Fortschritt hinterherhinken!

Kurz muss ich an Ole denken. Er hat ein Handy, benutzt es offenbar aber nicht. Sonst könnte er mich ja endlich zurückrufen oder die unzähligen Nachrichten beantworten, die ich ihm geschrieben habe. Ich habe ihn nun schon seit Tagen nicht mehr gesehen. Vielleicht ist ihm etwas zugestoßen? Bisher war er mir gegenüber immer verlässlich. Ich beschließe, Hedda und Thore Olsson einen Besuch abzustatten. Möglicherweise wissen sie, wo er sich herumtreibt und warum er auf einmal nicht mehr zur Arbeit erscheint.

Hedda werkelt in ihrem Vorgarten herum und sieht überrascht auf, als ich komme.

»Hallo«, ruft sie mir von Weitem entgegen, »ist irgendwas mit Ole?«

»Ehrlich gesagt wollte ich dich das Gleiche fragen.«

Das Lächeln fällt ihr aus dem Gesicht, während sie eilig ihre Hände an der geblümten Kleiderschürze abwischt. »Er ist also nicht bei dir.« Es ist mehr eine Feststellung als eine Frage, trotzdem liegt in Heddas Augen ein stilles Flehen, ich möge ihr doch eine andere Antwort liefern.

»Er hat ein Schreiben von Sten erhalten, und … keine Ahnung … danach war er irgendwie verändert.«

»Komm, ich mache uns erst mal einen Kaffee. Und dann erzählst du mir in aller Ruhe, was passiert ist.«

Während wir am Küchentisch Kaffee trinken und ich Hedda die kleine Auseinandersetzung mit ihrem Enkel schildere, sitzt Thore nebenan in einem großen Ohrensessel und döst leicht schnarchend vor sich hin.

»Thore fühlt sich nicht besonders«, entschuldigt sie ihn, »und es ist mir lieber, ich bringe ihm die ganze Sache nachher schonend bei. Weißt du, es nimmt ihn sehr mit, dass Ole uns so viele Sorgen bereitet.«

»Wie lange wohnt er schon dauerhaft bei euch?«, frage ich.

»Seit etwa einem Jahr«, beginnt sie zu erzählen. »Unsere Tochter ist an Krebs gestorben, als Ole fünf Jahre alt war. Sein Vater ist nie über ihren Tod hinweggekommen.« In Heddas Augen schimmern ungeweinte Tränen. »Leif ist ein sehr ungeduldiger und cholerischer Mensch. Ole hat es ihm noch nie recht machen können. Meinem Eindruck nach hat er sich im Internat recht wohlgefühlt, aber dann ist er an die falschen Leute geraten. Er ist in ein paar kleinere Einbrüche und Sachbeschädigungen verwickelt gewesen, aber mit einer Bewährungsstrafe davongekommen. Im letzten Jahr haben Thore und ich beschlossen, ihn ganz zu uns zu nehmen. Und Leif scheint das ganz recht zu sein. Seitdem kümmert er sich überhaupt nicht mehr.«

Verzweifelt wischt sie sich mit den Händen über das Gesicht.

»Glaubst du, Ole würde zu ihm gehen, wenn er in Schwierigkeiten steckt?«

»Nein, ganz sicher nicht. Außerdem hat er hier übernachtet. Er war eigentlich wie immer, hat ein paar Bissen gegessen und sich dann in seinem Zimmer verkrochen. Ich habe den Eindruck, als fühle er sich an Wochenenden noch verlorener als sonst. Er weiß gar nicht, wohin mit sich. Ich wünschte, er würde endlich ein bisschen Anschluss finden.«

»Wo hält er sich für gewöhnlich auf an den Wochenenden?« Mein seltsames Gefühl lässt sich einfach nicht bändigen.

»Oft schläft er den ganzen Tag, hängt mit seinen Kopfhörern rum, oder er streunert ein wenig durch die Gegend.«

Beim Wort Kopfhörer werde ich stutzig. Könnte es Oles MP3-Player sein, den ich gefunden habe? Eignet er sich auf diese Art Fachkenntnisse über Holzverarbeitung an?

»Heute habe ich nicht bemerkt, dass er gegangen ist«, sorgt Hedda sich. »Hätte ich geahnt, dass irgendwas faul ist, dann ...«

»Woher solltest du das denn wissen? Hat er irgendwas gesagt?«

»Er war noch nie der große Schwätzer«, stellt sie kopfschüttelnd fest.

»Er ist handwerklich ziemlich geschickt. Er kann ordentlich anpacken, und das gefällt mir. Ich hoffe sehr, dass er mir weiterhin helfen wird.«

»Erst muss er wieder auftauchen.« Hedda seufzt resigniert, und ich nicke nachdenklich.

»Vielleicht liegt er irgendwo faul in der Sonne, und wir machen uns ganz unnötig Sorgen. Wir sollten abwarten, und dann löst sich bestimmt alles in Wohlgefallen auf.«

Glaube ich eigentlich selbst, was ich da von mir gebe?

Hedda nickt wie in Zeitlupe. »Ich hatte das Gefühl, dass er gerne für dich arbeitet. In letzter Zeit war er ein bisschen ... wie soll ich es nennen ... ausgeglichener. Aber ewig wirst du nicht mehr hier sein. Und was dann?«

Ja, was dann? Ich kann ihr diese Frage nicht beantworten. Was nützt Ole sein handwerkliches Talent, wenn da niemand ist, der ihm eine Chance gibt?

»Wahrscheinlich war es nicht die beste Idee von mir, ihn bei Sten in die Lehre zu schicken. Ich wusste nur einfach nicht, wen ich sonst hätte um Hilfe bitten können. Ich dachte, wenn er unter Leute kommt und eine Aufgabe hat, dann würde er sich auch besser einfügen.«

»Hedda, denkst du wirklich, er hat Sten bestohlen?«

»Ich weiß es nicht. Aber ich kenne Sten und Marit schon mein ganzes Leben lang. Sie würden sich doch so etwas nicht einfach ausdenken.«

»Vielleicht gibt es eine andere plausible Erklärung.«

»Ich wünschte, es wäre so.«

Als ich meine Tasse leer trinke und in die Spüle stelle, fällt mein Blick auf einen Stapel Zeitungen, der fein säuberlich geordnet auf der Küchenanrichte liegt.

»Hast du etwas dagegen, wenn ich mir die Zeitung dieser Woche anschaue?«, will ich wissen, einem innerlichen Drang folgend.

»Nein, natürlich nicht. Thore hat sie schon gelesen, also nimm sie dir ruhig mit«, bietet sie großzügig an. »Nachrichten aus Oslo wirst du aber wahrscheinlich nicht finden, falls es das ist, was dich interessiert. Die Käseblätter sind nur regional.«

»Du wirst lachen, aber was drinsteht, ist mir eigentlich egal«, murmele ich, und Hedda bedenkt mich mit einem skeptischen Ausdruck. »Ach«, füge ich vage hinzu, »ist nicht so wichtig.«

Hedda scheint sich zwar zu wundern, drückt mir dann aber den gesamten Stapel in die Hand. »Du kannst sie alle haben. Und wenn du Fisch damit einwickelst. Wenigstens brauche ich sie dann nicht zu entsorgen.«

»Liest Ole auch gerne Zeitung?«

Sie zieht die Mundwinkel nach unten und schüttelt den Kopf. »Der lebt in seiner eigenen Welt. Den interessiert nicht, was um ihn herum passiert. Und Zeitungen oder Bücher würde er nicht einmal mit der Kneifzange anfassen!«

»Wenn du was von ihm hörst, würdest du mich dann anrufen?«, bitte ich sie.

»Natürlich«, verspricht sie. »Das gilt auch umgekehrt. Und wenn er hier auftaucht, werde ich ihn mir mal zur Brust nehmen. Vielleicht lässt er mich das Schreiben von Sten lesen. Und das Geld werden wir schon irgendwie zusammenkratzen. Hauptsache, Sten sieht von einer Anzeige ab.«

Ich verabschiede mich von Hedda und Thore, der inzwischen ebenfalls aufgewacht ist. Ein leichtes Hungergefühl erinnert mich daran, dass ich unbedingt noch einkaufen gehen muss, also beschließe ich, einen Abstecher in den Laden zu machen, um meinen Kühlschrank aufzufüllen. Es ist ein sonderbares Gefühl, wenn man sich bei jedem Menschen, dem man begegnet, fragt, ob er der Verfasser der feindseligen Zeilen sein könnte. Von allen Einheimischen, die ich kenne, würde ich es niemandem zutrauen.

Später, während ich esse, durchforste ich jede einzelne Zeitung, doch nirgends fehlt auch nur der kleinste Papierschnipsel. Natürlich würde jeder, der zu so etwas fähig ist, seine Spuren sofort beseitigen. Trotzdem fühle ich mich in meiner Annahme bestätigt, dass Ole nichts mit dem Drohbrief zu tun hat.

Kapitel 28

Kristian

Zurück in der Werkstatt, erreicht mich eine Nachricht von meinem Bruder. Er schreibt, er habe einen potenziellen Käufer für meinen Gartentisch gefunden, der sehr an dazu passenden Stühlen interessiert wäre. Das ist endlich mal eine gute Nachricht.

Ich öffne von innen das große, mit den Jahren etwas blind gewordene Fenster, das auf den Fjord hinausgeht, und setze mich auf die hölzerne Trittleiter, die in der Werkstatt herumsteht. Während ich Arnes Nummer wähle, recke ich mein Gesicht in die Sonne. Jetzt erst spüre ich, wie mir die Erschöpfung und die Sorgen der letzten Tage in den Knochen hängen. Als wäre ich ein alter Mann, wovon ich mit meinen siebenundzwanzig Jahren noch weit entfernt bin. Die Euphorie über meinen anstehenden beruflichen Erfolg lässt seltsamerweise auf sich warten. Dabei müsste es mich doch glücklich machen, dass es endlich vorwärtszugehen scheint.

»Na, was geht?«, ertönt Arnes gut gelaunte Stimme und durchbricht meine müßigen Gedanken, »willst du mir zu meinem phänomenalen Geschäftssinn gratulieren?«

»Ja, so ungefähr«, erwidere ich, und fast muss ich lächeln über seine mir so vertraute Überheblichkeit. Aber nur fast. »Wie hast du den Kunden an Land gezogen?«, frage ich und versuche, einen begeisterten Ton anzuschlagen.

»Gönnt dein Supermodel dir keinen Schlaf, oder wieso klingst du so fertig?«, will Arne prompt von mir wissen, ohne auf meine Frage einzugehen. Seit wann ist der Kerl so feinfühlig? Obwohl ich genau weiß, dass er Solveig meint, gilt mein erster Gedanke Finja.

»Sie ... Solveig ist gar nicht hier.« Ich könnte ihm von der Trennung erzählen, aber das würde eine Menge Fragen aufwerfen. Und mir fehlt echt die Energie, die zu beantworten.

»Ach nein?«

»Sie ist auf irgendeiner Fashion Week ... frag mich nicht«, gebe ich unwillig Auskunft.

»Tja, sie ist eben Karrierefrau durch und durch. Hätte nicht gedacht, dass dir vergönnt ist, mit so einer Schönheit glücklich zu werden, Kleiner.« Irgendwann werde ich ihn aufklären, dass seine Aussage auf einem völligen Irrtum beruht.

»Erzähl mir lieber was über den Kunden«, wechsle ich rasch das Thema.

»Oh Mann, ich habe mir solche Mühe gegeben mit der ausführlichen Mail, die ich dir geschrieben habe. Muss ich dir alles noch mal vorkauen? Ich habe noch was vor.«

»Arne ...«

»Lies es dir einfach noch einmal genau durch. Du kannst doch lesen, oder?«, zieht er mich auf.

Irgendwas an den Worten, die er übertrieben genervt an mich richtet, lässt mich aufhorchen. Im ersten Moment kann ich nicht festmachen, was genau es ist. Doch einen Wimpernschlag später wird mir alles auf einmal klar. Dass Ole niemals die Speisekarte ansieht und immer dasselbe isst wie ich. Dass er alle Notizen und Nachrichten, selbst Stens Schreiben ignoriert. Die Audiodatei auf dem MP3-Player. Dass er Zeitungen und Bücher nicht einmal mit der Kneifzange anfasst.

Was ist, wenn Ole nicht lesen und schreiben kann?

»Arne, du bist genial«, flüstere ich fast schon ehrfürchtig, als mich eine Erkenntnis nach der anderen einholt. »Das ist es.«

»Ich weiß um meine Genialität, aber was ist was?« Arne so irritiert zu hören ist neu.

»Was du gesagt hast. Ole kann es also wirklich nicht gewesen sein«, sage ich mehr zu mir selbst, und gleichzeitig rutscht in meinem Inneren eine Geröllawine der Erleichterung in die Tiefe. Ich habe mich nicht in Ole getäuscht. Und wenn ich recht habe, lassen sich vielleicht auch einige von Oles anderen Schwierigkeiten aufklären. Trotz seiner abweisenden Art habe ich diesen einsamen Jungen ins Herz geschlossen.

»Ich verstehe nur Bahnhof. Komm schon, Kris ... hast du Probleme?«

»Du hast doch noch was vor«, erinnere ich ihn, überrascht, dass er tatsächlich ein offenes Ohr für mich zu haben scheint.

»Das kann warten«, erwidert Arne, und die Ernsthaftigkeit in seiner Stimme verleitet mich dazu, mich zum ersten Mal seit verdammt langer Zeit meinem Bruder anzuvertrauen. Und daraufhin breite ich all das Chaos in meinem Leben – einschließlich der Trennung von Solveig – vor ihm aus. Obwohl er mir schlussendlich auch keinen Rat geben kann, merke ich, dass es eine erstaunlich wohltuende Wirkung auf mich hat, mir diesen Ballast von der Seele zu reden.

Finja

Lasse holt mich wie bei einem richtigen Date zu Hause ab, damit uns ja viele Leute zusammen sehen können. Das regnerisch-graue Wetter, das fast den ganzen Tag über geherrscht hat, ist innerhalb kürzester Zeit strahlendem Sonnenschein gewichen. Trotzdem fröstelt es mich, und ich fühle mich von der ersten Sekunde an unwohl.

Wir sitzen an einem kleinen Zweiertisch am Fenster, und Lasse bestellt bei Björns neuer Kellnerin zwei Gläser Prosecco als Aperitif, obwohl ich protestiere, weil ich es absolut unpassend finde. Das Pub ist gerammelt voll, und ich bin so nervös, als müsste ich gleich vor allen Leuten eine Rede halten. Als Lotta die Bestellung an unseren Tisch bringt, fallen ihr vor Überraschung fast die Sektflöten vom Tablett. Kein Wunder, sie ist schließlich über mein Gefühlsleben im Bilde. Kurz frage ich mich, warum sie mir nichts von den kursierenden Gerüchten erzählt hat.

»Hallöchen«, begrüßt sie uns dann übertrieben freundlich. »Mit euch beiden hätte ich ja zuletzt gerechnet ... also ... zusammen!«

»Wir ... das ... das ist rein freundschaftlich«, stottere ich und fange mir von Lasse einen strengen Blick ein.

»Das kann man so nicht sagen, Süße«, widerspricht er demonstrativ, legt seine Hand auf meine und schenkt mir ein gespielt verliebtes Lächeln. Obwohl ... so gespielt, wie es sollte, sieht sein Lächeln gar nicht aus. In mir schrillen sämtliche Alarmglocken. Lotta serviert die Gläser und mustert mich mit zusammengekniffenen Augen.

Lasses Vorstellung ist völlig überzogen, und doch kann ich Lotta das jetzt, wo das Lokal zum Bersten gefüllt ist, nicht auf die Schnelle erklären. Nur Sekunden, nachdem sie die Bestellung aufgenommen hat, wird sie auch schon an einen anderen Tisch gerufen.

»Wir feiern unseren Neuanfang«, verkündet Lasse eine Spur zu laut und hebt sein Glas.

»Hör auf damit«, zische ich überfordert und drücke seinen Arm herunter. »Du übertreibst doch total.«

Mit einem seltsamen Ausdruck fixiert er mich. »Ich darf dich daran erinnern, dass du aus freien Stücken hier bist. *Du* hast ein Problem, nicht ich. Über mich reden die Leute nicht. *Du* bist es, der man eine Affäre mit Solveigs Freund nachsagt.« Seine Stimme ist beißend und herabsetzend, als wäre ich ein kleines, ungezogenes Mädchen. »Ich gebe dir einen Moment, darüber nachzudenken. Und wenn ich wiederkomme, wirst du dir hoffentlich klar darüber sein, was du willst.« Damit steht er auf und verschwindet in Richtung der Toiletten.

Ich bin wie erstarrt. Es war eine Schnapsidee, mit ihm hierherzukommen. Was habe ich mir nur dabei gedacht?

»Bist du noch ganz bei Trost?«, reißt Lotta mich aus meinen Überlegungen. Ich springe auf und werfe einen kurzen Blick zu den Waschräumen.

»Nein, Lotta. Das war ich offensichtlich bisher nicht. Lasse wollte den Gerüchten über mich und Kristian gegensteuern, die hier im Dorf die Runde machen.«

»Gerüchte? Welche Gerüchte?« Lotta sieht absolut ahnungslos aus.

»Ich erzähle dir das ein anderes Mal, okay? Ich muss gehen.«

»Und euer Essen?«

»Ist hiermit storniert!«

Dann flüchte ich aus dem Lokal, bevor Lasse zurückkommt.

Es dauert nicht lange, bis er mich eingeholt hat.

»Finja, warte!«, ruft er mir hinterher. »Es tut mir leid, ich habe überreagiert. Warte doch, damit ich mich angemessen entschuldigen kann.«

Nur zögerlich werden meine Schritte langsamer. Ich bin wütend, vor allem auf mich selbst, auf die Situation und auf meine Unfähigkeit, die verdammten Gefühle für Kristian abzustellen.

»Lasse, das funktioniert einfach nicht. Es war eine dumme

Idee, durch solche Lügen ein Gerücht zu zerschlagen. Das bin nicht *ich*, verstehst du?«

»Ja, du bist die Ehrlichkeit in Person«, entgegnet er und kommt mir näher. »Genau das liebe ich so an dir.«

»Lasse ...«

»Bitte verzeih mir. Ich wollte dir helfen, es war vielleicht gut gemeint und schlecht getroffen.«

»Ich weiß deine Hilfe zu schätzen. Aber ...«

»Dann verzeihst du mir?« Er lächelt mich an, fast unschuldig, wäre da nicht dieser berechnende Ausdruck in seinen Augen. »Darf ich dich wenigstens noch nach Hause begleiten, wenn schon der Abend so gründlich in die Hose gegangen ist?«

»Okay«, höre ich mich müde und widerwillig sagen. Ich will nichts anderes, als mich daheim in meinen vier Wänden vergraben und meine Wunden lecken. Die wenigen Meter werde ich jetzt schon noch überstehen.

»Weißt du noch, wie oft wir diesen Weg gemeinsam gegangen sind, Hand in Hand?«

»Ich leide nicht an Gedächtnisverlust«, sage ich gereizt.

»Vielleicht willst du es ja vergessen. Für mich war die Zeit mit dir die schönste in meinem Leben.«

Erneut bleibe ich stehen und wende mich ihm zu.

»Nur weil wir nicht füreinander bestimmt sind, heißt das nicht, dass ich unsere Beziehung schrecklich fand und vergessen will.«

»Wer sagt, dass wir nicht füreinander bestimmt sind?«

»Mein Herz«, antworte ich eindringlich.

»*Mein* Herz sagt etwas ganz anderes.«

Fieberhaft überlege ich, wie ich ihm verklickern kann, dass zwischen uns nie mehr etwas sein wird. Und dann schießt er unerwartet mit seinem Kopf nach vorne und küsst mich. Ich bin so überrumpelt, dass es ein paar Sekunden braucht, bis ich meine Hände zwischen uns bringe und ihn unsanft wegdrücke.

»Sag mal, spinnst du?«

»Finja, ich liebe dich!«, beteuert er, und sofort fallen mir Pappas Worte ein.

»Du bist zu weit gegangen«, erwidere ich fassungslos und entferne mich rückwärts von ihm.

»Es tut mir leid«, wiederholt er und wirft resigniert die Arme in die Luft. »Ich kann doch nichts für meine Gefühle.« Wie recht er doch hat. Trotzdem schüttle ich vehement und verzweifelt den Kopf, drehe mich um und sehe zu, dass ich von ihm wegkomme.

Kristian

Nach meinem Gespräch mit Arne fühle ich mich um einiges leichter, auch wenn meine Probleme noch immer dieselben sind. Mein Wunsch, Finjas Stimme zu hören, ist überwältigend, und während ich die Fenster und Türen der Werkstatt verschließe, versuche ich, sie auf ihrem Handy zu erreichen. Ich will sie fragen, ob wir uns sehen können, damit ich ihr von der Trennung erzählen kann. Doch Finja geht nicht ran. Ich beschließe, sie spontan zu besuchen, und als ich ein paar Minuten zu Fuß unterwegs bin, weiß ich auch, warum sie nicht ans Handy geht.

In einiger Entfernung mache ich sie auf der Anhöhe aus. Mit Lasse. Um ihrem Gespräch zu folgen, bin ich zu weit weg, doch das muss ich auch nicht. Mein Herz setzt einen Schlag aus, als ich mitansehen muss, wie sie sich küssen. Nur der Bruchteil einer Sekunde genügt mir, bevor ich mich abwende und zurück zur Werkstatt haste, diesmal im Laufschritt. Warum macht sie das? Empfindet sie noch etwas für Lasse? Oder will sie auf diese Art die

Anziehungskraft verdrängen, die zwischen uns herrscht? Dieses magische Prickeln, wenn wir uns ansehen? Ich verstehe die Welt nicht mehr.

Wieder legt sich ein bleischweres Gewicht auf mein Herz, und ich bin nicht in der Lage, irgendwas daran zu ändern. Ich kann fast nicht mehr atmen. Meine Lungen wollen sich einfach nicht mit Sauerstoff füllen. Es fühlt sich an wie Verrat. Wie kann das nur so wehtun? Sie war nicht mein, und trotzdem fühle ich mich, als hätte ich sie verloren.

Kapitel 29

Kristian

Nachdem ich in der Nacht wieder einmal kein Auge zugemacht habe, arbeite ich noch verbissener in der Werkstatt. Das Werkzeug fliegt nur so durch die Gegend, und am liebsten würde ich es gegen die Wand pfeffern. Ich bin so unfassbar verletzt und wütend, dass sich alles gegen mich verschworen zu haben scheint. Nicht mehr lange, und ich werde die Renovierung des Hauses beendet haben. Die Holzböden sind frisch lasiert, und während sie trocknen, kann ich mich zwischenzeitlich um die Restauration der Möbel kümmern. Solveig will sie ebenfalls veräußern, möglicherweise könnten die zukünftigen Besitzer des Hauses Interesse daran haben. Auf jeden Fall wird sie einen respektablen Preis für das Schmuckstück direkt am Fjord erzielen, da bin ich sicher.

Und ich kann getrost wieder nach Oslo zurückkehren und dann ... ja, was dann? Soll ich in der Firma meines Vaters weiterarbeiten, obwohl ich dort der ewige Zweite sein werde? Soll ich Finja einfach vergessen? *Kann* ich das überhaupt? Je länger ich in Magnus' Werkstatt stehe und das Holz bearbeite, umso mehr reift in mir der Gedanke, was wäre, wenn ich nicht mehr nach Hause zurückginge.

Regelmäßig versuche ich, Ole zu erreichen, der auch heute nicht erschienen ist, und jedes Mal spreche ich ihm eine Nachricht auf die Mailbox.

»Verdammt, Ole. Wo bist du denn?«, fluche ich aufs Band und kann mich gerade noch zügeln, ehe ich das Handy in die Ecke schleudere. Ich wette, sein Akku ist leer.

Am späten Nachmittag brauche ich dringend eine Pause, da kommt mir eine Idee. Ich gehe hinaus und lege den MP3-Player mit den Kopfhörern wieder auf das alte Holzboot, wo ich ihn gefunden habe. Vielleicht vermisst Ole ihn schon und kommt ihn holen. Es ist in der Werkstatt gut zu hören, wenn das Boot mit jeder Welle gegen die Holzplanken schlägt. Also werde ich bestimmt merken, wenn sich jemand darauf zu schaffen macht, zur Sicherheit lasse ich die Tür offen. Sollte es mir gelingen, Ole abzupassen, kann ich vielleicht endlich herausfinden, was los ist. Falls er überhaupt wiederkommt. Einen Versuch ist es wert.

Gerade will ich zurück in die Werkstatt, als mir ein eigenwilliger Geruch in die Nase steigt. Ich kann nicht festmachen, was es ist. Süßlich-herb, ein bisschen mit Schweiß durchdrungen. Ich bleibe kurz stehen und grüble, wo es herkommt und wo ich es schon einmal gerochen habe. Dann spüre ich plötzlich einen dumpfen Schlag auf den Hinterkopf, und mir wird schwarz vor Augen.

Finja

Meine Vormittagsschicht im Laden scheint sich ewig in die Länge zu ziehen. Dieser unselige Abend mit Lasse liegt mir schwer im Magen, und ich fürchte mich davor, Kristian wieder zu begegnen. Und gleichzeitig sehne ich mich danach.

Der Gedanke an diesen einen, atemberaubenden, magischen Kuss lässt mein Inneres vibrieren und pflanzt einen Hauch von Glück in mein Herz. So verboten er auch gewesen sein mag.

Nach der Arbeit beschließe ich, Lotta zu besuchen. Ich fühle mich wie zerrissen und muss mich endlich jemandem anvertrauen. Es ist früher Nachmittag und das Pub so gut wie leer.

»Hei, Finja, du kommst wie gerufen«, begrüßt sie mich fröhlich, als die Tür hinter mir zufällt.

»Tu ich das?«, erwidere ich und umarme sie kurz.

»Jep. Ich hab gerade Kvæfjordkake gebacken«, sagt sie und wackelt verheißungsvoll mit den Augenbrauen. Eigentlich liebe ich diesen Kuchen. Aber heute ...

»Tut mir leid, ich bringe keinen Bissen hinunter.«

»Oje ... gibt's Ärger?« Als Antwort seufze ich frustriert auf. »Björn, wir brauchen mal ein Stündchen Ruhe, okay?«, wendet sie sich an ihren Mann, der hinter dem Tresen steht.

»Alles klar, Liebes.« Er beugt sich zu ihr und küsst sie lächelnd. Ich muss wegsehen.

»Du wolltest mir eh noch erzählen, was das gestern mit Lasse sollte«, ermuntert mich Lotta, als wir wenig später auf ihrer Veranda sitzen. »Ihr seid doch nicht wirklich ...«

»Nein«, unterbreche ich sie energisch. »Das war nichts anderes als eine total idiotische Aktion. Er hat gesagt, es gäbe Gerüchte über mich und Kristian, und wir müssten den Leuten beweisen, dass nichts dran ist.«

»Indem ihr so tut, als wärt ihr ein Paar?« So wie sie es sagt, klingt es wirklich ziemlich dumm. Und armselig.

»Ich sagte doch: idiotisch.«

»Wieso lässt du dich auf so was ein?« Sehr berechtigte Frage.

»Er hat mich geküsst«, gebe ich kleinlaut zu.

»Lasse?«

»Ja, der auch.«

»Was?« Lotta sieht richtig schockiert aus. »Mal langsam ...

beide haben dich geküsst?« Lottas Bestürzung verwandelt sich in Belustigung.

»Findest du das witzig?«, werfe ich ihr vor. Das Thema ist viel zu ernst, um sich darüber zu amüsieren.

»Ein bisschen schon. *Das einfache Inselmädchen …*«, erinnert sie mich grinsend an unser letztes Gespräch.

»Ja, ja … schon gut. Jedenfalls habe ich beide in ihre Schranken gewiesen.«

»War's wenigstens mit einem der beiden schön?«

Mein Gesicht wird heiß, wenn ich an Kristians Lippen auf meinen denke, an seine Hände, seinen unwiderstehlichen Duft.

»Kristian und Solveig werden heiraten«, verwerfe ich all diese verfluchten Träumereien mit brutaler Entschlossenheit. Um diese Feststellung zu untermauern, angle ich mein Handy aus der hinteren Jeanstasche und öffne Solveigs Instagram-Profil.

Lotta schnappt nach Luft, während sie den Brautkleid-Post betrachtet. »Hat er dir das selber erzählt?«

»Nein, verdammt. Er hat mir nichts erzählt.« Wut und Verzweiflung gewinnen jetzt wieder die Oberhand und liefern sich in mir einen erbitterten Kampf. Vielleicht hilft es ja, wenn ich meine Gefühle in den Fjord hinausschreie. »Er hat gesagt, er würde sich von Solveig trennen, weil er sich in mich verliebt hat. Und ich habe ihn zurückgewiesen, weil ich nicht denselben Fehler machen will wie meine Mutter«, sprudelt es plötzlich unaufhaltsam aus mir heraus. »Ich *dränge* mich nicht in eine Beziehung. Als ich am Sonntag zu ihm wollte, um noch mal über alles zu reden, habe ich Solveig bei ihm gesehen … in inniger Umarmung.«

Lotta weicht meinem Blick aus und beißt sich auf die Unterlippe. »Ich habe die beiden auch gesehen, als sie Hand in Hand spazieren gingen«, gesteht sie schließlich.

»Sieht also nicht nach Trennung aus, hm?«, bringe ich die Sache auf den Punkt, und Lotta nickt nachdenklich.

»Jedenfalls weiß ich jetzt, dass ich absolut das Richtige getan habe, als ich Kristian weggeschickt habe.«

»Absolut«, bekräftigt Lotta.

Absolut, will ich auch mein Herz überzeugen.

Kurz darauf mache ich mich auf den Heimweg, weil Lotta doch früher als geplant in der Küche gebraucht wird. Ich bin sehr froh, dass ich bei ihr mein Herz ein wenig erleichtern konnte.

Statt meine Gefühle in den Fjord hinauszuschreien, setze ich mich mit meiner Gitarre in den Garten und lasse ihnen dort freien Lauf.

Vielleicht sollte ich meinen alten Traum tatsächlich weiterträumen. War es ein Fehler, mein E-Piano zu verkaufen, nachdem es mit dem Studium nichts wurde? Wir hatten damals das Geld gebraucht, aber wenn ich meine Rücklagen dafür verwende ...

Es tut so gut, sich durch die Musik ein wenig Luft zu machen. Ich zupfe eine Melodie und weiß im ersten Moment nicht, woher ich sie kenne. Seit Tagen geht sie mir schon nicht mehr aus dem Kopf, und auf einmal habe ich ganz klar das Bild vor mir, wie Kristian pfeifend seiner Arbeit nachgeht.

Und ohne es zu wollen, stehe ich wenig später vor Stines Haus. Keine Ahnung, was ich ihm sagen werde, aber wenigstens zur Rede stellen muss ich ihn. Ich muss wissen, was er sich dabei gedacht hat, mich zu küssen, obwohl er doch ganz andere Pläne verfolgt.

Weil dort alles ruhig und abgeschlossen ist, versuche ich es bei Vaters Bootswerkstatt. Auf dem Weg dorthin sehe ich, wie eine Nebelbank sich träge über den Fjord schiebt und den Himmel nur erahnen lässt. Erfahrungsgemäß könnte es heute noch ein Gewitter geben, weshalb ich mir vorsichtshalber eine Regenjacke mitgenommen habe. Die Tür der Werkstatt ist nur angelehnt. Wegen des diffusen Wetters ist der Innenraum des Gebäudes hell erleuchtet.

»Kristian?«, kündige ich mich an, als ich eintrete. Ich sehe mich um, doch er antwortet nicht. »Kristian!«, rufe ich erneut.

Auch die hintere Tür, die zur Anlegestelle hinausführt, ist halb geöffnet, und auf einmal vernehme ich dort einen undefinierbaren Tumult. Ich eile hinaus, und da sehe ich ihn auf den Holzplanken liegen. Panisch renne ich zu ihm hin. Eine große Gestalt verschwindet gerade noch zu Fuß hinter einem der benachbarten Bootsschuppen, doch ich kann Kristian nicht hier liegen lassen, um sie zu verfolgen.

»Kristian!«

Im selben Moment versucht er, sich blinzelnd aufzurappeln. »Was ... aahhh«, stöhnt er und greift sich an den Hinterkopf. »Zum Teufel, was war das denn?«

Vorsichtig helfe ich ihm, sich aufzusetzen. Die Hand, mit der er seinen Kopf abtastet, ist voller Blut. »Wer war das?« Ich bin verstört, und vor Schreck rauscht es in meinen Ohren.

»Wenn ich das wüsste ...«, krächzt er.

»Warst du bewusstlos?«

»Nein. Keine Ahnung.« Er blinzelt etwas benommen, scheint es selbst nicht so genau zu wissen.

Ich wähle Doktor Jansens Nummer, und er meldet sich sofort.

»Was machst du denn, ich brauche keinen Arzt«, protestiert Kristian matt, während ich Aksel schon alle wichtigen Details erkläre. Er ist gerade bei einem Hausbesuch, verspricht aber, sich zu beeilen.

»Der Doc kommt, so schnell er kann. Wahrscheinlich wäre ein

Notarzt auch nicht eher hier«, erkläre ich Kristian besorgt. »Und jetzt rufe ich die Polizei.«

»Nein«, widerspricht er heftig. »Keine Polizei.«

»Jemand hat dich niedergeschlagen!«

»Trotzdem.«

»Weißt du, wer es gewesen ist?«, beharre ich.

»Nein.«

Ich atme tief durch und überlege fieberhaft, was zu tun ist. Dass ich am ganzen Leib zittere, macht die Situation nicht einfacher. Wie er dagelegen hat ... der Anblick war einfach grauenhaft und geht mir immer noch durch Mark und Bein.

»Komm, ich bringe dich jetzt erst einmal rein. Bist du sonst noch irgendwo verletzt?«

»Nein. Mir geht es gut.« Er macht Anstalten aufzustehen, aber bald muss er einsehen, dass er auf meine Hilfe angewiesen ist. Er schwankt, doch mit vereinten Kräften schaffen wir es in die Werkstatt hinein.

Auf dem Boden breite ich eine große Plane aus, um die herumliegenden Holzspäne abzudecken, damit er sich hinlegen kann. Nicht, dass er mir im Sitzen umkippt.

»Hast du wirklich keine Ahnung, wer das gewesen sein könnte?«, will ich erneut eindringlich wissen. Mit der Sorge um ihn sind all meine Emotionen, die eben noch so dominant waren, verpufft.

Erschöpft schließt er die Augen und schüttelt vorsichtig den Kopf, was ihn aber offenbar erhebliche Anstrengung kostet. »Dann *brauchen* wir die Polizei.«

»Nein, Finja, bitte nicht!«, beschwört er mich, doch mein ungutes Gefühl lässt sich nicht abschütteln. Trotz seines Einwandes alarmiere ich die Polizei, und sie versprechen, so schnell es geht einen Streifenwagen zu schicken.

»Du hattest verdammtes Glück, weißt du das?«, flüstere ich. »Du hättest ins Wasser fallen können und ertrinken, oder er hätte …«

»Schsch«, macht er und sieht mich jetzt direkt an. Er streckt seine Hand aus, legt sie sanft an meine Wange und lächelt, obwohl ich ihm anmerke, dass er Schmerzen hat. »Es geht mir gut.«

»Das sehe ich«, erwidere ich ironisch und bin den Tränen nahe. Der Schock sitzt unglaublich tief.

»Ich werde dir alles erklären, aber erst …«

»Du meine Güte, was ist denn hier los?«, steckt überraschend Lasse seinen Kopf zur Tür herein, und Kristian zieht seine Hand zurück und schließt seufzend seine Augen.

Kapitel 30

Kristian

Was will *er* denn hier? Ja klar, die beiden sind jetzt ein Paar, da werden sie öfter zur selben Zeit am selben Ort sein. Vielleicht sind sie ja gemeinsam spazieren gegangen. Ich sollte schon einmal anfangen, mich daran zu gewöhnen. Aber warum taucht Lasse dann jetzt erst auf? Und warum sieht Finja mich so an? Voller Sorge und … irgendwas ist da noch. Zuneigung? Anders kann ich es nicht benennen. Ich spüre es ganz deutlich.

Behutsam legt sie ihre Jacke etwas seitlich unter meinen Kopf, ungeachtet der Tatsache, dass ich sie vollbluten und damit völlig versauen werde. Ihre Hände zittern unkontrolliert, und der Schreck steht ihr ins Gesicht geschrieben, doch beides versucht sie vor mir zu verbergen.

»Hattet ihr eine Auseinandersetzung?« Forschend sieht Lasse mich an und geht neben Finja in die Hocke. Am liebsten würde ich ihn wegschicken, aber ich will nicht, dass Finja auch geht. Er mustert mich so eindringlich, als wäre ich ein Begutachtungsmodell. »Ich habe ihn weglaufen sehen und bin ihm gefolgt. Doch dann ist er hinter einen Bootsschuppen entwischt, und ich habe ihn aus den Augen verloren«, erklärt Lasse ungefragt. Für meinen dröhnenden Kopf sind das ein bisschen viele Informationen auf einmal, aber Finja übernimmt das Denken für mich.

»Wer?«, fragt sie aufgewühlt.

»Ole«, antwortet Lasse, und in mir steigt Übelkeit auf.

»Das war nicht Ole«, widerspreche ich. »Ich habe ein Geräusch gehört und bin nach draußen gegangen, und dann ... bin ich ausgerutscht.« Keine Ahnung, warum mir diese Lüge so leicht über die Lippen gleitet.

»Das glaubst du doch selbst nicht«, hält Lasse dagegen. Finja sieht mich unverwandt an, und ich wünschte, ich könnte ihre Gedanken lesen.

»Wenn es so ist, wie du sagst«, lässt er nicht locker, »wieso hätte er dann weglaufen sollen?«

Ja, grüble ich, wieso hätte er das tun sollen? Ich weiß nicht, woher mein Vertrauen in Ole kommt, denn bisher hat er mir noch keine allzu guten Gründe dafür geliefert. Aber immer noch zweifle ich keine Sekunde an seiner Unschuld. Er ist eine verletzte Seele, und ich habe das Gefühl, für ihn einstehen zu müssen.

»Du musst ihn anzeigen«, stellt Lasse nachdrücklich fest, als ich immer noch nichts sage. »Ich weiß, du hast einen Narren an ihm gefressen, aber du musst endlich aufhören, ihn zu schützen.«

Mit beiden Händen reibe ich über mein Gesicht. Ich habe Ole genug Gelegenheiten gegeben, sich bei mir zu melden. Mit seinem verfluchten Misstrauen mir gegenüber scheint er sich jetzt komplett ins Aus geschossen zu haben. Ich habe keinen Schimmer, wie ich ihm noch helfen soll.

»Wieso bist du so sicher, dass es Ole war?«, frage ich Lasse.

Er scannt mich, scheint seine Worte abzuwägen. »Ich habe ihn erkannt.«

»Ganz sicher?«

»Absolut«, sagt Lasse, und ich weiß aus einem unerklärlichen Gefühl heraus, dass er lügt.

»Was machst du da?« Ungebeten beginnt er, in der Werkstatt herumzustöbern.

»Ich suche Anhaltspunkte. Hast du irgendwas Wertvolles hier? Denkst du, er wollte dich ausrauben?«

»Hör auf damit.« Ich richte mich auf, etwas zu hastig, wie mir mein Kopf zu verstehen gibt, doch Finja hindert mich am Aufstehen.

»Bleib liegen«, sagt sie sanft und drückt kurz meine Schulter. »Lasse, du solltest hier nicht auf eigene Faust herumschnüffeln. Es ist Kristians Entscheidung, ob er ...«

»Na, was haben wir denn da?«, übergeht er Finjas Bitte, und wenn ich mich nicht irre, steht er genau dort an der Werkbank, wo ich die ominöse Nachricht mit den Zeitungspapierschnipseln hingelegt habe. Verdammt. Genau das wollte ich verhindern. Jetzt holt er auch noch sein Handy heraus und fotografiert sie. Zumindest lässt er sie an Ort und Stelle. »Wenn du schon nicht dafür sorgst, dass dieser Kerl zur Rechenschaft gezogen wird, dann muss ich es eben tun«, murmelt Lasse. Ich werde ihm bestimmt nicht auf die Nase binden, dass Finja die Polizei bereits informiert hat.

»Was hast du gefunden?«, wird sie hellhörig, doch Lasses Telefon unterbricht sie. Wenn ich könnte, würde ich ihn hochkant rauswerfen, denn er ist der Letzte, den das alles irgendetwas angeht. Aber mein Kreislauf macht das leider nicht mit. Ein Stöhnen entfährt mir und hält Finja davon ab, selbst nachzusehen, was Lasses Aufmerksamkeit erregt hat.

»Kann ich irgendwas für dich tun?«, fragt sie mich leise, und die Angst um mich, die ich in ihrem Gesicht lese, geht mir unter die Haut.

»Bitte halt mir diesen Idioten vom Leib«, antworte ich ebenso flüsternd.

»Was hast du gegen ihn?«

Bitter lache ich auf. Wie kann sie das nicht wissen?

»Interessante Frage, Finja. Vielleicht stimmt die Chemie zwischen uns einfach nicht«, erkläre ich gereizt.

Im nächsten Moment tut mir auch schon wieder leid, sie so angegangen zu haben. Sie weiß vermutlich gar nicht, welches Durcheinander sie in meinem Inneren anrichtet.

»Verdammt«, schimpft Lasse, der sein Telefonat beendet hat und beunruhigt zum Fenster hinausschaut. »Ich muss in die Firma. Ein Schaufenster ist zu Bruch gegangen.«

»Oje«, erwidert Finja. »Vielleicht der Wind? Sieh nur, wie heftig er inzwischen um die Häuser fegt.«

»Wer weiß, ob das nicht auch unser Freund Ole war«, überlegt Lasse mit gehässigem Unterton.

»Weil es grad so praktisch ist, dass er als Sündenbock herhält?«, entgegne ich nicht weniger bissig.

»Ich kann euch doch hier nicht allein lassen«, murmelt er, meine Worte ignorierend.

»Doch, kannst du«, springt Finja ein. »Der Doc wird bestimmt bald hier sein, und du könntest in der Zwischenzeit auch nicht viel tun. Kümmere dich lieber um dein Geschäft.«

Endlich lässt Lasse sich überzeugen und macht sich vom Acker. Finja verschließt hinter ihm sorgfältig das Tor, während der Wind heftig daran rüttelt, und geht dann nach hinten raus, um dort ebenfalls alles ordentlich zu verriegeln. Es wäre verlockend, in dieser düsteren Stimmung hier allein mit Finja zu sein. Wären die Umstände anders.

Ich rappele mich auf und suche nach den Autoschlüsseln und meiner Jacke, die ich mir mühsam und unter Ächzen überziehe. Der Typ scheint mich heftig erwischt zu haben. Um mich dreht sich alles, und kurz muss ich mich an der Werkbank abstützen. Wenn ich meinen Angreifer bloß gesehen hätte.

»Was hast du denn vor?«, höre ich Finjas alarmierte Stimme

hinter mir, als sie herbeieilt und mich am Arm packt, bevor ich wegrutsche und zu Boden sacke.

»Ich muss Ole suchen.«

»Das wirst du schön bleiben lassen«, stellt sie unmissverständlich klar. »Hast du mal aus dem Fenster gesehen? Ein Sturm zieht auf, und du kannst nicht einmal richtig geradeaus gehen. Wahrscheinlich hast du eine Gehirnerschütterung!«

»Und wenn schon.« Ich habe mich wieder gefangen, und der Drehschwindel scheint für den Moment etwas nachzulassen. Ich ignoriere den durchdringenden Kopfschmerz, löse mich von Finja und will an ihr vorbeigehen, doch sie stellt sich mir in den Weg.

»Oder irgendeine noch viel schlimmere Kopfverletzung.«

»Das kann ich mir nicht vorstellen. Du siehst doch, dass alles okay ist«, behaupte ich stur, während mich erneut der Schwindel überrollt.

»Nein. Ich lasse dich nicht da rausgehen.«

»Finja«, beschwöre ich sie, »ich habe ein ganz ungutes Gefühl. Wenn *ich* Ole nicht helfe, dann wird es niemand tun.«

Und dann tut sie etwas, was mir völlig den Wind aus den Segeln nimmt. Sie ergreift meine Hand und zieht mich langsam mit, bis zu der Plane am Boden, auf der ich bis eben noch gelegen habe. Mein Herz nimmt an Fahrt auf, und meine Beine können gar nicht anders, als ihr zu folgen.

»In deinem Zustand bist du Ole keine Hilfe. Bitte«, fleht sie, »setz dich wieder, und ruh dich aus. Wenn nicht für dich, dann tu es für *mich*. Ich verspreche dir, dass ich Ole suchen gehe, sobald Doktor Jansen hier ist. Okay?«

Seit sie meine Hand hält, lässt das Pochen hinter meiner Stirn nach, und eine seltsame Ruhe erfüllt mich. Ob ihr klar ist, welche Wirkung sie auf mich hat? Wäre ich allein hier, würde ich keine

Sekunde zögern und losziehen. Doch ihre Worte, es für sie zu tun, lassen mich meine Entscheidung noch einmal überdenken.

»Okay«, knicke ich schließlich ein.

»Wieso glaubst du überhaupt, dass Ole in Schwierigkeiten steckt?«

»Ich kann es nicht erklären, es ist nur ein Gefühl.« Ich klinge heiser, weil mir die Stimme versagt, während ich in dem Meer ihrer blauen Augen versinke. Mühsam reiße ich mich von dem Anblick los und versuche, meine Gedanken zu ordnen.

Wenn Ole Analphabet ist, wie ich vermute, und diesen Umstand immer verheimlicht hat, wundert es mich nicht, dass er oft unverschuldet in Probleme hineingerutscht ist. Ich bin nicht sicher, ob ich Finja davon erzählen soll oder damit Oles Vertrauen verletze. Doch eigentlich ist es ja nur ein Verdacht.

»Du glaubst immer noch an seine Unschuld«, stellt sie leicht verwundert fest.

»Das hast du doch auch getan, bevor Lasse dir was anderes eingeredet hat.«

Augenblicklich lässt sie mich los, und ich bereue in derselben Sekunde, was ich gesagt habe.

»Er hat mir überhaupt nichts eingeredet.« Planlos läuft sie in der Werkstatt herum, sieht immer wieder nach draußen und seufzt unheilvoll.

»Wann kommt der Doc bloß?«

Ich schließe meine Augen wieder, denn mit der Kälte, die Finjas nun fehlende Berührung an meiner Hand hinterlässt, ist auch der Schmerz mit eindrücklicher Heftigkeit wiedergekehrt.

»Wo hast du das her?«, fragt sie nach einer Weile plötzlich in unser Schweigen hinein, das nur vom Heulen des Windes und dem Geräusch des einsetzenden Regens untermalt wird. Erschrocken reiße ich die Augen auf. Oje, sie scheint die Nachricht ebenfalls gefunden zu haben. »Das ist ein Drohbrief!«

Leicht zucke ich mit den Schultern.

»Lässt dich das komplett kalt? Jemand hat es auf dich abgesehen!« Verzweifelt hält sie mir das Blatt Papier unter die Nase. »Wann hast du diese Nachricht erhalten?«

»Ich habe sie am Sonntag in der Küche gefunden ... keine Ahnung, wie lange sie schon da gelegen hat.«

»Was ist, wenn das derselbe Täter war? Weil du nach seiner Drohung immer noch hier bist, wollte er dich anders aus dem Weg schaffen!«

»Also erstens ist es keine direkte Drohung. Es steht ja nicht da: *Verschwinde, sonst hau ich dir den Schädel ein* ... oder so. Und zweitens wird man mich mit so einem Klaps auch nicht los, der erhöht höchstens das Denkvermögen.«

»Findest du das auch noch witzig?«

»Nein.« Ich bin unendlich müde, und meine Augen wollen jeden Moment zufallen. Mir ist schon klar, dass ich mit blöden Scherzen die Sache nicht verharmlosen kann. Aber Panik nützt uns jetzt gerade auch herzlich wenig.

»Du bist ein Idiot, weißt du das?« Verstört kniet Finja sich neben mich auf den Boden. In ihren Augen schimmern Tränen, und es tut mir leid, dass ich der Anlass dafür bin. Ich will nicht, dass sie meinetwegen weint. »Wie kannst du das auf die leichte Schulter nehmen? Ich kann mir überhaupt nicht vorstellen, dass irgendjemand etwas gegen dich haben könnte!«

Mein Herz fängt an zu schmelzen, und ich lächle sie an, so lange, bis sich auch ihre Lippen zu einem – wenn auch gezwungenen – Lächeln verziehen.

»Denkst du ...«, sie zögert und ringt spürbar mit sich, »denkst du, Solveig hat etwas damit zu tun?«

»Solveig?« Das ist völlig absurd. Anscheinend nicht für Finja.

»Vielleicht hat sie jemanden auf dich angesetzt ... aus Eifersucht?« Finjas Gesichtsfarbe ist kalkweiß, und es fällt ihr schwer, mich anzusehen.

»Das würde sie nicht tun. Wir sind im Guten auseinandergegangen.« Wird auch Zeit, dass sie das erfährt.

»Ihr seid ...«, ihre Miene verrät Verwirrung, »aber ... ihr wolltet heiraten!«

Jetzt ist es an mir, irritiert zu sein. »Wer sagt denn so was?«

»Instagram?«, wispert sie fragend, als würde ihr plötzlich klar, dass sie einem Irrtum aufgesessen ist. »Sie hat ein Foto im Brautkleid gepostet.«

»Finja«, mit dem Finger drehe ich ihr Kinn in meine Richtung, damit sie mich ansehen muss, und greife erneut nach ihrer Hand. »Sie ist Model, schon vergessen? Es gab ein Shooting für Brautmode ... das ist alles.«

»Das ist alles ...« Bilde ich mir die Erleichterung ein, die sich mit einem Mal in ihre Augen stiehlt?

»Ich wollte nach Oslo fliegen am Sonntag«, erkläre ich weiter. »Doch Solveig ist mir zuvorgekommen und hier aufgetaucht ...« Mein Sichtfeld gerät ins Wanken, und ich schließe kurz die Augen. Kann jemand den Vorschlaghammer in meinem Kopf abschalten?

»Ruh dich aus, Kristian. Im Moment ist das alles, was ich wissen muss«, sagt sie sanft, obwohl sie bestimmt darauf brennt, die ganze Geschichte zu hören. Und ich brenne darauf, sie ihr zu erzählen.

Sie steht auf, tigert nachdenklich herum, sieht aus dem Fenster, setzt sich wieder zu mir auf den Boden. Als ich die Augen öffne, erkenne ich, dass sie ein Glas Wasser bei sich hat, das sie vom Waschbecken im hinteren Teil der Werkstatt geholt hat. Ich richte mich etwas auf, trinke und lehne mich dann wieder erschöpft zurück. Ich wünschte, ich wüsste, was in ihr vorgeht. Da ist so vieles, das ich Finja sagen muss, auch wenn es mich anstrengt. Ich weiß gar nicht, wo ich anfangen soll. *Warum hast du Lasse geküsst?* Doch es gibt – kaum zu glauben, aber wahr – Dringenderes zu besprechen.

»Ich glaube, dass Ole Analphabet ist«, weihe ich sie spontan in meine These ein.

Ihr Ausdruck geht von Besorgnis in Fassungslosigkeit über, als dieser Satz in ihrem Gehirn andockt.

»Es spricht alles dafür.« Kurz erzähle ich Finja von meinen Beobachtungen. »Deswegen bin ich so sicher, dass diese dubiose Botschaft nicht von ihm sein kann, verstehst du?«

»Wenn es so ist ... wieso haben wir nie etwas gemerkt?«

»Er hat es mit allen Mitteln vertuscht. Die Leute, mit denen er sich in den letzten Jahren abgegeben hat, interessiert es relativ wenig, ob er schreiben und lesen kann. Nur, ob er nach ihren Regeln spielt.«

»Und er ist von einem Problem ins nächste geschlittert«, überlegt sie, und ich nicke vorsichtig. »Aber wie können wir ihm helfen?«

»Erst einmal muss ich mit ihm reden und ihn mit dieser Vermutung konfrontieren. Und ich habe keine Ahnung, wie er darauf reagiert.«

»Was soll ich ihm sagen, wenn ich ihn finde?« Sie meint es also tatsächlich ernst, ihn an meiner Stelle zu suchen. Das lässt mich erleichtert aufatmen. Wenigstens ein bisschen.

»Dass er zu mir kommen soll. Die Zeit drängt. Wenn Lasse ihn bei der Polizei mit einer Zeugenaussage belastet, können wir nur hoffen, dass Ole ein Alibi hat.«

»War er seltsam in den letzten Tagen?«

»Er ist seit gestern nicht zur Arbeit erschienen und war nicht erreichbar. Alles, was ich habe, sind Hypothesen.« Es macht mir wirklich zu schaffen, dass Ole mir nichts als einen Haufen Rätsel zurücklässt. Gut zu wissen, dass Finja mir glaubt.

»Und dein Bauchgefühl«, ergänzt sie mit einem warmen Ausdruck.

Endlich schlüpft Doktor Jansen durch die Tür, die er sofort wieder hinter sich schließt.

»Ich finde ihn, okay? Vertrau mir«, sagt sie entschlossen und drückt meine Hand ermutigend, bevor sie sich dem Doktor zuwendet.

»Puuh ... entschuldigt, dass ich so spät bin.« Er trägt einen Südwester, den er sofort vom Kopf nimmt und ausschüttelt. Sein Regenmantel ist völlig durchnässt. »Es gab einen Notfall in Gimsøy.« Finja erzählt ihm kurz, was geschehen ist, und nach einem letzten besorgten Blick auf mich ist sie weg.

Ich fühle mich so benommen, dass mir erst jetzt richtig bewusst wird, wie schlimm das Unwetter tatsächlich ist. Ein paar Blitze erhellen die Werkstatt, gefolgt von einem ohrenbetäubenden Donner.

»Ist sie verrückt geworden? Bei diesem Wetter schickt man ja nicht einmal einen Hund nach draußen«, bemerkt Doktor Jansen kopfschüttelnd, bevor er mit seiner Untersuchung beginnt.

Kapitel 31

Finja

Alles in mir sträubt sich dagegen, Kristian so zurückzulassen. Wer ist bloß zu so einer Tat fähig? Wenigstens soll er wissen, dass er sich auf mich verlassen kann. Und bei Aksel ist er in guten Händen. Ich habe ihn gebeten, Kristian sofort zu mir nach Hause zu bringen, sobald das Unwetter und sein Zustand es erlauben, denn in Stines halbfertig renoviertem Haus kann er unmöglich allein bleiben. Durch den Starkregen, der mir ins Gesicht peitscht, kämpfe ich mich ebenfalls als Erstes nach Hause, um mich mit Regenbekleidung auszurüsten und Pappa Bescheid zu geben. Ich beschließe, von dort mit dem Auto weiterzufahren, denn die Chance, Ole bei diesem Wetter zu Fuß zu finden, sinkt minütlich gen null.

Trotz dieser fast unwirklichen Situation hat sich ein seltsames Gefühl der Wärme in mir eingenistet. *Es gab ein Shooting für Brautmode … das ist alles.* Und: *Wir sind im Guten auseinandergegangen.* Endlich ein kleiner Lichtblick zwischen all den Sorgen.

Mit trockenen Klamotten, über denen ich einen Regenmantel trage, setze ich mich kurz darauf ans Steuer und fahre langsam die Gegend ab, während meine Scheibenwischer auf Hochtouren arbeiten. Im Schritttempo mühe ich mich an den vielen Rorbuern vorbei, halte an jedem Bootshaus und durchsuche es. Ole könnte überall sein. Es gibt unzählige Möglichkeiten, sich zu verstecken, und wahrscheinlich ist es aussichtslos, ihn zu suchen, wenn er nicht gefunden werden will. Ich fahre zu Hedda und Thore, suche Stines Haus und den Schuppen ab. Nichts.

Vor Stens Laden erregt ein blau rotierendes Licht meine Aufmerksamkeit. Es fröstelt mich, und ich zittere am ganzen Körper, denn vom vielen Aussteigen bin ich längst schon wieder nass bis auf die Haut. Die Wärme und Vertrautheit des Geschäfts umhüllen mich tröstlich, als ich eintrete. Eine kleine Menschenansammlung empfängt mich, darunter auch Ole. Meine Erleichterung währt aber nur kurz, als ich sehe, wie seine Hände am Rücken von einer Polizistin festgehalten werden. Ach du Scheiße, wie es aussieht, bin ich zu spät.

»Was ist denn hier los?«, bringe ich überfordert hervor.

»Finja, wie gut, dass du kommst«, stürzt Tante Marit mir förmlich entgegen, während Onkel Sten einem anderen Polizisten wild gestikulierend Auskunft erteilt. Ole starrt teilnahmslos und resigniert auf den Boden, blickt aber alarmiert auf, als er mich sieht.

»Als dieses gewaltige Gewitter losbrach, haben wir nachgesehen, ob im Lager alle Fenster verschlossen sind, und da haben wir Ole in der Garage entdeckt«, murmelt Marit mir erklärend zu. »Und ehe wir mit ihm reden konnten, stand auch schon die Polizei da. Anscheinend ist eine anonyme Anzeige gegen Ole eingegangen. Er soll jemanden niedergeschlagen haben.« Ihr Flüstern ist aufgeregt, und in ihrem Gesicht und am Hals haben sich rote Flecken gebildet. Kein Wunder bei all dem Chaos.

Bei meinem Telefonat mit der Polizei habe ich nur berichtet, dass es einen Überfall gegeben hat. Lasse muss die Behörden also ebenfalls benachrichtigt haben, sobald er die Bootswerkstatt verlassen hat.

»Ich weiß nicht genau, um wen es sich handelt und wie

schlimm es ist. Die sagen einem ja nichts. Jedenfalls gibt Sten gerade Oles Diebstahl zu Protokoll.«

Fieberhaft suche ich nach einem Ausweg. Die Beamten werden Ole mitnehmen, und dann war alles umsonst.

»Ole hat niemanden niedergeschlagen«, unterbreche ich Sten und den Polizisten mit lauter Stimme. Alle starren mich irritiert an, Oles Blick scheint mich zu durchbohren.

»Zumindest glauben wir das nicht!«, ergänze ich, nun etwas verunsichert.

»Und du bist?« Der Polizist zückt seinen Notizblock und nimmt meine Personalien auf, bevor ich ihm erkläre, dass ich diejenige gewesen bin, die vor etwa einer Stunde den Überfall gemeldet hat. Ich erwähne alle mir relevant erscheinenden Details, und er macht sich eifrig Notizen.

»Wir werden der Sache nachgehen. Auf jeden Fall liegt eine Anzeige gegen Ole Olsson vor.«

»Du meine Güte, Finja, was ist denn nur passiert?«, will Marit mit weinerlicher Stimme wissen.

»Ohne Beweise dürft ihr ihn aber nicht festhalten, oder?«, beharre ich. Ich werde Marit alles in Ruhe erzählen, aber jetzt heißt es erst, einen Weg aus dieser verfahrenen Lage zu finden.

»Wie gesagt, wir müssen das prüfen«, unterrichtet uns der Polizeibeamte unnachgiebig. »Es gibt auch noch weitere Vorwürfe gegen ihn.«

Im selben Moment, in dem die Kommissarin, die durch unseren Wortwechsel abgelenkt ist, nach den Handschellen an ihrer Gürteltasche greift, reißt Ole sich mit einem kräftigen Ruck los. Niemand kann ihn aufhalten, als er durch die Hintertür wegrennt. Die Polizisten sind genauso perplex wie ich, und als sie es nach draußen geschafft haben, ist Ole längst über alle Berge.

Nachdem die Polizeibeamten gegangen sind, bitte ich Sten eindringlich, die Anzeige wegen des vermeintlichen Diebstahls zurückzuziehen, der zu Oles Rauswurf geführt hat. Ich bin inzwischen sicher, dass es sich um ein Missverständnis handelt, doch weil ich es nicht beweisen kann, bleibt Sten stur.

»Man sieht ja, wozu der Junge fähig ist«, hält er eisern daran fest. Mutlos erzähle ich Tante Marit von meinen und Kristians Vermutungen, dass Ole unverschuldet in Schwierigkeiten geraten ist. Die Annahme, dass er Analphabet sein könnte, verschweige ich lieber. Schließlich will ich kein Gerücht in die Welt setzen, falls es sich als unwahr herausstellen sollte. Sie scheint hin- und hergerissen zwischen all den Vorwürfen und Spekulationen. Hilflos nimmt sie mich in die Arme, doch Rat weiß sie auch keinen.

Es ist spätabends, als ich erschöpft und niedergeschlagen zu Hause ankomme. Was für ein Tag. Es fühlt sich an, als hätte ich auf ganzer Linie versagt.

Der Sturm tobt immer noch. Von Sten weiß ich, dass die wichtigste Hauptverbindung nach Svolvær von umgeknickten Bäumen blockiert worden ist. Bis die Straße wieder freigeräumt wird, kommt also auch kein Krankenwagen durch.

Hoffentlich geht es Kristian inzwischen etwas besser. Der Doc und Pappa haben ihn in meinem Schlafzimmer einquartiert. So kann Aksel – wieder einmal – das Gästezimmer nutzen und hin und wieder nach seinem Patienten sehen. Und ich auch.

»Wie geht es ihm?« Mein Vater und Aksel sitzen am Küchentisch und spielen Karten, als ich komme. Als sie mich bemerken, blicken beide hoch. Pappa springt besorgt auf und zieht einen Stuhl für mich heran.

»Wo kommst du denn jetzt her?«, will er wissen. »Setz dich und erzähl.«

»Mädchen, du bist ja nass bis auf die Knochen. Du musst erst einmal unter die warme Dusche«, gibt der Doc Anweisungen im Befehlston. »Und du, Magnus, du kochst ihr einen ordentlichen Tee.« Es ist selten, dass mein Vater nicht widerspricht. Da muss seine Sorge schon ziemlich groß sein.

»Ich muss erst wissen, wie es Kristian geht.«

Aksel lächelt mich aufmunternd an. »Mach dir keinen Kopf. Der wird schon bald wieder der Alte sein.«

Hastig blinzle ich die Tränen der Erleichterung weg und umarme erst Aksel, dann meinen Vater vorsichtig, damit ich sie nicht komplett durchnässe.

Ich brauche trockene Kleidung. Soll ich ins Zimmer schleichen oder stattdessen die für mich viel zu großen Sachen meines Vaters anziehen? Meine Überlegungen verfliegen im Bruchteil einer Sekunde, als ich oberhalb der Treppe Kristian entdecke.

»Hey ... wieso bist du nicht im Bett?« Meine Stimme zittert unkontrolliert, und meine Knie sind wie Gummi.

»Ich habe dich kommen hören.«

»Wie geht's dir?«

»Ein bisschen wackelig auf den Beinen, aber sonst ...«

Da sind wir schon zwei. »Und du?« Er trägt nur Boxershorts und ein graues T-Shirt und lehnt sich an den Türrahmen meines Schlafzimmers. Um den Kopf hat Aksel ihm einen schmalen Wundverband gelegt.

»Och ... ich ...«, versuche ich abzulenken. »Was sagt dein Kopf? Tut es sehr weh?«

»Der Doc hat wohl gedacht, der Schlag würde noch nicht reichen. Er hat mir ein paar Metallklammern in die Schädeldecke gejagt.« Sein schiefes Lächeln soll wahrscheinlich darüber hinwegtäuschen, wie weh es wirklich tut.

»Ah«, mitfühlend kneife ich die Augen zu. »Gehirnerschütterung?«, tippe ich.

»Das auch.«

»Dann ab ins Bett mit dir.«

»Nur wenn du mitkommst.« Sein Ausdruck ist völlig ernst. Kein zweideutiges Lächeln, kein Zwinkern, nichts. »Du musst mir erzählen, wie es gelaufen ist.«

Er sieht müde und mitgenommen aus, genauso, wie ich mich fühle. Und ich könnte mir nichts Schöneres vorstellen, als neben ihm einzuschlafen und die verrückte Welt um uns für ein paar Stunden zu vergessen. Sanft bugsiere ich ihn zurück ins Schlafzimmer.

»Ich muss duschen. Und falls du dann noch wach bist, erzähle ich dir alles«, verspreche ich leise.

Kristian

Die Schmerzmittel, die mir Doktor Jansen verabreicht hat, wirken nur mäßig, und an Schlaf war bis jetzt – trotz dieser lästigen bleiernen Müdigkeit – nicht zu denken. Zu groß war meine Sorge um Ole und Finja. Und mit der Aussicht darauf, dass Finja vielleicht gleich neben mir liegen wird, komme ich sowieso nicht zur Ruhe. Ich habe nicht damit gerechnet, dass sie einwilligt. Aber irgendwie habe ich das Gefühl, dass sie diese Nähe ebenso sehr braucht wie ich. Mein Herz läuft Sturm. Mein Magen flattert. Ich kann mich nicht erinnern, so schon einmal empfunden zu haben. Wahrscheinlich sollte ich sie nach Lasse fragen, immerhin habe ich mir den Kuss zwischen ihr und ihm nicht eingebildet. Ich lausche dem Wasser, das in der Dusche auf sie niederprasselt und ihre Haut berührt. Sie würde nicht zu mir kommen, wenn sie mit Lasse zusammen wäre. Das weiß ich. Ich weiß auch, Finja ist keine Frau, die man mal eben so ins Bett zerrt, um Spaß mit ihr zu haben. Nicht, dass ich der Mann dazu wäre. Finja ist so verdammt viel mehr. Aber vielleicht lässt sie mich heute Nacht meine Arme um sie legen.

Kurz darauf schleicht sie ins Zimmer und schließt behutsam die Tür hinter sich. Wahrscheinlich denkt sie, ich würde schlafen. Ich höre das Tapsen ihrer nackten Füße auf dem Holzboden und noch etwas anderes. Es ist ganz leise, doch es entgeht mir trotzdem nicht. Sie weint.

»Finja?«, wispere ich. Obwohl die Vorhänge blickdicht sind und es relativ dunkel ist, erkenne ich ihre Umrisse. In meiner halb sitzenden Position rutsche ich zur Seite. »Komm her.«

Zögernd setzt sie sich auf die Bettkante. Ich mache die kleine Lampe auf ihrem Nachttisch an und ziehe sie in meine Arme. Sie trägt einen dicken Wollpullover und eine Pyjamahose, und ihre Hände sind inzwischen warm. Ihr wundervoller Duft steigt mir in die Nase, und würde ich nicht schon sitzen, hätte er das Potenzial, mich umzuhauen.

Sie klammert sich an mich und beginnt, hemmungslos zu schluchzen.

»Es ist nur ... es war so ...«

»Es war alles ein bisschen viel heute«, beende ich ihren Satz. »Ich hätte dich nicht allein gehen lassen dürfen.« Sacht streichle ich über ihr noch feuchtes Haar. »Es tut mir so leid. Ich habe das Gewitter unterschätzt.«

»Ole war in Stens Laden«, erzählt sie, als der erste Tränenschwall versiegt ist. »Die Polizei war auch dort. Ich habe alles versucht, aber ...«

Ein dicker Kloß schwillt in meiner Kehle an, weil mir ihre Verzweiflung so durch und durch geht. Was habe ich ihr bloß zugemutet, als ich sie in dem tobenden Sturm allein losziehen ließ, um Ole zu finden? Meine Selbstvorwürfe schlängeln sich wie

Galle durch meinen Körper. »Sie haben ihn festgehalten, aber irgendwie hat er es geschafft, sich loszureißen!«

»Es ist nicht deine Schuld, dass er weg ist, Finja.«

Ich löse mich ein wenig von ihr, um sie anzusehen. Zart streiche ich ihr die Tränen von den Wangen. »Es war seine Entscheidung. Wir können ihm nur helfen, wenn er sich helfen lässt.« Ihr Blick ist durchdringend, und ihr Herz pocht genauso heftig wie meines, das spüre ich trotz der dicken Lage Wolle zwischen uns. Langsam senke ich meinen Kopf, und Finja kommt mir entgegen. Unser Kuss schmeckt salzig von ihren Tränen, wie beim ersten Mal, und ich frage mich, wann ich wohl einmal von ihrem Lächeln kosten darf.

Zu einer kleinen Kugel eingerollt liegt sie kurz darauf neben mir und schmiegt ihren zierlichen Körper an meinen, als würde er dort hingehören. Der Tumult in meinem Bauch macht dem Pochen in meinem Kopf Konkurrenz. Lasse sitzt in der allerhintersten Ecke meines Bewusstseins. Mein linker Arm liegt über ihrer Mitte, unsere Hände sind vor ihr verschlungen. Ihre Anspannung ist fast greifbar, aber wenigstens weint sie nicht mehr.

»Morgen finden wir eine Lösung«, flüstere ich in ihr Haar. Und morgen kicke ich Lasse, diesen Vollidioten, aus meinem Hinterkopf und aus dem, was zwischen Finja und mir am Entstehen ist.

»Ja, das hoffe ich«, antwortet sie in das nun dunkle Zimmer.

»Ich verspreche es.« Ihr Atem wird langsam ruhiger, und ihre Brust hebt und senkt sich in gleichmäßigem Takt. Als ich ihr noch ein »Schön, dass du da bist« ins Ohr flüstere, ist sie bereits eingeschlafen.

Kapitel 32

Finja

Selten habe ich so eine Geborgenheit gespürt wie in Kristians Armen. Es gäbe noch so viel zu sagen, so vieles, was zwischen uns steht, Argumente, die gegen uns sprechen. Genau genommen ist es ein einziges Argument, dafür ein überdimensionales: Kristian wird wieder zurück nach Oslo gehen. Heute Nacht ist es mir nur gelungen, das auszublenden, weil ich so emotional, so aufgelöst war.

Außerdem ist da immer noch dieser Unbekannte, der Kristian angegriffen hat und irgendwo da draußen herumläuft.

In den frühen Morgenstunden schlüpfe ich unbemerkt unter seinem angenehm schweren Arm heraus, suche ein paar praktische Klamotten aus dem Schrank und gehe leise aus dem Zimmer. Der Sturm scheint sich etwas gelegt zu haben. Zumindest draußen. In meinem Inneren herrscht immer noch Chaos. Was Kristian braucht, ist Ruhe, und ich werde nach einem starken Kaffee bestimmt wieder klar genug im Kopf sein, um einen halbwegs vernünftigen Plan zu haben, wie es weitergeht.

In der Küche steht eine große Kanne mit inzwischen kalt gewordenem Tee, und ganz leise pocht mein schlechtes Gewissen an, weil ich Pappa gestern völlig vergessen habe. Er hat sich bestimmt Sorgen gemacht, und ich bin ohne Erklärung einfach nicht mehr erschienen. Irgendwann im Laufe des Tages werde ich ihm alles erzählen. Ich schütte den Tee in den Abfluss und setze Kaffee auf. Während ich gedankenverloren aus dem Fenster starre und mich zum gefühlt tausendsten Mal frage, wo wir Ole noch suchen sollen, schlingt sich plötzlich ein Paar kräftiger Arme um meine Taille. »Guten Morgen.«

»Guten Morgen«, erwidere ich lächelnd, drehe mich zu ihm um und küsse Kristian flüchtig auf die stoppelige Wange. Nur ungern gibt er mich frei, aber heute bin ich nicht mehr so emotional und aufgelöst. Und es ist, verdammt noch mal, nicht gut, dass mir Kristians Geruch schon so vertraut ist und ich bedaure, dass er mich tatsächlich loslässt. Verlegen wende ich mich ab. »Willst du dir Ärger mit Aksel einhandeln, weil du nicht mehr im Bett bist?«

»Ich habe eher mit einer Standpauke von dir gerechnet«, erwidert er frech.

»Die hättest du auch verdient. Ich war extra leise, damit ich dich nicht aufwecke.«

»Es war kalt ohne dich.«

Und mir wird warm, im Gesicht, im Bauch und auch weiter unten. Rotwerden war schon immer meine Stärke.

»Verträgt dein Kopf schon eine Ladung Koffein?« Ablenken auch.

»Klar, immer her mit dem Stoff!«

Er setzt sich hin, und ich krame in den Schränken herum, befördere Brot, Butter, Marmelade und Schinken zutage und decke den Tisch.

»Du hast den Verband abgenommen«, fällt mir auf, als ich zwei Tassen auf den Tisch stelle.

»Er hat gejuckt.« Ungerührt zuckt er mit den Schultern. »Warum bist du eigentlich schon so früh auf?«

Weil ich von uns beiden geträumt habe und mir dann klar wurde, dass deine Zeit hier verflucht begrenzt ist. Auf der Suche nach einer guten

Antwort blase ich meine Backen auf und lasse langsam die Luft entweichen. »Ich bin generell eine Frühaufsteherin.«

»Es ist Viertel nach fünf.«

Stimmt. So früh stehe ich normalerweise nicht auf.

»Der Plan ist immer noch, Ole zu finden, richtig?«

Bedächtig nickt er.

»Ich meine ... mein Plan. Dein Plan ist, dich gesund zu schlafen.«

»Ich komme mit.«

»Das lässt du schön bleiben.«

»Ich lerne aus meinen Fehlern.«

»Warst du immer schon so stur, oder war der Schlag auf den Hinterkopf der Auslöser?«

»Finde es gerne heraus.« Er grinst, aber nur, weil er weiß, dass er gewonnen hat. Falls wir Ole finden, ist Kristian derjenige, der am ehesten zu ihm durchdringen wird.

Kristian

Unser kleines, liebevolles Wortgefecht täuscht nicht darüber hinweg, dass Finja sich innerlich etwas distanziert hat. War es zu viel Nähe? Spukt Lasse in ihrem Kopf herum? Oder ist es die Sorge in dieser beängstigenden Situation? Die lässt mich auch nicht kalt. Immerhin hat es tatsächlich jemand auf mich abgesehen, und ich habe keinen Schimmer, wer das sein könnte. Die Polizei ist noch nicht hier aufgetaucht, wahrscheinlich wegen des Unwetters.

Als wir uns wenig später die Schuhe anziehen, schenkt sie mir den Versuch eines Lächelns, doch es ist nicht einmal ein Abklatsch dessen, was ich sonst von ihr kenne. Ihre Stirn ist in tiefe Falten gelegt, und sie sieht bekümmert und müde aus.

»Wir sollten los, bevor der Doc bemerkt, dass du weg bist«, drängt sie uns zur Eile, doch dann zögert sie. »Bist du sicher, dass du das packst? Du siehst blass aus. Vielleicht ist es doch keine so gute Idee, wenn du …«

»Doch, das ist es. Es geht mir gut, wirklich.« Letzteres entspricht zwar nicht ganz der Wahrheit, aber wenn ich mich nicht zu ruckartig bewege, dürfte es gehen. Sie wirkt hin- und hergerissen, doch sie widerspricht mir nicht.

Als Erstes fahren wir zu Stines Haus, weil ich unbedingt ein paar frische Klamotten brauche.

»Du kannst gleich das Nötigste mitnehmen«, ruft Finja vom Erdgeschoss aus, während ich mich vorsichtig umziehe, um meinen Kopf nicht zu sehr zu belasten.

»Was genau soll das sein?«

»Wechselklamotten, Zahnbürste und so weiter.«

»Wozu?« Wahrscheinlich bin ich schwer von Begriff, aber ich habe keine Ahnung, worauf sie hinauswill.

»Ich lasse dich nicht auf dieser Baustelle hausen, solange dein Gehirn noch so durchgeschüttelt ist.«

»Hey, mein Gehirn ist nicht durchgeschüttelt«, protestiere ich halbherzig. Die Aussicht, weiterhin bei ihr übernachten zu dürfen, berauscht mich. »Höchstens ein bisschen ver-rückt.«

»Auch gut.« Sie erscheint im ersten Stock und lehnt sich mit verschränkten Armen gegen den Türrahmen. Ihr Blick bleibt an meinem nackten Oberkörper hängen, doch als sie es registriert, schlägt sie sofort die Augen nieder. Eine zarte Röte überzieht ihr Gesicht, und mir wird verflucht warm. »Trotzdem bleibst du bei uns, bis du wieder fit bist. Wir haben ein Gästezimmer, falls du dich dort wohler fühlst.«

Falls ich mich dort wohler fühle? Echt jetzt?

»Das geht nicht«, widerspreche ich. Außer, du sagst mir, wo

wir stehen und was mit Lasse ist. Oder, du liegst ab jetzt jede Nacht in meinen Armen und streichst den Namen Lasse für immer aus deinem Wortschatz. »Ich will euch nicht zur Last fallen.«

»Ja, ja … bla, bla, bla«, verdreht sie die Augen und grinst, »wer's glaubt. In Wahrheit lässt du dich doch liebend gerne betüddeln!« Das ist so typisch für sie, alles wegzuscherzen, wenn es ein bisschen zu persönlich wird. »Jetzt komm in die Gänge, sonst hat sich das Frühaufstehen überhaupt nicht gelohnt.«

Kurz darauf stehen wir vor der Bootswerkstatt. Finja besteht darauf, dass ich im Auto sitzen bleibe, während sie meine Autoschlüssel, mein Handy und die Brieftasche holt. Einem Impuls folgend, steige ich trotzdem aus und gehe leise von hinten auf das Bootshaus zu, weil ich unbedingt wissen will, ob der MP3-Player noch da ist.

Und da hockt Ole in eine dicke Decke gehüllt auf dem Boot und sieht aufs Meer hinaus. Er hat die Kapuze seines Hoodies über den Kopf gezogen und scheint nicht mitzubekommen, dass ich Finja, die inzwischen hinter mir auftaucht, mit einer Handbewegung zu verstehen gebe, dass sie zurückbleiben soll. Ich gehe langsam auf ihn zu, doch dann bemerkt er mich und erschrickt fürchterlich. In einer fahrigen Bewegung reißt er die Ohrstöpsel, die in seinen Ohren klemmen, heraus und greift nach den Rudern, um die Flucht anzutreten.

»Ich bin's nur«, rufe ich. »Ole, warte! Wir müssen uns unterhalten.« Er hält inne und sieht mich an wie ein verängstigtes Tier.

»Verschwinde«, entgegnet er und atmet schwer, während seine ganze Haltung in Verteidigungsstellung ist. »Du bist nicht besser als die anderen. Du hetzt mir bloß die Polizei auf den Hals!« Panisch sucht er hinter mir mit den Augen die Umgebung ab.

»Nein, Ole, du irrst dich. Ich habe die Polizei nicht gerufen. Gestern nicht und heute auch nicht.«

»Und wen hast du jetzt dabei? Ich gehe nicht nach Hause.«

»Finja hat mich hergebracht«, rede ich beruhigend auf ihn ein. »Sie wartet am Wagen.«

Ein paar Atemzüge fixiert er mich noch skeptisch, bevor er langsam die Ruder wieder sinken lässt und ich mich umständlich auf die Holzplanken setze.

»Was willst du von mir?«, knurrt er.

»Ich will nur reden. Du kannst mir vertrauen. Ich bin auf deiner Seite.« Noch einmal schweift sein Blick hinter mich, dann setzt er sich ebenfalls, die Ruder immer griffbereit. Die Sehnen seines gesamten Körpers sind angespannt, wie bei einem Raubtier, das zum Sprung bereit ist, wenn nötig, mir an die Gurgel.

»Die behaupten, ich hätte dich niedergeschlagen. Und dann faselten sie irgendwas von einem Drohbrief ... ich bin das aber nicht gewesen!«

»Ich weiß«, antworte ich, und das scheint ihn zu überraschen. »Du bist zwar schwer durchschaubar und oft ziemlich streitlustig, was ich manchmal echt ätzend finde. Aber heimtückisch bist du nicht.« Sein Blick bleibt argwöhnisch. »Und ich weiß, dass du diese Zeilen gar nicht geschrieben haben kannst.«

»Wieso?«

Ich sehe ihn eindringlich an, dann strecke ich meine Hand nach dem MP3-Player aus, den Ole vor wenigen Sekunden von sich geschleudert hat, und wiege ihn in meinen Händen. »Alles über Holzverarbeitung als Hörbuch?«

»Du weißt es?« Seine Stimme ist nicht mehr als ein ersticktes Krächzen. Ich habe jetzt genau zwei Möglichkeiten. Drum herumschleichen oder die Sache bei den Hörnern packen.

»Ich maße mir nicht an, irgendwas zu wissen. Aber ... kann es sein, dass dir das Schreiben und Lesen Schwierigkeiten bereiten?« Boom. Seine Augen weiten sich, aber nur minimal.

»Nette Umschreibung«, erwidert er und lacht bitter auf. »Es ist reine Dummheit, sag es ruhig.«

»Du bist nicht dumm«, widerspreche ich.

»Du verstehst das nicht. Ich bin ein Schwachkopf, buchstäblich. Egal, was ich versuche, ich bin zu blöd. Im Internat haben sie versucht, es mir endlich beizubringen. Mein Vater wollte es in mich reinprügeln, aber auch das hat nicht funktioniert.« Seine Hände ballen sich zu Fäusten, als er seinen Vater erwähnt, und seine Stimme wird mit jedem Wort lauter und aggressiver.

Ich presse die Augen zu, und ungewollt entstehen dort entsetzliche Bilder, Bilder, die ich kaum ertragen kann, deshalb öffne ich sie schnell wieder. Ein Ruck geht durch ihn hindurch, als wäre er über sich selbst erschrocken, dass ihm dieses Geständnis über die Lippen gerutscht ist. Ich will ihn fragen, wieso er nie etwas gesagt hat, doch diese Frage erübrigt sich. Er schämt sich zutiefst dafür.

»Wer weiß noch davon?«, frage ich.

»Niemand. Und ich schwöre dir, wenn du …«

»Ich sage es dir noch mal«, unterbreche ich ihn. »Du kannst mir vertrauen. Und du bist nicht dumm. Im Gegenteil. Wer ein solches Geheimnis so lange für sich behalten kann, ohne aufzufliegen, muss ganz schön was draufhaben.«

Eine Weile funkelt er mich an, scheint abzuwägen, ob er mir Glauben schenken kann. Wahrscheinlich wurde er schon zu oft hinters Licht geführt und enttäuscht. »Und was nützt mir das?«

Ich habe nur eine vage Vorstellung davon, welche Hürde es im Alltag darstellt, wenn man Analphabet ist. In der Schule, auf der Straße, in jedem Job, überall. Und es steht mir wahrscheinlich nicht zu, ihm Ratschläge zu erteilen, obwohl ich keine Ahnung von seinem Leben habe. Deshalb sage ich das Erste, was mir in den Sinn kommt.

»Vielleicht ist es jetzt an der Zeit, Farbe zu bekennen.«

»Damit alle sehen, dass ich wirklich so ein Taugenichts bin, wie sie denken?«

»Damit alle sehen, wie *mutig* du bist. Und vor allem, dass du *kein* Krimineller bist!« Wie kann ich ihn bloß überzeugen?

»Aber ein Schwächling. Ich war in meinem ganzen Leben noch nie mutig«, flüstert er.

»Hat dir das auch dein Vater eingebläut?« *Oder in dich hineingeprügelt?* Sofort verfinstert sich seine Miene wieder. Ich kann die Wut in seinen Augen sehen, die über seine geballten Fäuste ein Ventil sucht.

»Soll ich dir sagen, was ich sehe? Einen jungen Mann, der einen beträchtlichen Rucksack Probleme mit sich herumschleppt. Aber in erster Linie einen Mann, der mit einem grandiosen handwerklichen Geschick gesegnet ist. Ich bin verdammt froh, dass du mir diese Seite von dir gezeigt hast. Stines Haus ist so gut wie fertig, und du hast einen großen Teil dazu beigetragen. Und das, ohne eine einzige Silbe zu lesen oder zu schreiben! Du hast erkannt, dass es andere Möglichkeiten gibt!« Zur Veranschaulichung hebe ich das Gerät in meiner Hand hoch. »Allein, dass du dich darauf eingelassen hast, ohne den Kopf in den Sand zu stecken, zeigt mir, dass du sehr wohl mutig bist.«

»Du weißt nichts über mich.«

»Das stimmt. Weil du mich und all die anderen da draußen nichts über dich wissen lässt.«

Mir sind seine Gründe absolut klar, warum er nichts von sich preisgibt. Die wichtigsten Menschen in seinem Leben haben ihn im Stich gelassen. Seine Mutter – wenn auch ungewollt –, als sie starb. Und sein Vater hat ihn von klein auf glauben lassen, ihm sogar eingetrichtert, dass er ein Versager ist. Ich werte es als Privileg, dass er mich seine Verletzlichkeit sehen lässt, obwohl auch er mich kaum kennt.

»Wo hast du überhaupt gesteckt die letzten Tage?«, frage ich schließlich.

»Ich hatte Termine.«

»Zahnarzt?«

»Ich war bei meinem Bewährungshelfer in Svolvær, okay? Ich wollte es dir sagen, aber nach unserem Zoff habe ich es vergessen.«

»Bist du dorthin gelaufen? Svolvær ist eine halbe Stunde von hier mit dem Auto. Du warst zwei Tage weg.«

Ich weiß, dass ihn die Fragerei nervt, aber ich finde, er schuldet mir eine Erklärung.

»Ich war mit dem Bus da. Der Termin hat sich kurzfristig verschoben, und während der Wartezeit habe ich ein paar alte Kumpels getroffen. Wir sind ... um die Häuser gezogen, und ich habe dort übernachtet, weil mich der Bewährungshelfer gestern noch mal sehen wollte. Ich hätte anrufen sollen.«

»Hättest du.«

»Mein Akku war leer.« Wenigstens hat er den Anstand, es mir jetzt zu erzählen, auch wenn er von einer richtigen Entschuldigung noch meilenweit entfernt ist. Dafür macht er ein reumütiges Gesicht. Das ist weit besser als das trotzige von vorhin.

»Du solltest das deinen Großeltern erklären. Sie machen sich Sorgen.«

Umständlich stehe ich auf, weil ich merke, dass ich meinen Körper schon viel zu sehr überstrapaziere.

»Was auch immer du jetzt vorhast zu tun, du sollst wissen, dass ich an dich glaube. Auch an den Mut, den du selbst noch nicht erkannt hast.«

Oles Fäuste lockern sich endlich, und ein leichtes, kaum wahrnehmbares Zittern geht durch seinen Körper. Wahrscheinlich zweifelt er an meinen Worten.

Ich brauche einen Moment, um die Balance zu halten, und stütze mich Halt suchend an der Bretterwand ab. Genau hier ist es passiert, schießt es mir durch den Kopf, genau wie der Schmerz, der mich mit einer Heftigkeit übermannt, als würde mir jemand ein Messer in den Hinterkopf rammen. Als er wieder etwas nachlässt, überschwemmen mich die Erinnerungen an den Überfall, und ein seltsamer Geruch steigt mir in die Nase, der sofort Panik in mir auslöst. Ich versuche, ihn irgendwie einzuordnen, während ich trotz des Ekels, der in mir aufsteigt, so tief wie möglich atme, um die Panik niederzukämpfen. Was ist das? Vanille und etwas Herberes, im Cocktail mit etwas anderem, nicht Greifbarem.

Und plötzlich weiß ich es. Es ist eine ordentliche Portion Angst.

Als Ole mein Schwanken bemerkt, ist er sofort neben mir, bereit, mich aufzufangen, und sein Geruch nach Schweiß und Zigarettenrauch verdrängt sofort den anderen, noch unangenehmeren. Es war also nur mein Gedächtnis, das mir einen Streich gespielt hat. Ich bin in Sicherheit.

Finja

Überrascht blicke ich auf, als Kristian und Ole gemeinsam aus dem Bootshaus kommen. Kristian taumelt besorgniserregend, und ich bin in wenigen Schritten bei ihm, bevor er vornüberkippt. Es ist ihm alles zu viel geworden. Verdammt, was habe ich mir nur dabei gedacht, ihn mitzunehmen? Ole eskortiert ihn auf der anderen Seite, und gemeinsam verfrachten wir ihn auf den Beifahrersitz.

»Kristian?«, spreche ich ihn an, und er blinzelt und atmet tief ein und aus.

»Mir ist nur etwas schwindlig«, bringt er abgehackt hervor. Seine Lippen sind blutleer, und seine Haut ist kalkweiß.

»Wir müssen ihn schnell nach Hause bringen, Ole«, erkläre ich. »Steig ein.«

Wie erwartet ist Doktor Jansen außer sich, weil Kristian nicht wie verordnet das Bett hütet. Als wir die Einfahrt erreichen, stürmt er bereits aus dem Haus und reißt die Beifahrertür auf, noch bevor ich den Motor ausgestellt habe.

Kopfschüttelnd verdreht Aksel die Augen, doch als er sieht, wie fertig sein Patient aussieht, fängt er ungehalten zu schimpfen an: »Seid ihr wahnsinnig geworden?«

Ole hilft ihm unaufgefordert, und gemeinsam bringen sie Kristian zurück in mein Zimmer.

»Ist es schlimm?«, frage ich ängstlich, als Aksel wenig später wieder über die Treppe nach unten kommt.

»Von dir hätte ich wirklich etwas mehr Vernunft erwartet, Finja«, setzt er die Standpauke von vorhin fort.

»Also ist es schlimm«, befürchte ich wispernd.

»Nein, ich vermute, euer Ausflug war einfach zu anstrengend«, korrigiert er nun etwas milder. »Es heißt ja nicht umsonst Bettruhe.«

Ich habe ein wirklich schlechtes Gewissen. »Es tut mir leid. Ich hätte dafür sorgen müssen, dass er hierbleibt.«

»An dem Vorhaben hättest du dir gewiss die Zähne ausgebissen«, gibt Aksel zu und legt mir tröstend die Hand auf die Schulter. »Er hat einen starken Charakter, dieser Mann.«

Als wir gemeinsam in die Küche gehen, stelle ich fest, dass alles noch so ist, wie wir es vor wenigen Stunden verlassen haben. Es hat also weder Aksel gefrühstückt noch mein Vater, und weil Ole mit hängendem Kopf am Küchentisch sitzt, beschließe ich, dass wir uns erst einmal alle stärken sollten. Ich habe Ole nicht gefragt, was am Bootshaus vorgefallen ist, aber ich werte es als gutes Zeichen, dass er hier und nicht wieder abgehauen ist. Trotzdem sehe ich ihm an, dass er sich lieber irgendwo verkriechen würde. Ich kann es ihm nicht verdenken.

Mein Vater stößt zu uns, murmelt ein »Guten Morgen« und setzt sich nachdenklich zu Ole und Aksel an den Tisch, während ich frischen Kaffee mache.

»Ich muss zur Polizei«, murmelt Ole irgendwann in das angespannte Schweigen hinein.

»Das kannst du auch nach dem Frühstück noch«, brummt mein Vater.

»Damit sie mir zuvorkommen?«, speit Ole verachtend aus.

»Ich werde ihnen schon erklären, dass du total ausgehungert warst, als du meinen Patienten gerettet hast«, wirft Aksel unerwartet großzügig ein.

Ole ringt spürbar mit sich, ob er gehen oder bleiben soll. Der Raum ist voll unausgesprochener Erwartungen, dass er etwas sagen, sich nach den vergangenen Ereignissen erklären soll. Oder für den Anfang einfach nur frühstücken. Ole tut nichts davon. Er rührt nicht einmal die Tasse Kaffee an, die ich ihm hinstelle. Stattdessen wischt er sich immer wieder die schweißnassen Hände an seinen dreckigen Jeans ab. Sein Atem geht flach, und seine Nasenflügel blähen sich, während er verkrampft versucht, gleichgültig auszusehen. Es muss schrecklich sein, sich so bedrängt zu fühlen.

Die beiden anderen greifen beherzt zu. Die Musterung ist beendet, niemand beachtet ihn mehr. Auch ich bestreiche mir ein

Brot mit Butter und Marmelade, und langsam scheint sich auch Ole etwas zu entspannen. Ich glaube, es hätte nicht viel gefehlt, und er hätte sich getraut, auch etwas zu essen, doch noch ehe er sich entschließen kann, nach dem Brotkorb zu greifen, unterbricht Aksels viel zu lauter Klingelton das leise Klimpern des Geschirrs und das einträchtige Kaugeräusch all derer, die am Tisch sitzen. Ole zuckt dermaßen erschrocken zusammen, dass auch alle anderen innehalten. Das ist zu viel für ihn. Er blickt in unsere irritierten Gesichter, springt auf und stürmt aus der Küche.

»Seltsamer Junge«, kommentiert Pappa, und ich, die ich ahne, warum er so ist, wie er ist, schweige, um ihn nicht noch mehr zu demütigen.

»Glaubst du, er haut wieder ab?«, fragt Aksel, als er sein kurzes Telefonat beendet hat, doch ich schüttle den Kopf.

»Er ist freiwillig mitgekommen.«

»Dann will er sich also stellen?«, mutmaßt mein Vater.

»Er will die Wahrheit sagen.«

»Und die wäre?«

Ich zaudere. Es steht mir nicht zu, Oles Geheimnis zu enthüllen. Ich muss einfach darauf vertrauen, dass er selbst den Mut dazu aufbringt. »Könnt ihr euch noch ein wenig gedulden?«, bitte ich.

»Wenn's sein muss«, erwidert mein Vater schulterzuckend.

»Da bin ich aber mal gespannt«, murmelt der Doktor.

Kapitel 33

Kristian

Dank Doktor Jansens Zaubermittelchen dauert es nicht lange, bis der Schmerz erneut einer ungeheuren Erschöpfung weicht. Und trotzdem ist es mir unmöglich wegzudämmern, sosehr ich es auch versuche. Meine Gedanken kreisen um die Ereignisse der letzten Tage, die ständig wie im Ringelspiel in atemberaubender Geschwindigkeit durch meinen Kopf jagen.

Und dann höre ich dieses dumpfe, grollende Motorengeräusch. Ich muss kein Autokenner sein, um zu erraten, dass es sich wahrscheinlich um Lasses Porsche handelt.

Die Neugier treibt mich aus dem Bett ans Fenster. Von hier aus habe ich den besten Ausblick auf die gekieste Einfahrt, ohne sofort entdeckt zu werden. Ich lehne mich an Finjas Schreibtisch und lausche durch das gekippte Fenster nach draußen. Wie vermutet ist es Lasse, der hoch erhobenen Hauptes auf die Haustür zustolziert. Sogar von hier aus erkenne ich die Arroganz, die aus seiner Haltung abzulesen ist, und augenblicklich überfallen mich erneut unliebsame Erinnerungen und dieser widerliche Geruch, der mich schon heute Morgen innerlich so straucheln ließ.

Und jetzt weiß ich es. Es war Lasse! Er hat mich niedergeschlagen, da bin ich mir plötzlich ganz sicher. Dieser durchdringende Duft, der mir schon aufgefallen ist, als er neulich bei Stines Haus aufgetaucht ist. Damals roch sein Aftershave – trotz seines vorgetäuschten Laufschrittes – noch frischer und nicht getränkt von Angstschweiß.

»Na, sieh mal einer an«, spricht er jetzt jemanden an, und ich beuge mich ein wenig nach vorne, um seinen Gesprächspartner auszumachen. Doch Lasse blickt sich nach allen Seiten um, und ich zucke rasch wieder zurück.

»Da läufst du mir auch noch direkt in die Arme. Das scheint heute mein Glückstag zu sein«, fährt er fort.

»Was willst du von mir?«, erkenne ich jetzt Oles Stimme.

»Ich weiß nicht«, scheint Lasse zu überlegen. »Wenn du mich so fragst, würde ich dich am liebsten im Gefängnis sehen!«

Dieses Arschloch. Ich überlege, ob ich eingreifen soll, aber höchstwahrscheinlich ist es ratsamer, meine Füße für den Moment stillzuhalten. Vielleicht plaudert Lasse ein paar prekäre Details aus.

»Ich habe nichts getan.«

Jetzt habe ich endlich auch Ole im Sichtfeld. Seine Selbstbeherrschung ist beeindruckend, wie er so vor seinem Kontrahenten steht, zwar mit geballten Fäusten, sonst äußerlich jedoch komplett gefasst. Ich bin sicher, er würde ihm am liebsten die Visage polieren, für alles, was er ihm bisher in die Schuhe geschoben hat. Dass er es nicht tut, beweist einmal mehr, wie viel tatsächlich in ihm steckt.

»Das macht nichts«, entgegnet Lasse mit einem gehässigen Grinsen. Er kommt Ole bedrohlich nahe und fixiert seine Augen, als wollte er ihn mit seinem Blick schockfrosten. Ole atmet schwer, aber rührt sich nicht vom Fleck. »Du bist Abschaum, genau wie dein Vater. Aber einfach den unfassbar beliebten Kristian niederzuschlagen ... ts ts ts, das hätte ich dir gar nicht zugetraut.«

»Es wird dich vielleicht überraschen«, sagt Ole mit fester Stimme, in der ein unüberhörbar warnender Unterton mitschwingt. Nicht der Hauch eines Zitterns ist darin zu hören. »Aber eines hat mein Vater mich gelehrt: Wenn ich jemanden niederschlage, dann nicht feige hinterrücks, sondern von Angesicht zu Angesicht.«

Mir rieselt es kalt den Rücken hinunter, und doch steigt so etwas wie Schadenfreude in mir auf. Und ein bisschen Stolz auf Ole, weil ich nicht eine Sekunde dran glaube, dass er das wirklich tun würde. Bei Lasse scheinen Oles Worte ihre Wirkung nicht zu verfehlen. Sein dreckiges Lächeln fällt ihm aus dem Gesicht, und er tritt unwillkürlich einen Schritt zurück. Seine Selbstsicherheit hat augenscheinlich einen ordentlichen Dämpfer abbekommen. Doch leider fängt er sich rasch wieder.

»Ich bring dich hinter Gitter, das schwör ich dir«, droht er Ole, die Augen zu Schlitzen verengt. »Und dieser Haugen wird früher oder später ebenfalls das Feld räumen.«

Da prescht Finja aus dem Haus und wie eine Furie auf Lasse zu. »Was bist du eigentlich für ein Scheißkerl?«, schreit sie, packt ihn an der Vorderseite seiner teuren Jacke und stößt ihn mit aller Kraft zurück. »Wie konnte ich mich nur jemals auf dich einlassen?«

Noch nie habe ich gesehen, dass sie ihre Wut so ungebremst herausfeuert. Finja ist kein Mensch, der leicht die Beherrschung verliert. Für Lasse ist es auch neu, wie mir sein überraschter Gesichtsausdruck verrät. Doch niemand hat es in diesem Moment so verdient wie er. Die Frage drängt sich mir auf, wie sehr es sie wohl schmerzt, dass ausgerechnet Lasse der Übeltäter zu sein scheint. Lasse, den sie vor Kurzem noch geküsst hat. Ich erwäge, ihr zu Hilfe zu eilen, damit wir ihn gemeinsam fertigmachen können, aber sie hat die Situation fest im Griff. Aus den Augenwinkeln nehme ich wahr, wie sich ein weiteres Auto den Hügel hochschlängelt. Die Polizei.

»Finja, beruhige dich«, versucht Lasse, sie zu beschwichtigen. »Er hat mich angegriffen. Du hast nicht mitbekommen, wie er gerade auf mich losgegangen ist.«

»Lass mich in Ruhe! Ich habe alles gehört. Es tut mir nur leid, dass ich nicht früher gesehen habe, wie dunkel deine Seele wirklich ist.« Lasse sieht aus, als hätte Finja ihm eine Ohrfeige verpasst, während Ole danebensteht, die Szene beobachtet und sich seelenruhig eine Zigarette ansteckt.

Finja

Das Gespräch zwischen Lasse und Ole lässt unsagbaren Zorn in mir aufsteigen. Mein Inneres vibriert, so sehr nimmt mich mit, was Lasse da so herablassend von sich gibt, als wäre er ein Puppenspieler, der seine Marionetten tanzen lässt, wie es ihm beliebt, und willkürlich über das Leben anderer bestimmen kann. Noch nie habe ich für jemanden solche Abscheu empfunden wie in diesem Augenblick für Lasse. Die Erkenntnis trifft mich hart, dass, auch wenn ich ihn nie geliebt habe, jeder Funken Vertrauen, den ich ihm entgegengebracht habe, ein Funken zu viel war. Obwohl ich in meiner scheinbar grenzenlosen Naivität keine Sekunde auf ihn getippt hätte, ergibt jetzt alles einen Sinn.

Sein gezischtes »Ich bring dich hinter Gitter, das schwör ich dir« lässt das Fass überlaufen. Und während ich zum ersten Mal in meinem Leben jemanden tätlich angreife und es noch dazu überraschend befreiend wirkt, bekommen wir Besuch von der Polizei. Es ist der beste und zugleich schlechteste Zeitpunkt, denn liebend gerne hätte ich Lasse als Zugabe noch ein richtiges Veilchen verpasst.

Aus seinem »Er hat mich angegriffen!« wird den beiden jungen Polizisten gegenüber plötzlich ein »Sie hat mich angegriffen!«. Da bekomme ich den Hauch einer Ahnung davon, wie schnell man unverschuldet in Schwierigkeiten geraten kann, und dafür hasse ich ihn noch ein bisschen mehr.

Doch als mein Blick aus einem unerfindlichen Grund ein paar Meter höher wandert zum Fenster und zwei faszinierende blaugraue Augen findet, bin ich von der eigenartigen Gewissheit erfüllt, dass alles gut wird.

Ole erweist sich als verdammt mutig. Er erzählt der Polizei alles, inklusive seines Analphabetismus. Zudem hat er – was Lasse wahrscheinlich nicht miteinberechnet hat – ein Alibi für den gestrigen Abend, an dem Kristian niedergeschlagen wurde. Er war bei seinem Bewährungshelfer in Svolvær. Nachdem die Polizei erst Ole, dann Kristian verhört hat, schneit auch noch unerwartet Sten herein.

Marit hat ihm von unserem gestrigen Gespräch erzählt, und meine Bitte, die Anzeige zurückzuziehen, hat ihm keine Ruhe gelassen. Gemeinsam haben sie Stunden damit zugebracht, Nachforschungen anzustellen. Akribisch haben sie jeden einzelnen Lieferschein herausgesucht und mit den dazugehörigen Rechnungen verglichen. Da fiel ihnen auf einem der Frachtbriefe ein Vermerk auf, dass ein paar Produkte nicht lieferbar waren. Ole hat die Lieferung kontrolliert, weil jemand von uns es ihm aufgetragen hat. Aus Mangel an Alternativen hat er gutgläubig alles abgehakt und unterzeichnet. Der Lieferschein wurde abgeheftet und das Fehlen der Waren erst später entdeckt. Oles schlechter Ruf hat dafür gesorgt, dass er sofort der Hauptverdächtige war. Heute Morgen ist einer der Samen, die die Rentierfelle und Norwegerpullover herstellen, persönlich bei Sten vorbeigekommen, um die fehlenden Sachen nachzuliefern.

Ich weiß nicht, über wen ich mich mehr freue. Über Ole, der die Größe besitzt, das alles nicht als Missverständnis abzutun, sondern Sten von seinem Handicap zu erzählen, oder über Sten, der sich anschließend aufrichtig für die falsche Verdächtigung und den daraus resultierenden Rauswurf entschuldigt.

Lasse redet sich um Kopf und Kragen, doch selbst die Polizisten zweifeln inzwischen an seinen Aussagen, da er sich immer wieder in Widersprüche verstrickt. Zur weiteren Überprüfung nehmen sie ihn mit aufs Revier, und ich kann gar nicht sagen, wie erleichtert ich bin, als er unser Grundstück verlässt.

Kristian

Obwohl Lasse alles abstreitet, ist die Beweislage gegen ihn erdrückend. Ich vermute, er hat den Draht bemerkt, den Finja und ich zueinander haben, und war einfach eifersüchtig. Dass Ole ohnehin schon genug Schwierigkeiten hatte, kam ihm dabei wahrscheinlich recht gelegen, um ihm alles unterzujubeln und gleichzeitig mir damit eins auszuwischen. Als die beiden Polizisten ihn mitnehmen, entspannt sich die Atmosphäre im ganzen Haus, und ich kann irgendwann auch einschlafen. Doktor Jansen besteht darauf, dass ich noch ein paar Tage das Bett hüte, und ich ahne, dass er mich damit ein bisschen für die *Dummheiten* bestraft, die ich in seinen Augen begangen habe, als ich mich auf die Suche nach Ole machte. Natürlich sage ich ihm nicht, dass ich ohnehin noch zu erledigt bin, um aufzustehen.

Als ich am Nachmittag irgendwann aufwache, bemerke ich, dass in dem abgedunkelten Raum jemand sitzt. Ich blinzle und erkenne Finjas Silhouette, was mich sofort lächeln lässt.

»Hei«, krächze ich, als hätte meine Stimme tagelang nichts mehr zu tun gehabt.

»Wie fühlst du dich?«, erkundigt sie sich sanft. Es ist so ein wunderschönes Gefühl zu wissen, dass sie da ist.

»Okay«, antworte ich. »Und du?«

»Ich …«, sie zögert und schluckt schwer, »alles paletti.«

»Sei ehrlich.«

Sie macht ein schnaubendes Geräusch, so als würde sie leise in die Dunkelheit lachen, aber nicht wirklich fröhlich.

»Ich wünschte, ich könnte deinen Schmerz ein wenig lindern.«

Ihre Worte sind unerwartet, aber treffen mich mitten ins Herz. *Das tust du doch mit deiner Anwesenheit*, will ich sagen. Gleichzeitig entgeht mir nicht, dass sie meiner Frage geschickt ausgewichen ist. Hoffentlich bedeutet das nicht, dass Lasse sie zu sehr verletzt hat.

»Es tut kaum noch weh«, sage ich stattdessen. »Kannst du mir einen Gefallen tun? Würdest du bitte die Vorhänge öffnen?«

»Natürlich, aber der Doc meinte, für deinen Kopf wäre es besser …«

»Ich würde dich aber lieber sehen, wenn ich mit dir rede.«

Ich erahne Finjas Lächeln, und sie erhebt sich und lässt das Zimmer von Licht durchfluten, fast so, wie ihre Präsenz es tut.

»Du hast mir ganz schön Angst gemacht«, sagt sie, als sie sich wieder zu mir ans Bett setzt.

»Ich? Ich dachte eher, Lasse wäre Furcht einflößend.«

»Ach der!«, winkt sie verächtlich ab. »Den rauche ich in der Pfeife.« Ihre großspurige und eindeutig scherzhafte Bemerkung lässt mich auflachen.

»Das glaube ich dir sogar. Ich habe gesehen, wie du auf ihn

losgegangen bist.« Sorgfältig mustere ich sie, um herauszufinden, was die Ereignisse mit ihr gemacht haben. »Tut es sehr weh?«

»Das sollte ich dich fragen. Mir hat er doch nichts getan.«

»Na ja ... dein Herz gebrochen?«, vermute ich unsicher.

Ihr Blick ist erst nachdenklich, dann wird er ganz weich.

»Er war nicht einmal in der Nähe meines Herzens.«

Ich bin irritiert. »Aber ... warst du nicht mit ihm zusammen?«

»Das ist schon eine Weile her. Und im Nachhinein wohl verschwendete Zeit.«

»Und jetzt ... ich meine ... ihr habt euch geküsst.« Ich kann dieses kleine, aber bedeutsame Detail nicht mehr außen vor lassen.

»Woher weißt du das?«

»Ich habe euch gesehen.« Sie schaut mich an, ganz intensiv, während es hinter ihren Augen arbeitet. »Als ich auf dem Weg zu dir war.«

»Du warst auf dem Weg zu mir?« Ich nicke. »Und du hast nicht gesehen, dass wir eine Auseinandersetzung hatten? Und er mich völlig überrumpelt hat und ich ihn dann von mir gestoßen habe?«

Ich schüttle langsam den Kopf, und unterdessen rauscht mir eine mörderische Steinlawine vom Herzen.

»Das ist ...«, ein Lächeln zupft an meinen Mundwinkeln, das ich nicht mehr zurückhalten kann. »Wow! Das ... ist gut.«

Und einen kurzen Moment schenkt sie mir ihr schönstes Lächeln.

»Und wieso fürchtest du dich vor mir?«, hake ich mit seltsamer Befangenheit nach, weil mir diese kleine anfängliche Bemerkung keine Ruhe lässt. »Du hast gesagt, ich hätte dir Angst gemacht.«

»Ich hatte nicht vor dir Angst, sondern *um dich!*«, stellt sie richtig, und diese paar Worte führen dazu, dass es in meinem Bauch ganz warm wird und sich gleichzeitig eine ganze Menge von irgendwas Undefinierbarem in Bewegung setzt. Anders als die Steinlawine. Mehr wie heftige Flügelschläge. Ich nehme ihre Hand, und sie lässt mich gewähren.

»Ich bin froh, dass du so einen Dickschädel hast«, sagt sie liebevoll.

»Ohne dich wäre es vielleicht nicht so glimpflich ausgegangen«, erwidere ich leise. »Ich danke dir. Du warst zur richtigen Zeit am richtigen Ort.«

Verlegen schlägt sie die Augen nieder, während sie sacht mit dem Daumen über meinen Handrücken streicht und heftig blinzelt, um ihre Tränen zu verbergen, als hätte ich sie nicht längst schon bemerkt. Was ist nur los mit ihr? Jetzt kann doch endlich alles gut werden.

»Werde schnell wieder gesund«, flüstert sie, schenkt mir noch einen durchdringenden Blick und haucht einen Kuss auf meine Hand, bevor sie wieder aus dem Zimmer verschwindet, ehe ich sie aufhalten kann.

Kapitel 34

Kristian

Am nächsten Morgen liegt Finja nicht neben mir, als ich erwache. Ich habe keine Ahnung, ob sie sich irgendwann nachts still und heimlich zu mir unter die Decke geschmuggelt und sich auf die gleiche Art wieder verabschiedet hat oder ob sie gar nicht hier war. Mein Schlaf schien so tief zu sein, dass ich nicht einmal das gemerkt habe.

Als Doktor Jansen kommt und mich noch einmal gründlich untersucht, erfahre ich auch den Grund. Er hat mir gestern ein anderes Medikament verabreicht, das nicht nur die Schmerzen lindert, sondern mich zudem schrecklich müde macht.

»Ich kann nicht arbeiten, wenn ich so müde bin.«

Kurz lacht er laut auf. »Du wirst auch nicht arbeiten.«

»Du verstehst nicht, ich habe Aufträge zu erfüllen. Ich muss in einer, spätestens zwei Wochen zurück in Oslo sein. Ich kann nicht untätig hier rumliegen!«

»Nein, *du* verstehst nicht! Eine Gehirnerschütterung ist kein Witz, sondern eine ernst zu nehmende Verletzung. Du bleibst liegen, solange ich es dir sage. Sonst lasse ich dich ins Krankenhaus verlegen, ohne mit der Wimper zu zucken.« Die Eindringlichkeit seiner Worte erreicht mich schließlich, auch wenn es mich unendlich nervt, dass ich mich so ausgeliefert fühle. Resigniert füge ich mich. Weil ich auch nicht ununterbrochen schlafen kann und er mir auch von jeglicher Form anderer Reize wie Fernsehen oder Lesen abrät, vergehen die Minuten so zäh wie klebriger Honig. Hin und wieder höre ich Finja auf ihrer Gitarre spielen. Aber zu meinem Bedauern singt sie nicht.

Es ist Magnus, der mir regelmäßig Essen aufs Zimmer bringt.

»Ich wusste gar nicht, dass du zum Butler abkommandiert bist«, bemerke ich einmal scherzhaft, als er ein kleines Tischchen mit Rollen, auf dem ein Tablett mit Tee und leckeren Zimtschnecken steht, ins Zimmer schiebt.

»Ja, das habe ich auch nicht gewusst«, murmelt er, während er sich auf seine wertvolle Fracht konzentriert.

»Wo ist Finja?«

»Arbeiten.«

»Geht es ihr gut?«

»Das ist ... eine Frage, die du nicht mir stellen solltest.«

»Wieso kommt sie mich nicht mehr besuchen?«

»Sie erkundigt sich ungefähr hundertsiebenundfünfzig Mal am Tag, wie es dir geht.«

»Warum überzeugt sie sich nicht selbst davon?«

Mit einem Ächzen lässt Magnus sich am Rand des Bettes nieder und grübelt.

»Weil sie Angst hat«, gesteht er dann.

»Vor mir?«

»Nein, nicht vor dir.«

»Sondern? Um mich?« Das sagte sie zwar, aber nachdem Lasse festgenommen wurde, gibt es doch auch dazu keinen Grund mehr.

»Vor den Gefühlen, die du in ihr auslöst«, unterbricht Magnus meinen Gedankenstrom.

»Warum?«, ist alles, was mir dazu einfällt.

»Tja ... genau das solltest du sie selber fragen.«

Finja

Es erfordert eiserne Überwindung, nicht mehr nach Kristian zu sehen. Ich habe gestern Abend lange an der Tür seines Schlafzimmers gestanden und mit mir gerungen, ob ich wieder in seinen Armen einschlafen will. Und ich *wollte* es, so sehr. Irgendwas hat in mir die Notbremse gezogen und ließ mich das Bett im Gästezimmer frisch beziehen und dort übernachten. Ich habe mich einsam gefühlt, was absurd ist, weil ich es doch eigentlich gewohnt bin, allein zu sein. Als ich heute zufällig mitbekommen habe, wie Kristian vor dem Doc von seiner Abreise in ein bis zwei Wochen gesprochen hat, ist mein Herz ins Bodenlose gefallen. Dennoch habe ich mich bestätigt gefühlt. Dieses unfassbar intensive Gefühl, das ich für ihn empfinde, jagt mir höllische Angst ein. Nach allem, was wir in den letzten Tagen zusammen erlebt haben, wird er wieder gehen und mich mit den Scherben meines gebrochenen Herzens zurücklassen. Ich kann und will nicht zulassen, dass er mir noch näherkommt. Und deswegen gehe ich ihm nun endgültig aus dem Weg. So, wie ich es von Anfang an vorgehabt hatte.

Als ich eines Abends nach der Arbeit nach Hause komme, macht mir Kristian einen Strich durch die Rechnung. Er sitzt vor unserem Haus auf der Bank, und ich kann nicht so tun, als hätte ich ihn nicht bemerkt.

»Hei. Du solltest …«

»Ich weiß, ich sollte im Bett liegen, aber ich brauche ein bisschen frische Luft«, erstickt er mein Veto im Keim. »Außerdem mag ich diese Bank.«

Ich sage nichts, stehe nur halb hinter ihm und atme flach, damit ich nicht seinem verführerischen Duft zum Opfer falle. Er ist frisch geduscht, und sein widerspenstiges Haar steht nach allen Seiten ab. Verwegen.

»Wie lange willst du mir noch aus dem Weg gehen, Finja?«

»Keine Ahnung«, gebe ich offen zu.

»Bei unserer Unterhaltung hier auf der Bank – am Abend des Jonsok-Feuers –, weißt du noch?« Obwohl ich sein Gesicht nicht sehe, höre ich deutlich sein Lächeln. »Da hattest du mich schon. Ich weiß, dass du das nicht wolltest, aber so ist es nun mal.«

»Wegen Solveig«, stelle ich fest.

Er dreht sich zu mir um, nimmt meine Hand und zieht mich neben sich auf die Bank.

»Solveig ist jetzt aber kein Thema mehr, und trotzdem wehrst du dich mit aller Gewalt gegen deine Gefühle.« Als ich erneut schweige, gibt er meine Hand wieder frei, lehnt sich mit einem Seufzen nach vorne und stützt die Ellbogen auf den Knien ab.

Ich würde ihm zu gerne die Gründe für mein Verhalten erklären, doch ich bin so verflucht schlecht darin, meine Gefühle in Worten zu verpacken.

»Solveig hat mir von der Sache zwischen ihrem Vater und deiner Mutter erzählt«, sagt er, und ich zucke innerlich zusammen. »Die Fehler deiner Eltern sind nicht deine. Und sie nehmen dir nicht das Recht auf Liebe, weißt du?«

»Das ist es nicht.« Ich starre auf meine Hände, während mein Hirn krampfhaft versucht, den nächsten Satz zu formen. *Ich bin soo verliebt in dich und habe solche Angst, dich wieder zu verlieren.* »Du wirst wieder gehen.«

Langsam atmet er einen Schwall Luft aus. »Dann bleibe ich.« Er will entschlossen klingen, aber mir entgeht nicht dieses winzige unsichere Zittern in seiner Stimme.

»Einfach so?«

»Ja«, bekräftigend nickt er.

»Das ist doch Schwachsinn, Kristian«, widerspreche ich, springe auf und renne völlig aufgebracht vor ihm auf und ab. »Du hast dein Leben in Oslo, deine Familie, deine Arbeit, deine Freunde. Man ändert das nicht von jetzt auf gleich mit einem Fingerschnippen.« *Obwohl du mit einem Fingerschnippen meine Welt komplett verschoben hast.* »Und du weißt, dass ich wegen Pappa nicht von hier weggehe.«

»Ich würde es machen«, erwidert er und klingt dabei verdammt aufrichtig. »Für dich. Für uns.«

»Meine Mutter hat auch alles aufgegeben. Sie hat während einer Reise mit einem der Hurtigruten-Schiffe meinen Vater kennengelernt«, erzähle ich ruhig und mit hängenden Schultern. Ich stehe jetzt direkt vor ihm und schaue ihn an. »Es war Liebe auf den ersten Blick. Sie hat ihre Heimat für ihn verlassen, und ein Jahr später bin ich auf die Welt gekommen.« Er lächelt. Ja, die Geschichte klingt schrecklich romantisch bis zu diesem Punkt. »Und noch ein paar Jahre später hat *sie uns* aufgegeben.«

»Das mit deinen Eltern wird sich nicht wiederholen, Finja«, beschwört er mich und greift nach meinen Händen.

»Ach ja, und woher willst du das wissen?«

»Wir sind nicht sie, wir sind *wir*! Wir schaffen das!«

Bitter lache ich auf. »Das haben sie bestimmt damals auch gedacht.«

»Dann gehen wir es langsam an. Wir müssen doch nichts überstürzen«, lenkt er behutsam ein. Ich weiß es so zu schätzen, dass er nach einem Ausweg sucht, aber … mein Verstand sagt mir unüberhörbar, dass es den nicht gibt. »Wir können uns sehen, sooft es geht, außerdem gibt es ganz andere technische Möglichkeiten als früher.«

»Du hattest mit Solveig auch so was wie eine Fernbeziehung. Bist du nicht durch damit?«

»Wir sind nicht an der physischen Entfernung gescheitert.«

Darauf weiß ich nichts zu sagen. Ich lasse mich von ihm auf seinen Schoß ziehen und spüre, wie mein Widerstand schmilzt.

»Wir finden eine Lösung, das weiß ich«, flüstert er mir direkt ins Herz.

Mein Körper reagiert sofort und schmiegt sich an ihn, ohne dass ich mich dagegen wehren könnte. Kristians Hände umfassen mein Gesicht, und ich muss meine Lippen benetzen, weil sie plötzlich so staubtrocken sind. Ich erkenne die wilde Entschlossenheit in seinen Augen, mich umzustimmen. Er will mir beweisen, dass wir es wert sind, um unsere Liebe zu kämpfen. Dass es bei uns anders laufen wird. Im Zeitlupentempo kommen sich unsere Lippen näher, unser Atem vermischt sich, und als wir uns berühren, fühle ich mich so lebendig, so elektrisiert, so verzaubert, dass ich es beinahe glauben kann.

Kapitel 35

Kristian

Was mich wirklich sehr freut, ist, dass die Zusammenarbeit mit Ole so gut funktioniert. Er kommt jeden Tag auf einen kurzen Abstecher vorbei und berichtet mir vom Renovierungsfortschritt. Eine Woche später fehlt nur noch der letzte Schliff im Haus, und auch bei den Möbeln kommt er gut voran. Übers Handy gebe ich ihm Anweisungen, und er schickt mir Fotos, damit ich mir ein genaues Bild machen kann. Nachdem der Doc die Klammern aus meinem Hinterkopf entfernt hat, hat er mir erlaubt, dass ich morgen endlich wieder selbst Hand anlegen darf. Ich vermisse den Geruch des Holzes und die körperliche Betätigung.

Das Grübeln über meine und Finjas Zukunft bringt mich nicht weiter. Fakt ist jedoch, dass dies das Einzige ist, was ich mir wünsche: mit ihr zusammen zu sein. Seit unserem Gespräch im Garten vor zwei Tagen übernachtet sie wieder bei mir, doch bis jetzt ist nichts weiter zwischen uns passiert, außer ein paar unschuldigen Küssen. Es verlangt mir meine ganze Selbstbeherrschung ab, ihr die Zeit zu lassen, die sie braucht. Ich gebe mein Bestes, ihre Zweifel zu zerstreuen und ihr zu zeigen, wie ernst es mir mit uns beiden ist, und dabei habe ich ständig das Gefühl, dass uns die Zeit durch die Finger rinnt.

Wir reden viel über Gott und die Welt, sorgsam darauf bedacht, das große Thema zu umschiffen, doch die Tage schreiten stetig voran.

Am Montagmorgen erreicht mich ein Anruf von Arne. In meiner Langeweile habe ich ihn vor wenigen Tagen kontaktiert und erzählt, was passiert ist. Die Geschichte in Worte zu fassen und auszusprechen hat sie noch einen Hauch dramatischer wirken lassen, und mir ist bewusst geworden, welch großes Glück ich doch gehabt habe. Vielleicht ist Finja mein Schutzengel gewesen.

»Na, Kleiner, wie läuft's im Norden?«, begrüßt Arne mich fröhlich, während ich in meine Schuhe schlüpfe, um mich auf den Weg in die Werkstatt zu machen. Da ich zwar jünger, aber um mehrere Zentimeter größer bin als er, ist die Anrede inzwischen ein wenig veraltet.

»Hei, Alter«, feixe ich, weil er es ja gerade darauf anlegt. »Alles bestens, und bei dir?«

»Ist in deinem Kopf wieder alles an seinem Platz?« Finja räumt noch die letzten Reste des Frühstücks auf, bevor sie ebenfalls in den Laden fährt.

»Das wird sich herausstellen.« Die Frage ist eher, ob es mein Herz nicht viel schlimmer erwischt hat. Wenn sie mich so anlächelt wie jetzt gerade, gerät es jedes Mal gehörig ins Stolpern. »Aber schlimmer als bei dir wird es schon nicht sein.«

»Parieren kann er schon mal«, kommentiert Arne lachend. »Schön zu hören, dass es dir besser geht.«

»Warte kurz …« Ich fange Finja am Handgelenk ab, bevor sie die Treppe hinaufwirbelt, halte das Handy gegen meine Brust und küsse sie zum Abschied. Sie ist überrumpelt, und genau das gefällt mir, denn dann lässt sie mehr Nähe zu. Sie öffnet sogar ihre Lippen für mich und schlingt die Arme um meinen Hals. Verdammt, sonst denkt sie immer zu viel nach, und ausgerechnet jetzt ist mein Bruder am Telefon. »Hallo?«, höre ich ihn rufen.

»Ich könnte ihn später zurückrufen«, nuschle ich an Finjas Mund, doch sie gibt mich viel zu schnell wieder frei.

»Wir müssen zur Arbeit.«

»Blöd.«

»Hallo!«, dringt Arnes ungeduldige Stimme aus dem Handy.

»Bis später«, erwidert sie lächelnd, entwischt mir, und ich schaue ihr sehnsüchtig hinterher, als sie in den ersten Stock verschwindet, um ihre restlichen Sachen zu holen.

»Ja, ja, ich bin ja schon da«, antworte ich. »Was verschafft mir die Ehre?« Mühevoll sammle ich meine Gedanken aus den verschiedensten Winkeln meines Gehirns. Vielleicht ist doch noch nicht alles da, wo es hingehört.

»Eine Frau? Verflucht, du hast mir nichts von einer Frau erzählt.« Habe ich nicht? Stimmt, ich habe Finja zwar erwähnt, doch dass sie den Weg in mein Herz gefunden hat, habe ich für mich behalten.

»Habe ich wohl vergessen.«

»Du Teufelskerl, schießt das Model in den Wind und hast gleich die Nächste am Start?« Ganz so ist es ja nicht. Oder doch irgendwie? Seine Worte lassen mich fast wie einen Herzensbrecher dastehen.

»Arne ... das ... lass uns ein andermal darüber reden, ja? Du rufst doch bestimmt nicht ohne Grund an.« Ich schnappe mir die Autoschlüssel des Pick-ups, den Ole mir gestern vorbeigebracht hat.

»Bingo. Ich habe deine Möbel verkauft. Zu einem Wahnsinnspreis. Der Tisch wird Donnerstag abgeholt, fehlt nur noch deine Unterschrift. Die passenden Stühle – zehn an der Zahl – sind bis Ende des Monats fällig.«

»Was?«, rufe ich überrascht aus und trete vor die Haustür in den hellen Sonnenschein hinaus. »Ich weiß nicht, was ich sagen soll.«

»Sagt dir der Name Eldrid Karlsson etwas? Ihre Firma stattet die Nobelvillen der Superreichen aus. Sie will dich unbedingt persönlich kennenlernen. Eine ziemlich einflussreiche Geschäftsfrau, sag ich dir. Sie meint, du wärst ein absolutes Ausnahmetalent, und sie sieht großes Potenzial in deinen Entwürfen. Vater ist dezent aus dem Häuschen deswegen.«

Überfordert lehne ich mich an die Autotür und atme tief durch. Eldrid Karlsson ist jedem in unserer Branche ein Begriff. Sie ist gelernte Tischlerin und Innenarchitektin und hat ihre einst kleine Werkstatt zu einem sehr erfolgreichen Großunternehmen aufgebaut. *Großes Potenzial. Dezent aus dem Häuschen.*

»Bist du noch dran?«

»Ich versuche zu atmen«, bringe ich mühsam hervor. Wahnsinn! Endlich jemand, der in meinen Entwürfen mehr zu sehen scheint. Ich kann mich nicht einmal erinnern, Arne erlaubt zu haben, sie herzuzeigen. Aber jetzt ist es auch schon egal.

»Das ist der Hammer«, spricht Arne aus, was eigentlich mein Part wäre. Doch in mir hat sich inzwischen ein anderes Wort vorgedrängt, eines, das eigentlich nur im Hintergrund gefallen ist. Donnerstag.

»Also, du bist doch eh schon fertig mit Solveigs Haus, oder? Schwing dich in den nächsten Flieger, und bring ein paar neue Ideen mit.«

»Ich … ich weiß nicht genau, ob ich Donnerstag schaffe, Arne«, höre ich mich sagen, bevor mein Blick auf Finja fällt, die ausgerechnet in diesem Moment direkt neben mir auf ihr Fahrrad steigt. Ihr gerade noch da gewesenes Lächeln rutscht ihr aus dem Gesicht, und sie wird ein wenig blass.

»Warte kurz, Arne«, sage ich erneut zu meinem Bruder und

will die Distanz zu ihr überbrücken. Doch sie ist schneller. Sie setzt ein künstliches Lächeln auf, winkt und tritt in die Pedale.

»Arne, danke für alles. Ich melde mich, sobald ich weiß, wann ich hier wegkann, okay?«

»Mach das, und lass dir nicht zu viel Zeit.«

Wir verabschieden uns, und ich springe ins Auto.

Finja legt ein ganz schönes Tempo an den Tag, denn ich hole sie erst ein, als wir schon fast an der Werkstatt sind. Ich öffne das Fenster und fahre in Schrittgeschwindigkeit neben ihr her. Zum Glück ist auf dieser Seitenstraße im Moment sonst kein Verkehr.

»Können wir kurz reden?«, frage ich vorsichtig.

»Ich bin schon spät dran«, erwidert sie.

»Bitte. Sten reißt dir schon nicht den Kopf ab, wenn du einmal in all den Jahren zu spät kommst.« Aber ich kenne Finja inzwischen gut genug, um zu wissen, dass sie alles Unerfreuliche und alles, was wehtut, sofort irgendwo in ihrem Inneren verbarrikadiert.

Unverhofft bleibt sie stehen, und ich stoppe den Wagen ebenfalls. »Du sollst am Donnerstag in Oslo sein?« Ihr Ausdruck ist erschreckend abgeklärt.

»Ich weiß, das ist unerwartet. Ich dachte auch, wir hätten noch mehr Zeit, aber …«

»Wir wussten beide, dass der Tag irgendwann kommen wird. Lieber ein Ende mit Schrecken …«

Während Finja sich erneut auf ihr Rad schwingt, bleibe ich perplex zurück. Was war das? Lieber ein Ende mit Schrecken? Als was? Das kann unmöglich ihr Ernst sein.

Finja

Kurz nach Mittag erscheint Marit neben mir hinter der Feinkosttheke. Ich verabschiede mich von der Kundin, die ich gerade bedient habe, und bemerke erst durch Marits Räuspern, dass sie mir mein Handy hinhält. Mit zusammengekniffenen Augen sehe ich sie an.

»Es hat schon des Öfteren geklingelt«, antwortet sie auf meine unausgesprochene Frage, »und irgendwann reicht es auch.«

»Jetzt klingelt es aber nicht mehr«, stelle ich gereizt fest, ohne das Telefon entgegenzunehmen.

»Weil ich abgenommen habe«, sagt sie, ohne die Lautstärke zu dämpfen, drückt mir das Handy in die Hand und schiebt mich in den Pausenraum.

Mir ist schon klar, wer dran ist. Und ich weiß, dass ich mich nicht ewig hier im Laden verstecken kann. Trotzdem drücke ich auf Auflegen. Donnerstag. Das heißt, er muss am Mittwoch fliegen. Das sind zwei verdammte Tage. Wir haben beide nicht das Geld, um uns alle paar Wochen gegenseitig zu besuchen. Ich will keine Video-Telefon-Beziehung führen. Und noch weniger will ich, dass er in Oslo alles hinter sich lässt und dann irgendwann merkt, dass er hier bei mir doch nicht das große Glück gefunden hat. Das könnte ich mir nie verzeihen.

»Wieso bist du nicht rangegangen?« Tante Marit grätscht mitten in meine niederschmetternden Gedanken.

»Seit wann nimmst du meine Anrufe entgegen?«

»Finja, ich merke doch, dass irgendwas nicht stimmt. Rede mit mir oder mit ihm, aber rede endlich!«

»Ich bitte dich, was nützt das ganze Scheißgerede?«, explodiere ich. Zum Glück ist im Moment niemand im Geschäft, und falls doch jemand kommt, wird uns die Ladenglocke darauf aufmerksam machen. »Das hat doch noch nie etwas geändert.«

»Reden ändert immer etwas. Und letztlich findet sich immer eine Lösung.«

»Du klingst genau wie er! Aber weißt du was? Ich hab die Lösung schon: Er soll einfach wieder verschwinden. Besser jetzt als irgendwann in ein paar Jahren.«

Ich weiß, dass ich ihm möglicherweise unrecht tue. Aber ist die Liebe nicht immer so? Getrennt, gestorben oder nebeneinander hergelebt ... ist es nicht das, was alle Paare irgendwann erwartet?

»Immer noch besser, als gar nicht zu lieben«, erwidert Marit leise, und ich merke erst jetzt, dass ich die letzten Worte laut gesagt habe. Dann geht sie wieder hinaus in den Laden und lässt mich mit meiner Verzweiflung allein. Wenigstens heule ich diesmal nicht.

Im Waschraum spritze ich mir Wasser ins Gesicht und übe vor dem Spiegel ein Lächeln ein. Noch nie ist es mir so schwergefallen. Als meine Mutter uns verließ, war es eine Zeit lang aus meinem Gesicht verschwunden. Doch ich habe rasch erkannt, dass mein Vater es gebraucht hat. Also habe ich mich aufgerafft und es wieder zugelassen. Wenn ich Pappa anlächelte, schien es, als wären seine Sorgen ein wenig leichter zu ertragen. Und wenn mein eigener Kummer die Oberhand gewonnen hatte, habe ich noch mehr gelächelt. Ich habe gelernt, meinen Humor gekonnt einzusetzen, Sprüche zu klopfen, die Fassade aufrechtzuerhalten. Ich habe gelernt, meinen Schmerz wegzulächeln, und das Bedürfnis zu weinen ist verschwunden. Seit ich Kristian kenne, ist der Drang wieder übermächtig. Der Staudamm hat ein ordentliches Leck, und ich kann die Tränen immer seltener zurückhalten. Aber seit er hier ist, weiß ich auch wieder, wie man richtig von Herzen lacht. Wie es plötzlich aus mir herausbricht und ich es nicht mehr aufhalten kann. Dieses Glücksgefühl ist so neu, so befreiend, und ich wünsche mir nichts mehr, als dass es ein Teil meines Lebens würde. Dass Kristian ein Teil meines Lebens würde.

Der Gedanke an ihn sorgt dafür, dass mir mein Lächeln leichter fällt, obwohl es auch diesmal nicht richtig echt ist. Aber zumindest kann ich so wieder unter Leute gehen.

Im Laden sind immer noch wenige Kunden, und ich nutze die Gelegenheit, die Theke ein bisschen sauber zu machen.

»Kann ich irgendwie behilflich sein?«, frage ich die blonde Dame, die mit dem Rücken zu mir steht und das Regal nach etwas absucht. »Darf es vielleicht …«, beginne ich, doch als sie sich zu mir umdreht, bleibt mir der restliche Satz im Hals stecken.

Sie lächelt. Ein warmherziges und wehmütiges Lächeln. Ein einziges Wort drängt sich aus meinem Herzen durch meinen Hals in Richtung meiner Lippen hinauf, doch ich wehre mich mit aller Macht dagegen und schlucke es wieder hinunter.

Mamma.

Meine Augen beginnen zu brennen. Vielleicht sollte ich aufhören, sie anzustarren. Meine Beine rühren sich nicht, obwohl ich zu gerne fliehen würde. Dafür stellt sich ein anderer Reflex ein: ganz gleich, was passiert, weitermachen. So wie ich es all die Jahre perfektioniert habe. »Wir haben frischen Lachs im Angebot, außerdem Dorsch, Seeteufel und Rotbarsch. Ich würde die fangfrischen Garnelen empfehlen«, leiere ich ausdruckslos herunter.

»Ich glaube nicht, dass deine Mutter sich für den Fisch interessiert«, unterbricht Tante Marit meinen Monolog.

Verdammt, wie habe ich sie vermisst. Sie ist hier, vor mir, und ich fühle nichts als langsam durch meinen Körper wabernde Wut.

»Ich kenne sie leider zu wenig, als dass ich beurteilen könnte, wofür sie sich interessiert«, entgegne ich mit belegter Stimme und sehe meine Mutter dabei direkt an. Den Schmerz in meiner Brust ignoriere ich.

»Aus dir ist eine wunderschöne junge Frau geworden«, erwidert sie liebevoll, fast ehrfürchtig.

»Im Gegensatz zu dem hässlichen Mädchen von früher?«, frage ich bissig. Kurz zuckt sie zusammen.

»Nein, das meinte ich nicht. Du warst immer schon bildhübsch.«

Weil ich nicht weiß, was ich darauf antworten soll, blicken wir uns schweigend an.

Die Stille zwischen uns ist zum Zerreißen gespannt. Was soll ich auch sagen? Der Schock, dass sie einfach ohne Vorwarnung hier auftaucht, kommt einem K.-o.-Schlag gleich, und ich wundere mich, dass meine Beine noch nicht unter mir nachgegeben haben. Meine Tante hingegen scheint weniger überrascht zu sein.

Was für ein beschissener Tag. Ich hätte mich für heute krankschreiben lassen sollen. Oder Kristians flehendem Blick nachgeben, als er mich so zärtlich zum Abschied geküsst hat. Wir hätten uns heute einfach vor der Welt verstecken sollen.

Weil auch meine Mutter offenbar nach Worten sucht, helfe ich uns beiden schließlich aus unserer Not.

»Ich muss arbeiten.« Dann wende ich mich von ihr ab.

»Ich habe den Laden geschlossen«, erklärt Marit, und ein feierlicher Unterton schwingt in ihren Worten mit. »Wegen familiärer Angelegenheiten.«

Wie kann sie mir nur so in den Rücken fallen? Sieht sie denn nicht, dass ich Elin – denn eigentlich bin ich nicht erpicht darauf, sie Mamma zu nennen – nicht hierhaben will? Vielleicht ist das verrückt, denn in den letzten Jahren wollte ich nichts anderes. Ich bin überfordert.

»Dann brauchst du mich ja nicht mehr«, sage ich zu Marit und entledige mich bereits im Hinauslaufen meiner Schürze.

»Finja, warte!«, will mich meine Tante aufhalten. »Ihr müsst miteinander reden!«

»Tut mir leid, aber um diese familiäre Angelegenheit wirst du dich selbst kümmern müssen.«

Noch ehe Marit etwas erwidern kann, fällt hinter mir die Tür ins Schloss.

Entsetzt entdecke ich meinen Vater, der hinter dem Laden, wo ich mein Fahrrad immer abstelle, an die Hauswand gelehnt auf mich wartet. Eine mächtige Welle des Mitgefühls überschwemmt mich, und ich bleibe abrupt stehen. Wenn es mich schon so aus der Bahn wirft, dass Elin wieder hier ist, wie muss es da meinem Vater gehen? Und wie soll ich es ihm beibringen?

»Pappa, was machst du denn hier?« Es ist vollkommen unüblich, dass er mich abholt, und im Grunde wäre meine Schicht ja auch noch nicht zu Ende.

»Ich wollte sehen, wie es dir geht«, antwortet er vorsichtig.

»Ich muss dir etwas sagen, Pappa. Und ich fürchte, das wird nicht einfach.« Ich kann mich nicht erinnern, dass er mich je mit so einer Herzenswärme angesehen hat wie jetzt, und in mir macht sich ein flaues Gefühl breit. Als sein Blick sich auf etwas hinter mir heftet und sein Ausdruck immer noch der gleiche bleibt, wird es mir schlagartig klar. Er weiß es schon.

»Wir müssen reden«, bestätigt er diese Erkenntnis, während ich mich ein wenig umdrehe, einen Schritt zurücktrete und meine Mutter bemerke.

»Seit wann bist du hier?«, frage ich sie. »Und wie lange weißt du das schon?«, richte ich mich an Pappa.

»Ein paar Tage«, flüstert er.

Es fühlt sich an, als würde mein Herz noch einen weiteren Knacks erleiden. Der, den ich bis heute für meinen Verbündeten hielt, steht nun offenbar auf der anderen Seite. Wir waren immer ein Team, schließlich hat meine Mutter mit ihrem Fortgehen unsere Familie auf ihn und mich reduziert. Ich habe alles für ihn aufgegeben. Wegen ihr. Und jetzt? Wollen sie das dritte Drittel wieder einfügen? Einfach so? Die letzten dreizehn Jahre beiseiteschieben?

»Ein paar Tage«, wiederhole ich fassungslos.

»Ich wollte es dir früher sagen, aber es war so viel los«, erklärt sich Pappa.

»Ja ... ist ja auch nicht weltbewegend, wenn nach über einem Jahrzehnt die verschollene Mutter wieder auftaucht.«

»Hör dir an, was sie zu sagen hat«, bittet er mich.

»Ihr habt mir tagelang verschwiegen, dass sie hier ist. Ob und wann ich ihr zuhöre oder mit ihr rede, das werdet bestimmt nicht ihr entscheiden«, sage ich so ruhig wie möglich, ohne Elin auch nur anzusehen. Dann gehe ich an ihr vorbei, den Blick stur geradeaus gerichtet. Ich war nie trotzig. In meiner Pubertät zog ich mich sehr zurück, aber ich machte Pappa keine Probleme. Nicht wie andere Teenies. Doch jetzt übernehmen Wut, Sturheit und Schmerz das Regiment, und ich bin nicht imstande, all diese Gefühle zurückzudrängen. Und wenn ich ehrlich bin, dann will ich das auch gar nicht.

Kapitel 36

Finja

Der auffrischende Fjordwind wirbelt mein offenes Haar durcheinander, während die längst vergangenen Bilder, die ich so oft zu verdrängen versuchte, sich meiner bemächtigen. Wie kann sie einfach hier auftauchen, nach allem, was passiert ist? Und warum ausgerechnet jetzt? Wie hat wohl mein Vater auf Mammas Erscheinen reagiert? War er in den letzten Tagen irgendwie anders? Selbst wenn, bin ich so mit meinem eigenen Leben beschäftigt gewesen, dass es mir wahrscheinlich gar nicht aufgefallen wäre. Das Chaos in meinem Kopf scheint immer größer zu werden.

Der Himmel über mir ist grau und wolkenverhangen. Wie passend. Aber ich bin mir sicher, dass auch die Sonne nichts an meinem verzweifelten Gemütszustand ändern könnte.

Ich sitze an einen der bizarren, von Flechten und Muscheln überwucherten Felsen gelehnt, die hier alle paar Meter aufragen, und kralle meine Finger in den kühlen Sand. Nicht weit entfernt tummelt sich eine Gruppe Austernfischer, die auf der Suche nach Insekten und Würmern ihre orangeroten Schnäbel im Boden versenken. Sie hinterlassen ihre Spuren, doch nur so lange, bis die Brandung sie wieder auslöscht, als wären sie nie da gewesen. Ist es auch mit den Spuren des Lebens so? Wenn Kristian wieder geht, wird es dann sein, als wäre er nie da gewesen? Unmöglich, diesen Gedanken überhaupt zuzulassen.

Ich beobachte, wie sich die Wellen auf mich zubewegen, bevor sie mit einem lauten Tosen brechen, die Gischt an Land spülen und sich dann wieder gemächlich zurückziehen. Ein stetiges Kommen und Gehen. Verlässlich. Von der Natur so gewollt. Wie ist es dann möglich, dass manchmal im Leben dem Gehen kein Kommen mehr folgt?

Ich denke an Stine, die so lange darauf gewartet hat, dass man ihren Mann findet. Vergeblich. Später hat sie darauf gehofft, dass ihre Familie zurückkehrt. Sie hat ein Leben lang nach etwas Ausschau gehalten, das nie eingetroffen ist. Ich habe jahrelang gebangt, dass meine Mutter endlich den Weg zu uns zurückfindet. Und jetzt, wo ich schon lange nicht mehr daran geglaubt habe, ist sie plötzlich wieder hier, und mir ist schleierhaft, wie ich damit umgehen soll. Wie kann ich Kristian gehen lassen und der Illusion erliegen, dass gerade unsere Liebe, die doch noch so frisch, so zerbrechlich ist, das aushalten könnte?

Ich habe den Schmerz in seinen Augen gesehen, in diesem entsetzten Blick, als ich von unserem Ende gesprochen habe. Und die nicht sterben wollende Hoffnung.

Ungelenk stehe ich auf, weil meine Glieder vom Sitzen in der Kälte schon ganz steif geworden sind. Ich klopfe mir den Sand vom Hintern und gehe in dieselbe Richtung, aus der ich gekommen bin. Einmal lasse ich meine Augen noch über den Himmel schweifen, da sehe ich ihn. Den schmalen hellblauen Streifen am Horizont. Wird er sich gegen die schweren, dunklen Wolken durchsetzen können?

Auf dem Rückweg komme ich an den vielen Rinnsalen vorbei, die sich von dem weiter hinten entstandenen Wasserbecken einen Weg zurück ins Meer suchen. Sie verlaufen wie kleine Bäche oder bilden winzige Äderchen, die sich dort im Sand eingraben.

Nein, die Zeit mit Kristian wird ewige Spuren in meinem Herzen hinterlassen. Die vielen schönen Momente, die wir in den letzten Wochen erlebt haben. Vielleicht ist es nicht fair, ihm die Hoffnung auf eine gemeinsame Zukunft zu nehmen, nur weil ich selbst nicht daran glauben kann. Ich will ihn nicht so schrecklich verletzen. Und dann fasse ich einen Entschluss.

Kristian

Prüfend gleite ich mit der Hand über die gehobelte Oberfläche der Schranktür. Bei Stines Mobiliar sind ein paar wunderschöne antike Stücke dabei. Sie brauchen besondere Aufmerksamkeit, denn ich schätze, dass sie eine Menge wert sein könnten. Die Zeit drängt, und Ole und ich arbeiten auf Hochtouren.

Zumindest habe ich dann weniger Zeit, mir über Finja Gedanken zu machen. Theoretisch.

In meiner kurzen Mittagspause sammle ich all meine Sachen zusammen, die bei Finja von mir rumliegen. Sie will nicht mit mir reden, und ich kann nichts tun, als ihr etwas Zeit zuzugestehen. Darum werde ich heute im fertig renovierten Haus übernachten. Kurz bevor ich wieder loswill, steht Magnus auf einmal hinter mir.

»Du gehst?«

»Ich … fliege am Mittwoch nach Oslo zurück«, antwortete ich, nicht fähig, seinem durchdringenden Blick standzuhalten. »Und ich glaube, Finja ist gerade nicht scharf darauf, mich zu sehen.«

Er seufzt schwer. Und ich innerlich.

Als er sich bereits abwendet, überkommt mich plötzlich dieses eigenartige Gefühl, es ihm erklären zu wollen. »Es gibt da diese Kundin, Eldrid Karlsson, weißt du … diese Innenarchitektin. Sie ist an meinen Entwürfen interessiert, oder eigentlich … an meinen Möbeln. Das … ist eine einmalige Chance für mich.«

Wie hohl können Worte eigentlich klingen, wenn einem das eigene Herz dabei bis zu den Knöcheln hinunterrutscht?

Magnus macht ein seltsames Geräusch, und ich kann nicht sagen, ob es Zustimmung oder Ablehnung bedeutet. »Du musst es ja wissen.«

Dann geht er, und ich komme mir in diesem Haus das erste Mal fehl am Platz vor.

Auch nach Mittag nimmt Finja meine Anrufe nicht entgegen. Einmal drückt sie mich sogar weg, nachdem Marit Vermittlerin spielen wollte. Ob Finja wohl mit ihr geredet hat? Wenn sie doch nur an uns glauben würde. Denn ich bin felsenfest davon überzeugt, dass wir es irgendwie zusammen schaffen können.

Aus einem Gefühl heraus halte ich in meiner Arbeit inne und drehe meinen Kopf zur Seite. Da steht sie, an die leicht geöffnete Tür gelehnt, die zum Bootshaus hinausführt, und lächelt. Blinzelnd richte ich mich auf. Mein Herzschlag wandert in meinen Hals hinauf. Ich bin so unfassbar erleichtert und glücklich, dass sie hier ist.

»Vielleicht sollten wir reden«, sagt sie, und in ihrem Lächeln liegt ein Hauch Melancholie. Das Schleifpapier gleitet mir an Ort und Stelle aus der Hand, und meine Beine verselbstständigen sich. Sie schlingt die Arme um meinen Hals, und ich drücke ihr einen Kuss auf die Lippen. Sie lehnt sich an mich, und am liebsten würde ich ewig in dieser Position verharren.

»Ich will dich nicht verlieren«, hauche ich in ihr Haar und spüre, wie sie sich noch näher an mich schmiegt.

»Wie lange bleibt uns noch?«

»Übermorgen geht mein Flieger.« Meine Zunge fühlt sich belegt an. »Arne hat einen Termin mit Eldrid Karlsson vereinbart. Sie ist für ihre außergewöhnlichen Ideen und ihre hohen qualitativen Ansprüche bekannt. Meine Entwürfe gefallen ihr, und sie möchte mich unbedingt kennenlernen.«

»Ich wusste, dass es irgendwo da draußen jemanden gibt, der dein Potenzial erkennt«, sagt sie und klingt dabei sehr aufrichtig. »Ich bin so stolz auf dich!«

Ihre Worte machen mich froh und zugleich traurig. *Wieso kann ich dich nicht einfach einpacken und mitnehmen?*

»Dann sollten wir die Zeit nutzen.« Ohne Vorwarnung löst sie sich von mir, was meinem Körper weniger gefällt. Bei jeder ihrer Berührungen steht er in Flammen. Doch wahrscheinlich steckt hinter ihrem *die Zeit nutzen* nicht das, was sich in meiner Fantasie und nachts in meinen Träumen abspielt.

»Wirst du mit den Möbeln fertig?« Sie wirkt aufgekratzt und tänzelt von einer Ecke der Werkstatt zur anderen, um zu begutachten, was Ole und ich in der kurzen Zeit bewerkstelligt haben.

»Wird gerade so klappen«, antworte ich matt. Obwohl ich erleichtert bin, dass es kein großes Drama zwischen uns gibt, ist ihre Stimmung irgendwie völlig fehl am Platz.

»Kann ich irgendwie helfen?«

Am liebsten würde ich hier alles stehen und liegen lassen und mit Finja an einen Ort abhauen, wo nur wir beide wichtig sind. Aber ich habe den Auftrag schließlich angenommen, deswegen kann ich mich jetzt auch schlecht davor drücken.

»Du könntest mal nachsehen, wie weit Hedda und Thore mit dem Aufräumen sind«, überlege ich. Oles Großeltern haben sich bereit erklärt, uns beim Saubermachen in Stines Haus behilflich zu sein. Ich bin wirklich dankbar dafür, denn ohne ihre Hilfe würden Ole und ich das sicher nicht auf die Reihe bekommen. »Aber …«

»Ich bin schon weg«, trällert sie, noch ehe ich es mir anders überlegen kann. *Aber eigentlich möchte ich dich lieber hier bei mir haben.*

Trocken schlucke ich diesen letzten Satz hinunter und sehe die Tür hinter ihr zuschwingen. Diesen unerwarteten Besuch kann ich absolut nicht einordnen. Ich habe Finja noch nie so aufgedreht erlebt. Unter der Freude, dass sie einen Schritt auf mich zugemacht hat, kommt ein bisschen das Gefühl zum Vorschein, dass sie mir ihre Coolness nur vorspielt.

Finja

Kristian ist nicht blöd. Er weiß genau, dass irgendwas nicht stimmt. Spätestens wenn wir allein und nicht durch Arbeit abgelenkt sind, wird er mich durchschauen.

Aber welche Alternativen bleiben mir denn, als so zu tun, als würde ich seine Entscheidung mittragen? Streiten? Heulen? Die letzten Stunden beleidigt sein? Wohl kaum.

Die Frage ist nur: Werde ich dieses Schauspiel durchziehen können?

Ich radle ins Dorf und schaue auf einen Sprung bei Lotta vorbei, um ihr von meinen Plänen zu erzählen.

»Ich schmeiße eine Abschiedsparty. Morgen Abend. Nichts Großes, nur ein paar Freunde«, plappere ich nach einer raschen Umarmung drauflos. »Könntet ihr vielleicht das Catering übernehmen, du und Björn? Keine Ahnung, vielleicht Barbecue? Oder nur …«

»Moment mal«, unterbricht sie mich mit erhobenen Augenbrauen, »eine Abschiedsparty? Wen verabschieden wir?«

»Kristian. Er ist nur noch bis Mittwoch hier. Und ich dachte, es wäre doch nett …«

»Mittwoch? Das ist der Tag nach Dienstag!« Erschüttert sieht sie mich an. Ich habe ihr längst erzählt, was sich nach unserem letzten Gespräch vor wenigen Tagen ereignet hat, und sie hat im Pub bestimmt noch einige andere Versionen derselben Geschichte gehört.

Mit einem Lächeln, das hoffentlich nicht aussieht wie in mein Gesicht gemeißelt, nicke ich. Bloß nicht die Kontrolle verlieren.

»Ist alles okay?« Der mitfühlende Unterton bringt mich fast ins Straucheln, aber ich zwinge meine Mundwinkel weiter nach oben und nicke erneut.

»Übernehmt ihr nun die Verpflegung? Es ist eigentlich ganz egal, was wir essen, ich würde mich da ganz auf dich verlassen.« Sie zögert. Nein ... nicht hinter die Fassade blicken, Lotta!

»Ja. Wir kümmern uns drum.« Sehr gut. »Kann ich sonst noch was für dich tun?« Steck bitte, bitte dein Mitleid weg.

»Nein, danke. Die Party ist morgen Abend 19 Uhr im Garten von Stines Haus. Sobald ich weiß, wie viele Leute wir sind, melde ich mich.« Mir ist schon klar, dass das Haus inzwischen Solveig gehört, aber für mich wird es immer Stines Haus bleiben.

»Perfekt.« Bevor sie noch etwas sagen kann, mache ich auf dem Absatz kehrt.

»Finja?«, ruft sie mir hinterher, und ich bleibe stehen und kneife die Augen zusammen.

»Ich habe breite Schultern, weißt du?« Zum Ausweinen, ja, das weiß ich nur zu gut.

»Das ist nicht nötig, aber danke«, presse ich hervor, weil meine Selbstkontrolle gehörig ins Wanken gerät. Bevor ich sie ganz verliere, laufe ich hinaus.

Die Party zu organisieren bietet mir die ideale Gelegenheit, sowohl Kristian als auch meinen Eltern aus dem Weg zu gehen. Als *Eltern* über sie zu denken, ist ziemlich ungewohnt für mich, denn in den letzten dreizehn Jahren gab es Pappa und Mamma immer nur getrennt.

Ich lade Ole und auch Hedda und Thore ein, während ich ihnen beim Saubermachen zur Hand gehe. Als der Großteil geschafft ist, fahre ich bei Aksel in seiner Praxis vorbei, um ihn ebenfalls einzuladen, und besorge ein paar bunte Girlanden, Servietten und Pappteller. Sten und Marit bitte ich per Kurznachricht zu kommen, weil ich immer noch sauer bin, dass Marit mir so in den Rücken gefallen ist. Verflixt, wie lange hat sie wohl schon wieder Kontakt zu Elin?

Wie gerne würde ich Kristian erzählen, dass sie hier aufgetaucht ist. Ich könnte seinen Rat gut gebrauchen. Aber vielleicht würde er dann meinetwegen seinen Flug verschieben. Aus Mitleid.

Zu Hause angekommen, piepst mein Handy. Es ist eine Nachricht von ihm.

Sehen wir uns später?

Ich würde so gerne, flüstert mein Herz.

Ist es okay, wenn ich zu dir komme, sobald ich fertig bin?

Das wird der schönste Herzklopfmoment des Tages.

Auf die letzte Nachricht folgt ein rotes Herz, und ich bin nicht sicher, ob ich tatsächlich fähig bin, vor Kristian so zu tun, als wäre alles in bester Ordnung.

Ich stelle eine Playlist für morgen Abend zusammen und backe – obwohl mein Elan sehr zu wünschen übrig lässt – einen Blaubeerkuchen für die Party.

Ich weiß, Kristian wartet auf mich, und doch bringe ich es nicht über mich, zu ihm zu gehen. Mit zittrigen Fingern tippe ich schließlich:

Es war ein anstrengender Tag, und ich muss morgen früh raus. Bitte sei nicht sauer.

Bitte verzeih mir diese verdammten Lügen, denke ich reumütig. Postwendend kommt von ihm zurück:

Ich weiß, dass es dir nicht gut geht. Bitte rede mit mir!

Und ich antworte:

Wir reden morgen. Gute Nacht.

Er wünscht mir süße Träume und schickt mir eine ganze Menge Kuss-Emojis, die ich erwidere. Noch nie habe ich mich so feige und emotional kaputt gefühlt. Doch diese leise Ahnung in mir, dass ich die nächsten achtundvierzig Stunden nur überstehe, wenn ich mich innerlich distanziere, wird immer mächtiger.

Statt diese vorletzte Nacht in seinen Armen zu verbringen, igle ich mich in meinem Zimmer ein, inhaliere seinen Duft, der noch in meinen Laken steckt, und heule mich in den Schlaf.

Kapitel 37

Kristian

Ich fühle mich wie gerädert, als mich in aller Herrgottsfrühe mein Handy aus dem Schlaf reißt, und in meinem Kopf spüre ich immer noch ein dumpfes Pochen. Selbst schuld. Was muss ich auch wie ein Irrer fast die ganze Nacht durcharbeiten. Aber darin habe ich die einzige Möglichkeit gesehen, halbwegs mit den verfluchten Umständen klarzukommen.

Der Blick aufs Display lässt mich kurz innehalten. Es ist mein Vater. Das kann nicht sein. Wahrscheinlich ist es meine Mutter mit seinem Handy, überlege ich, bevor ich endlich rangehe.

»Junge, guten Morgen.«

Ich staune nicht schlecht. Mein Vater und ich haben das letzte Mal vor gut einem Monat geredet, bevor ich mit Solveig auf die Lofoten geflogen bin. Unfassbar, was seitdem alles passiert ist.

Er informiert mich über ein paar Neuigkeiten in der Firma und will wissen, wie es hier läuft, und ich frage mich die ganze Zeit, was der wirkliche Grund für dieses Gespräch ist. Armselig, dass ich so denke, aber dieses Interesse von ihm ist neu. Könnte Arne recht haben mit der Annahme, dass es gut ist, auch einmal nicht zur Verfügung zu stehen?

»Ich wollte dir noch etwas sagen«, beginnt er dann, nachdem ich ihm kurz von meinen Aufträgen erzählt habe. »Vielleicht habe ich dich immer unterschätzt.« Habe ich ihn richtig verstanden?

»Und nie richtig wertgeschätzt. Aber du sollst wissen: Ich bin stolz auf dich!«

Erst jetzt merke ich, dass ich die Luft angehalten habe, die ich nun langsam ausstoße. Ich blinzle die plötzlich aufkommende Rührung weg. Das hat er mir noch nie gesagt.

»Danke, Vater«, antworte ich ergriffen. Nach unserer Verabschiedung habe ich zum ersten Mal seit Langem das Gefühl, dass ich auch zu Hause in Oslo beruflich richtig durchstarten kann, bestärkt durch meine Familie. Wenn ich nur Finja nicht zurücklassen müsste.

Finja

Frühmorgens stehe ich am Dienstag vor dem Schaufenster des Geschäfts und warte. Ich bin unschlüssig, ob ich hineingehen und tun soll, als wäre nie etwas passiert. Meinem Vater bin ich gestern nicht mehr begegnet, und auch heute bin ich früher als sonst aus dem Haus gegangen, um das Risiko eines Gesprächs möglichst gering zu halten. Am liebsten würde ich mich irgendwo mutterseelenallein verkriechen und überhaupt nicht zur Arbeit erscheinen.

Aber ich kann *beruflich* und *privat* normalerweise sehr gut trennen, und ich bin gespannt, ob Tante Marit das auch kann. Außerdem müsste ich mich dann meinem anderen Problem stellen, und das wäre auch keine bessere Option. Hinter den Fenstern rührt sich etwas, doch ich bleibe stehen und warte. Sten winkt mir mit einem freundlichen Lächeln zu, und wenig später erscheint auch Marit. Ihr Blick ist etwas verunsichert, als sie die Ladentür öffnet und herauskommt.

»Guten Morgen, Finja.«

»Guten Morgen. Ich war nicht sicher, ob wir heute öffnen ... wegen der familiären Angelegenheiten«, kann ich mir nicht verkneifen.

»Ja, wir öffnen«, antwortet sie gleichmütig. »Dass ich gestern geschlossen habe, war vielleicht etwas übertrieben.« Zögerlich beginnt sie zu lächeln. »Es wartet jede Menge Arbeit auf uns ... hilfst du mir?«

Endlich gelingt es mir, ihr Lächeln zu erwidern, und ich gebe mir einen Ruck und gehe hinein. Ich habe keine Ahnung, was mich heute erwartet. Wird mein Vater mir den Marsch blasen, sobald er mich in die Finger bekommt? Wird Mamma wieder hier auftauchen oder mich vorerst in Ruhe lassen? Oder verschwindet sie wieder, bevor es zu einer Aussprache kommt? Für den Moment bin ich nur fähig, mich an meinen vertrauten Tagesablauf zu klammern. Und dann werde ich versuchen, den Abschied von Kristian halbwegs souverän über die Bühne zu bringen.

Während ich mich umziehe, kramt Marit in dem Schrank mit den Putzutensilien herum.

»Ich kann mir gut vorstellen, wie schwierig das alles für dich ist«, sagt sie wie beiläufig. »Aber ich bin froh, dass Elin endlich hier ist.«

»Ach ja?«

»Ja. Ihr seid eine Familie, und ihr müsst aufarbeiten, was passiert ist.«

»Wir sind keine Familie mehr, Tante Marit. Weil sie das so entschieden hat.«

»Sie trägt aber nicht die alleinige Schuld.«

»Soll ich mich etwa verantwortlich fühlen?«

»Nimm es mir nicht übel, aber um dich geht es nur zweitrangig.« Ein frustriertes Schnauben entfährt mir. »Du hast ohne

Zweifel sehr unter deinem Verlust gelitten. Aber in erster Linie geht es um Magnus und Elin.«

»Und du denkst, Pappa ist schuld? Er war der Leidtragende, falls ich dich erinnern darf.«

»Das wart ihr alle, Finja. Aber auch dein Vater trägt seinen Anteil an dem, was passiert ist. Denk daran, jede Medaille hat zwei Seiten.«

Marits Worte machen mich wütend, und meine Hände beginnen, so stark zu zittern, dass ich Mühe habe, die Bänder der dunkelroten Vorbindeschürze, die wir einheitlich im Laden tragen, richtig zu schließen. Trotzdem kann ich nicht umhin, darüber nachzudenken.

Während des ganzen Arbeitstages begleiten sie mich. Ich lasse die Geschehnisse von vor so vielen Jahren in Gedanken an mir vorbeiziehen. Es ist und bleibt unverzeihlich, was Mamma und Einar getan haben.

Hätten sie damals nicht so egoistisch gehandelt, wäre uns vieles erspart geblieben. Solveig und ich wären keine gebrannten Kinder. Vielleicht wäre sie nie aus Skjærvik weggegangen, und wir wären noch Freundinnen. Vermutlich wäre sie nicht nach Oslo gezogen und hätte Kristian nicht kennengelernt.

Ich hätte Kristian nie kennengelernt.

Ich hätte Kristian *nie* kennengelernt.

An diesem Satz bleibt mein Gehirn hängen wie eine kaputte Schallplatte.

Und mein Herz.

Kristian

Ole hilft mir, die fertig restaurierten Möbel mit einer Plane abzudecken. Magnus hat mir erlaubt, sie hier lagern zu dürfen, bis Solveig Zeit hat, sich um den Verkauf zu kümmern. Da wird mir klar, dass ich das letzte Mal mit Ole zusammenarbeite, und eine neue Welle von Wehmut steigt in mir auf.

Wir setzen uns auf die Bank vor der Werkstatt in die Sonne und trinken Kaffee aus bunten Isolierbechern, die uns Hedda vorhin vorbeigebracht hat.

Ich würde ihm gerne sagen, dass er dranbleiben soll. Dass er jetzt, wo sein Geheimnis gelüftet ist, um Unterstützung bitten kann. Es gibt Kurse – auch für Erwachsene –, in denen man mit Gleichgesinnten lernen kann, wie man des geschriebenen Wortes mächtig wird. Ich würde ihm gerne sagen, dass er alles schafft, was er sich vornimmt, solange er nur fest an sich glaubt. Doch meine Worte bleiben mir in der Kehle stecken.

Als ich durch die Gehirnerschütterung zur Ruhe gezwungen war, habe ich mir überlegt, wie ich Ole helfen könnte, in der Arbeitswelt Fuß zu fassen. Aber seitdem haben sich erneut die Ereignisse überschlagen, und mir ist die Zeit davongelaufen. Ich habe keine Ahnung, was ich von Oslo aus für ihn tun kann, und noch weniger weiß ich, wann ich wiederkomme. Vielleicht kann ich Hedda und Thore ans Herz legen, sich weiterhin um eine Lehrstelle für Ole umzusehen, jetzt, wo sich seine Stärken und Schwächen so offensichtlich gezeigt haben.

»Es ist so scheiße, dass du gehst!« Er springt aus heiterem Himmel auf und verpasst der Holzwand einen Tritt, dass sogar sein Kaffee über die Öffnung des Bechers schwappt.

Ich muss an den Tag denken, als wir uns zum ersten Mal in Stens Laden über den Weg gelaufen sind. Inzwischen sind wir fast so etwas wie Freunde geworden. Er hat sich mir ein bisschen geöffnet, und jetzt bin ich der Nächste, der ihn im Stich lässt. Kein besonders schönes Gefühl.

»Warst du nicht derjenige, der mir etwas über Mut beigebracht hat?« Er starrt mich an mit einer Mischung aus Wut und Trotz.

»Das hat nichts mit Mut zu tun, Ole.«

»Oh doch, das hat es. Du willst doch eigentlich überhaupt nicht zurück. Ich sehe es dir an. Und erzähl mir jetzt bloß nichts über diese ach so tolle Chance. Jemand wie du bekommt überall Chancen.«

»Ole …«, beginne ich, vergeblich nach Worten ringend, »ich gehe doch nicht für immer weg …«

»Du bist einfach nur zu feige, eine Entscheidung zu treffen«, speit er mir mitten ins Gesicht, bevor er mir unwirsch den Becher in die Hand drückt und davonrauscht.

Ich brauche einen Moment, um diesen jähen Ausbruch zu verdauen. Jahrelang habe ich davon geträumt, beruflich aus dem Schatten meines Bruders zu treten und endlich von meinem Vater gesehen zu werden. *Ich bin stolz auf dich.*

Wäre es nicht die nächste große Enttäuschung, wenn ich mich dafür entscheide hierzubleiben? Und kommt Finja wirklich damit klar, eine Fernbeziehung zu führen, oder hat sie uns nicht insgeheim schon längst aufgegeben? Diese Vorstellung zerreißt mein Herz in tausend Stücke.

Die Tatsache, dass ausgerechnet Ole mir auf seine unverwechselbare Art und Weise den Kopf zurechtrückt, macht das Ringen zwischen Gehen und Bleiben in mir noch unerbittlicher.

Finja

Wahrscheinlich hätte ich heute im Bett bleiben sollen, denn was mich erwartet, ist beängstigend und deprimierend und einfach nur furchtbar. Es hat sich eine beklemmende und traurige Stimmung in mir eingenistet, als wäre ich in eine dunkle Regenwolke gehüllt.

Ich habe mit Kristian vereinbart, ihn gegen Abend in der Bootswerkstatt abzuholen, und ihm außerdem eine Überraschung angekündigt. Mir ist klar, dass er den letzten Abend vor seiner Abreise lieber mit mir allein verbringen würde, aber ich fürchte, dass ich das nicht aushalte.

Lotta hilft mir am Nachmittag, den Garten von Stines Haus in eine Party-Location zu verwandeln. Wir sprechen nicht viel, und das ist auch gut so, denn meine Fassung bröckelt jedes Mal ein bisschen mehr, wenn mich jemand auf Kristian anspricht.

Mein Vater ist es schließlich, der mich in einem meiner schwächsten Momente erwischt.

Ohne Vorwarnung schneit er, kurz vor meiner Verabredung mit Kristian, in mein Zimmer herein. Ich bin gerade dabei, ein paar Klamotten in meinen zerschlissenen Rucksack zu stopfen. Mein Herz tut so höllisch weh, dass ich Angst habe, ich könnte mich im nächsten Moment auflösen, während es gleichzeitig genau das ist, wonach ich mich sehne. In den letzten Jahren habe ich kaum eine Träne vergossen, doch was jetzt in wenigen Tagen mit mir passiert ist, gleicht einer gigantischen Flutwelle. Naturgewalt. Wie passend. Ich fürchte, wenn wir erst anfangen, uns zu unterhalten, wird es richtig aus mir herausbrechen, und was, wenn ich dann nicht mehr aufhören kann?

»Wo willst du denn hin?«, fragt er mit einem leicht panischen Unterton, als er erkennt, was ich tue.

»Weg«, antworte ich nur. Sein verzweifelter Gesichtsausdruck bringt mich dazu hinzuzufügen: »Ich brauche einfach ein paar Tage für mich.«

Ich kann nicht dabei zusehen, wie Kristian fortgeht und mich mit den Scherben meines Lebens zurücklässt. Ich kann nicht in diesem Bett schlafen, das immer noch nach ihm riecht.

Ich war in all den Jahren immer für die anderen da. Und jetzt, wo alles um mich herum wegbricht, nehme ich mir endlich etwas heraus, das ich schon längst hätte tun sollen: Ich nehme mir Zeit für mich. Zeit, mich neu zu sortieren und vielleicht eine Idee davon zu bekommen, wie ich mein Leben weiterleben kann.

Mein Vater folgt mir in langsamerem Tempo, als ich die Treppe hinunterwirble und hektisch überlege, was ich noch zu meinem – vielleicht etwas überstürzten – Aufbruch brauche. Ich werde die Party hinter mich bringen und dabei Haltung bewahren. Ich werde lächeln, wie ich es immer getan habe, und erst dann werde ich mir zugestehen, im Selbstmitleid zu baden.

»Bevor du gehst, solltest du mit deiner Mutter reden. Ich werde sie anrufen, und ihr setzt euch gemeinsam an einen Tisch …«

»Nein, Pappa«, erwidere ich anklagend. »Sie hatte dreizehn Jahre lang Zeit, mit mir zu reden. Und du übrigens auch.«

»Ich weiß, aber … es ist nun mal, wie es ist. Ich verstehe deine Wut …«

»Du verstehst meine Wut? Na, dann ist ja alles in Butter!«

Ich bin kurz davor zu explodieren, doch mein Vater hört nicht auf, sich mir immer wieder in den Weg zu stellen. Meine Gedanken überschlagen sich, und auf diese Weise kann ich mir nicht einmal annähernd zusammenreimen, was ich zum Zelten mitnehmen muss. Ich habe beschlossen, nach Valberg zu fahren und oben am *Greivatn* – dem wunderschönen Bergsee, bei dem ich zuletzt mit Kristian war – zu campen. Es ist wahrscheinlich nicht der beste Ort, um ihn zu vergessen, aber vielleicht muss ich erst durch das tiefe Tal des Schmerzes hindurch, um irgendwann wieder heil zu werden. Je früher, desto besser.

»Ja, ich verstehe sie. Aber du richtest sie gegen die falsche Person.« Diese Worte lassen mich innehalten. Wie meint er das?

»Ich bin nicht auf dich wütend, Pappa«, erkläre ich und setze mich kurz auf die alte hölzerne Küchenbank, weil mir von der ganzen Situation schon regelrecht schwindlig ist.

»Das solltest du aber.« Vater rückt sich einen der wackligen Stühle – die sich dringend ein Tischler ansehen sollte – heran und lässt sich direkt vor mir nieder, so nah, dass ich zwischen ihm und dem Küchentisch eingekeilt bin. Na großartig!

»Als ich endlich begonnen habe, Elin zuzuhören, habe ich erkannt, wie sehr auch ich damals im Unrecht war«, sagt er eindringlich. »Nicht sie war es, die alles kaputt gemacht hat, Finja. Ich habe sie weggeschickt, und das war der größte Fehler!«

»Zu Recht, Pappa! Sie hat unsere Familie zerstört! Du hast uns nur beschützt!« Meine Worte sind laut und verzweifelt, und ich verstehe nicht, wie sie ihn so um den Finger wickeln konnte, dass er jetzt die Schuld bei sich selbst sucht. Nach allem, was sie getan hat. Mit einem lauten Krachen schiebe ich den Tisch noch weiter in die Ecke, um diesem absurden Gespräch zu entfliehen.

»Sie hat mich nicht betrogen, Finja.«

Sein Geständnis erreicht mich, als ich schon im Begriff bin, aus der Küche zu stürmen. Ich bremse meinen Schritt, und als ich verstehe, was er mir sagen will, taumele ich und muss mich am Türrahmen festhalten. Meine Füße bewegen sich keinen Millimeter mehr, und auch mein restlicher Körper ist wie eingefroren.

»Elin hat es nicht leicht mit mir gehabt«, beginnt er ohne Aufforderung zu erzählen. »Du weißt es nicht, aber wir haben uns immer noch ein zweites Kind gewünscht. Es wollte und wollte einfach nicht funktionieren, dass Elin ein weiteres Mal schwanger wurde.«

Nein, das wusste ich nicht. Kurz muss ich an Lotta denken und ihren bisher unerfüllten Kinderwunsch. Und an Tante Marit.

»Du bist ein Geschenk des Himmels, Finja.« Unvermittelt sieht er mich an, spricht dann aber gleich weiter. »Meine Werkstatt lief nicht mehr, und ich musste in der Fischfabrik anfangen, um uns über Wasser zu halten. Ich habe deine Mutter sehr vernachlässigt, war frustriert, saß zu oft in der Kneipe und kam betrunken nach Hause. Vielleicht habe ich ihr unterschwellig zum Vorwurf gemacht, dass uns noch ein Kind versagt blieb. Obwohl es doch nicht ihre Schuld war.« Wie ferngesteuert drehe ich mich um und setze mich neben ihn.

»Sie hat versucht, zu mir durchzudringen, aber ich habe mich immer mehr zurückgezogen.«

»Das ist kein Grund, dich zu hintergehen«, werfe ich leise ein.

»Es war Elins Geburtstag«, fährt er unbeirrt fort. »Wir hatten kurz vorher ein Gespräch, in dem sie sich von mir wünschte, dass wir mehr Zeit miteinander verbringen, als Familie und auch als Paar. Sie hat mir gesagt, wie einsam sie sich fühlt und dass sie meine Nähe braucht. Wir beschlossen, ihren Geburtstag mit einem Picknick am Strand zu feiern. Du durftest mit Solveig bei Stine übernachten, erinnerst du dich?«

Als könnte ich diese schicksalshafte Nacht je vergessen.

»Elin hatte alles vorbereitet ...«

Vaters Augen schimmern verdächtig, und sein Blick richtet sich auf den Linoleumboden. Dann atmet er tief ein und geräuschvoll aus.

»Einar und Elin begegneten sich zufällig am Strand. Nach einem Streit mit Ida war er von zu Hause geflüchtet, weil auch sie schon wieder betrunken war. Und ich saß selbst im Pub bei meinen Kollegen aus der Fabrik und bei den Fischern, weil ich unsere Verabredung vergessen hatte.«

»Ich dachte, Ida hatte erst später zu trinken begonnen.«

Vater schüttelt den Kopf. »Nein, das hat schon viel früher angefangen«, entgegnet er. »Einar und Ida hatten damals auch schon seit einer geraumen Weile Eheprobleme. Ida ... sie kam einfach nicht vom Alkohol los. Jedenfalls lud deine Mutter Einar zu dem Picknick ein, das sie eigentlich mit mir machen wollte und zu dem ich nicht erschienen war. Daran bin ich selbst schuld. Vielleicht war es eine Trotzaktion, vielleicht Übermut oder Leichtsinn. Er hat sie einmal geküsst.« Ein bitteres Schnauben entfährt ihm, und er schließt für einen Moment die Augen. »Ein einziges Mal. *Ein* verfluchter Kuss.«

Kurz lasse ich das Erzählte sacken. Dann steigt erneut Zorn in mir auf.

»Und das glaubst du ihr?«

»Warum sollte sie mich jetzt, nach so vielen Jahren, noch anlügen?«

»Wenn es nur ein Kuss war, warum ist sie dann gegangen?«

»Weil ich sie weggeschickt habe. Auf das Gerede im Dorf habe ich mehr gegeben als auf die Erklärung meiner Frau. Ich habe mich geweigert, ihr zuzuhören. In den ersten Tagen dachte ich, wir würden es hinkriegen. Aber als die Gerüchte immer lauter wurden, ertrug ich Elins Anblick nicht mehr. Außerdem ...« Vaters Stimme bricht. Er ringt um Fassung.

»Außerdem?«, frage ich.

»Stine hat mir eingeredet, dass Elin nur darauf aus wäre, Idas Familie zu zerstören.«

»Stine?«

Er nickt, beißt sich auf die Unterlippe und presst erneut die Augen zusammen.

»Wieso hätte sie das tun sollen?«

»Stine hatte Angst um die Ehe ihrer Tochter. Vermutlich wollte sie nicht wahrhaben, wie groß Idas Alkoholproblem wirklich war. Vielleicht hat sie den Gerüchten damals selbst zu viel Glauben geschenkt und gedacht, sie könnte noch irgendwas retten.«

Ungläubig schüttle ich den Kopf.

»Auf Stines Drängen hin habe ich mein eigenes Herz und deine Mutter verraten. Ich habe zu Elin gesagt, dass sie verschwinden soll.«

Ein unkontrolliertes Schluchzen dringt aus seiner Kehle. Seine Augen sind von Schmerz gezeichnet und von einer tiefen Erkenntnis. Er sieht plötzlich um Jahre älter aus, als er in Wirklichkeit ist. Und es ist nicht zu übersehen, wie sehr er mit der Wahrheit zu kämpfen hat.

»Ich habe mich so gedemütigt gefühlt. Und, zum Teufel, ich habe mich so geschämt für meine Frau, dass ich nicht mehr unter die Leute gehen konnte. Dabei hätte sie sich für mich schämen müssen. Hätte ich nur ein bisschen mehr Vertrauen in sie gehabt, in unsere Liebe.«

Meine Glieder fühlen sich plötzlich so schwer an, dass ich mich kaum bewegen kann. Und gleichzeitig ist der Drang wegzulaufen übermächtig.

»Wollte ...«, ich kann die Worte fast nicht aussprechen, »wollte sie mich nicht mitnehmen?«

»Das hätte ich nie zugelassen.«

»Wieso ist Mamma ausgerechnet jetzt wiedergekommen?«

»Kurz bevor Stine gestorben ist, hat diese mich um ein Gespräch gebeten. Sie hat mir gestanden, dass sie einen großen Fehler gemacht hat. Obwohl sie versucht hat, für uns da zu sein, konnte sie sich nie verzeihen, dass sie mir damals ein so schlechter Ratgeber war. Als ich Marit davon erzählte, offenbarte sie mir, schon länger mit Elin in Kontakt zu sein. Deine Mutter hat in den letzten Monaten in Svolvær gelebt und dort in einem Musikgeschäft gearbeitet.«

»Als ihr vor Kurzem so aneinandergeraten seid ...«

»Da hatten wir genau deswegen Streit, ja. Weil ich nicht über meinen Schatten springen konnte. Aber zum Glück ist Marit ebenso stur wie ich.« Einer seiner Mundwinkel hebt sich ein winziges bisschen.

»Ich hoffe, du kannst mir das irgendwann verzeihen, Finja. Ich habe dich und deine Mamma um die letzten dreizehn Jahre gebracht, um ... dein halbes Leben, weil ich feige und verbohrt war.« Schwerfällig stehe ich auf, und nun hindert Pappa mich nicht mehr daran. Er erhebt sich ebenfalls und sieht mir tief in die Augen. »Es tut mir unendlich leid.«

Ich schlucke schwer, doch mein Hals fühlt sich an, als hätte ich grobes Schleifpapier hinuntergewürgt. Kein Wort kommt mir über die Lippen, so fassungslos macht mich sein Bekenntnis. Als ich mich umdrehe, will Pappa mich am Arm zurückhalten.

»Finja, bitte ... mach nicht denselben Fehler wie ich. Gib deiner Mutter eine Chance, und vor allem gib der Liebe eine Chance. Du bist mutig, das weiß ich.«

»Ich weiß gerade überhaupt nichts mehr. Außer, dass ich hier rausmuss.«

Er hält mich nicht auf, als ich gehe.

Kapitel 38

Kristian

Finjas Eintreffen in der Bootswerkstatt beschert mir ein ganz eigenartiges Gefühl im Bauch. Ich bin unsicher und irgendwie ... haltlos. Sie sieht wie immer zauberhaft aus in ihrer geblümten Sommerbluse und den schlichten Jeans. Genau diese Natürlichkeit mag ich so an ihr, obwohl sie heute etwas mehr geschminkt ist als sonst. Was genau ist es, was sie überdecken will? Hat sie geweint? Ihre gestern so zur Schau gestellte Heiterkeit ist nur ein Zeichen dafür, wie sehr sie mit der Situation zu kämpfen hat. Ihr Lächeln erreicht ihre Augen nicht. Aber was habe ich erwartet? Zu wissen, dass ich für unbestimmte Zeit getrennt von ihr bin, verdreht mir doch selbst die Eingeweide.

»Du siehst wunderschön aus«, sage ich, als ich sie zur Begrüßung umarme. Wortlos sieht sie mich an, und dann legt sie ihre Hände auf meine stoppeligen Wangen und küsst mich. Und dieser Kuss sagt alles, was sie nach außen so krampfhaft zu unterdrücken versucht. Er ist voller Hingabe, doch gleichzeitig stürmisch, verzweifelt und flehend. Er ist Finja pur.

Als wir kurz darauf an der Küste entlangschlendern, ist sie sehr schweigsam. Ich versuche, die bedrückende Stille zu füllen, indem ich Pläne für die Zukunft schmiede. »Wir telefonieren, sooft es geht. Und wir sehen uns jeden Abend über Skype, okay? Sobald ich mir in der Firma einen Überblick verschafft habe, werde ich den nächsten Flug buchen. Vielleicht schon im August ... oder September.« Sie bejaht meine Vorschläge, nickt und ringt sich hin und wieder ein Lächeln ab. Doch ich merke, dass ich nicht zu ihr durchdringe. Die lähmende Angst, sie bereits verloren zu haben, ist nicht auszuhalten. Als wir vor dem neu renovierten Haus stehen, hält sie mich an der Hand zurück. Ihr Blick gleitet langsam über mein Gesicht, als müsse sie sich jeden Millimeter sorgfältig einprägen, und ich tue es ihr gleich. Dann stellt sie sich auf die Zehenspitzen, flüstert »Alles wird gut!« in mein Ohr und küsst mich erneut. *Ich liebe dich*, bedeutet es für mich.

Die Ruhe um uns verwandelt sich mit einem Schlag ins komplette Gegenteil, denn ganz in der Nähe macht jemand laute Musik an, und eine Menge bunter Lichter beginnen zu leuchten. Bevor ich weiß, wie mir geschieht, sind wir umringt von Freunden. Hedda und Thore, Lotta und Björn, Ole, der sich anscheinend wieder beruhigt hat, sogar Aksel und Magnus sind hier. Finja zieht mich an der Hand in den Garten hinein, wo ein großer Tisch gedeckt ist und sich ein verlockender Duft nach Grillgut, den ich erst jetzt wahrnehme, über unsere Köpfe erhebt.

»Wow«, ist alles, was mir dazu einfällt. Ich bin total überrumpelt. Überraschung gelungen.

»Wir können dich ja nicht einfach ohne Abschied gehen lassen«, erklärt Lotta lachend und drückt mir ein Sektglas in die Hand. Björn schenkt ein und verteilt ebenfalls Gläser, und in dem ganzen Wirrwarr hat Finja irgendwann meine Hand losgelassen. Suchend schaue ich mich nach ihr um, doch sie ist verschwunden.

»Wo ist Finja?« Mein Herz wummert, es kennt die Antwort längst. Trotzdem renne ich ins Haus, denn vielleicht ...

»Ist wohl gerade ein bisschen viel für sie.« Es ist Ole, der hinter mir in der Küche auftaucht, die, blitzsauber geputzt, wie der Rest des Hauses nicht mehr vermuten lässt, dass ich sie in den letzten Wochen bewohnt habe.

»Ich wünschte, ich könnte mich zweiteilen«, erwidere ich hoffnungslos.

»Vielleicht braucht sie einfach ein bisschen Zeit. Das mit ihrer Mutter ist ja auch ziemlich krass.«

»Mit ihrer Mutter?«

»Sie hat es dir gar nicht erzählt?«

Bestürzt schüttle ich den Kopf.

»Ihre Mutter ist neulich nach dreizehn Jahren hier aufgetaucht. Ich kenne die Umstände nicht, aber meine Oma ist immer auf dem Laufenden, was im Dorf passiert. Muss sie ziemlich aus der Bahn geworfen haben.«

Und ich Idiot war nicht für sie da, als sie mich am meisten gebraucht hat. »Weißt du, wo sie sein könnte?« Ole zuckt mit den Schultern, und in dem Moment meldet sich mein Handy. Es ist eine Nachricht von Finja:

Bitte such mich nicht, Kristian. Abschiede sind für mich unerträglich.

Fassungslos lasse ich mich auf einen Stuhl fallen. Ich hätte es ahnen müssen. In ihren Augen habe ich es bereits lesen können. Wie konnte ich das nur so ausblenden?

Ole drückt kurz tröstlich meine Schulter und lässt mich allein. Es dauert, bis ich mich imstande fühle, zurück zu den anderen zu gehen. Es ist mir noch nie so schwergefallen, eine Party zu feiern, die noch dazu zu meinen Ehren stattfindet.

Finja

Als ich aufbreche, bin ich emotional dermaßen aufgewühlt, dass ich keinen Blick für die Natur habe, die mich umgibt. Ich parke mein Auto an der geschlossenen Schranke und mache mich auf den Weg zum *Greivatn*. Bei der Erinnerung an den Ausflug mit Kristian verdränge ich gewaltsam die Tränen, die schon wieder in mir aufzusteigen drohen. Ich muss an unser Geplänkel über den Mangerit und seinen Streber-Bruder denken und an die Ausgelassenheit, die unsere Welt so leicht hatte werden lassen.

Hastig, als wäre jemand hinter mir her, stolpere ich den Abhang zum See hinunter, falle hin und ziehe mir Schürfwunden an Armen und Beinen zu. Es ist merkwürdig, aber der körperliche Schmerz lässt sich um einiges leichter aushalten als der seelische. Mit automatisierten Bewegungen baue ich mein Zelt auf. Hier werde ich zur Ruhe kommen. Ich muss einfach.

Weil mich die Gedankenspirale immer tiefer reißen will, packe ich schließlich meinen Schlafsack, krabble aus dem Zelt und lege mich auf die Wiese. Und als ich lange genug in den Himmel starre, werde ich mir endlich auch der Magie um mich herum bewusst.

Ich bin hellwach und beobachte das faszinierende Lichtspiel um mich herum. Der Mangerit leuchtet mir orange entgegen, und vor dem sich färbenden Abendhimmel türmen sich zartrosa bis gräuliche Haufenwolken auf. Die Sonne verschwindet langsam hinter den Bergspitzen. Ich bin nach wie vor wütend auf meine Eltern. Auf Pappa, weil er Mamma einfach weggeschickt hat, ohne sich die Mühe zu machen, die Wahrheit herauszufinden. Er hat ihre Liebe mit Füßen getreten und sich aus verletztem Stolz keinen Deut darum geschert, was Mammas Weggehen für Konsequenzen haben würde. Und Mamma? Warum hat sie nicht um uns gekämpft? Ich wäre damals schon alt genug gewesen, dass sie sich wenigstens mir hätte anvertrauen können! Sie hat es vorgezogen, alle Brücken hinter sich abzubrechen und ihr Leben ohne uns weiterzuleben. Aber was, wenn es ihr auch das Herz zerrissen hat? Wenn sie seit damals nie mehr glücklich geworden ist, weil sie diesen einen Fehler jeden Tag aufs Neue bereut? Dass auch Stine ihren Teil dazu beigetragen hat, schockiert mich, doch sie war wie eine Großmutter für mich und hat sich rührend um mich und Pappa gekümmert. Aus schlechtem Gewissen?

Über der Grübelei falle ich schließlich in einen unruhigen Schlaf. Ich erwache, als die Sonne sich bereits wieder aus der Versenkung emporhebt und die Welt abermals in ein zauberhaftes, fast unwirkliches Licht taucht. Und plötzlich, aus heiterem Himmel, trifft mich die Erkenntnis. Ich bin doch wie sie. Sosehr ich mich jahrelang dagegen gewehrt habe, sosehr ich es auch immer noch lieber abstreiten würde, ich bin ganz genau wie meine Mutter. Vielmehr, ich bin wie meine Eltern, denn ich habe genau dieselben Fehler gemacht. Ich habe Kristian kampflos aufgegeben. Ich habe mein Herz und seine Liebe verraten, weil ich mir so sicher gewesen bin, dass es keine Chance für uns geben kann. Und wenn doch?

Ein kleines Samenkorn Hoffnung nistet sich ein in meiner Brust. Hastig packe ich im Morgenlicht meine Sachen zusammen und mache mich auf den Heimweg. Ich weiß jetzt, was zu tun ist. Womöglich wird er schon Richtung Flughafen unterwegs sein. Aber, sollte ich ihn nicht mehr erwischen, werde ich ihm hinterherreisen. Pappa ist jetzt nicht mehr allein. Und mein Platz ist an Kristians Seite, egal, ob hier oder in Oslo. Hauptsache, wir sind zusammen.

Kapitel 39

Finja

Als ich mich mit dem Auto unserem Haus nähere, traue ich meinen Augen kaum. Eine Leiter ist angelehnt, und jemand kniet auf dem Dach. Und dieser Jemand sieht von hinten verdächtig aus wie …

Sofort fängt mein Herz an verrücktzuspielen. Es fühlt sich an, als hätte es Feuer gefangen und würde zeitgleich Salti schlagen, und selbst meine Atmung gerät komplett aus dem Ruder. Langsam steige ich aus, heftig blinzelnd, denn vielleicht spielt mir meine Wahrnehmung einen Streich.

Jetzt hat auch er mich erblickt. Offenbar hat er mich nicht kommen hören, denn seine Augen weiten sich, das kann ich auch auf die Entfernung sehen. Und dann geht alles ganz schnell. Ein Ruck geht durch seinen Körper – vielleicht vor Schreck? –, und er verliert das Gleichgewicht, rutscht auf dem Grasdach aus, versucht, sich festzuhalten, doch keine Chance. Ich schreie auf, Kristian schlittert immer tiefer und findet schließlich doch noch Halt an der Regenrinne, an der er nun hängt und mit den Füßen baumelt. Er schwingt sich zur Seite, doch ehe er einen Fuß auf die Leiter stellen kann, gibt die Dachrinne nach und löst sich mit einem Ächzen aus der Verankerung. Das alles passiert innerhalb weniger Sekunden, und als ich zu ihm laufe, prallt er bereits dumpf auf dem Boden auf, während die Regenrinne noch an einer Seite des Daches festhängt.

»Scheiße, scheiße, scheiße«, fluche ich und werfe mich neben ihm auf die Knie, ungeachtet meiner Schürfwunden, um zu sehen, wie schlimm es ist. Das Dach ist nicht sehr hoch, trotzdem könnte er sich verletzt haben. Er sieht mich an, als wäre ich ein Geist.

»Kristian! Bist du okay? Hast du dir wehgetan? Ist was mit deinem Kopf? Mit deinem Rücken?« Panisch suche ich ihn von oben bis unten ab, während er mich nur anstarrt. »Deine Arme ... deine Beine ... kannst du sie bewegen? Glaubst du, es ist was gebrochen? Ich rufe den Doc an!«

»Nein«, bringt er mühsam hervor und greift nach meiner Hand, die bereits das Handy zückt. »Alles gut!«

»Bist du sicher?«

Er nickt. Etwas vorsichtig, aber er nickt. Und dann richtet er sich auf. Ich erinnere mich, wie schwer ihm das gefallen ist, nachdem er von Lasse niedergestreckt worden ist, doch sein Gesichtsausdruck ist diesmal auch nicht schmerzverzerrt, sondern irgendwie ... selig.

»Was machst du denn bloß?«, frage ich und kann nicht verhindern, dass meine Stimme schon wieder weinerlich klingt.

Er setzt sich auf, prüft jetzt selbst jede seiner Gliedmaßen, kreist die Schultern, den Kopf, streckt den Rücken durch. Alles dran, und anscheinend ist wirklich alles gut.

»Meinst du jetzt gerade oder generell?« Sein Ausdruck ist verschmitzt, was mich sehr beruhigt.

»Beides.«

»Gerade habe ich begonnen, euer Dach zu reparieren, weil ich es Magnus versprochen habe und normalerweise zu meinem Wort stehe.«

»Und generell?«

»Generell habe ich tatsächlich nur eines im Sinn, Finja Eriksen, und das bist du.«

»Dann geht's dir ja ganz ähnlich wie mir!«

»Ehrlich?«, fragt er, und ich kann deutlich die Zweifel in seiner Stimme hören. Die Angst vor Zurückweisung.

Er soll keine Angst und keine Zweifel mehr haben. Ich beuge mich zu ihm hinunter, bis unser Atem sich vermischt, dann lege ich meine Lippen sanft auf seine. Vorsichtig platziere ich die Hand auf seinem Hinterkopf, die zweite auf seiner kratzigen Wange und ziehe ihn noch näher zu mir, während ich auf den Knien weiter in seine Richtung rutsche. Er muss wissen, wie ernst es mir ist. Unsere Lippen öffnen sich, und seine Zunge tastet sich langsam vor, der Kuss wird inniger, leidenschaftlicher. Wie habe ich mich danach gesehnt, mit jeder Faser meines Seins. Doch ein Gedanke lässt mich innehalten. Ich löse mich, aber nur ein wenig und nur mit meinen Lippen, die Hände bleiben genau, wo sie sind.

»Was ist mit deinem Flug?«

»Storniert.«

»Und die wichtige Kundin?«

»Kann mich mal.«

»Kristian ... du ...«

»Ich will bei dir sein, Finja. Nicht über Skype und nicht nur hin und wieder, sondern immer.«

Diese Worte sorgen dafür, dass sich einzelne Tränen aus meinen Augen stehlen.

»Hey, ich wollte dich nicht schon wieder zum Weinen bringen!«

»Ja, das solltest du dir dringend abgewöhnen«, tadle ich liebevoll, und wir lachen beide. »Und dass du dich andauernd verletzt, wenn ich in der Nähe bin!«

»Ich habe mich nicht verletzt«, widerspricht er.

»Du weißt genau, was ich meine.«

»Weil du mich so aus dem Konzept bringst!«

»Ja?« Erneut küssen wir uns, während unsere Hände sich verselbstständigen.

»Ich liebe dich, Kristian«, flüstere ich, und er bringt etwas Abstand zwischen uns.

»Ich glaube, ich habe mir doch ein wenig zu heftig den Kopf gestoßen. Hast du gerade gesagt ...«

»Ich liebe dich, habe ich gesagt, ja.«

»Ich liebe dich auch, Finja. Von ganzem Herzen!«

Kristian

Ich kann nicht fassen, dass Finja tatsächlich hier ist. Ein bisschen glaube ich immer noch zu träumen. Vielleicht bin ich aber auch bei meinem Sturz vom Dach irgendwie blöd aufgeschlagen und entweder tot, oder mein Gehirn spielt mir etwas vor. Ihre Küsse fühlen sich jedoch erstaunlich real an. Und ihre wunderschönen Worte verstärken meinen Herzschlag so sehr ... tot sein muss sich definitiv anders anfühlen.

Finja greift nach meinen Händen und verschränkt unsere Finger ineinander, während sie sich auf die Unterlippe beißt und erwartungsvoll lächelt.

»Weißt du, wo mein Vater ist?«, flüstert sie.

»Unterwegs ... mit ... äh ...« Ich bin nicht sicher, ob ich Elin erwähnen oder besser verschweigen sollte, weil ich keine Ahnung habe, wie Finja zu diesem Thema steht. Als Magnus sie mir heute Morgen vorstellte, war ich sehr überrascht, in ihr die kompetente Verkäuferin des Musikgeschäftes in Svolvær wiederzuerkennen.

Sie war mir schon damals irgendwie bekannt vorgekommen, doch weil ich die Hintergrundgeschichte nicht kannte, fiel mir die verblüffende Ähnlichkeit zu ihrer Tochter nicht auf.

»Meiner Mutter?«, hilft Finja mir aus der Patsche, und ich nicke. »Weißt du, wann sie zurückkommen?«

»Abend ...«, stammle ich, denn es scheint, als wäre mir die Fähigkeit abhandengekommen, vollständige Sätze zu bilden. Sie grinst frech. Ich räuspere mich und versuche es noch einmal. »Dein Vater meinte, es könnte Abend werden.«

»Das ist ja eine sehr gute Nachricht«, sagt sie und lächelt schüchtern. »Glaubst du, du kannst aufstehen?«

»Ich glaube, ich kann noch sehr viel mehr«, antworte ich verheißungsvoll, woraufhin sie sich umständlich aufrappelt und mich an den Händen mit sich zieht. In langsamen Schritten geht sie voraus in Richtung Haustür, ohne unsere miteinander verschmolzenen Blicke voneinander zu lösen.

»Vorsicht ... Rucksack«, warne ich sie heiser, als sie fast über ihr vorhin achtlos hingeworfenes Gepäck stolpert. Sie schert ein wenig seitlich aus, ist aber gleich wieder auf Kurs. Mit dem Ellbogen öffnet sie die Tür, die sie mit dem Fuß gerade so weit aufstößt, dass wir beide hindurchpassen.

»Weißt du eigentlich, wie schön du bist?«, fragt sie mich, als wir die halbe Treppe hinter uns gebracht haben. Kurz dränge ich sie gegen die Wand, um sie hingebungsvoll zu küssen.

»Das ist mein Text«, tadle ich sie verlegen und etwas atemlos.

»Ich wusste nicht, dass es ein Skript gibt.«

»Gibt es auch nicht, aber *wenn* es eines gäbe, dann ...«

»*Was* würdest du denn sagen, *wenn* es eines gäbe?« Noch während sie auf meine Antwort wartet, setzt sie ihren Weg fort, und erneut folge ich ihr. In ihrem Schlafzimmer angekommen, fällt keine Sekunde zu früh die Tür ins Schloss. Schwer atmend lehnt

Finja sich dagegen und sieht mich an. In ihrem Blick liegen weder Angst noch Zweifel, nur pure Liebe.

»*Ich* wäre derjenige, der dir sagen würde, wie wunderschön du bist.«

»Wie abgedroschen …«

»Ich sage dir aber lieber, was mein Herz mir zuflüstert.« Meine Handflächen prickeln von ihrer Berührung. Ich lasse die linke los und stütze sie neben Finjas Kopf an der Tür ab. Für das, was ich ihr gleich sage, muss ich mich irgendwo festhalten. Ich bin so schrecklich nervös, dass ich am ganzen Leib zittere. Ich atme tief durch, schließe meine Augen, lege meine Stirn gegen ihre und versuche, meine flatternden Nerven zu beruhigen.

»Seit unserem ersten Abend, dieser einen zauberhaften Mittsommernacht, sehne ich mich nach dir. Jedes einzelne Mal, als ich dich zurückgelassen habe, jeder einzelne Abschied zwischen uns war ein Fehler. Mein Herz hat …«, ich schlucke, während mein gesamter Brustkorb vibriert, »es hat dich erkannt. Du bist diejenige, die zu mir gehört, und ich will keinen einzigen Tag mehr ohne dich sein.«

Ich wage es nicht, sie anzusehen. Fest presse ich die Augen zusammen und halte die Luft an. Bis ihr nach einer gefühlten Ewigkeit ein leises Wimmern entweicht und sie ihre Lippen mit einer kaum auszuhaltenden Zärtlichkeit auf meine legt. Unsere Zungen finden einander wieder und beginnen einen feurigen Tanz. Mit kühlen Fingern greift sie an den Saum meines T-Shirts und zieht es mir über den Kopf. Mehr Antwort brauche ich im Augenblick nicht. Jetzt ist es endlich an der Zeit, unsere Herzen sprechen zu lassen.

Finja

Wir ziehen uns gegenseitig aus, hungrig und voller Verlangen, während sich unsere Hände auf Wanderschaft begeben. Wenn wir jetzt eines nicht mehr haben, so ist es Geduld. Seine Lippen und seine Hände sind plötzlich überall, ziehen brennende Spuren über meinen Körper und hinterlassen abwechselnd Prickeln und Gänsehaut. Er weckt nie gekannte Empfindungen in mir und das Bedürfnis, ihm ohne Scheu alles von mir zu zeigen. Ich bewundere und erkunde seinen muskulösen Körperbau, jede Erhebung, jede Kuhle. Wie er finde auch ich besonders sensible Stellen, und sein Aufseufzen, Stöhnen und Luftanhalten zeigen mir, wie viel Selbstbeherrschung es ihn kostet, wenn ich sie berühre. Als wir endlich unserer Sehnsucht nachgeben und gemeinsam, Haut an Haut, Atem an Atem, den Höhepunkt erreichen, explodiert mein Herz in einem Funkenregen.

Es ist genau, wie er gesagt hat: Unsere Herzen haben sich erkannt.

»Finja?«, wispert er als Erster in die Stille hinein, die sich wie eine zarte Wolke auf uns herabgesenkt hat.

»Warte«, bitte ich ihn, bevor er weiterspricht. Wir liegen uns gegenüber und sehen uns tief in die Augen, während sich langsam unsere Atmung beruhigt. Mein Herz stolpert immer noch, auf eine verdammt gute Art, während unsere Hände immer noch nicht vom jeweils anderen lassen können. »Bitte lass mich zuerst etwas sagen.«

Sein Ausdruck ist ganz weich. Wenn es ihm nur annähernd so geht wie mir, ist er genauso überwältigt und vollgepumpt mit Gefühl, Adrenalin und Worten. Dennoch hält er sich zurück und lässt mir den Vortritt.

»Ich bin nicht so kreativ wie du und kann meine Gefühle nicht so bildhaft in Worte fassen. Aber …« Wie könnte ich nur ansatzweise erklären, was in mir vorgeht? Deshalb nehme ich seine Hand und lege sie auf die Stelle, wo mein Herz unter der Haut kurz vorm Durchdrehen ist. Seine Augen lächeln. Ich muss ihn nicht fragen, ob er es spürt. »Es schlägt deinetwegen so heftig. Und vielleicht war es von Anfang an dazu bestimmt, für dich zu schlagen.«

Wie gerührt er über meine Worte ist, merke ich, als er mich einen Wimpernschlag später in seine Arme zieht und küsst, als gäbe es kein Morgen. Und in diesem Moment stelle ich mir vor, dass es auch so ist. In meinen Gedanken ist sowieso kein Platz mehr für irgendetwas anderes.

»Eigentlich wollte ich noch länger dort oben bleiben«, erzähle ich ihm viel später.

»Wo?«

»Am *Greivatn*. Du weißt schon, der See, an dem wir gemeinsam waren. Ich brauchte ein bisschen Abstand. Um nachzudenken.«

»Kann ich nachvollziehen. Trotzdem war es leichtsinnig, so ganz allein«, meint er besorgt.

»Ich kenne mich aus in der Gegend, keine Sorge.«

»Du hast überall Schürfwunden, als hättest du gegen einen Luchs gekämpft.«

»Ich habe eher … gegen mich selbst gekämpft.« Mein Blick schweift etwas ab. Kristian streicht mir durchs Haar, neigt meinen Kopf mit seiner Hand etwas nach oben und zwingt mich, ihn wieder anzusehen. »Oder gegen … die Natur … keine Ahnung. Ich war … aufgewühlt.«

»Mach das nie wieder, okay?«, sagt er eindringlich. »Das ist nicht mehr nötig.« Ich nicke lächelnd, bevor er mit seinen Lippen jede Spur von Schmerz, auf jeder erdenklichen Wunde, verblassen lässt.

»Du sagtest, du wolltest noch länger bleiben? Warum bist du doch früher zurückgekommen?«

»Irgendeine unsichtbare Macht hat mich zu dir gezogen.«

»Du wusstest ja gar nicht, dass ich noch hier bin«, gibt er zu bedenken.

»Ursprünglich wollte ich ja auch nur die Sachen in meinem Rucksack wechseln ...«, versuche ich zu erklären.

»Wie meinst du das?«

»Ich wollte dir hinterherreisen.«

»Nach Oslo?«, seine Augenbrauen schnellen überrascht nach oben.

»Ja, egal, wohin.«

»Was? Also ... du ...« Seine Verwirrung lässt mich leise auflachen.

»Mir ist einiges klar geworden dort oben in der Einsamkeit. Unter anderem, dass ich dich nicht verlieren will und dass wir – egal, wie unsere Zukunft aussieht – zusammengehören.«

»Du wärst mir tatsächlich nachgereist?«, hakt er ungläubig noch einmal nach.

»Ich hätte all meinen Mut zusammengekratzt, und ... ja, ich wäre dir nachgereist.«

Endlich kann ich mit Kristian auch über meine Eltern sprechen und wie sehr mir die plötzliche Rückkehr meiner Mutter zugesetzt hat.

»Und gleichzeitig hatte ich solche Angst, dich gehen zu lassen. Ich war überzeugt davon, dass uns eines Tages dasselbe Schicksal ereilen würde wie ...«

»Viele Paare? Getrennt, gestorben oder nebeneinander hergelebt?« Irritiert sehe ich ihn an und nicke. »Marit hat mit mir geredet. Ich musste ja erst einmal damit klarkommen, dass du einfach davongelaufen bist.«

»Es tut mir leid. Die letzten Tage waren nicht auszuhalten.«

»Ich weiß.« Ich sehe ihm an, dass es ihm genauso ging.

»Wie hat deine Familie reagiert, als du ihnen gesagt hast, dass du jetzt doch nicht kommst?«

»Sie ...«, er zögert ein wenig, »wollen dich so schnell wie möglich kennenlernen.« Mir fällt ein Stein vom Herzen.

»Und diese Frau Karlsson?«

»Arne wird trotzdem den Kontakt herstellen. Wir müssen nur noch klären, wie wir von hier aus alles unter einen Hut bringen.«

»Ich bin so glücklich«, sage ich lächelnd.

»Und außerdem ein bisschen blass«, bemerkt er besorgt. »Fühlst du dich nicht gut?«

»Wahrscheinlich unterzuckert«, murmle ich mit einer wegwerfenden Handbewegung und kuschle mich noch enger an ihn. Wenn ich es mir recht überlege, ist mir ein bisschen schwindlig. Kein Wunder, bei diesem unnatürlich hohen Puls und diesen wahnsinnig heißen Küssen.

»Hast du heute noch nichts gegessen?«

»Ein paar Moltebeeren?«, gebe ich zerknirscht zu. Bei meinem überstürzten Aufbruch habe ich völlig vergessen, Proviant einzupacken.

Mit einem Satz springt Kristian aus dem Bett, hebt mich hoch und trägt mich ins Bad. Als ich ihn mit in die Dusche ziehen will, widerspricht er, wenn auch halbherzig.

»Ich liebe dich«, sagt er bestimmt. »Aber nicht bis zur Besinnungslosigkeit.« Dann schiebt er mir einen kleinen Traubenzucker in den Mund, keine Ahnung, wo er den hergezaubert hat. »Geh es langsam an, ich mache inzwischen was zu essen.« Kurz kostet er selbst noch mit seiner Zunge von dem süßen Bonbon, bevor er mich resolut in die Dusche schiebt.

Kapitel 40

Finja

Kristians reichhaltiges Mahl deckt Frühstück, Mittag- und Abendessen ab, denn er tischt einfach alles auf, was er finden kann. Und es zieht sich über den ganzen Nachmittag. Ich hatte noch nie so einen Appetit und solche Freude am Essen wie heute. Die Tatsache, dass wir zusammen sind, ist einfach himmlisch und stellt alles, sogar alle Sorgen in meinem Leben, in gleißendes Licht.

In T-Shirt und Jogginghosen sitzen wir am Tisch, und jede noch so winzige Berührung lässt meine Haut kribbeln.

»Eine Sache sollten wir aber noch klären.«

»Ja? Welche denn?«, frage ich neugierig nach.

»Sind meine Lippen wirklich so schrecklich?«

Ich lache, weil er ausgerechnet jetzt darauf zu sprechen kommt, neige mich zu ihm und fahre langsam mit meiner Zungenspitze seine Lippen nach, bevor ich ihn küsse.

»Deine Lippen sind perfekt.«

»Und wieso durftest du sie nicht ansehen laut eurer grandiosen Strategie?« Mit einem Ruck zieht er mich auf seinen Schoß.

»Weil ich sonst in Versuchung gekommen wäre«, kläre ich ihn schmunzelnd auf.

»Ich *wusste*, dass du es genauso sehr wolltest wie ich«, triumphiert er. »Du warst ganz schön hart!«

»Dafür bin ich ja jetzt butterweich«, gebe ich reumütig zu und schmiege mich an ihn.

Plötzlich bricht er unseren Kuss ab und lehnt sich etwas zurück. »Bist du bereit?«

»Wofür?«, frage ich verwirrt.

Er macht eine seitliche Kopfbewegung aus dem Fenster, von wo aus man beobachten kann, wie meine Eltern aus einem Auto steigen.

»Oje, nein!«, erschrocken suche ich nach einem Ausweg. »Vielleicht wissen sie gar nicht, dass ich schon da bin. Glaubst du, sie haben meinen Volvo gesehen?« Die Frage erübrigt sich, denn meine Mutter hat genau daneben geparkt. Als ich von seinem Schoß springen will, hält Kristian mich am Handgelenk zurück.

»Schscht ... beruhige dich! Sie ist hier, um dich um Verzeihung zu bitten und nicht umgekehrt. Wie es mit euch beiden weitergeht, liegt in deiner Hand. Und bestimmt ist sie genauso aufgeregt wie du.« Ich atme tief durch und verinnerliche Kristians Appell. Er schafft es tatsächlich, mich etwas zu beruhigen. »Und vergiss eines nicht«, ergänzt er, »was auch immer geschieht: Ich bin da!«

Bestärkt durch seine liebevollen Worte und einen ermutigenden Kuss, gehe ich nach draußen. Ein einziger Blick in Mammas schimmernde Augen genügt, und einen zittrigen Atemzug später liegen wir uns in den Armen. Ich habe mit vielem gerechnet, aber nicht damit, dass es so leicht sein würde, diese erste Distanz zu überbrücken. Und ich mache mir keineswegs vor, dass dadurch alles vergeben und vergessen ist. Wir weinen und schluchzen und drücken uns tröstend, bevor Pappa zu uns kommt und uns ebenfalls mit seinen großen, starken Armen umschlingt.

Kristian

»Ich werde euch dann mal allein lassen«, sage ich, als Finja mit ihren Eltern die Küche betritt, die ich inzwischen etwas aufgeräumt habe. Bei diesem emotionalen und intimen Moment will ich die Familie, die sich eben erst neu gefunden hat, nicht stören. »Ich habe eine Menge zu tun.« Meine Augen wandern an die Decke.

»Du willst aufs Dach?« Finja klingt sofort alarmiert. »Du wirst doch nicht wieder ...«

»Ich bin vorsichtig«, beschwichtige ich sie, bevor sie sanft – vor ihren Eltern – ihre Lippen auf meine legt.

Als ich heute Morgen hier aufgekreuzt bin, hat Magnus mich mit offenen Armen empfangen. Er hat nicht viel Aufhebens darum gemacht, was passiert ist. Er hat nur sehr bedauert, nicht zu wissen, wo Finja war und wann sie wiederkommen würde. Auf meine Frage, ob das Angebot für die Bootswerkstatt noch stünde, hat er mich an den Schultern gepackt und gesagt: »Ich *wusste*, du würdest die richtige Entscheidung treffen, mein Junge!«

Es war ein sehr spontaner Entschluss gewesen, nicht wie geplant nach Oslo zu fliegen. Ich konnte nicht anders, auch wenn es nicht einfach war, das meinem Vater und Arne beizubringen. Aber was soll ich machen, schließlich bin ich nur meinem eigenen Herzen verpflichtet. Mit etwas Glück wird Eldrid Karlsson es verstehen. Andernfalls soll unsere Geschäftsverbindung wohl nicht sein.

Dann stellte Magnus mir Elin vor, und auch sie hat sich an mich als ihren Kunden im Musikgeschäft erinnert. Sie gestand mir sogar, dass sie Finjas Gitarre erkannte, jedoch nicht den Mut hatte, mich darauf anzusprechen. Unsere Begegnung war aber der letzte Anstoß, den sie brauchte, um sich ihrer Vergangenheit zu stellen, nachdem sie bereits seit einer Weile mit ihrer Schwägerin Marit in Verbindung stand.

Zwischen Elin und Magnus herrscht eine feinsinnige Zurückhaltung, die man beinahe als Schüchternheit bezeichnen könnte. Dennoch spüre sogar ich dieses zarte Band, das sie immer noch verbindet. Bestimmt ist es nicht leicht für die beiden, sich einander anzunähern, bei allem, was sich in den letzten Jahren zwischen sie gedrängt hat. Doch ist die Liebe nicht zu allem fähig?

Finja

Ich bin aufgeregt, als wir beide am Küchentisch sitzen und uns anschweigen. Es ist eine andere Art von Aufregung, ein anderes Herzflattern als vorher mit Kristian. Ein bisschen ängstlich, eine Mischung aus Hoffen und Bangen. Aber was soll denn schon passieren? Wie es mit uns weitergeht, liegt in meiner Hand. Pappa macht uns Kaffee, stellt ihn vor uns auf den Tisch, und beide lächeln wir ihn dankbar an. Es ist schön, Mammas Gesicht endlich wieder in natura zu sehen. Sie hat sich äußerlich nicht sehr verändert. Ihre Haare sind eine Spur kürzer als früher, doch ich entdecke kein einziges graues. Ein paar winzige Fältchen ziehen sich wie feine Spuren über ihre Stirn und um die Augenpartie. Sie machen mir klar, dass dreizehn Jahre eine lange Zeit sind und ich mir nicht einmal ansatzweise ausmalen kann, was diese Jahre innerlich mit ihr angestellt haben. Erst als ich im Hintergrund mitbekomme, wie Pappa draußen etwas zu Kristian aufs Dach hinauf ruft, bemerke ich, dass auch er uns allein gelassen hat.

»Es tut mir so unendlich leid, Finja«, bricht Mamma unser Schweigen. Ein paar Tränen verirren sich auf ihre Wangen, doch sie wischt sie entschlossen weg, so als hätte sie es nicht verdient zu weinen. Ich weiß inzwischen, wie viele Missverständnisse damals schuld daran waren, dass sie gegangen ist. Vorsichtig streckt sie ihre Hand über dem Tisch nach meiner aus. Zögerlich komme ich ihr entgegen.

Als sie mir ihre Geschichte erzählt, ihren Blick auf die Geschehnisse, als sie mir sagt, wie sehr sie mich jeden Tag vermisst hat und wie oft sie kurz davor war, zu uns zurückzukommen, wird mein Herz ein kleines Stückchen freier. Sie hat sehr gelitten, als Pappa sie so vernachlässigt und sich innerlich von ihr entfernt hat.

»Unser Leben hat sich damals so sehr verändert. Magnus war todunglücklich in der Fabrik, und auch ich habe geglaubt, ein zweites Kind würde ... würde alles verändern ... unsere Beziehung stärken. Dabei haben wir völlig unser Glück aus den Augen verloren. Wir haben dich übersehen und die Tatsache, dass unsere Liebe immer noch da war. Wir haben sie ... verhungern lassen. Die Abende, die wir mit Ida und Einar verbrachten, waren wirkliche Lichtblicke. Es war lustig und unterhaltsam und ... leicht. Wir gingen tanzen und fuhren mit euch Kindern in die Berge, wir machten so vieles gemeinsam. Doch auch in ihrer Ehe kriselte es gewaltig, und irgendwann haben wir aufgehört, uns zu treffen. Jeder hat für sich allein gekämpft.« Während ich ihr zuhöre, beginne ich immer mehr zu begreifen, was damals in ihr vorgegangen ist.

»Zu meinem Geburtstag hatte ich große Pläne. Ich habe mir einen neuen, besonderen Duft zugelegt und mein Lieblingskleid angezogen. Wir waren für ein Picknick am Fjord verabredet. Ich war fest entschlossen, für unsere Ehe zu kämpfen.«

»Und dann kam Pappa nicht«, flüstere ich. Mamma nickt traurig. »Als Einar mir über den Weg lief, hatte ich schon eine halbe Flasche Prosecco getrunken. Und zum ersten Mal habe ich mich jemandem anvertraut. Einar schüttete mir ebenfalls sein Herz aus. Ich habe mich so ... verstanden gefühlt und befreit. Und dann war da dieser eine Moment, der Blick in seine Augen, die mir sagten: *Du bist nicht allein*. Und dieser eine Moment hat alles kaputt gemacht, was mir lieb und teuer war.«

»Warum hast du nicht um unsere Familie gekämpft?«

»Ich habe diesen Kuss so sehr bereut, Finja, dass ich dachte, Magnus hätte jedes Recht, mich fortzuschicken. Er war verbittert und zutiefst verletzt, und – meine Güte – ich konnte ihn so gut verstehen. Und später war ich zu feige. Ich wusste von Marit, dass Stine euch sehr unterstützte. Und dann brach ich auch zu Marit den Kontakt ab, weil ich dachte, ich müsste endlich damit abschließen. Es zerriss mir das Herz!«

Nun fließen die Tränen ungehindert über Mammas Wangen, und nichts hält mich mehr zurück, mich zu ihr zu setzen und sie an mich zu drücken.

»Als dein Freund deine Gitarre zu mir brachte und ich sie nach so vielen Jahren in den Händen hielt, war meine Sehnsucht nach euch so unendlich groß, dass ich gar nicht mehr anders konnte, als zurückzukehren. Es war wie ein Zeichen.« *Dein Freund*. Wie schön das klingt.

Wunden sind oft schnell geschlagen. Doch das Heilen braucht Zeit, Mut und die Bereitschaft zur Vergebung. Ich weiß, dass wir auf einem guten Weg sind. Ich bin schon mittendrin zu verzeihen. Schritt für Schritt. Und mein Herz fühlt sich nach jedem Vorwärtsgehen ein bisschen leichter an.

Epilog

Kristian

Mein erster Winter auf den Lofoten war der längste und dunkelste, den ich je erlebt hatte. Aber auch der bezauberndste. Während die Nordlichter in Oslo eine echte Seltenheit sind, konnten wir die in den buntesten Farben schillernden, zart bis kräftig leuchtenden Farbbänder am Himmel in meiner neuen Heimat regelmäßig bestaunen. Sie hauen mich jedes Mal um, und ich empfinde sie immer noch als Naturgewalt. Genau wie Finjas Liebe. Wir genossen die kalte Jahreszeit. Sie bot uns noch mehr Gelegenheit zu kuscheln, uns bei Kerzenschein zu lieben und gemütliche Stunden vor dem warmen Ofen zu verbringen. Trotzdem freuten wir uns auch auf die Zeit des Lichts und der Wärme. Es gab so vieles, was wir zum ersten Mal gemeinsam erlebten.

Es war wunderschön zu sehen, wie Finja sich ihren Eltern, besonders ihrer Mutter, wieder annäherte. Wie plötzlich aus eisernem, jahrelangen Schweigen wieder Nähe durch Dialog entstand und einst abgerissene Brücken neu erbaut wurden. Das Baumaterial – die Zuneigung und Herzenswärme – war nie verschwunden, nur verschüttet.

Am schönsten ist es, dass ich ein Teil dieser Familie sein darf. Sie alle geben mir das Gefühl, als wäre ich das schon immer gewesen.

Magnus ist wie ausgewechselt. Aus dem brummigen alten

Griesgram wurde ein zufriedener Senior, der das Leben in vollen Zügen genießt. Oft – wenn er glaubt, dass gerade niemand hinsieht – wischt er sich verstohlen über die Augen, weil er beim Anblick seiner beiden Frauen die Rührung nicht verbergen kann. Seinem Herzen scheint es gut zu gehen, und auch von einer Depression – die, wie ich von Finja weiß, Doktor Jansen etwas Sorge bereitete – ist keine Spur zu bemerken. Auch aus Elins Augen verschwand mit jedem Tag mehr und mehr die Traurigkeit, und an ihre Stelle trat ein lebensfrohes Leuchten.

Finja und ich sind noch im Herbst gemeinsam nach Oslo gereist. Es war mir ein großes Anliegen, sie meiner Familie und einigen wenigen Freunden vorzustellen. Und wie erwartet, hat Finja sich bereits nach kurzer Zeit in ihrer aller Herzen geschlichen. Obwohl ich immer dachte, ein glücklicher Mensch zu sein, fiel es mir doch erstaunlich leicht, alles hinter mir zu lassen. Natürlich war auch ein bisschen Wehmut dabei, doch der Gedanke an ein Leben an Finjas Seite erfüllte mich mit einem Hochgefühl, wie es größer nicht sein könnte.

Mit Finjas und Magnus' Unterstützung habe ich eine eigene Firma gegründet. Sogar Arne und mein Vater standen mir mit Rat und Tat zur Seite, auch wenn sie nicht ganz so begeistert waren, mich als Tischler zu verlieren.

Eldrid Karlsson ist nach einigen Telefonaten persönlich zu uns nach Skjærvik gekommen, und ich kann mich seitdem absolut nicht über mangelnde Aufträge beschweren.

Seit Kurzem wohnen wir in Stines Haus. Als Magnus Elin bat, wieder bei ihm einzuziehen, entschieden Finja und ich, uns etwas Eigenes zu suchen. Endlich ist Finja frei, ihr Leben zu leben, ohne Angst, dass Magnus etwas zustoßen könnte, und ohne sich um irgendjemanden kümmern zu müssen, außer um sich selbst. Solveig hat sich überreden lassen, das Haus ihrer Großmutter nicht sofort zu verkaufen, sondern an uns zu vermieten. Wir könnten uns dort nicht wohler fühlen. Im oberen Stock haben wir eines der Schlafzimmer in ein Musikzimmer verwandelt, in dem ein nagelneues E-Piano steht, auf dem Finja ein paar Kindern aus der Umgebung Musikunterricht gibt. Nebenbei bringt sie Ole das Lesen und Schreiben bei. Als er sich im letzten Jahr geoutet und sein Geständnis in Skjærvik die Runde gemacht hatte, fand er heraus, dass es hier noch eine andere junge Frau gibt, die Analphabetin ist. Gemeinsam mit ihr wagt er sich an die Herausforderung der Sprache. Ich bin mir mittlerweile sicher, dass die beiden nicht nur ihr Defizit miteinander verbindet, was mich wirklich sehr freut. Inzwischen schreiben sie sich sogar regelmäßig Nachrichten, auf Finjas Anraten aber nicht mit dem Handy, sondern ganz altmodisch und äußerst romantisch mit Papier und Stift. Ole ist außerdem bei mir in die Lehre gegangen. Es ist wundervoll zu sehen, wie er in seinem Berufsalltag und dem privaten Glück aufblüht.

Lasses Gerichtsverhandlung verlief für ihn nicht so, wie er es sich erhofft hatte. Er musste mir ein ordentliches Schmerzensgeld zahlen und bekam außerdem eine Bewährungsstrafe. Er gab sein Sportgeschäft auf und zog in den Süden Norwegens, was Finja und ich beide nicht sehr bedauern.

Worüber wir uns aber wahnsinnig freuen, ist, dass Finja bald für ihre beste Freundin Lotta eine Babyparty planen darf. Im Sommer wird Lottas und Björns sehnlicher Wunsch endlich in Erfüllung gehen, was natürlich auch für Finja als Patentante sehr aufregend ist.

Heute findet das große Jonsok-Fest statt, und es liegt mir sehr am Herzen, es gebührend mit Finja zu feiern. Sie arbeitet immer noch – neben den Musikstunden – in Stens und Marits Laden mit, weshalb ich sie heute den ganzen Tag über nur kurz zu Gesicht bekommen habe. In einer Textnachricht habe ich sie gebeten, zu unserer Lieblingsbucht zu kommen. Mein Herz klopft voller Aufregung und Vorfreude, und während ich noch auf einem Felsen sitzend die Möwen beobachte und über das vergangene Jahr sinniere, erscheint sie plötzlich hinter mir und schlingt von hinten ihre schlanken Arme um mich.

»Na, ganz allein?«, begrüßt sie mich und schickt dem einen zärtlichen Kuss hinterher.

»Hei«, erwidere ich lächelnd. »Ich dachte, wir ...«, verlegen räuspere ich mich, denn manchmal bringt ihre Nähe mich noch immer aus dem Konzept. »Wir können später zu den anderen gehen.«

»Grandiose Idee!«

Sanft ziehe ich sie am Arm vor mich, und sie setzt sich zwischen meine Beine auf den von der Sonne angewärmten Stein. Sie trägt dasselbe Kleid wie zur letzten Mittsommernacht.

»Du bist wunderschön«, flüstere ich in ihr Haar, und ich spüre ihr Lächeln mehr, als dass ich es sehe. »Aber du hast was vergessen«, ergänze ich.

»Was denn?«

Hinter dem kleinen Felsen, auf dem wir sitzen, befindet sich eine kleine geschützte Mulde, aus der ich jetzt etwas hervorzaubere. Ich bitte sie, die Augen zu schließen, bevor ich ihr einen geflochtenen Blumenkranz in die Hände lege. Überraschung glimmt in ihrem Gesicht auf, als sie erst die Blüten auf ihrem Schoß, dann wieder mich ansieht.

»Vor einem Jahr habe ich mich in dich verliebt, Finja«, sage ich leise und knie mich vor ihr nieder, damit wir auf einer Augenhöhe sind. In dem Moment wird unweit von uns an der Küste das Sankt-Hans-Feuer entzündet. Der Zeitpunkt könnte nicht besser sein. »So wie das Jonsok-Feuer brenne ich seit diesem Tag für dich.«

Sie lächelt, und ihre Augen leuchten, während sich eine leichte Röte über ihr Gesicht zieht. »Es war das schönste Jahr in meinem Leben, Kristian.«

Finja hebt den Blütenkranz etwas in die Höhe, um ihn aufzusetzen, da sieht sie ihn. Den schlichten silbernen Ring, den ich mit Seidenbändern daran befestigt habe. Es war unwahrscheinlich nervenaufreibend, bis ich ihn endlich so platziert hatte, dass ich zufrieden war.

Ihre Augen weiten sich, und ihre Lippen finden meine, noch ehe ich ein weiteres Wort sagen kann. Doch im Grunde muss ich das auch gar nicht. Nicht sofort. Finja ist mehr Herz- als Kopfmensch und zeigt mir oft in völlig anderer Form, was sie fühlt. Sie drückt täglich auf tausend verschiedene Arten aus, wie sehr sie mich liebt. Und sobald ich wieder Luft bekomme und Worte finde, werde ich ihr all das sagen. Dass ich ihretwegen nicht mehr derselbe bin wie noch vor einem Jahr. Dass ich nur in ihren Armen glücklich sein will und dass ich alles tun werde, dass sie es auch ist. Und noch so viel mehr. So lange wir beide leben.

Weil unsere Herzen sich erkannt haben.

Danke

Von Herzen danke ich unserem Schöpfer, der es mir ermöglicht, die Worte fließen zu lassen und daraus Geschichten zu formen.

An Ole sehen wir, dass es nicht selbstverständlich ist, mit Sprache umgehen zu können. Falls ihr euch fragt, wie ich auf das Thema Analphabetismus gekommen bin, möchte ich euch Folgendes nicht vorenthalten:

Laut meiner Internet-Recherche leben in Österreich – Schätzungen von Experten zufolge – 300.000 bis 600.000 Analphabeten. In Deutschland sollen es über 6 Millionen Menschen sein, die kaum oder überhaupt nicht schreiben und lesen können. Es bedeutet eine ungeheure Anstrengung für die Betroffenen, diese Schwäche auszugleichen, weshalb viele sie verschweigen, was nicht weniger herausfordernd ist. Ihnen allen ist es zu wünschen, dass es viele solch sensible und hilfsbereite Menschen wie Kristian gibt.

Ich kann mir überhaupt nicht vorstellen, was ein Leben ohne das geschriebene Wort für mich bedeuten würde.

Der Zeitpunkt, an dem diese Geschichte in mein Herz und Hirn flatterte, hätte nicht ungünstiger sein können. Dennoch oder vielleicht gerade deshalb hat es mir so unglaublich viel Freude gemacht, sie zu schreiben.

Vielen Dank, liebe Louisa Pagel, für Ihr Vertrauen, Ihre Geduld (die ich bestimmt manchmal sehr strapaziert habe) und Ihre Unterstützung. Es war gut und richtig, alles nochmal über den Haufen zu werfen!

Danke, liebe Romana Pflugrad, für deine kompetente und geduldige, ärztliche Beratung.

Liebe Karina, vielen lieben Dank, dass du es auf dich genommen hast, die Geschichte vorab zu lesen und deine Gedanken und Anregungen mit mir zu teilen. Mir ist bewusst, dass es als junge Mama zeitlich nicht immer einfach ist, und genau deswegen weiß ich es umso mehr zu schätzen!

Meinen drei Lieblingsmenschen möchte ich von ganzem Herzen Danke sagen, dafür, dass ihr seid wie ihr seid! Ohne euch würde es keine Geschichten geben, weil ihr mich zu dem macht was ich bin. Ich liebe Euch!

Herzlichen Dank allen, die uns liebevoll, freundschaftlich und hilfsbereit zur Seite stehen!

Danke allen Bloggerinnen und Bloggern für euren unermüdlichen Einsatz. Es ist so wertvoll, dass ihr uns Autorinnen und Autoren helft, unsere Geschichten in die Welt hinauszutragen und ihnen die Aufmerksamkeit zukommen lasst, die sie verdienen.

Danke dir, liebe Leserin und lieber Leser, dass du dir Zeit genommen hast, in diese Geschichte einzutauchen und Finja und Kristian eine Zeit lang durch die Wirren ihres Lebens zu begleiten. Ich würde mich sehr über dein Feedback in Form einer Rezension oder einer Nachricht auf Facebook oder Instagram freuen.

Herzlichst
Eure Melanie

Die Roseninsel

Die junge Berlinerin Liv kehrt ihrem bisherigen Leben den Rücken. Kurzerhand tritt sie eine Stelle am Starnberger See an: Sie wird Verwalterin der winzigen Roseninsel, auf der es nur eine leer stehende königliche Villa und einen Rosengarten gibt. Livs einzige Verbindung zur Außenwelt ist das Postschiff und sein Kapitän Johannes, der mehr und mehr von der verschlossenen Liv fasziniert ist. Eines Tages entdeckt Liv unter den Dielen der alten Villa ein Tagebuch. Es führt sie über hundert Jahre in die Vergangenheit zurück, in das Leben einer anderen jungen Frau: Magdalena, Tochter von Otto von Bayern, die unter strenger Bewachung auf der Insel lebt. Seite um Seite entdeckt Liv deren Geschichte – und kommt dabei dem Geheimnis der Roseninsel auf die Spur ...

Anna Reitner
Die Roseninsel

Roman
Taschenbuch
Auch als E-Book erhältlich